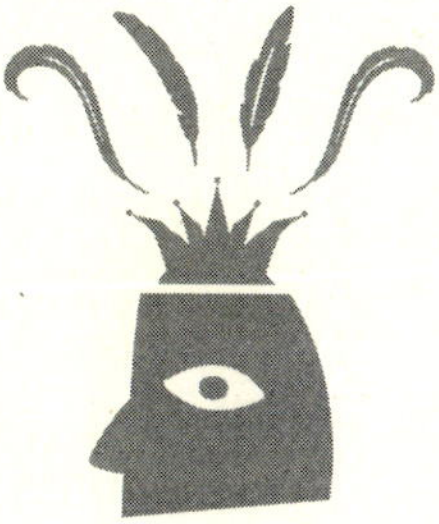

# A CROWN OF FEATHERS AND OTHER STORIES

ISAAC BASHEVIS SINGER

楚尘
文化
Chu Chen

北京楚尘文化传媒有限公司 出品

# 羽冠

[美] 艾萨克·巴什维斯·辛格 著

傅晓微 译

中信出版集团 | 北京

图书在版编目（CIP）数据

羽冠 /（美）艾萨克 · 巴什维斯 · 辛格著；傅晓微译 . -- 北京：中信出版社，2023.1

书名原文：A Crown of Feathers and Other Stories

ISBN 978-7-5217-4564-1

Ⅰ . ①羽… Ⅱ . ①艾… ②傅… Ⅲ . ①短篇小说－小说集－美国－现代 Ⅳ . ① I712.45

中国版本图书馆 CIP 数据核字 (2022) 第 147231 号



羽冠
著者： [美] 艾萨克 · 巴什维斯 · 辛格
译者： 傅晓微
出版发行：中信出版集团股份有限公司
（北京市朝阳区惠新东街甲 4 号富盛大厦 2 座 邮编 100029）
承印者： 浙江新华数码印务有限公司

开本：880mm×1230mm 1/32 印张：13.75 字数：256 千字
版次：2023 年 1 月第 1 版 印次：2023 年 1 月第 1 次印刷
京权图字：01-2022-0327 书号：ISBN 978-7-5217-4564-1
定价：79.00 元

# 目录

*001* 作者寄语

*003* 羽冠
*037* 康尼岛的一天
*053* 俘虏
*077* 暴风雪
*097* 财产
*111* 蓝图克
*123* 儿子从美国回来
*133* 手提箱
*163* 东百老汇大街的喀巴拉学者
*173* 主教的长袍
*189* 克洛卜施托克的引文
*205* 杂志
*221* 迷失

*237*　神童

*255*　第三者

*273*　遁世者

*293*　人生不过一支舞

*309*　她的儿子

*325*　利己主义者

*339*　胡子

*351*　跳舞

*363*　货运马车上

*379*　邻居

*393*　外公与外孙

*419*　辛格年表

# 作者寄语*

如您所见，这本集子里既有发生在美国的故事，也有发生在第二次世界大战前波兰的故事。我在这个国家生活的时间已经超过了我在波兰的时间，故而也算是在这里有根了。和以往一样，我笔下的美国故事只涉及说意第绪语的波兰移民，因为这些人物当下的生活和他们的根——他们的文化、历史、思维方式和表达方式才是我熟知的。除开这些自我限制而外，我自觉涉及的领域够宽，而我的责任也更大。故事中的这些人物有的曾帮助建设了华沙、纽约，有的正在建设特拉维夫。他们参与了我们这个时代几乎所有的社会运动。可以说，他们的幻想也

* 本书据美国法勒、斯特劳斯和吉鲁出版社（Farrar, Straus and Giroux）1973 年版英译本译成。

是整个人类的幻想。而那谋杀了他们幻想的屠夫们也摧毁了这个永远无法用文字恢复的宝库。

书中发表在《纽约客》上的14篇和其他几篇故事是由蕾切尔·麦肯兹编辑的。罗伯特·吉鲁则是全书的编辑。大部分故事是我和翻译们共同合作由意第绪语译成英文的。既然在整个翻译过程中我做了大量的编辑、修改工作，我可以不夸张地说，英语已经成了我的“第二母语”，虽然这话听着有点儿自相矛盾。

本书献给我已故的挚友，莫里斯·文诺-格拉德。他是我在《犹太前进日报》的同行，一位杰出的诗人，一个自成一派的心理学者。

当然，我由衷感激我的编辑们和译者们。愿上帝保佑他们。

艾萨克·巴什维斯·辛格

1973年7月9日　纽约

# 羽冠*

雷布·纳夫塔利·赫利希兹尔是克拉斯罗伯德镇的社区领袖。他老来膝下荒凉，一个女儿死于难产，另一个死于霍乱，儿子又在骑马过闪河时淹死了。雷布·纳夫塔利·赫利希兹尔只有一个外孙女，孤儿阿卡莎。按说，女性是不该进犹太经学院读书的，因为经上说过，“国王的女儿们都光荣地留在家里”。而犹太女儿们都是国王的女儿。但阿卡莎是在家里读书。她黑头发，蓝眼睛，肌肤似雪，不但美丽迷人、智慧过人，而且勤学好问。

雷布·纳夫塔利·赫利希兹尔管理着查托里斯基公爵的一处

---

* 本篇英语由艾萨克·巴什维斯·辛格与劳里·考文（Laurie Colwin）翻译。

地产。因为公爵欠下了纳夫塔利两万个盾，他的地产就成了永久的抵押。雷布·纳夫塔利自己在地产上建了一座水磨房、一家啤酒厂，还种了几百公顷的蛇麻子。他的妻子妮莎出身于布拉格的富裕人家。他们可以为阿卡莎聘请最好的家庭教师，一个教她读《圣经》，一个教法语，第三个教钢琴，第四个教舞蹈。她学东西很快，八岁时就能和外公下棋。雷布·纳夫塔利不必为她准备嫁妆，因为她将继承他的全部财产。

她很小的时候就有人上门说媒，可她的外祖母很难将就。她看一眼媒人介绍的男孩，总会说："瞧他那肩膀，一看就是个傻子。"或者是："他额头窄窄的，一副蠢相。"

一天，妮莎突然辞世。雷布·纳夫塔利先生已经七十岁了，不可能再婚。他每天将一半的时间花在宗教上，一半的时间处理生意。他天一亮就起床，然后钻研《塔木德》和《评注集》，给社区的老人写信。有人生病了，雷布·纳夫塔利会去安慰他。每星期他要带着阿卡莎到救济院去。阿卡莎自己还要带上送去的汤和麦片。阿卡莎虽说从小娇生惯养，而且学问不小，但在救济院却经常卷起袖子为穷人们铺床叠被。

夏天午睡后，雷布·纳夫塔利便命人将他的四轮敞篷马车备好，他带着阿卡莎坐马车巡视田地和村庄。路上，他们谈一些生意上的事儿。人们说他会听取阿卡莎的意见，就像从前他听取她外祖母的意见那样。

但阿卡莎缺少一样东西——朋友。外祖母过去常给她找朋友，甚至降低标准，邀请克拉斯罗伯德的姑娘们到家里来玩，可是，阿卡莎没有耐心听她们叽叽喳喳讲些服饰呀、家务啊之类的琐事。而那四个家庭教师都是男性，除了上课，阿卡莎都不跟他们接触。现在，就剩下外祖父和她相伴了。雷布·纳夫塔利一生中曾见过许多有名的贵族。他去过华沙、克拉科夫、但泽港和科尼斯伯格等地的集市。他和阿卡莎一坐就是几小时，告诉她拉比们、奇迹缔造者们的故事，伪弥赛亚扎巴泰·兹维的门徒的故事，波兰议会的争吵，扎莫伊斯基家族、拉齐维尔家族和查托里斯基家族的任性妄为，包括他们的妻子、情人和朝臣。有时，阿卡莎会叫起来："我真希望您是我的未婚夫，而不是我的外祖父！"一边亲吻他的眼睛和他的白胡子。

雷布·纳夫塔利会说："我又不是波兰唯一的男人。有很多像我这样的男人，而且还很年轻啦。"

"哪里？外公，在哪里呀？"

外祖母死后，对于选什么样的夫婿，阿卡莎不再听从任何人的意见，甚至连外祖父的话也不听了。外祖母总是挑刺，而外祖父呢总是看着什么都好。阿卡莎要求媒人允许她与求婚者见面，雷布·纳夫塔利最终也同意了。两个年轻人被带进一间屋子里，门开着，一个年老耳聋的女仆站在门槛边监视着，会面要简短而没有轻浮的举动。阿卡莎一般跟年轻人待不了几分钟。大多数求婚者显得木讷而愚蠢。还有的努力表现机灵劲儿，却闹出有失尊严的笑话来。阿卡莎断然拒绝了他们。多奇怪呀！外祖母还在发表意见。一天，阿卡莎清清楚楚地听见她大声说：“他长着猪鼻子。”另一次，她说：“他说的话就像标准的写信教科书。”

阿卡莎十分清楚这不是外祖母在说话，死者不会从另一个世界返回，对未来的新郎评头品足。但那说话的声音、风格却和外祖母一模一样。阿卡莎想把这事儿告诉外祖父，但又怕外祖父会觉得她发疯了。再说，外祖父很怀念妻子，阿卡莎不想激起他的哀伤。

当雷布·纳夫塔利·赫利希兹尔意识到外孙女正在把媒人赶跑时，他很是发愁。阿卡莎已经过了十八岁了。克拉斯罗伯德镇上的人们开始传言，阿卡莎想要的是骑白马的骑士，或是天上的月亮。她会成为老处女的。雷布·纳夫塔利下决心不再继续容忍她的古怪念头了，得把她嫁出去。他去了一所犹太经学院，带回来一个叫兹马克的年轻人。他是个孤儿，也是个虔诚的学者。他皮肤黧黑像个吉卜赛人，小个子，宽肩膀。他眼睛近视，因为每天要学习十八个小时。他一到克拉斯罗伯德，便进了学经堂，站在一卷打开的《塔木德》前摇头晃脑。鬓发也随之飘扬。学生们来找他交谈，他口里说着话，眼睛却没有离开书本。无论谁说话，他都能挑出人家引用上的毛病来，就像他能把《塔木德》给背下来似的。

阿卡莎要求与他见上一面，可雷布·纳夫塔利说只有裁缝、鞋匠这种人才会这么干，有教养的小姐可不能这么做。他警告说，要是阿卡莎把兹马克赶跑了，他就剥夺她的继承权。因为订婚仪式期间，男女分别在不同的房间，阿卡莎直到签订结婚协议时才见到兹马克。她瞧着他，耳边响起外祖母的声音："他们卖给你的是个劣等货。"

她的话那么清晰，阿卡莎觉得在场的人都听见了。可事实上，除了她谁也没听到。姑娘和妇人们簇拥着她，祝贺她，称赞她的美丽、她的华服和珠宝。外祖父把协议书和一支鹅毛笔递给她，外祖母叫起来："别签！"她一把抓住阿卡莎的胳膊肘，一滴墨水滴到纸上。

雷布·纳夫塔利大吼一声："瞧你干的好事！"

阿卡莎想签字，可笔从手中滑落下来。她放声大哭："外公，我签不了。"

"阿卡莎，你真给我丢人。"

"外公，饶恕我吧。"阿卡莎双手蒙面，发出一声哭叫。男人们嘘声责骂，女人们又是哭又是笑，阿卡莎无声地哭泣着。她们半扶半推地把她领到房间，安顿到床上。

兹马克厉声叫道："我不要和这个泼妇结婚！"

他推开众人，跑出门，搭上一辆马车要回犹太经学院。雷布·纳夫塔利追在他后面，想好言安慰他，给他些钱。可兹马克把雷布·纳夫塔利的支票扔到地上。这时，有人把他放在旅馆的柳条箱提了出来。马车走之前，兹马克喊道："我不会宽恕她，上帝也不会。"

几天后，阿卡莎生病了。雷布·纳夫塔利·赫利希兹尔一生什么事都很成功，接受不了这次挫败，他也病了，脸色变得蜡黄。女人和姑娘们想方设法安慰阿卡莎。拉比们、老人们都来看望雷布·纳夫塔利，可他还是一天比一天衰弱。没过多久，阿卡莎恢复了力气，离开了病榻。她走进外祖父的房里，反身把门插上了。女仆透过锁孔偷听，出来对人说，她听见雷布·纳夫塔利说："你简直疯了！"

阿卡莎亲自侍奉外祖父，照顾他喝药，用海绵为他擦洗身子。可是，老人染上了肺炎，鼻孔出血，小便不通，没过多久便去世了。他几年前写了遗嘱，家产的三分之一捐作慈善，余下的给了阿卡莎。

按照律法，祖父、外祖父去世，孙子辈不必守丧一个星期，但阿卡莎还是依例谨守仪式。她天天坐在矮凳上，念《约伯记》，也不让任何人进房间。她羞辱了一个孤儿，一个学者，还害死了外祖父，她伤心极了。因为她以前已经读过《约伯记》了，便到外祖父的书房另找一本书来读。她惊讶地发现了一本波兰文的《圣经》——包括《新约》和《旧约》。阿卡莎知道这是禁书，但她还是翻开了书页。外祖父读过这本书吗？阿卡莎想知道。不，不可能。她记得在基督徒的节日里，当游行的队伍扛着圣像和图画经过他们家附近时，外祖父不许她往窗外看。外祖母告诉她说那是偶像崇拜。她不知道外祖母有没有读过这本《圣经》。她发现书中有些压扁了的矢车菊——那是外祖母常摘的花。外祖母的家在波希米亚，据说，外祖母的父亲属于扎巴泰·兹维那一派。阿卡莎记得查托里斯基公爵到庄园来拜访时，常和外祖母聊天，称赞她的波兰话说得好。公爵说，外祖母若不是个犹太女子，定会娶她为妻——这可是句莫大的恭维话。

那天晚上，阿卡莎把《新约》从头到尾读完了。她难以接受耶稣是上帝唯一的儿子，而且他竟会从坟墓中走出来。但她发现这本书远比那些先知的申斥话语更能抚慰自己受伤的心灵。犹太先知们从未提到天国或死者复活。他们允诺的不过是善者得善报，恶者遭受饥馑、灾祸。

丧期的第七天夜里，阿卡莎熄了灯，上床睡觉。昏昏欲睡之时，她听见了脚步声。她分辨出是外祖父的脚步声，他的身影在黑暗中显现：发光的面孔、雪白的胡须、柔和的表情。他高高的前额上还戴着一顶无檐便帽。他用平和的声音说：“阿卡莎，你犯了罪。”

阿卡莎哭了：“外公，我该怎么办呢？”

“一切都可以纠正。”

“怎么做？”

“向兹马克道歉，做他的妻子。”

“外公，我讨厌他。”

“他是你命中注定的丈夫。”

他逗留了一会儿，阿卡莎闻到了他的鼻烟味，总是习惯地加了丁香和嗅盐。接着，他消失了，黑暗中留下一个空荡荡的位置。她吃惊得都不知道害怕了。后来她靠在床头上，不一会儿睡着了。

她一下又惊醒过来。她听见了外祖母的声音。这次不像外祖父那样的喃喃细语，而是活人的那种有力的声音。“阿卡莎，我的孩子。”

阿卡莎哭喊起来：“外婆，你在哪儿？”

“我在这儿。”

“我该怎么办？”

“听从你内心的想法。”

“什么，外婆？”

“去找神父吧。他会给你忠告的。”

阿卡莎呆住了。恐惧令她喉头发紧。她吃力地说：“你不是我的外婆。你是魔鬼。”

“我就是你外婆。你还记不记得那个夏天的晚上，我们在小山附近的水池里蹚水，你在水里发现了一枚盾？”

“记得，外婆。”

“我还可以给你别的证据。记着，基督徒是对的。拿撒勒的耶稣是上帝之子。如预言所说，他出自圣灵。叛逆的犹太人拒绝接受这个事实。因此，他们受到了惩罚。救世主弥赛亚不会降临到他们中去，因为他已经在这里了。”

“外婆，我害怕。”

“阿卡莎，别听她的！”她的外祖父突然冲着她的右耳边叫起来。“那不是你外婆。它是恶灵伪装来骗你的。不要相信她那些渎神的话，她会把你拖入地狱的。”

“阿卡莎，那不是你外公。它不过是浴室背后的一个妖怪。”外祖母打断了他的话。“兹马克是个没用的家伙。而且他睚眦必报。他会折磨你，他的孩子会成为他那样的害虫。趁现在还有时间，救救你自己吧。上帝站在外邦人一边。”

“莉莉丝！女魔头！魔王的女儿！”外祖父咆哮起来。

“骗子！”

外祖父缄口不语，可外祖母还在喋喋不休，不过她的声音越来越弱。她说：“你真正的外祖父在天国了解了真相，已经皈依了。他们用天国的水为他施洗。他在天堂安息。圣徒们都是主教和红衣主教。那些冥顽不灵的人在地狱之门的大火里煎熬。你要是不信，你就求个征兆吧。”

“什么征兆啊？”

“把你的枕套打开，把枕头撕开，你会发现里面有一顶羽毛做的王冠。凡人绝不可能做出这样的王冠来。”

外祖母消失了。阿卡莎沉沉睡去。黎明时分，她醒来，点燃蜡烛。她记起外祖母的话，打开枕套，撕开枕头。眼前的东西非比寻常，她几乎不敢相信自己的眼睛。一顶羽绒编织的王冠，没有什么装饰，但其造型设计绝非出自凡人之手。羽冠的顶端是一个小小的十字架。它是那么的轻巧，阿卡莎的鼻息都能使它颤动。阿卡莎紧张得喘不过气来。究竟是谁做的这顶王冠——天使还是魔鬼？在这黑夜中，在一只枕头里完成了这件作品。她见到的是一个奇迹。她吹灭蜡烛，伸展开四肢躺到床上。有好长时间她的脑中一片空白。然后，她又入睡了。

早晨醒来，阿卡莎想，她是做了一个梦吧，可是在床头柜上，她看见了那顶羽冠。阳光照耀下，它发出七彩亮光，看上去像是用最小的宝石做成的。她坐起来，琢磨着这件怪事。然后，她穿上黑色衣裙，披上黑披肩，命人把马车备好。她坐马车到了神父科斯克的住所。管家前来开门。神父快七十岁了，他认识阿卡莎。复活节时，他常到庄园去为基督徒农民们祈福，给将死者告解，主持婚礼、葬礼。阿卡莎的一位老师从他那儿借过一本波兰语字典。每次神父来访，阿卡莎的外祖母都会请他到她自己的会客室。他们俩边吃糕点边交谈。

神父给阿卡莎让座。她坐下来，把事情原原本本告诉他。神父说："别再回到犹太人那里去了。到我们这儿来，我们要保证你的财产不被剥夺。"

"我忘了带那顶羽冠了。我想把它带上。"

“好吧，我的孩子，去把它取来吧。”

阿卡莎回到家，可是女仆已经清理了她的卧室，桌子也抹过了。羽冠不见了。阿卡莎在垃圾堆、污水沟都寻遍了，可是一点踪迹都找不到。

没过多久，克拉斯罗伯德镇便传出了可怕的消息，阿卡莎叛教了。

六年过去了，阿卡莎结了婚，成了玛利亚·马尔科夫斯卡夫人。老乡绅弗拉迪斯诺·马尔科夫斯基当时没有子嗣，便把财产留给了他的侄子卢德维克。卢德维克四十五岁时还是个光棍，好像一辈子都结不了婚了。他和姐姐，老处女格罗丽娅住在伯父的城堡里。他和那些农民的女儿私通，生下了一堆野种。他个子瘦小，留着一绺金黄的山羊胡子。卢德维克不和人来往，在家读那些旧书，历史、宗教、家谱什么的。他叼着一只陶瓷烟斗，独自喝酒，孤身打猎，回避贵族们的舞会。庄园的生意他看得很严，决不让庄园管家偷走一点儿东西。邻居们觉得他是个书呆子，也有人认为他疯疯癫癫。阿卡莎皈依基督教后，他便向她（现在改名叫玛利亚）求婚。有谣言说，吝啬鬼卢德维克爱上了玛利亚的财产。神父和其他人都劝阿卡莎接受卢德维克的求婚，他是波兰国王列琴斯基的后代。比卢德维克大十岁的姐姐格罗丽娅反对这门婚事，但卢德维克这次没听姐姐的话。

克拉斯罗伯德镇的犹太人很怕阿卡莎会成为他们的敌人，会怂恿卢德维克与他们作对。过去不少叛教者就是这么做的。但卢德维克还像过去那样和犹太人做生意，卖给他们鱼、粮食和牲口。热力格·弗拉姆波勒是个犹太管家，他把各种各样的商品带到庄园。格罗丽娅依然是庄园的女主人。

阿卡莎和卢德维克刚结婚的那几个星期，他们俩还坐着萨里式游览马车出去旅行。卢德维克甚至还拜访了周围的乡绅们，说要办个舞会。他向玛利亚坦白了过去的那些风流韵事，保证要做个敬畏上帝的基督徒。可没过多久，他又回到老样子：与邻居们疏远，勾引农家女孩，酗酒。夫妻俩保持着愤怒的沉默。卢德维克不再到玛利亚房中，她没有怀孕。最后，他们不在同一张桌上吃饭了，卢德维克有什么事对玛利亚讲，就让仆人送张纸条过去。管理家产的格罗丽娅每星期给她的弟妹一个盾，玛利亚的财产如今归了她丈夫。阿卡莎很清楚这是上帝在惩罚她，如今除了等死还有什么出路？可是，死后会怎样？她会被放在钉床上受煎熬吗？会被抛弃在阴间的荒野吗？她会投胎转世为狗、老鼠还是磨盘？

因为整天无事可做，阿卡莎便一天到晚待在丈夫的书房里。卢德维克没有再买新书，那些书都很破旧了，封皮用皮子、木材，被虫子啃过的、丝绒做的，书页泛黄，上面斑斑点点。阿卡莎读了有关古代国王的故事，遥远的国家发生的事，王公大臣们、主教们之间的各种战争、阴谋。她熟读了有关十字军东征和黑死病的故事。这个世界满是邪恶，也充满了奇迹。天上的星星相互争斗，一个吞掉另一个。彗星预示灾难。有小孩一生下来就带着尾巴，有个妇人身上长出了鱼鳞和鳍。在印度，托钵僧赤脚踩在烧红的炭火上，却不会被烫着。还有人让自己被活活烧死，再从坟墓里爬出来。

奇怪的是，自从那天晚上在枕头里见到那顶羽冠后，阿卡莎就再没有见到宇宙的统治者给的任何征兆了。她再也没有听到外祖父和外祖母的声音。有时，她真想大声叫外公，可她不敢用她不洁的嘴唇提到外公的名字。她背叛了犹太人的上帝，又不再相信外邦人，所以，她不再祷告。热力格·弗拉姆波勒常到庄园里来，阿卡莎站在窗前看见他，很想向他打听犹太社区的情况，但又怕热力格会觉得跟她讲话便是犯罪。而且格罗丽娅还会谴责她和犹太人联系。

日子一天天过去。格罗丽娅的头发变白了，还经常摇头晃脑。卢德维克的山羊胡子花白了。仆人们老了，又聋又哑。阿卡莎，现在叫玛利亚，三十多岁了，可她总觉得自己已经是老太婆了。这些年来，她越来越清楚地认识到是魔鬼引诱她叛教，是魔鬼做了那顶羽冠。可是归路已经堵死。俄国法律禁止叛教者重回过去的信仰。她得到的那点儿有关犹太人的消息很糟糕：克拉斯罗伯德镇的犹太会堂还有市场的商店都被烧了。受人尊敬的房主和社区的长者们都扛着袋子，出门讨饭去了。每过几个月都会发生一场瘟疫。她早已没了退路。她时常想到自杀，可是怎么死？她不敢上吊，怕割手腕，又找不到毒药。

慢慢地，阿卡莎得出结论：这个世界是由邪恶势力统治的。不是上帝而是撒旦在统治。她找到厚厚一本有关巫术的书，书中巨细靡遗地记载着咒语呀、符咒呀、辟邪物呀、招引恶魔妖怪的魔法呀，还有献给阿斯莫丢斯魔王、堕落天使路西法、鬼王别西卜的牺牲等内容。书里还写了黑弥撒的情况，女巫们在自己身上涂油，聚集在森林里吃人肉，骑上扫帚、铁铲和铁圈在空中飞翔，后面跟着一大群魔鬼和其他夜间出没的东西，他们都长着犄角、尾巴、蝙蝠的翅膀、野猪的长嘴。这些妖怪常和女巫结合生出些畸形怪物。

阿卡莎想起了一句意第绪语谚语来："若不能冲过去，就沉下去。"她既已失去来世，那么，就在今生好好享受一下狂欢吧。夜里，她念咒招来恶魔，准备像过去的许多弃妇那样和魔鬼签约。

一次午夜，等阿卡莎吞下一剂混合着蜜蜂酒、唾液、人血，拌了波斯树脂、曼德拉草的乌鸦蛋的汤药后，便感觉唇上留下了一个冰凉的吻。在深夜的月光里，她看见一个裸体的男子身影，高大、漆黑，长长的乱发，一对公羊角，两只尖尖的野猪的獠牙。他向她俯下身来，悄悄道："您有什么吩咐，女主人？您可以得到我一半的王国。"

他的身体像蛛网一般透明，发出沥青的刺鼻恶臭。阿卡莎本打算回答："你，我的奴仆，来让我中魔吧。"可她口里却喃喃道："我的外公、外婆。"

魔鬼突然大笑起来："他们都是尘土。"

"是你编的那顶王冠吗？"阿卡莎问道。

"还会有谁？"

"你骗了我，是不是？"

"我是个骗子。"魔鬼咯咯地笑着。

"真相在哪儿？"阿卡莎问道。

"真相就是：根本不存在任何真相。"

魔鬼逗留了一阵儿就消失了。此后，阿卡莎便处在半醒半睡状态。各种声音对她讲话。她的乳房肿胀，乳头坚硬，肚子鼓胀起来，脑袋刺痛。她龇牙咧嘴，舌头大得像要把腮帮子给撑破了。眼珠子也从眼袋中凸了出来，耳朵里响起敲击声，就像铁锤打在铁砧上一般刺耳。接着，她感到一阵阵临产前的剧痛。"我要生小魔鬼了！"阿卡莎叫了起来。她开始向早已背弃的上帝祈祷。最后，她终于睡着了。黎明前的黑暗中，她醒过来，所有的疼痛都消失了。她看见外公站在她的床脚。他穿着一件白色的长袍，戴着蒙头斗篷，过去他在赎罪日前夕总会穿着这身衣服，在背诵科尔·尼德尔祷告词前，为阿卡莎祝福。他的眼睛发出的光照亮了阿卡莎的被子。“外公。”阿卡莎喃喃叫道。

“哎，阿卡莎，我在这儿。”

“外公，我该怎么办？”

“离开这儿。去忏悔。”

“我回不去了。”

“还来得及，找到那个被你羞辱的男人。做回犹太女儿。”

后来，阿卡莎记不清是外公真的对她说话了，还是她理解了外公无声的话语。夜晚过去了。晨曦映红了窗户。鸟儿在叽叽喳喳地叫着。阿卡莎检查了她的床单，上面没有血迹。她并没有生下小魔鬼。这么些年来，她第一次诵读希伯来语感恩祷告词。

她下了床，在盆里洗了脸，用头巾包了头发。卢德维克和格罗丽娅夺走了她的财产。但她还留着外婆的珠宝。她用手帕包好珠宝，放进篮子里，带上一件衬衣和内衣。卢德维克要么在他的哪个情妇那儿过夜，要么就一大早出门打猎去了。格罗丽娅生了病，躺在她的卧室里。女仆给阿卡莎端来早餐，可她吃得很少。然后，她离开了庄园。院里的狗冲她狂吠，当她是陌生人。老仆人们吃惊地望着夫人手里挎个篮子，戴着头巾，像个农妇似的出了大门。

虽说马尔科夫斯基的地产离克拉斯罗伯德镇不远，阿卡莎还是走了大半天的路。她坐下来休息，在溪边洗了手。然后背诵饭前祷告词，吃了一块随身带的面包。

在克拉斯罗伯德镇的公墓边有掘墓人埃贝尔的茅屋。他妻子正在屋外水盆里清洗内衣。阿卡莎问："这是去克拉斯罗伯德镇的路吗？"

"对，一直往前走。"

"村里有什么消息吗？"

"你是谁？"

"我是雷布·纳夫塔利·赫利希兹尔的亲戚。"

女人用围裙擦了擦手："那家一个活人都没有了。"

"阿卡莎在哪里？"

老妇人浑身发抖："该把她头朝下埋了。天上的父啊！"她讲了阿卡莎叛教的事。"她在这个世界已经受到惩罚了。"

"那个犹太经学院的男孩后来怎么样了？"

"谁知道呢？他不是这一带的人。"

阿卡莎问她外公外婆的坟墓，老妇人指给她看两个相对着的墓石，上面长满了苔藓和杂草。阿卡莎伏在坟前，一直到天黑。

三个月来，阿卡莎去了一个又一个犹太经学院，就是找不到兹马克。她查了社区登记簿，询问长者和拉比们，都一无所获。有些镇上没有旅店，她常常在救济院里过夜。她躺在稻草铺的地铺上，身上盖一床席子，默默地祈祷外公现身，告诉她上哪儿去找兹马克。他什么信号也没给。黑暗中，老人、病人不住地咳嗽、咕哝，小孩子不停地哭叫，母亲们切齿地咒骂。阿卡莎把这一切都视作对她的惩罚，但她依然无法克服被羞辱的感觉。社区的领袖们责骂她。他们让她等上好几天才接见她。女人们很是疑惑，她干吗还要找一个无疑已经娶妻生子或是已经进了坟墓的男人呢？“外公，您为什么逼我这么做？”阿卡莎叫道，“给我指条路，不然，就让死神把我带走吧。”

一个冬日的下午，阿卡莎坐在卢布林一家旅馆里，她问店主有没有听说过一个叫兹马克的男人，个子矮小，皮肤黝黑，以前是经学院的学生、学者。一个客人说：“你问的是伊兹比卡来的教师兹马克吧？”

他把兹马克描述了一番。阿卡莎知道这就是她要找的人。“他曾经和克拉斯罗伯德的一个女孩订过婚。”她说。

“我知道。那个叛教者。你是谁？”

“一个亲戚。”

“你找他干什么？”客人问道，“他很穷，而且还很倔。他的学生们都离开了他。那是个又粗野又固执的男人。”

“他有妻子吗？”

“他有过两个妻子。第一个被他折磨死了。另一个跑了。”

“他有孩子吗？”

“不，他没有生养。”

客人正打算继续往下说，这时，一个仆人过来把他叫走了。

阿卡莎眼里充满了泪水。外公没有抛弃她。他领着她朝着正确的方向走了。她联系去伊兹比卡的车子，旅店前就有一辆顶上有盖的货车准备出发。“哦，我不是独自一人，”她自语道，“上天知道我的每一步。”

刚开始，路还是铺过的，但很快就成了满是泥坑的肮脏小道。夜晚潮湿、黑暗。旅客们不停地爬下车，帮着把车子推出泥坑。别的人都在责骂车夫，只有阿卡莎带着感恩接受这种种的不适。湿漉漉的雪落下来，寒风吹过。她每次从货车上下来，脚脖子都陷进了泥里。他们到达伊兹比卡时已经很晚了。整个村子就是一片沼泽地，茅屋东倒西歪。有人给阿卡莎指了去教师兹马克家的路——在肉店附近的一个小山上。就是在冬天，也能闻到一股腐烂的恶臭。肉店的狗鬼鬼祟祟，四处游荡。

阿卡莎从兹马克茅屋的窗户望进去，只见斑驳的墙壁，肮脏的地面，几个堆着破书的书架。油碟里的一根灯芯是屋里唯一的光源。桌旁坐着一个小个子男人，漆黑的胡须，蓬乱的眉毛，焦黄的脸上长着尖尖的鼻子。他正俯身在一本大书上，眼睛离书很近。他头戴一顶无檐便帽的衬里，身上一件棉夹克，露出了脏兮兮的棉花。阿卡莎站在一旁看着，一只耗子从洞里跑出来，嗖的一下跑到床前。床上铺着烂草，枕头没了套子，一件虫吃过的羊皮袄充作毯子。虽然兹马克老了，但阿卡莎还是一眼就认出了他。

他在身上四处抓痒，把唾沫吐在手指尖上，再用指尖抹额头。对，就是他。阿卡莎这时又想哭又想笑。有一阵她把目光投向黑暗。多少年来，她第一次听见外婆的声音："阿卡莎，快逃吧。"

"去哪儿？"

"回到以扫[1]那里去。"

接着，响起了外公的声音："阿卡莎，他会救你出深渊的。"

阿卡莎从未听见外公这么激动地讲过话。她感到一阵晕厥前的空虚。她靠到门框上，门开了。

兹马克抬起一边乱蓬蓬的眉毛。他眼球突出，像得了黄疸病。"你要干什么？"他厉声问道。

"您是兹马克先生吗？"

"对。你是谁？"

"阿卡莎，克拉斯罗伯德镇的。你从前的未婚妻……"

兹马克一声不吭。他张开歪斜的嘴巴，露出孤零零一颗牙，黑如铁钩。"那个叛教者？"

"我已经回到犹太教了。"

兹马克一跃而起，发出一声恐怖的叫喊："滚出我的屋子！省得被你的名字玷污了！"

"雷布·兹马克，请听我说。"

---

1　以扫，雅各的孪生兄弟。以扫和雅各的后代分别称为以东人和以色列人。这里"以扫"代指非犹太人。——译者注（以下如无特殊标注，均为译者注）

他握紧双拳朝她冲过去，油碟掉到地上，灯灭了。“肮脏的东西！”

赫利希兹的学经堂挤满了人。这是新月的前一天，一群人聚在一起背诵祈祷词。妇女们的房间传来虔诚的诵读声。门砰的一下开了，一个穿得破破烂烂的黑胡子男人大步跨进门来。他肩上挎了个包，像牵牛似的用绳子牵着一个女人。她头上戴着黑头巾，穿着粗麻布裙子，脚上包着破布，脖子上挂了一圈大蒜。祈祷的人们都停了下来。陌生男人冲那个女人做了个手势，她便一下趴在门槛上，叫道：“犹太人啊，踩我吧！犹太人啊，唾骂我吧！”

学经堂里一阵骚乱。那个陌生男人走到读经台前，敲了敲桌子，让大伙儿安静。他拖长声音说：“这个女人的家就是你们镇上的。她的外祖父是雷布·纳夫塔利·赫利希兹尔。她就是阿卡莎，她背叛了犹太教，嫁给了一个乡绅。她如今看清了真相，想为她的丑行赎罪。”

虽说赫利希兹在波兰境内属于奥地利的那部分，但那儿的人们都听说了阿卡莎的事。有人抗议说忏悔赎罪也不能这样，不能把人像牲口似的用绳子牵着走。其他人也冲着陌生人挥拳头。的确，在奥地利，根据当地的法律，叛教者可以回归犹太教。但如果基督徒们知道皈依基督教的人受到这种方式的羞辱，便可能颁布严酷的法令，反诉犹太人。年老的拉比比扎勒先生迈着碎步跑到阿卡莎跟前。“起来，孩子。你既然已经忏悔了，你就是我们的人了。”

阿卡莎站起身来：“拉比，我让犹太人蒙羞了。”

“你已经忏悔了，万能的主会宽恕你的。”

妇女区的信徒们听说了这边发生的事后，都涌进了男人们的学经堂。拉比夫人也和她们在一起。拉比对他妻子说：“带她回家，给她穿上体面的衣裳。人是按上帝的形象造出来的。”

阿卡莎说：“拉比，我要赎罪。”

“我会给你制订苦修方案。别自己折磨自己了。”

几个妇女哭出声来。拉比夫人取下自己的围巾给阿卡莎披上，另一位妇女也把自己的披肩给了她。她们把她领到古时候关押社区罪人的房间，里面还有一个铁钻和铁链。女人们在那儿给阿卡莎穿戴好。有人给她带来裙子和鞋子。别人忙着给她穿戴，阿卡莎自己却不住地捶打着胸膛，讲述自己的罪行。她惹怒了上帝，侍奉各种偶像，和基督徒苟合。她抽泣着说：“我行巫术。我招来了撒旦。他给我编了一顶羽毛王冠。”阿卡莎穿戴好后，拉比的妻子便把她带回自己家里。

祈祷结束后，男人们开始询问陌生人。他是谁？他是怎么和雷布·纳夫塔利的外孙女扯上关系的。

他回答说：“我叫兹马克。我本来要成为她丈夫的，可她拒绝了我。如今，她来请求我的宽恕。”

“犹太人应该宽恕。”

“我宽恕她。可万能的主是复仇的上帝。”

“可他也是仁慈的上帝。”

兹马克开始和学者们辩论。他的博学才智立刻显示出来。他旁征博引《塔木德》《评注集》《答疑解惑集》，甚至还纠正了拉比在引经据典时的错误。

比扎勒拉比问：“你成家了吗？”

“我离婚了。”

“那样的话，一切都好办了。”

拉比请兹马克上家里去，妇女们和阿卡莎一起坐在厨房里。她们敦促她就着菊苣吃点儿面包，她已经禁食三天了。男人们在拉比的书房里照料兹马克，给他拿来裤子、鞋子、外套和一顶帽子。他身上长了虱子，他们便带他去洗澡。

晚上，镇上七位德高望重的人和所有重要的长者都聚集到拉比家。女人们把阿卡莎领了过来。拉比宣布说，按照律法，阿卡莎并未结婚。她和乡绅的结合不过是纵欲苟合。拉比问：“兹马克，你愿意娶阿卡莎做妻子吗？”

“我愿意。”

“阿卡莎，你愿意兹马克做你的丈夫吗？”

“是的，拉比，可我不配。”

拉比大致勾勒了阿卡莎的苦行计划。她必须每星期一和星期四禁食，每个工作日禁食鱼和肉，要背诵《诗篇》，黎明起来祈祷。拉比对她说："重要的不在惩罚本身，而在忏悔。先知们说过，'他会回来，得到治愈'。"

"对不起，拉比。"兹马克打断他的话，"这种苦修只适合一般的罪，但不足以惩罚叛教者。"

"你想要她怎么做。"

"有更严厉的忏悔形式。"

"比如？"

"在鞋里装上石子。冬天赤着身子在雪地上打滚。夏天在荨麻上翻滚。从上个安息日禁食到下一个安息日。"

拉比沉吟半晌，说："如今，人们的体力已经承受不了如此严酷的惩罚了。"

"他们有力气犯罪，就该有力气赎罪。"

"神圣的拉比啊，"阿卡莎道，"别对我从轻发落。请拉比给我定个严酷的苦行吧。"

"我刚才说的就够了。"

众人都不吭声。然后，阿卡莎说："兹马克，把包袱给我。"兹马克先前把她的包袱放在角落里。他把包袱拿来放到桌上。阿卡莎取出一个小口袋来。她把那些珍珠、钻石、卢布倒了出来，人群里发出叹息声。"拉比，这是我的珠宝。"阿卡莎说，"我不配拥有这些东西。请拉比处置吧。”

“这是你自己的，还是那乡绅的？”

“是我的。拉比。是从我敬爱的外祖母那儿继承来的。”

“经书上说就是最大的善举也不可超过家产的五分之一。”

兹马克摇摇头：“对此，我也不敢苟同。她辱没了她外祖母的在天之灵，不该继承她的珠宝。”

拉比捋着胡子：“你比我懂得多，那你来做拉比好啦。”他呼的一下站起来，接着又坐下来，“你们怎么维持生活呢？”

“我可以做个挑水工。”兹马克说。

“拉比，我可以洗衣、揉面。”阿卡莎答道。

“行。就按你们说的去做吧。可我更相信律法的仁慈而非严酷。”

半夜里，阿卡莎睁开眼睛，夫妻俩住在离公墓不远的一间地面肮脏的小屋里。白天，兹马克担水，阿卡莎洗衣服。除了星期六和节日，两人每天禁食，只吃一顿晚餐。阿卡莎在她的鞋里装上了沙子和石子，贴身穿一件粗糙的羊毛衫。夜里，他们各自睡在地上，他在靠窗的席子上睡，她睡炉边的草铺上。一根绳子从墙的这头拴到墙的另一头，上面挂着她为他们俩准备的裹尸布。

他们已经结婚三年了，但兹马克还从没碰过她。他坦白说，他自己也深浸在罪恶之中。他当年娶妻后，心里却想着阿卡莎。

他和妻子同房时，像俄南那样把精遗在地上。他一心想报复她，怨恨全能者，将他的怒火发泄在两个前妻身上——有一个还被他折磨死了。他对上帝的亵渎还不够大吗？

虽然茅屋就在森林边上，他们可以就地取暖，但夜里兹马克却不让生火。他们和衣而卧，身上盖着麻袋、破布。赫利希兹的人们都认为兹马克是个疯子。拉比曾把夫妻二人召了去，跟他们解释说折磨自己和折磨他人同样残忍。但兹马克援引《智慧开端》中的话说，缺乏苦行的忏悔毫无意义。

阿卡莎每晚睡觉前都要忏悔，可她的梦境仍不是纯洁的。撒旦化身成外婆的形象，向她描绘令人炫目的都市、美妙的舞会、充满贪欲的绅士、放荡的妇人们。她的外公再次沉默不语。

在阿卡莎的梦里，外婆又年轻又漂亮。她唱着黄色小曲儿，喝酒，还和江湖骗子们跳舞。有几天夜里，她领着阿卡莎进了基督教教堂，只见神父在布道，偶像崇拜者们跪在金色的雕像前，那些依附达官贵人的妓女赤身裸体，喝着羊角杯盛的酒，纵欲狂欢。

一天夜里，阿卡莎梦见自己赤身裸体站在一个圆圆的洞穴里。侏儒围着她跳舞，他们唱着猥亵下流的哀歌，号角齐鸣，鼓声大作。她醒来时，耳中依然响着那阴郁的吟唱声，她自语道："我已经彻底迷失了。"

兹马克也已经醒来。透过那面尚未用木板封住的窗户框，他向外张望了一会儿，说 :“阿卡莎，你醒了吗？下雪了。”

阿卡莎很清楚他什么意思。她说 :“我一点儿力气都没有了。”

“你献身邪恶的时候就有力气啦？”

“我骨头痛。”

“跟复仇天使说去吧。”

白雪和深夜的月光给房里投下一束明亮的光。兹马克任由头发长得很长很长，像个古代隐士。他的胡须乱蓬蓬的，双眼在黑夜里闪闪发光。阿卡莎无法理解他白天担了一整天的水，还有力气看书到深夜。他很少把晚餐吃完。为了不让自己享受食物的美味，他吃面包时嚼也不嚼，囫囵吞下，还故意在汤中多放些盐和胡椒。阿卡莎自己变得十分的衰弱。她常在水坑里照自己的影子，瘦弱的脸庞、凹陷的脸颊，面色泛着病态的苍白。她咳嗽不止，痰中带血。这时，她说 :“宽恕我吧，兹马克。我起不了床了。”

“起来，娼妇。这也许是你最后一个晚上了。”

“但愿如此。”

“坦白吧。把真相说出来。”

“我什么都告诉你了。”

“你享受到淫欲的快活了吗？”

“不。兹马克，没有。”

“可上次你承认有。”

阿卡莎沉默了很久 :“很少，很少。也许只有一瞬间。”

“而且你忘了上帝。”

“没有全忘。”

“你知道上帝的律法，却执意否认上帝。”

“我那时以为真相在基督徒手里。”

“就因为撒旦给你编了一顶羽毛王冠？”

“我以为那是上帝的奇迹。”

“婊子。不许狡辩。”

“我没有狡辩。他用外婆的声音讲话。”

“你干吗听你外婆的，却不听外公的话？”

“我愚蠢透顶。”

“愚蠢？这么些年，你可沉醉在亵渎神灵中啊！”

过了一阵儿，夫妻俩赤脚走进夜幕里。兹马克一纵身滚到雪地里。他飞快地滚啊滚啊，头上的帽子都掉了。他的全身裹满黑发，像动物的皮毛。阿卡莎等了一分钟，也扑到雪地上。她在雪地里慢慢地翻滚着，一语不发，而兹马克则高声背诵着：“我们犯了罪。我们背叛。我们抢劫。我们说谎。我们欺骗。我们反叛。”然后，他又加了一句，“愿您把我的死视为我所有罪孽的救赎吧。”

阿卡莎常听到这首哀歌，而且每次都让她战栗。她的丈夫，乡绅马尔科夫斯基鞭打农民的时候，他们都会这么哀叫。她害怕兹马克的哀鸣远甚于冬日的寒冷、酷暑的荨麻。偶尔，在他脾气温和的时候，兹马克保证说他会和她成为真正的夫妻，甚至还说过他愿意让她给他生孩子。啊，什么时候？他不停地在他们两人身上寻找新的罪过。阿卡莎一天比一天衰弱。绳子上的裹尸布和坟地的墓石好像在向她招手。她让兹马克发誓，他会在她的坟前背诵《卡迪什》悼词。

在坦木兹月一个炎热的日子，阿卡莎去河边的牧场摘酸叶草。她已经禁食一天了，她想做洽芜汤当他们的晚餐。采着采着，她筋疲力尽，倒了下去。她索性躺在草地上打盹，心想我只睡一刻钟就好了。可她的意识一片空白，腿脚僵硬，沉沉睡去。等她睁开眼时，夜幕已经降临了。天空乌云密布，空气潮湿，暴风雨就要来了。地上蒸腾着各种青草的气息，令她头晕目眩。黑暗中她找到了自己的篮子，但篮子却空空如也，定是哪只山羊或奶牛吃了她的酸叶草。她突然想起自己的童年时代，穿金戴银，仆从如云，外婆外公百般宠爱。现在，她咳得喘不过气来，额头发烫，脊背阵阵发凉。月亮没有出来，星星也被遮住了。她几乎找不到回家的路了。赤裸的双脚不时踩在荆棘、牛粪上。“我掉进可怕的陷阱了！”她心里有个声音叫起来。她走到一棵树边休息。这时外公出现了，雪白的胡须在黑夜里闪着光，她辨认出他高高的前额，和蔼的微笑和目光里的慈爱。她叫了声：“外公？”顿时泪流满面。

“我都知道。”外公说，“你的苦难与悲伤。”

“外公，我该怎么做？”

“我的孩子，对你的考验已经结束了。我们在等你——我、外婆以及所有爱你的人。神圣的天使们会来接你的。”

“什么时候，外公？”

刹那间，外公的形象消失了。只有漆黑一片。阿卡莎像个瞎子似的摸索着朝家里走去。终于，摸到了自家的茅屋。她一推开门，便感觉到了兹马克在家。他坐在地板上，双眼像烧红的煤炭。他叫道：“是你？”

“是我，兹马克。”

“你为什么耽搁这么久。因为你，我没法安安静静地背诵晚祷词，你把我的思绪搅乱了。”

“原谅我吧，兹马克，我太累了，在牧场上睡着了。”

“骗子！叛教者！人渣！”兹马克厉声道，“我到牧场找过你。你正在和哪个牧羊人鬼混吧！”

“你说什么呀？上帝不许！”

“老实说！”他跳起来，抓住她摇晃着。“母狗！魔鬼！莉莉丝女魔头！”

兹马克从来没有这么野蛮过，阿卡莎对他说：“兹马克，我的丈夫。我对你是忠实的。我在草地上睡着了。在回来的路上，我看见了外公。我的大限到了。”她衰弱得一下子出溜到地上。

兹马克的怒火一下消失了。他发出一声哀鸣："圣洁的灵魂啊，没有你，我上哪儿去呀？你是个圣徒。原谅我的苛刻吧。这都是因为我爱你呀。我想让你洁净，这样你才能在天国与圣母们平起平坐。"

"我既有这资格，便可平起平坐。"

"怎么会这样？上天还有公义吗？"兹马克哀号的声音把她吓着了。他不住地把头往墙上撞。

第二天早上，阿卡莎没起床。兹马克在三脚锅上煮好粥，去喂她。粥从她嘴边溢了出来。兹马克叫来了镇上行医的，可是医生也束手无策。丧事会的女人们都到了。阿卡莎躺在床上，衰弱无力。她的生命正在一点一滴地消失。中午，兹马克步行到亚洛斯诺镇去请医生。到晚上还没回来。那天上午，拉比的妻子给阿卡莎送来一个枕头。这是几年来，她头一次睡在枕头上。到晚上，丧事会的女人们都回去和家人团聚了，剩下阿卡莎孤零零一个人。油碟里点着一根灯芯。窗外，吹进一阵暖风，月亮没有出来，但星光闪烁。蟋蟀唧唧叫着，蛙鸣犹如人声。时不时地有阴影从她床对面的墙上划过。阿卡莎知道大限已至，但她并不怕死。她审视自己的灵魂，出身富家，天生丽质，她的天赋远远超过周围的女孩子。可是厄运却将一切颠倒了。她究竟是在为自己的罪过受苦，还是在还前世的孽债？阿卡莎明白这最后的光阴应当忏悔和祈祷。可是她命里注定到死都无法消除疑虑。外公说的是一套，外婆讲的是另一套。阿卡莎在一本古书里读到，那些否认上帝的传道者认为世界是由原子任意组合而成的。她现在只有一个愿望——看到一个征兆，纯粹的真相显现。她躺在地上，祈祷这奇迹出现。渐渐地她滑入梦中，正在跌入狭窄、漆黑的深渊。每次快要跌至底部时，地基便会在她身下坍塌，她又重新开始以更快的速度下沉。黑色变得越来越重，深渊变得越来越深。

她睁开眼睛，明白自己该怎么做了。她挣扎着爬起来，找到一把刀子。她取下枕套，用麻木的手指撕开枕头缝。从里面的羽绒中，她取出一顶羽毛王冠，一只隐匿的手在王冠顶部编织出上帝名字的四个字母。

阿卡莎将王冠放在自己的床边，在摇曳的灯光里，她清楚地看到那四个字母：Y，H，V，H。可她还是不明白，凭什么这顶王冠就比先前那顶王冠更能显示真相呢？会不会天国也有不同的信仰？阿卡莎祈求出现新的奇迹。绝望中她想起了魔鬼的话："真相就是根本不存在任何真相。"

深夜，丧事会的一个妇女来了，阿卡莎想恳求她别踩在那顶羽冠上，可她衰弱得发不出声来。那个妇女一脚踩在那顶羽冠上，那精美的王冠消失了。阿卡莎闭上眼睛，再也没有睁开。

黎明时分，她一声叹息，灵魂便出窍了。

一个妇女拣起地上的一片羽毛，放到她的鼻翼下，羽毛一动不动。

那天下午，丧事会的妇女们给阿卡莎净了身，给她穿上她自己早已准备好的裹尸布。兹马克再也没从亚洛斯诺镇返回，从此没了音讯。赫利希兹的人传言他在路上遭人暗算了。也有人猜测兹马克不是人，而是魔鬼。阿卡莎葬在一位圣人的礼拜堂附近，拉比为她念了悼词。

有件事始终令人费解。阿卡莎最后的那几个小时里撕开了拉比夫人送给她的枕头。给她净身的妇女们在她的手指缝里发现了一些羽绒。一个垂死的人怎会有力气撕开一个枕头？而且，她究竟要找什么呢？无论镇上的人怎么想，怎么解释，他们始终弄不清真相。

因为如果世上确有真相的话，那它就像这羽冠一般复杂而隐蔽。

# 康尼岛的一天*

这会儿，我很清楚那年夏天我本该干的事——创作。可当时我差不多一个字也写不出来。我对自己说："在美国还有人读意第绪语吗？"意第绪语报的编辑虽说也时不时地在周日版发表一点儿我的东西，不过，他也直言不讳地说没人在意那些两百年前的魔鬼、阴魂、幽灵之类的东西。我三十岁的时候逃离波兰，如今已是个不合潮流的老古董。好像这还不够倒霉似的，华盛顿拒绝给我延长旅游签证。我的律师利伯曼一直在想办法为我搞一份永久居留证，但那需要我提供出生证、品行良好证明、一封证明我

* 本篇英语由艾萨克·巴什维斯·辛格与劳里·考文（Laurie Colwin）翻译。

已经受雇且不会成为公共负担的信函，以及其他一些我拿不出来的文件。我给波兰的朋友们发了求助信，他们从不回复我。那时候，报上都在预测希特勒随时会进攻波兰。

一夜噩梦连连，半睡半醒后我睁开眼睛。

我的华沙手表显示差一刻到十一点。透过窗帘的缝隙，一道金光照进。我听见大海的涛声。一年半以前，我在海门一座老房子里租了间带家具的屋子，离艾丝特（我在这儿是这样叫她的）不远，一个月的租金是十六美元。房东伯杰太太给我提供付费早餐。

在被遣返波兰之前，我先好好享受享受美国的舒适生活吧。我在大厅下面的浴室里泡澡（这个时间段浴室里没人），看见一艘欧洲来的大船驶过，反正不是“玛丽皇后”号就是“诺曼底”号。从浴室窗户望出去，看得到大西洋，还能看到世上最新最快的轮船驶过，这是多么的奢侈啊！我一边修面，一边做了个决定：绝对不能让他们把我遣回波兰！我不能落入希特勒的魔爪。我要非法滞留。听人说一旦战争爆发，我很有可能自然而然地取得国籍。我对着镜子里的自己做着鬼脸。我的红头发已经掉光了。水汪汪的蓝眼睛，眼睑红肿，双颊凹陷，喉结突出。人们从曼哈顿到海门是来晒日光浴的，可我的皮肤依然苍白病态。我的鼻子又白又尖，下巴突出，胸部平坦。我时常觉得这个样子就像自己笔下的幽灵。我伸出舌头，把自己叫作“巴特懒”，意思就是不懂人情世故、一无是处的家伙。

我原想着上午都这么晚了，伯杰太太的厨房应该没人，没承想他们都在那儿：哈科维奇和他的第三任太太；老作家雷姆金，他过去是个无政府主义者；还有西尔维娅，几天前她还带我去美人鱼大道看过一场电影（下午五点以前，票价就只有十美分。）她说着磕磕巴巴的意第绪语，给我翻译绑匪们的对话。黑暗中她牵了我的手，这让我产生了犯罪感。首先，我曾发誓要遵守摩西十诫；其次，我这是在背叛艾丝特；再者，我对安娜也是心怀内疚，她还从华沙给我写信。但我又不愿让西尔维娅没面子。

我一走进厨房，伯杰太太便叫了起来："咱们的作家来啦！一个大男人竟然睡了这么久？我今天早上六点钟可就下地了。"我低头看了看她粗壮的双腿，弯曲的脚趾和鼓出来的拇趾囊肿。人人都来把我取笑一番。老哈科维奇说："你有没有意识到你已经错过晨祷了？你一定是克孜科尔的哈西德教徒，夜半三更做祷告。"他的脸色苍白，胡子也白了。他的第三任妻子，那个鼻子粗大、嘴唇肥厚的胖女人也加入进来："我敢打赌，这位年轻人连祷告的护经匣都没有。"雷姆金则说："要我说呀，他一宿没睡，是在写一部大作。"

"我又饿了。"西尔维娅叫道。

"今天你打算来点儿什么？"伯杰太太问我，"两个面包卷一个鸡蛋，还是两个鸡蛋加一个面包卷？"

“怎么都行。”

“我这就把月亮放您盘子里。我可害怕你把我写进你那意第绪语报的故事里。”

她给我端来一个大大的面包卷，外加两份炒鸡蛋和一大杯咖啡。早餐是二十五美分，我还欠着伯杰太太六周的房租和六周的早餐费。

我吃饭的时候，哈科维奇夫人谈起她的大女儿一年前死了丈夫，如今又再婚了。“你们知不知道竟有这种事情？”她说，“他打了个嗝，就倒地死了。就像是他脑子里什么东西破裂了。上帝竟然允许这样的不幸发生。他给她留下五万美元的保险。一个年轻女人能等多久呢？那个男人是个医生，而这个男人是个律师，全美国最大的律师。他看了她一眼便说，‘这就是我一直等待的女人’。六个星期之后，他们就结了婚，上百慕大度蜜月去了。他给她买了个值一万美元的戒指。”

“他以前是单身汉？”西尔维娅问道。

“他之前有过一个老婆，但不是他喜欢的那一类，离了。她得了一笔不小的离婚赡养费——每周二百美元啦。但愿这钱都给她买了药。”

我匆匆吃完早餐就离开了。到了外面，我看了看信箱，里面没我的信。两个街区外，能看见艾丝特去年冬天租的房子。她把屋子租给那些在纽约附近度假的人。白天我不能去找她。我通常半夜三更偷偷溜过去会她。那年夏天，有好多意第绪语作家和记者住在那儿。不能让他们知道我跟艾丝特的恋情。既然我没打算和她结婚，干吗拿人家的名声冒险呢？艾丝特差不多比我大了十岁。她跟丈夫离了婚，那是一个意第绪语诗人，是个现代主义者、共产主义者，一个招摇撞骗的人。他去了加利福尼亚，没寄回一个子儿给他们的两个小女儿。他跟一个画抽象画的艺术家住在一起。艾丝特需要的是一个能养活她和两个女儿的丈夫，而不是我这种专门描写魔鬼、小妖的意第绪语作家。

我到美国已经十八个月了，康尼岛依然令我叹为观止。骄阳似火，海滩上人声鼎沸，盖过了大海的浪涛声。岸边的木板道上，卖西瓜的意大利小商贩拿刀敲着一块铁皮，扯着嗓子招揽顾客。各式各样的叫卖声此起彼伏：卖爆米花和热狗的，卖冰激凌和花生米的，卖棉花糖和玉米棒的。我走过一个杂耍摊，艺人正在展示半人半鱼的怪物；经过一个蜡像馆，里面陈列着法国王后玛丽·安托瓦内特、侦察兵野牛比尔、刺杀林肯的约翰·威尔克斯·布斯的蜡像。一家铺子里，暗影里坐着个缠头巾的占星术士在给人算命，四周围着绘有天体、星座和十二宫图的星象图、天体仪。一个小小的马戏团门前，几个侏儒在跳舞，他们漆黑的脸上涂着白粉，一条绳子松松地将他们拴在一起。一只机械猿猴像个风箱似的，鼓着肚子，发出沙哑的笑声。几个黑人小男孩举枪对着金属小鸭子瞄准。一个半裸的男人留着漆黑的胡须、及肩长发，卖力推销着能增强肌肉、美肤壮阳的魔力药水。他双手扯断沉重的铁链，手指掰弯硬币。不远处，一个巫婆正在吹嘘说她能召回死者灵魂，预言未来，指点恋爱婚姻。我随身带着译成波兰文的《意志力教育》，朱尔斯·贝约尔的这本书教人如何克服懒惰，如何进行系统的精神训练，已经成了我的第二《圣经》了。不过我的行为却与书中的教诲背道而驰。我虚度光阴，整日里胡思乱想，忧愁焦虑，把自己禁锢在毫无未来的琐事中。

在这条木板道尽头的一张长条椅上，我坐了下来。每天都有同一群老头聚在这儿讨论共产主义。一个小个子男人，长着圆圆的红脸蛋，顶着泡沫似的白发，使劲晃动着脑袋，尖声叫着："谁来拯救那些工人？希特勒？墨索里尼？那个社会主义法西斯莱昂·布鲁姆？还是那个机会主义者诺曼·托马斯？斯大林同志万岁！为他的双手祝福！"

一个长着酒糟鼻的男人尖叫着反击道："那莫斯科审判怎么说？几百万被斯大林放逐到西伯利亚的工人、农民怎么说？你的斯大林同志处决的苏联将军们怎么说？"他的身子又短又宽，好像中间腹部给锯掉了似的。他朝手帕吐了口唾沫，尖声高叫，"布哈林真的是德国间谍吗？托洛茨基真的拿了洛克菲勒的钱？加米涅夫真的是无产阶级的敌人？你自己和那个无产者——你那个贫民窟的房东又是怎么回事！"

我时常想着这几个男人不吃不睡，没完没了争吵的样子。他们像公山羊似的扑向对方。我本来掏出笔记本和钢笔写下一个主题（可能跟这些争论者有关），但最后我却画了个小个子男人，长长的耳朵，公羊角似的鼻子，鹅的脚，头上还有一对犄角。过了会儿，又给他的身体画上鱼鳞，添上翅膀。我低头看看《意志力教育》，自制？专注？我若是命中注定要死在希特勒的集中营里，这些有什么用？而且，即使我能活下来，再写一部长篇或一个短篇小说，就能改变人性？我知道，玄学家们早就放弃了。现实既非唯我主义亦非物质主义。人得从原初开始：何谓时间？何谓空间？这是解开整个谜底的钥匙。谁知道呢？也许注定要我来解开这个谜底。

我闭上眼睛，决心要突破观念与存在的藩篱、超越纯粹理性与物自体的范畴。红彤彤的阳光穿过我的眼帘。耳边传来海浪的拍打声和喧嚣的人声。我觉得真相似乎触手可及。“时间、空间都是虚无。”我喃喃自语。然而，这虚无就是世界图画的背景。那么，何为世界图画？是物质吗，还是精神，抑或是磁力或是引力？那么何为生命？何谓痛苦？意识又是什么？如果真的有上帝，它是什么？是具有无限属性的物质，还是一种单元素，还是盲目意志，又或是无意识？它会不会是性，如喀巴拉神秘主义者暗示的那样？上帝会不会就是永不停歇的性高潮？宇宙的虚无是否就是女性的原则？我觉得，眼下我得不出任何结论，也许晚上，在床上……

我睁开眼睛，朝布莱顿走去。L形高架铁路上的桁架在人行道上投下一张由阳光和阴影编织成的网。一辆从曼哈顿开来的列车驶过，咔嗒、咔嗒，震耳欲聋。我想无论时空该如何定义，它都不可能同时既在布鲁克林又在曼哈顿。我走过一个个橱窗，里面陈列着床垫、屋顶瓦片的样品和符合犹太教规的鸡。我在一家中餐馆前停下来。进去吃个午饭？算了，在咖啡馆没准儿还能便宜十美分呢。我差不多一文不名了。若是我的随笔《离婚之后》不能出现在周日版上，那我真就只剩下自杀了。

我一边往回走，一边为自己的处境感到吃惊。我怎么会落到这般入不敷出的境地？的确，游客身份是不允许工作的，可移民与归化局也不知道我有没有在餐馆洗盘子，我是不是在替人跑腿，或是教人学希伯来语啊？把自己弄得彻彻底底地一无所有，真是傻透了。的确，我也想象过靠咖啡馆餐桌上的残羹剩饭糊口，可店里的经理或收银员迟早会注意到这个吃剩饭的人呀。美国人可是宁愿把食物扔垃圾桶里，也不会让人吃白食的。一想到食物，我就饿得慌。我想起来曾经读到过有关禁食的描述。只要有水喝，人可以活个六十天左右。我在什么地方读到过，探险家阿蒙森在去南极还是北极的一次探险中，吃掉了自己的一只靴子。我对自己说，我这会儿的饥饿感不过是过度恐慌罢了。两份炒蛋和一个面包卷有足够维持几天的淀粉、脂肪和蛋白质。可我还是感到胃里揪心的痛。我膝盖发软。晚上我打算去和艾丝特约会，饥饿会导致不举。我好不容易挪到小吃店。我走进去，点了餐，朝领餐柜台走过去。我知道，被判死刑的人会有最后一顿。临死之人也不愿意饿着肚子上断头台。我想，这证明生与死并无关联。既然死亡并无物质，它就无法终结生命。它不过是永恒生命进程的一种形式罢了。

那时候我还不是素食主义者，不过已经在考虑素食主义问题。不管怎么说吧，我拿了加辣根调味剂的后肋牛排，配煮土豆和利马豆，一杯面汤，一个大大的面包卷，一杯咖啡和一块蛋糕。总共六十美分。我端着餐盘，走过一张张摆着残羹剩饭的餐桌，最后停在一张干净餐桌前。椅子上放着一张午后小报。我本想拿起来看看，又想起贝约尔的话来：知识分子应该细嚼慢咽，把每一口食物都嚼透了，不得边吃边读。不过，我还是晃了一眼标题。希特勒又一次要求占领波兰走廊；爱德华·雷兹-希米格维元帅在波兰议会上宣布，波兰将为每一寸领土而战；德国大使在东京觐见天皇；一位英国退休将军指出马其诺防线将不堪一击。统治着宇宙的那些强权正在酝酿着一场大灾难。

饭后我数了数钱，想起来要给报社打个电话，问问我的随笔怎么样了。我知道从康尼岛打电话到曼哈顿要花十美分，而周日版的编辑里昂·戴蒙德很少去办公室。但是，我不能彻底听天由命。反正损失一个镍币也改变不了现状。我毅然起身，找了个没人的电话亭，拨通了电话。我向那些正在酝酿世界灾难的强权祈祷，电话接线员千万别把我的号码给拨错了。我尽可能清晰地按我的外国口音报了号码，她让我投一个十美分的镍币。电话交换机旁的女孩接了电话，我要求转接里昂·戴德蒙，我正准备听她告诉我说他不在办公室，却听见戴德蒙在线的声音。我开始结结巴巴地道歉。我一报出姓名，他竟直截了当地说："你的故事星期天见报。"

"谢谢！谢谢！非常感谢！"

"再给我寄个故事来。再见。"

"奇迹！上天的奇迹啊！"我对着自己喊叫起来。我刚一挂电话，另一个奇迹又发生了：电话机里一下子涌出好多钱，有十美分的、五美分的、二十五美分的。我踌躇了一秒钟，拿走这些钱无异于偷窃，可是电话公司也不可能拿回去啊，别的不像我这么缺钱的人也会发现这些钱。有多少次，我把十美分的硬币投入电话机里却接不通电话！我四周看看，发现一个肥胖的妇人，穿着泳装，戴着宽边草帽，正等在电话亭外。我一把抓起硬币，塞进口袋里，离开了，感觉自己像变了个人。我心里对着那全知全能的神明道歉，一边走出小吃店，朝海门走去。我计算了一下：如果那篇随笔能挣到五十美元，就可以给伯杰太太三十美元付我的房租和早餐，还可以剩下二十美元。此外，我还可以和她重新建立信用，继续住下去。那样的话，我可以打电话给律师利伯曼。谁知道呢，说不定他已经有多伦多领事馆那边的消息了。旅游者在美国是不可能拿到永久居留证的，我得去古巴或者加拿大。去古巴的花费太高，不用考虑。但是加拿大会允许我入境吗？利伯曼曾经警告我说，我可能不得不从底特律偷渡到加拿大的温莎市，带我到桥对面的人会问我要一百美元。

突然，我意识到自己犯下的不是一桩而是两桩偷窃罪。我得意忘形，竟然忘记了付午餐钱。我的账单还捏在手里呢。这肯定是撒旦在作祟，上天在引诱我。我决定返回去把那六十美分的饭钱给了。我轻快地走着，几乎要跑起来。餐馆里，一个穿白制服的男人站在收银员旁边，他们俩讲的是英语。我想等他们说完，可他们一直说个不停。收银员瞥了我一眼，问道："你要点点儿什么？"

我用意第绪语说："我忘了付饭钱。"

他做了个鬼脸，低声说道："没事。出去。"

"可是——"

"你，给我出去。"他咆哮一声，又冲着我眨眼睛。

这下我明白怎么回事儿了。那个穿白色制服的男人八成是老板，要么就是经理。收银员不想让他发现自己让顾客没付钱就走了。冥冥中的力量谋划着给我一个又一个的好运气。我跨出门去，透过玻璃门，看见收银员和那个穿白制服的男人哈哈大笑。他们在嘲笑我这个新来的说意第绪语的移民。但是我知道这是上天在测试我，在天平上测试我的德行和罪孽：我是配留在美国还是必须死在波兰。我自诩为不可知论者、不信教者，却还这么相信上帝，我深感羞耻。我对着看不见的批评者说："不管怎么说，就是按照斯宾诺莎的说法，一切都是注定了的。在宇宙中，无所谓大事小事。对永恒而言，一粒沙子和一条银河同样重要。"

我不知道该怎么处理这账单，是把它留到明天，还是直接扔了？我决定回头把钱直接给收银员。我把账单撕碎，扔进垃圾桶里。

回到家，我扑倒在床上，沉沉睡去。梦里我发现了时间、空间和因果关系的秘密，似乎是简单得不能再简单。可是我一睁开眼，就什么都忘了，唯一余下的便是一丝超自然的奇妙味道。梦中，我给自己的哲学发现取了个名字，可能是拉丁语，也可能是希伯来语、阿拉姆语，又或者是三种语言的混合物。我记得自己在说："存在不过是……"接下来就是那个回答所有问题的单词。室外已是黄昏。泡澡的、游泳的都走了。太阳沉入大海，留下一抹火红的金光。微风带来水底腐烂物的臭味。空中冒出一片云层，像一条巨大的鱼，鱼鳞背后月亮悄悄爬了上来。天气变了，灯塔上的雾钟发出刺耳的声音。一条拖船拖着三艘黑黢黢的驳船。它似乎一动不动，仿佛大西洋变成了我在故事书里读到的凝结的海。

我不必省吃俭用了。我去了海门的咖啡厅，点了芝士蛋糕和咖啡。一个意第绪语记者，也是登载我随笔的那份报纸的撰稿人，走了过来，坐到我桌边。他头发雪白，却是红光满面。

“这些天你躲哪儿去了？谁也看不见你。我听说你住在海门这儿。”

“是的，我住这儿。”

“我在艾丝特那儿租了间屋子。你认识她，那个疯癫诗人的前妻。你干吗不过来？整个意第绪语新闻界的人都在那儿。他们好几次提到你。”

“真的？都有谁？”

“啊，那些作家啊。连艾丝特都在夸你。我觉着你很有天赋，不过，你选的那些主题没人会在意，也没人相信。没有恶魔，也没有上帝。”

“你肯定？”

“当然。”

“那么谁创造了世界？”

“啊，好啦。老掉牙的问题了。一切都是自然，进化。谁创造了上帝呢？你真的信教？”

“有时候信。”

“说得不好听一点。如果真有上帝，那他为什么让希特勒把无辜的人们拖到达豪集中营去？你的签证办得怎么样了？你采取什么措施了？要是什么都不做，你会被遣返，而你的上帝压根儿不会为此发愁。”

我说了我的困境。他说：“对你来说，出路只有一条：找个具有美国国籍的女人，结婚。那样你就合法了。然后，你就可以获得证件，自己成为公民。”

“我绝对不会干这种事。”我说。

“为什么不？”

“这对我，对那位女士都是侮辱。”

“那落入希特勒的魔爪会更好？这简直就是愚蠢的骄傲。你写作的时候像个成熟男人，可行事却像个孩子。你多大了？”

我告诉他年龄。

“在你这个年龄，我已经因为参加革命活动而被流放到西伯利亚了。”

侍者过来，我正准备付账，那个作家一把抢过账单。我想今天可是太幸运了。

我朝门口望去，看见了艾丝特。她晚上经常来这儿，这也是我躲着不来这家咖啡馆的原因。而且，在美国，我害羞腼腆得近乎病态。我男孩时代动不动脸红的毛病又回来了。在波兰，我从未想到过自己个儿矮。可是在这些美国巨人中间，我成小个子了。我从华沙带来的有着翻领和垫肩的西服，看上去土里土气。而且，在炎热的纽约，它也太厚了。艾丝特一直责怪我不该在这么热的天里，还穿着硬领、西服背心，戴着帽子。她看到了我，变得窘迫起来，像个波兰乡下来的小女孩似的。我们从不公开在一起。我们总是待在黑暗里，像两只蝙蝠。她作势要离开，但我桌边的这位同伴却出口叫住了她。她犹豫不决地走过来。一身白色连衣裙，一顶草帽，上面点缀一根绿色丝带。她的皮肤晒成了褐色，黑色的眼睛里闪着女孩般的清澈。她依然身材苗条，青春朝气，看上去不像年近四十的妇人。她走过来，向我问候，当我是陌生人似的。她按照欧洲的礼节，跟我握手。她不自然地微笑着，对我不称“你”而是“您”。

“您好，好久不见。”她说。

“他东躲西藏的，”作家批评我，“一点儿也不为签证的事儿想办法，人家会把他送回波兰去的。很快战争就会爆发。我建议他找个美国女人结婚，这样就能拿到签证，可他就是不听。”

“为什么不呢？”艾丝特问道。她双颊绯红，微笑中带着深情与渴望，坐到椅子边上。

我本想做出尖锐、睿智的回答，结果，我只是局促不安地说了句：“我不会为一份签证而结婚。”

艾丝特疑惑地看着我，目光殷切，也带着责怪。我知道我必须得马上做出回答，要么严肃回应，要么开个玩笑。可最终，我一个字也说不出来。我浑身发热，衬衫湿透了。我留在座位上，痛苦地感觉椅子在翻转，地板往上升，天花板上的电灯纠缠在一起，灯光拉长了，变得模糊一片，咖啡厅像旋转木马一样转了起来。

艾丝特倏然起身。“我得去见一个人。”她说着，转身离开。我看着她疾步朝门边走去。作家了然地微笑着，点点头，走到另一张桌子去跟一个同行聊天。我坐在那儿，对这突然之间的命运转折困惑不已。惊慌失措中，我从衣袋里拿出那些硬币，数了一遍又一遍，与其说靠眼睛，不如说靠触觉，做着复杂的计算。每次计算的结果都不一样。我与高高在上的神明之间的游戏进行到现在，我似乎赢了一个美元和几个硬币，却失去了我在美国的避难所和一个我深爱的女人。

# 俘虏*

整个二十世纪二十年代，绘画界流行表现主义、立体主义等各种主义，但是佐拉克·克赖特尔始终是一个坚定的印象主义者。他属于习惯生活在华沙的那一类罗兹省人。在华沙，他以勤奋、多产而闻名。他甚至吃饭的时候也不忘工作。在华沙的作家俱乐部，佐拉克·克赖特尔通常坐在那儿，一边嚼着法兰克福香肠，一边在餐巾纸或者桌布上给周围的人画素描。他高大，皮肤黝黑，黄绿色的眼睛，尖尖的脑门上完全没了头发。他那张大嘴就没停歇过，不是吹嘘自己勾引女人的非凡能力，便是瞎掰他常去的罗兹

* 本篇英语由阿尔玛·辛格（Alma Singer）和露丝·沙赫纳·芬克尔（Ruth Schachner Finkel）翻译。

和巴黎的故事。在罗兹市，他曾经有过一个妻子，但他们好像分手了。他说，他父亲被生意伙伴骗了一大笔钱。他谎话连篇，我根本不清楚他究竟是如他自己吹嘘的在华沙有一间画室，还是寄宿在别人家里，也不知道他是挣了大钱，还是饿着肚子。我记忆中他一直穿着同一件褐色的西装，口袋里装满了素描簿、炭笔和报纸。他迈着大长腿跑着，从来就没好好走过路，下嘴唇始终叼着烟。克赖特尔不说话，他总是大喊大叫，用拳头敲打桌子，激情四射、滔滔不绝地讲些谁都不在乎的事情。我付给他五个兹罗提，买他给我画的一两幅速写。每次他都是那句："我要是乐意，可以卖到一千个兹罗提。"

"那你干吗不卖这么多？"

"我拿这么多钱干什么？把画拿走吧。再过五十年，它们可就值一大笔钱了。"

他三十出头的时候，曾有一次计划给我画一幅油画肖像，可他没守约。没过多久就听说他去了法国。很快作家俱乐部就有消息说佐拉克·克赖特尔"征服了巴黎"。法语报纸上出现了介绍他的文章，博物馆也收藏了他的作品。我听说他一分钱都没寄给他老婆，她就跟着他去了巴黎，传他的谣言。这期间我离开波兰去了美国，克赖特尔给我画的那些速写也留在了我租住的那间带家具的屋子里。

"二战"爆发了。到一九四五年，有传言说佐拉克·克赖特尔死了。他本来有机会逃到摩洛哥的，但是他留在了巴黎，纳粹将他送到了集中营。而他老婆设法逃到巴勒斯坦，活了下来。

这些消息都是从托拜厄斯·安方那儿听来的。他也是画家，一九四〇年从巴黎来纽约。托拜厄斯·安方是个安安静静的小个子男人，圆圆的脸，卷曲的金发，长着一双白化病人的粉红眼睛。他在德国生活了好多年，娶了个德国女人，给他生了两个儿子。希特勒上台之后，那个德国女人在法庭上发誓说两个孩子都不是安方的，孩子的父亲是雅利安人。他们的婚姻宣布无效。托拜厄斯·安方逃到了巴黎，他在那儿跟佐拉克·克赖特尔合租一间画室。他坚持认为佐拉克·克赖特尔是个天才。安方也认识佐拉克的老婆，索尼亚。我问安方，索尼亚是个什么样的女人，他回答："一个咄咄逼人的货色。"

这番对话是在下百老汇大街的一家餐馆里说的。托拜厄斯·安方从一份意第绪语报上登的照片认出了我，提议见个面。他穿了件米黄色的条绒夹克，带了条黑色的宽领带。他一边给我看他速写本上的速写，一边跟我讲佐拉克·克赖特尔的逸事。克赖特尔一顿饭能吃二十个面包卷，然后连着三天不吃东西。他可以在公园的长凳上连续睡上十个小时。托拜厄斯·安方曾经看着他跟六个妓女交媾，一个接着一个。佐拉克的老婆索尼亚，照他的描述，就是个丑陋的、歇斯底里的女色鬼，一个精明的生意人。

我们俩各自干掉两份大米布丁和好几杯咖啡之后，托拜厄斯·安方邀请我去他的工作室。也就是公寓里一个小小的房间，在曼哈顿下城格林威治村。房里的家具就是一张破椅子，一张铁床上堆着画布、调色板、画笔、画框和破布。烟头扔得满地都是。窗户正对着一面红砖墙。他指给我看的那些画令人困惑——我从没见过这样的色彩和构图。他听了我的赞美，一再向我道谢，末了，他说："狗屁不值。"

"你不再相信艺术了吗？"我问他。

"我再也不相信任何东西了。"

"那，该怎么办？"

"什么也不办。一切都没了——一切都过时了。"

我很喜欢他，虽说兜里也没钱，我还是想向他订一幅肖像，但他阻止了我。"你拿那个做什么用？"他说，"在这个把活人送进焚尸炉的世界，艺术还有什么意义？所有的胡说八道都该终止了。"

一天晚上我请他一起吃晚饭，然后我们一起回到上次见面的那个餐馆。他的谈话又回到佐拉克·克赖特尔身上。"他现在在哪儿？一把骨灰而已。你相信灵魂存在吗？是的，从你写的那些东西来看，你是相信的。灵魂也是灰呀。"

"谁创造了世界？"

"宇宙某个地方存在物质，它在那儿躺了很久，发出恶臭。那恶臭就是生命的起源。"

“那么，物质又从何而来？”

“有什么区别呢？重要的是我们不承担责任——无论对自己还是对他人。宇宙的秘密就是冷漠。地球、太阳、岩石，它们全都漠然无情，这是一种消极力量。也许冷漠和引力本就是同一种东西。”他说着，打着哈欠。他一边吃饭，一边抽烟。

“你抽烟怎么这么凶？”

“这能让我保持漠然。”

有段时间，我们经常在这家餐馆碰面，要不就在公共图书馆。到后来他开始给我画一幅肖像，浪费了好几块画布。我给他预付金，他不收。他一边作画，一边不停地聊着佐拉克·克赖特尔。佐拉克好像在娶索尼亚之前有个老婆，是个裁缝，自杀了。佐拉克在巴黎的时候，有过一个女朋友，一个画家，后来疯了，最后死在了精神病院。

托拜厄斯·安方说：“我知道灵魂这玩意儿根本不存在，可我就是能感觉到克赖特尔的存在。夜里，我关了灯，他就在那儿了。”

“你看见他了？”

“没有。我要是看见了他，那我自己就该进精神病院了。这完全是主观感觉。他有着强大的催眠能力。”

“那他何不用来改善他自己的命运？”

“拥有这种力量的人不会为自己谋利。他们总是逃离自己，只有死后，他们才开始真正的活。”

无数次尝试之后，托拜厄斯·安方不再尝试为我画像。无论试了多少次，他画得就是一点儿也不像。他评论说：“你每天换一副面孔。你坐着的时候，脸也在不停地变。只有佐拉克才能捕捉到。”

一天，托拜厄斯·安方通知我说他打算回巴黎去。“在那里我也是无所事事，”他解释说，“不过呢，无动于衷更容易。”

二十世纪五十年代，我访问以色列，报上登了一则我到访的消息。一天早上，房间的电话响了。我拿起听筒，听见一阵小声嘀咕。“你好？”我说，“请讲大声一点。”

“我是托拜厄斯·安方。不知道您是否还记得。”

“我当然记得你。”

“这说明你记性很好。”

“你在这片神圣的土地待了多久了？”

他没有立刻回答。末了，他说：“我在这儿五年了，可是没人认识我。这说来话长。”

“你躲起来了？”

“也可以这么说。”

“为什么？”

“呃，一句两句说不清楚。我打电话的这个地方，得特别小心。我很想和你见个面。我现在，可以说是掉进陷阱里了，而且——”托拜厄斯·安方后面的话没说完。

“是有什么牵涉到政府的事儿吗？你是非法入境的？”

“犹太人在以色列怎么会是非法入境的？”

“那，出了什么事？”

“电话里没法说。要么我们找个地方见面。我极少出门，不过我可以去找你。我还不完全是个囚犯。”他说着，咯咯笑起来。

“上我住的酒店来。”

“那儿离我住的地方有点儿远，得花点儿时间。”

“行啊。很高兴能再次见面。”

“别跟任何人提起我打电话的事儿，我请求你。在这儿，我是个被遗忘的人——实际上，我就是个鬼魂，虽然还不是你书里写的那类鬼魂。你是一个人吧？”

“对，我一个人。”

“那好，谢谢你。请原谅我的……我们一会儿见。”

托拜厄斯·安方的话激起了我的好奇心。他究竟发生了什么事？是不是他的德国妻子回来了，他在躲着她？我下楼去吃早饭，顺便买了一份希伯来语报纸，走到门外的一张桌子上坐下，绿色的遮阳棚挡住了阳光。我就着吸管吸了一口冰咖啡。街对面，一个阿拉伯小贩在卖无花果、椰枣和葡萄，东西摆在一头毛驴拉着的货车上。我听见他说的希伯来语里夹杂着意第绪语和阿拉伯语。毛驴始终站在原地，时不时地动动蹄子。阳光直射，犹如炎热的火苗。一只蝴蝶不知从哪里飞过来，停在那个阿拉伯人的锡制秤盘上。一个乞丐从旁边的一条小街那边朝我走过来，他的头扭到左边，僵硬的手斜着伸出来。我递给他几个皮阿斯特。面前的报纸上登着盗窃、车祸、边界枪杀的新闻，有一整版登的都是讣告。不，救世主弥赛亚尚未降临，众生复活还未出现。对面商店里陈列着矫形鞋。

早饭后，我回到房间，打算小憩一会儿，因为头天晚上总是时睡时醒。但是电话不停地打扰。不到一个小时，我干脆起床，打开百叶窗，让光线透进来。街道另一边的一家阳台上，一个病恹恹的老人躺在单人沙发上，背后靠着几个枕头，头上撑着一把遮阳伞。他穿一件黑色的类似丝绸的长袍，头上戴着与之相配的室内便帽。一个年轻女人，大概是他的女儿，给他端来一些饮料。我注意到，他喝水前，嘴唇嚅动着在祷告。我抬头凝视着苍白的蓝色天空，没有一丝云彩。以色列的上帝在哪里？他为什么这么久一直在等待？

差不多三点钟的时候，有人敲门。我打开门，托拜厄斯·安方走了进来。他看上去比在纽约的时候还要矮小，脸色苍白，相貌苍老，佝偻着腰，仅剩的那点儿头发都变成黄灰色了。他抬起淡黄色的眉毛，凝视着我，眨着那双白化病人的粉色眼睛说："真的，你可一点都不见老。"

我提议到阳台外面坐坐，他拒绝了。我叫了房间服务，要了饮料、点心。托拜厄斯·安方仔细查看房间，似乎怀疑有人藏在哪里，监视他。他问道：“你确定这墙壁隔音，不会有人听见？”

“没人能听见你说话。”

我们谈了会儿以色列和美国。然后，安方说：“我遭遇的事情很奇特，但是我越想越觉得是命里注定的。甚至算不上悲剧——很好笑。”

“出了什么事？你那个德国老婆回来找你啦？”我问道，表明我对他的过去多少还是了解一些的。

他一下变得严肃起来，甚至有点儿生气：“她和孩子们的消息我一无所知。他们若是还活着，已经是成年人了。他们已经彻底消失了。”

“你就没试过找找他们？”

“没有。”

一个也门来的女服务员敲敲门，端着茶和饼干进来。托拜厄斯·安方疑神疑鬼地审视着她，摇了摇头。“不，这事儿和我老婆一点儿关系也没有。我听说她嫁了个纳粹，那人在俄国什么地方消失了。既然她都发誓说她背着我偷人了，还有什么好说的？于我而言，他们完全是死人了。我上这儿来，首先是要做一个犹太人，也许还能找到一条犹太艺术之路。我身无分文，除了这里，还能去哪儿？你知道我在这儿看见谁了？佐拉克·克赖特尔的遗孀，索尼亚。她跟我说她保存了一些她丈夫的画作，要把它们卖出去。我觉得不可能，她怎么可能一边满腔怒火地逃离纳粹，一边还能设法保存下画布？我要告诉你一个秘密——上帝不许你泄露一个字——我当然渴望看到克赖特尔的遗作，所以我问索尼亚什么时候可以过去找她。她找各种理由百般推脱。最后，她跟我坦白说，她卖出去的那些画都不是克赖特尔画的。”

“那是谁画的？”

“她认识一个做假画的——临摹复制的人，他提供假画。他们是怎么骗过了评论者，那些所谓的艺术鉴赏家，还是个谜。当然了，也算不上什么谜。他们都是些白痴。”

“那，索尼亚就是个骗子。”我说。

“我也是个骗子。”

“你什么意思？”

“那个假画家走了以后——我想他是去了澳大利亚——我就成了克赖特尔作品的画家。”

“你为什么这么做？”

“我不想为自己辩护，但是，我也是贫病交加呀。我需要一个女人。在纽约，你还可以做个苦行者，但是这儿，这种天气里，根本办不到。她接纳了我，给了我想要的。我是个毫无抱负的男人，现在，好像连个性也没了。”

“他们会相信这些画是真的？”

“事实上，我已经成了佐拉克·克赖特尔的转世化身了。”

我们都缄默无语。然后托拜厄斯·安方说道："我在《国土报》上看到你来这儿的报道，就想着要告诉你真相。这个秘密沉甸甸压在我心上。索尼亚和我卷入了一个真正的阴谋。夜里，我把画布送到她那儿。但凡有人稍微注意一点，这个阴谋很容易被发现。她已经卖出去的克赖特尔的画，比克赖特尔这辈子画的还要多。可是，那些艺术品商人和顾客谁也没想过要去调查一下。画廊的主人也许会有什么想法，但是，他干吗关心这个呢？他也从中抽成的。我听说美国有鬼魂作家，但是，所谓的鬼魂画家必然是索尼亚发明的。我也不明白为什么要向你坦白。当然，我也给自己找了借口，我相信，尽管我在画上签的名是假的，有些画还是有价值的。拉比摩西·德·莱昂写的《光明篇》不也假托拉比西姆昂·巴尔·约哈伊之名吗？"

"对，没错。"

"你还有耐心继续听吗？"

"我有的是耐心。"

"我读了那么多你写的东西，足以让我相信你会理解我的处境。"托拜厄斯·安方说，"我总觉得克赖特尔的灵魂已经将我占据了。你看见过我在纽约的画。我画那些画的时候，我还是我，远离佐拉克·克赖特尔的世界。而我现在做的并非模仿，是自然而然的。不需要弄什么骗局。我就是想要回到以前的自己也根本回不去了。我曾经想尝试用两种风格作画，展示能反映我个人精神的东西，但是没有用。再也没有托拜厄斯·安方了。这就像是从那些神秘主义的书中冒出来的，要不然就是多重人格。经历这场蜕变实在是太难了。的确，我很崇拜他，可我们俩就是南辕北辙的两极啊。本质上来讲，他性格外向，而我性格内敛。不管在哪个方面，他都异于常人。我现在跟他的遗孀在一起，听到好多跟他有关的事情，那些奇特怪诞的事情令人惊悚。有时候，我都不知道夜里跟我待在一起的是哪一个——她还是他。我羞于承认，但是我的的确确就是她的俘虏。她不允许我去任何地方，甚至不准我和其他艺术家交往。我们住在雅法。她得了一幢大房子。那房子原是一个逃跑的阿拉伯人的，要么就是个酋长的，究竟是谁的只有上帝知道。我得到的只是一间快要坍塌的茅屋，周围全是也门人和穷人，附近连个咖啡馆都没有。那屋子之前是个阿拉伯鞋匠住过的，我猜你也知道阿拉伯工人的凄惨状况。我那屋子连窗户都没有，没有房门，只有一张门帘。外面阳光灿烂，里面的屋子却黑漆漆的像是在古埃及。我在黑暗中作画，常常想着我是在自动画画。一只手在引导着我。我在画架上铺画布的时候，不知道自己要画什么，往往是在快要画完时才把握住自己想表达的意义。最奇怪的是，佐拉克也发生了转变。作为一个画家，他过去或多或少是有一点现实主义风格的。慢慢地，他的风格变成了抽象的——也不完全是，是部分的。我带着奇妙的轻松惬意作画，这种感觉吓了我一跳。我若是相信灵魂永生，而这一切也都说得过去，我也没那么困惑了。”

“那是你的潜意识。”

托拜厄斯的眼里满是笑意：“就知道你会这么说。你羞不羞啊，那简直就是空话。”

“再没有什么比‘意识’‘意志’‘情感’之类的词更空洞的了。”

“只是一个空洞的短语。什么是潜意识？”

我们喝着茶，就着饼干，无言对坐。后来，我问道：“这个索尼亚是个什么样的恶魔？”

托拜厄斯·安方推开手头的咖啡杯。“她就是个女巫。在巴黎，我像讨厌瘟疫一样讨厌她。佐拉克躲着她。我们经常上蒙帕纳斯的圆顶咖啡馆坐坐，她总爱过来露露脸。我不止一次看见他打了她。我自己也多次诅咒她下地狱。我实在是讨厌这个女人，真想不通佐拉克以前怎么会爱上她。在这儿，她的行为举止全然不同。她一定是让附鬼给控制了，就像我一样。她俨然成了佐拉克·克赖特尔的转世化身。其实她并不需要我。我怀疑她可以自己延续佐拉克的创作，她就是懒。白天她从不在家待着。她的时间消磨在特拉维夫的咖啡馆里。她有一大堆狐朋狗友。她上耶路撒冷、雅法，跟教授、作家、政治家们推杯换盏，把酒言欢。这个地区有一群继承了亡夫遗产的遗孀，她是她们的领袖。这个地方，过去从来没人听说过佐拉克·克赖特尔的名字，如今因为她的缘故，他变得很有名了。他们在报上吹捧她——星期五的幽默版。因为这一切，托拜厄斯·安方已经不存在了。”

“你有亲人吗？”

“在这儿，一个亲人都没有。我在巴黎和美国还有几个玩得来的，但他们都不知道我在哪里。要不是索尼亚去了采法特，我今天也不可能和你见面。采法特那边有一个艺术家聚集地，她上那儿去试着管理他们。真的，很搞笑。”

“茶要凉了。”

“不会的。”

“你怎么能跟这种婊子睡到一起？”

托拜厄斯·安方搅着手里的茶。“这本身就是个故事。我其实不是和她在一起，而是和佐拉克在一起，就好像我到老了还变成了同性恋。我俩聊天说的只有他。不然，我也激不起性致。你提到潜意识。我读过弗洛伊德和其他人的书。我知道这些理论，但是把事情说出来，并不能治病。再说，躺在分析师的沙发上也不合我的天性。整个以色列就像个村子。若有只苍蝇飞到你鼻头上，人人都会知道。索尼亚很小心，从不把画送去展览，以防有评论家产生怀疑。她有着非凡的商业敏锐性，总能设法拿到最高价。但是，我从她那儿拿到的却只有微不足道的一点酬金。我就像她养的一只猫，一只狗——真相就是这样。”

“她不可能强迫你留在这儿。你可以去巴黎或者美国啊。”

“什么？我已经爱上以色列了。我对这片土地着迷。我过去是对什么都漠不关心，淡然处世。但现在，在这里，谁也不可能无动于衷。夜里，头上月光洒下，我沿着窄窄的小巷散步，心醉神迷。我若是去了别的国家，我会得相思病死的。我沿着海边散步，真真切切听到先知们的话语。我知道这是我的想象，可是我周围全是古代以色列人，甚至还有迦南人，还有努恩的儿子约书亚之前的那些民族。我在阿尔及利亚和摩洛哥都生活过。那儿的鬼魂是野蛮的阿巴契人、杀人犯、狂躁的疯子。而这片土地上的鬼魂都是圣徒和英雄。我虽然不信上帝，但我听见了他的声音。一种古老的传统把我们犹太人控制了，这种传统甚至比生命的本能还要强烈。你没感觉到吗？”

“我有感觉了。”

“为了你自己，赶紧逃吧。你要在这儿待上半年，你就无法抽身离开了。”

“那你现在还称自己是无神论者？”我问道。

“我是什么有区别吗？我很想你和索尼亚见个面，看看我的画。她读过你的书，你要来的消息在报上一登出来，她就特别兴奋。她通常睡得很少，一晚上不超过三个小时。那天晚上，她躺在床上，谈论你，一直说到天亮。”

“她都知道我什么？”

“佐拉克告诉她的。我也经常跟他谈到你。咳，我连我自己都不清楚。”

“我怎么跟她联系上呢？”

“给她打电话。不过，可别提到我。你本不该知道我在这里的。她要是察觉到了，就会安排我们三个人见面。但是，你要以佐拉克朋友的身份接近她，而不是以我的朋友的身份。她一直害怕自己的秘密会被戳穿。这是她最害怕的。”

他没再说话。我开了门来到阳台上。热浪扑面而来。我站在那儿，望向远处的屋顶、窗户、阳台和商店。这儿有什么跟布鲁克林不一样呢？我思忖着。不，这不只是一般的非洲热风，简直就是西奈沙漠吹来的火焰。头顶的天空也不是一般的穹窿，而是住着天使、撒拉弗和上帝的天国。那个卖矫形鞋的商人是某个放逐巴比伦后返回的犹太人后裔，要不就是被逐出西班牙的犹太人后裔。上帝领着他回到这片土地，这块上帝与亚伯拉罕盟约时应许的土地。他和这里所有的人都是俘虏，就像托拜厄斯·安方一样。

索尼亚开着一辆小车和我一起去雅法。她只用左手打方向盘，手腕上晃动着金灿灿的光。她的右手夹着点燃的烟卷。我时不时斜睨她一眼。她个子不高，身材扁平，肤色黝黑，鼻子上翘，鼻孔大得像斗牛犬的鼻孔。她多毛的下颌向前突出。厚厚的嘴唇，歪斜的大牙。她不停地按喇叭，咒骂挡路的行人。

“你在美国干什么呢？”她问道，“这里是犹太人的国家。美国也会出现波兰那样的反犹主义，而且已经出现了。当然，他们也许会选出个把犹太裔参议员，或者还有个犹太裔州长。可是，出个把参议员，怕是要有成千上万犹太人被仇视。最好留在这儿，这里张开双臂欢迎你。”

她把车停在一个有着圆屋顶的建筑物前面。一条狗跑出来，汪汪狂吠。一个皮肤黝黑的小个子男人在满是沙土的花园里忙活着，也许是个阿拉伯人，要么就是也门犹太人。我们走进大厅，四面墙上画满了画，这里就像是个博物馆。百叶窗是关着的，索尼亚没开窗。在昏暗的光线里，我认出了波兰、巴黎的场景，华沙的街道，戴假发的妇人，犹太学校的小男孩，婚礼上的乐师，哈西德教徒的舞蹈。

“我是怎么设法把这一切保留下来的，只有上帝知道，”索尼亚说着，“奇迹在发生。在他最后的几年里，佐拉克没日没夜地画。他一生中从未像那段时间那样，那么多产——就好像他预感到末日临近似的。他也写了回忆录，好几百页纸。你恐怕不知道，但是最后的那几年，我们一直住在一起。我们之间所有的误解都消除了，他是个忠诚的丈夫。他向我口授他的自传。他还经常提到你，对你十分仰慕。”

“我知道他的画后来变得越来越抽象。”我打断她。

“他最后的那几个月，变成了一个完全不同的佐拉克。他过去常常对夏加尔极尽贬损，突然之间，毫无预兆地，他自己就成了个现代主义者。‘模仿自然有什么好神奇的呢？’他问我，‘艺术家必须创作自己的宇宙。’这些都是他的原话。他在自传里解释了一切。不幸的是，我的意第绪语只停留在语句层面。我的字迹潦草，简直就是涂鸦。我需要你这样的天才作家帮忙才能理出头绪来。我可以给你提供上百万的细节，我们一起合作可以创造出令世人震惊的一本书。”

“我马上要回美国了。你干吗不在这边找个人？”

“我还能找谁呢？希伯来语作家们都把意第绪语忘光了。再说了，好的作家本就凤毛麟角。最好的作家都被纳粹杀光了。在世的意第绪语作家老的老，病的病，还愤世嫉俗。再说了，你爱佐拉克，他也爱你。”

“托拜厄斯·安方是怎么回事？”我问道，“他和佐拉克过去可是要好的朋友。几年前我在美国还见过托拜厄斯。突然之间，他就不见了。”

索尼亚一双凸出的眼睛好奇地盯着我。“他在以色列，但是他已经不再创作了。他的天赋完全没有了。”

“他在干什么？他结婚了吗？”

“结婚？我想没有。他都不工作了，谁还会嫁给他？他也不是唯一一个这样的。在这儿定居的艺术家似乎都经历了一个复活的过程，要不然就会变得麻痹。我在雅法还是特拉维夫见过他。我想他应该住在这一带。他已经不再是以前那个托拜厄斯·安方了，只是过去那个安方的一个幻影罢了。就算这样，在以色列，他们也不会让艺术家挨饿的。他有办法解决的。不是我自吹，我帮过他不止一次。”

另一间屋子的电话铃响了。索尼亚过去接电话，把我一个人留在那里。我觉得曾经在这儿住过的阿拉伯人留下的味道依然弥漫在这里。空气中有一股甜丝丝的辛辣气味。也许这里曾经是帝王的后宫。索尼亚出去好一阵了。她回来时，说，“来吧，我们去吃晚饭。”

“谢谢，我不饿。”

“我的客人应该要饿的。再说了，男人必须得吃，要不然……”

她挽着我的手臂，按到她身上，狡黠地笑起来。我们进入的那间餐厅地板铺着石头。这里也是每一面墙上都挂着画。一张大理石面的桌子上摆着一碗碗水果沙拉、酸奶油、松软干酪和西红柿，还有一篮子的皮塔饼、阿拉伯面包。一个胖胖的也门女仆瞪着一双马儿似的大眼睛，正在往小杯子里倒咖啡。这顿饭里有一点东方味道，也有一点仪式感——说午饭吧有点晚，晚餐呢又有点早。好几次索尼亚的腿碰到我的腿。我现在把她看得更清楚了些。她的脸晒得黑黢黢的，又干又枯，且满是皱纹。脖子很细，全是蓝色的血管。脖子上戴着链子和一串串珠子。她的眼睛比那些也门人的眼睛还要黑，眼里发出神秘的黑色光芒。我很难相信这么漆黑的眼睛还能看到日光。多奇怪啊，突然之间我竟然对这个丑陋的怪物产生了欲望。

我听见自己说："你怎么没有再婚呢？"

索尼亚把面前的咖啡杯推开。"在佐拉克去世之后吗？一个女人无论有幸还是不幸与一个真正的艺术家生活过，请原谅我的表达，不可能再跟一个普通男人上床。无论这人是医生，还是教授，就是本·古里安本人也不行。一旦一个艺术家拥有了一个女人，她就从此成了他的俘虏了。对我来说，佐拉克并未死去。我还继续和他生活在一起。我仰慕他的画作，聆听他的话。我一闭上眼睛，他就在那里。没有他的引导，我什么也做不到。他甚至告诉我你要来这儿访问，很可能早于你自己决定来这儿旅行之前。"

"他怎么跟你说的？"

"呃，有许多方式。我有一块通灵板。有时候，我跟那通灵板一起坐在那儿，一直到深夜。那小小的通灵板动起来快得惊人。我的手指差点儿碰不到它。它告诉我那些我本来毫不知情的事情。我自动地写下来。我拿了支铅笔，铺开一张纸，佐拉克引导着我的手。我也听见了他的声音。我要告诉你一件事，希望你能淡定接受：你上这儿来不只是来访问的。你被送到这儿是因为佐拉克希望他的回忆录能出版，而你是唯一能够让这事儿成功的人。”

“我必须回美国去。”

“你不能。你可以留下来。我会给你一间屋子和你需要的一切。你在美国又没人依靠你，你回到谁那儿去呢？这里有很多有趣的女人。相信我，你不用这么急着走。”索尼亚说着朝我眨了眨眼睛。电话响了。她去接电话。我注意到她的腿是弯的，瘦得跟麻秆似的。她在外面又待了好一会儿。我听得见她在电话里喃喃的说话声。她回来时，满脸堆笑。

“真是巧了。托拜厄斯·安方打电话给我了。上帝知道，我有多久没听到他的消息了！奇怪吧？我们正在说他呢。这种事情，我经常遇到。我告诉他你在这儿，他激动得不得了。他在这个国家一个朋友都没有。如果你留在以色列，他也会恢复生气的。而且，你我二人也可以准备出版佐拉克的作品集……”

我吃着甜品，拿浓浓的咖啡把它们送下喉咙里。索尼亚说，“你相信来世吧？”

“对，我信。”

“这是我从你写的东西里得来的印象。虽然你并不总是确信，究竟这是作者的意图还是说它等待读者自己去消化。我相信灵魂之说。佐拉克现在就和我在一起。我在你身上看到了他。”

“这怎么可能？我们俩的个性截然相反。”

“这只是你的想象而已。一个男人死后，他的灵魂会进入他的朋友们身上，那些生前和他亲近的人、仰慕他的人。有一阵子，托拜厄斯·安方和他是密友，托拜厄斯刚才打电话的时候，我差点以为听到佐拉克在说话。这些事情说不清楚。我坐在你旁边，感觉到佐拉克的存在。你是他最喜欢的作家。他在回忆录里经常提到你。几个星期前，我晚上睡不着的时候，他跟我谈起你，说了整整一个小时。”

“他说什么了？”

索尼亚顽皮地看着我，带着压抑的欢喜，“这还是个秘密”。

我知道自己正站在悬崖边上，要做出愚蠢莽撞的背叛行为。我抬头看着其中的一幅画，问道：“那幅画谁画的，安方？”

索尼亚一下子紧张起来。“你在说什么？这是佐拉克画的。他的一幅后期作品。”

“它让我想起了安方。”我不由自主地说。好像有人通过我的嘴巴说了出来。

索尼亚愤怒地说：“我没有一件安方的作品。我告诉过你，他完全停止画画了。他就是那群放弃了创作的人之一。”

她愤怒地朝我瞪了一眼。我一下子惊慌失措。像她这样的女人很有可能毒死我。

我站起身来，说道：“这些都是假的。佐拉克没有留下任何画作，他也没有写过什么回忆录。”

我朝门口走去，她在后面追我。我想象着她会朝我扔盘子。我在房间里摸索着，寻找出口。到了外面，闷热的气浪差点儿呛着我。我感觉头晕目眩。我双腿弯曲，大汗淋漓，感觉自己刚刚从一个巨大的危机中逃离出来。再多待一刻，我就可能迷失心智。我抬头看过去，在远远的街道尽头，我看见了托拜厄斯·安方——佝偻着腰，衣衫褴褛，形容枯槁，一个迈着细碎步子的老头儿。他看见我，跟我打招呼。我向后看去，看见了索尼亚。她站在那儿等着我，张开双臂，满是皱纹的脸上带着胜利者的笑容，好像我的逃离只是恶作剧，是亲密的表示。她伸出食指向我示意，我听见她尖厉的声音用意第绪语喊道：“疯狂的作家，给我回来。”

那天夜里，我睡在索尼亚那里。托拜厄斯坚持要早点离开。黎明时分，季节性降雨开始了。电闪雷鸣。大风呼啸，像有无数的豺狼在咆哮。太阳出来了，就像黑色云团中的一根冒着烟的灯芯。早晨黑得像黄昏。收音机里播报说去特拉维夫的路被洪水淹了。搬运工们把行人从街道的这边送到另一边。那天晚些时候，我和索尼亚坐在壁炉前，她从通灵板上给我口授佐拉克·克赖特尔回忆录的第一章。

# 暴风雪*

学经堂伫立在小山顶上。我感觉那年冬天，学经堂屋顶的积雪怕是比附近任何一间房子上的都多。山形屋顶看上去像个糖罐。来祷告的人大约五点就走，也就是说晚祷一结束就跑了。犹太经学院的男孩们九点左右就回家，但我留了下来。之后，学经堂里挤满了男人。若是在大一点儿的镇上，男人们会上酒馆去。可是毕尔格雷镇的酒馆只在赶集日向农民开放。

九点至十一点，学经堂里就我一个人。砖炉烧得热热的。我的桌子上方挂着一盏带铁皮罩的煤油灯。书架最顶上那层的书少

* 本篇英语由艾萨克·巴什维斯·辛格与赫伯特·洛特曼（Herbert R.Lottman）翻译。

有人看。我从那儿取下《生命之树》，橡木制的封面，书页已经发黄。我一边翻阅着这本喀巴拉神秘主义著作，一边幻想着漂亮姑娘。我随身带着笔记本，里面记着我的想法，我画的人啊、动物什么的，还有各种乱七八糟、一闪而过的念头。

我听见沉重的脚步声，接着是跺脚声和短促的喘气声。我知道来者是谁：本迪特爹地。“爹地”是他的绰号。他有两个女儿，战时都做了妓女。她们在沙街开了家妓院。最初，俄国大兵经常光顾，后来是奥地利人，现在变成了波兰人。他的大女儿叫泽塔尔，丈夫在美国，但战后不久，她丈夫就寄来了离婚协议。那时我叔父约瑟夫接替了我祖父的位置，成为拉比。泽塔尔去约瑟夫会客室拿离婚协议时，我也在场。她妹妹芭沙和她一起来的。她们俩都穿得像良家妇女，戴着头巾，身穿及踝长裙。她们的母亲死于霍乱。大家叫本迪特“爹地”，是因为都知道他靠着两个女儿养活。早年间，他是我们这儿的守夜人。如今他年事已高，不能守夜了。但是他熬夜的习惯却改不了。

本迪特个子矮小，身子却出奇的宽大。他手大脚大，鼻梁短，上唇长，斜眼。虽已年过七旬，但稀疏的胡须只有几根是灰白的。他身着羊皮大衣，头戴羊皮帽，脚踩厚皮靴。他气喘吁吁地冲进来，像被小偷追着似的。他抖落衣服上的雪，搓着手取暖。平常总是红通通的脸此刻冻得发紫。他粗声粗气地叫起来：“今晚真够呛！把狗放在外面都是罪过。”他靠着热烘烘的砖炉坐下，又是咳嗽，又是叹气，一边还在自言自语。皮靴底下化了一摊雪水。他对我说："你要学到这么晚吗？"

"我喜欢学习。"

"你啊，跟你祖父一样的。他会为我们在天国说情的。"

不一会儿，揩油鬼特维勒也来了。叫他"揩油鬼"，是因为在奥地利占领波兰时期，他巴结上了指挥官，成了指挥官与走私犯的中间人。这些走私犯从格利西亚运来烟草，又从这里运走面粉、谷物和肉类。特维勒贿赂指挥官和宪兵，自己从中获得不小的回扣。有段时间，他还将毕尔格雷的牛运去意大利前线。揩油鬼特维勒三十岁不到，大高个子，黝黑的皮肤，穿得像个花花公子。在这种寒冷天气，他还穿着短夹克、马裤和高帮皮靴。他抽着烟，烟嘴是琥珀制的。他一边口袋揣着瓶伏特加，另一边揣着一袋咸脆饼。他潇洒随意地走进来，就像在大热天儿里似的，黑色瞳孔里闪动着笑意，狡黠而和善。

"特维勒，你不冷吗？"本迪特问。

"我体热。"他指着自己肚子回答。他夹克里穿着一件黑衬衫，系着条有黄铜扣的士兵皮带。

最后一个进来的是四十来岁的单身汉什慕尔·克勒普克。他大高个儿，皮肤黝黑，黑色的瞳孔，眼神恍惚。什慕尔·克勒普克是出了名的懒汉，靠着姐姐的资助度日。他在俄国生活过几年，经历了俄国革命、反犹大屠杀和苏俄内战。镇上有谣传，说他做过警察夫人的情人，还有其他各种风闻。有人说他在俄国被判处了死刑，但在最后一刻重获自由。他身上带着许多秘密。好多媒人为他张罗亲事，他都拒绝了。通常他会听完媒婆的介绍，然后问道：“干吗要结婚？”然后他就会苦笑。

他自己卷烟抽，不用烟嘴。他蓄着俄式络腮胡，卷曲的头发黑得发紫。

他们有自己的惯例。揩油鬼特维勒拿出伏特加，喝了一口，递给什慕尔·克勒普克。他喝了一口又递给本迪特。本迪特张开嘴，露出空空的牙龈上一颗发黑的牙齿。他边喝边呻吟，眼里泛着泪光。他喝光了酒，做了个鬼脸，就像犯了什么错似的。他说：“以前的伏特加酒劲儿大得多，现在的伏特加就是水。”

“这可是九十度的酒。”揩油鬼特维勒说。

“九十度个屁。”

他们一口酒也没给我喝，但特维勒给了我一点儿他带的咸脆饼。然后他们聊了起来，聊着聊着就聊到过去的故事。本迪特说：“这样的寒冬过后，夏天会来得早些。我担心冰雪融化后，河水会漫上岸来。”

“河水不可能漫上桥街。”特维勒说。

“你说了又不算。你到底年轻，知道什么？我记得有一年逾越节，河水漫到了会堂，赞礼员当时正站在台上诵经祈求雨露，突然一股浪从前厅涌进来，祷告的人们在及膝的水里走。”

“那赞礼员继续祷告了吗？”特维勒问。

“男人们本来可以继续的，但是女人那边骚乱了起来。”

“女人们是不是怕大水淹到她们那边？”

“女人嘛，你知道的。给我支烟。”

特维勒递给本迪特一支好烟。特维勒划亮火柴，本迪特双手护着火苗防风。本迪特吹了一口烟，说：“大水可不是闹着玩儿的。你们是没遇到过。在克雷谢夫镇附近的一座城堡里，住着一位老乡绅，他是扎莫伊斯基家族的一员。这事儿发生在农奴解放之前。从扎莫兹村到闪河，都有他的土地和村落。他已经上了年纪，但他的妻子仍然年轻漂亮。她多半是来自贫苦人家，才会嫁给一个大她四十岁的男人。波兰的乡绅总是官司缠身。如果输了官司，他们会向上一级法院提出上诉，一直打到瑟姆议会，或者天知道的什么机构。打官司得花不少钱，好多贵族最后赢了官司，却也落得个倾家荡产的下场。他们都是些酒鬼。小到最不起眼的贵族，大到拉齐维尔和查托里斯基这样的家族，都是，有些甚至酗酒成疾。每个乡绅都有自己的犹太管家。没有了犹太管家，这些乡绅连自己的衬衫都保不住。犹太管家为这些贵族打理所有生意，因为他们的‘经理人’‘行政长官’‘执法官’——不管这些乡绅如何自称——只会喝酒，鞭打农民。其实犹太管家才是真正的老板。可是，乡绅们办舞会的时候，却要求犹太管家装扮成狗熊，他们扯他的尾巴，拿他寻开心，那个犹太人好像也没往心里去。

“这个克雷谢夫镇的乡绅有个年轻老婆，他爱她爱得神魂颠倒。他的犹太管家叫扎克勒。乡绅喜欢跟扎克勒下棋。扎克勒比乡绅下得好，但是他总让乡绅赢棋。有一次，扎克勒让乡绅赢得太轻松了，乡绅大发雷霆，竟拿起手枪要毙了他。乡绅夫人刚好在场，就从他手中夺下手枪。一天，乡绅夫人病了，我觉得她是得了天花，最终要了她的命。乡绅请来了卢布林最好的大夫，也没能救活她。一般来说，他们基督徒不用像我们犹太人那样哭葬的。但葬礼那天，他号啕大哭，人们连神父的悼词都听不清了。

“那些年间，每个乡绅都有家族墓室，是一座带顶的房子。我不知道棺材是埋在地里还是放到墓室里——可是有什么区别呢？不管是埋在地里还是睡在金棺里头，最后还不都得被蛆虫吃光了。我说得没错吧？再给我来支烟。”

“这些跟发大水有什么关系？”特维勒问。

本迪特吸了口烟，继续说：“俗话说，‘大地掩埋的终将被遗忘。’人们觉得乡绅最多哭上几周，然后再给自己找个老婆，要不就把自己喝死。但是他都没有，他陷入了——怎么说来着？——忧郁。他找来扎克勒先生，问他：‘如果人终会烂在土里，那活着又有什么意义？’他告诉扎克勒：‘我们基督徒不懂这些，也许犹太人知道答案。’扎克勒告诉他圣书中的奥义，但乡绅火冒三丈，他抓起鞭子朝着这个犹太管家抽过去。扎克勒骨头被打断了，差点儿没跑脱。乡绅又去了拉比那儿。不是你的祖父，是他之前的那个拉比。拉比又能告诉他什么呢？‘这是上帝的意志。’但乡绅还是不满意。

“剩下的我就不细说了。克雷谢夫镇上有个木匠，叫梅厄，附近所有的棺材都是他做的。乡绅找到梅厄，命令他说：‘给我做张床，要看起来像棺材，这样我死后就能躺在我的床上了。’梅厄很可能觉得乡绅失心疯了，可在那个年代，手艺人只能听命于人。他做了副很大的棺材，可以铺下床垫，放上枕头和棉被。乡绅招来城堡里的人，对他们说：‘人人最后都要进棺材，从现在起我就睡在棺材里。’冬天，他把棺材放进卧室；夏天，就放在墓室里，一直住到天气转冷。朋友问他：‘睡棺材里有什么好处吗？’他回答说：‘我不想忘记我的宿命。而且，我想离我妻子近点儿，越近越好。’

“你们是知道的，和维斯杜拉河比起来，闪河就是条小河沟。但那年冬天，大雪没日没夜地下。逾越节过后，乡绅让人把棺材搬进了墓室，他每晚都睡在那儿。一天半夜，闪河涨水了。乡绅睡得人事不省。墓室门是开着的，大水冲了进去。很快，棺材就像条小船一样浮在水里，漂出门去，而乡绅仍然鼾声大作——多半是那天他喝了太多的酒。

“等到城堡里的人意识到出了什么事儿，便把农夫派出去搜救乡绅。但是水太深了，连船都找不到。等了好几天，洪水才退去。到那时，已经没有一丁点儿棺材床的踪迹了。有人说棺材床漂到了维斯杜拉河，从那儿漂进了大海；有人说魔鬼把床给抓走了。甚至卢布林和华沙的报纸都刊登了这则消息，半个波兰都在谈论这件事。

“但是人们能记多久呢？不见了就是不见了。乡绅有个侄子在国外，好像是在巴黎。他是乡绅的遗产继承人，回来继承了乡绅所有的财产。他那时候还是单身，但很快就迎娶了一个伯爵的女儿。作为嫁妆，伯爵给了他更多的村落和农民。老乡绅让人给忘了，就好像他从来没有存在过似的。那些织布的老太婆小声议论，说老乡绅落到怪物手里了，它们一半身子是女人，一半是鱼，他是被它们的歌声迷惑了。

“十年过去了。有一天，乡绅的侄子正和家人吃晚餐，一个农妇带着个八九岁大的小男孩，叩响了城堡大门。守卫问她要干什么，她说她有话对小乡绅说。守卫觉得她疯了，谁听过农妇跟一位乡绅有话要说的？他举起棍子就要打她，农妇吼道：‘我是老乡绅的妻子，这是他的孩子！’守卫看了这个男孩儿一眼，跟老乡绅完全是一个模子刻出来的。他们把农妇带去见小乡绅，院子里顿时骚动起来。她告诉小乡绅，自己住在附近的村子，从克雷谢夫走过去要一天的路程。她前夫是那边乡绅的护林人，他们俩没有孩子。

“发洪水那天夜里，她丈夫刚好在林子的小木屋里，被淹死了。那天晚上，大水也涨到了她家的窗户。周围只有他们一户人家，她只好跑上阁楼。月光亮如白昼，她看到水里漂浮着桌子、板凳、木桶，甚至有婴儿摇篮。突然，她看到了一副漂浮着的棺材。里面有个男人在呼救。开始她以为这是错觉，暗示着她丈夫已经死了。后来男人跳出棺材，拉着棺材往她这边来。城里的女人要是看到这一幕，估计会被吓死。但她是个历经磨难的农民。她喊道：‘你要干吗？你是谁？’他回答：‘我是扎莫伊斯基伯爵。’周围村庄的人都知道这个伯爵睡在棺材里，也有可能农妇认出了他。房子旁边有个谷仓，门大开着。乡绅拖着棺材进了谷仓，用链条锁上了门，他半裸着，爬上了女人的阁楼。他们在上面待了两天两夜，直到洪水退去。不久，附近的农民找到了她淹死的丈夫。乡绅一直待在阁楼上，直到她丈夫的葬礼结束。”

“我敢保证，那两天，乡绅知道该跟她干些什么。”揩油鬼特维勒说。

“我也这么想。葬礼过后，这个寡妇把她丈夫的衣服给了乡绅，并让大家相信他是雇来帮忙的。那时候的农民不都是农奴了。护林人之类的农民有自己的地产。好多农民是贵族给的自由身，有的是自己用钱赎回的。所以她雇了个帮手。她开始从领主那儿拿津贴。几个月后，她怀孕了，但她不想生出个私生子，老乡绅就娶了她。他们生了个孩子。就是农妇带着的那个男孩儿。”

“乡绅为什么不回他的领地呢？”揩油鬼特维勒问。

“我也想知道。老话说得好，‘三角饺子也有吃够的时候’。如果你是个六十岁的乡绅，你也会想体会一下不一样的人生吧。再说了，一个在棺材里睡觉的人，脑子早就不正常了。”

“然后呢？”

“最开始，小乡绅根本不相信这是真的。他问：‘我叔叔去世多久了？’农妇回答：‘他昨天才走的，他就躺在谷仓的棺材里。’她还说，乡绅死前，要求把棺材安置在第一任妻子的旁边。神父和其他贵族都来了，他们全都坐着马车去了农妇的家。在那里，他们看到了那副棺材，里面躺着死去的乡绅，穿得像个农民。大家都认出了他。他们命人把他抬到教堂，遗体在那儿安放了一夜，之后就被安葬在第一任妻子旁边。”

“那个小男孩儿呢？”揩油鬼特维勒问。

“他们送他去卢布林还是华沙上学了。他在那里染上猩红热死了。”

“很可能是他们毒死了他。”

“谁会毒死还在上学的孩子呢？不过什么事都有可能发生。”

“老乡绅有没有要求他儿子继承财产？”

“看起来他想他儿子做一辈子农民。老乡绅还在的时候，他没让儿子受过任何教育。”

“那当妈的后来怎么样了？”

“她回自己家了。”

“她没有打官司吗？”

“没打官司。”

“我从没听说过这事儿。”什慕尔·克勒普克说。

“你们年轻人知道什么？”

本迪特站起身。他搓着双手，望向大门。犹豫一会儿，他说：“我得出去一下。”

“外面这么冷！”

“我没法儿在这里解决。”

他打开门走出去。揩油鬼特维勒挤挤眼睛，“他有不可告人的秘密。”

“他还去找他两个女儿吗？”什慕尔·克勒普克问。

“我亲眼看见他去的。我在布加雷镇有生意，所以那天回来得很晚。我突然看见本迪特。我躲在围墙后面，看着他进的妓院。”

“她们晚上不接客吗？”

“大半夜可没客。”

“我是不会认这种女儿的。”

“父亲毕竟是父亲。而且，他都这么老了，还能干吗？不然他就得去救济院。”

门开了。本迪特带着一团水汽进来。他的衣服、靴子、帽子，全都变得雪白。

“暴风雪来了。”

“我们会被大雪困住，没法回家了。”揩油鬼特维勒说。

“对你来说，这只是玩笑话吧，”本迪特说，“离戈雷镇不远处有座森林，有一年的赫舍汪月，两个乡绅去那儿打野兔。那是礼拜天，他们带着妻子一起出行。天气像夏天一样暖和。一整天他们都在狩猎打鸟。突然间，天空阴云笼罩，漫天飞雪，还下起了冰雹。鹅蛋大的冰块从天而降。我记得那年赫舍汪月就像今天这样，雷打得和仲夏时一样响。所有的路都看不见了，他们迷路了。要不是找到个洞穴，他们会被冻死。他们以为暴风雪会在晚上停止，那样他们第二天早上就可以回家。朋友们，他们在洞穴里待了快一周。后来我去看了那个山洞，我无法想象四个人是怎么挤在里面的。他们肯定像虫子一样，一个趴在一个身上。他们吃生肉，喝雪水。农民们被派出去找他们，但是那些农民也迷路了。一周后，雪停了，太阳又出来了。他们爬出洞穴，蹒跚着回到了戈雷镇。他们看上去就像野人。脚趾都被冻坏了，从雅诺夫请来的医生用斧头切掉了他们的脚趾，不然他们会得坏疽。之后两对夫妻回到了各自的领地。

“别打断我。其中一个妇人怀孕了，她在圣殿被毁日那天生下了这个孩子。刚出生的婴儿还看不出来长得像谁。但是产婆看了一眼，就知道孩子不是这个乡绅的，而是那天森林里另一个乡绅的。她闭口不言，但孩子长得越大，就有越多人看出来。这个乡绅的头发是黑色，他妻子也是黑发，但是这个孩子是红发，跟另一个乡绅一样。波兰乡绅都有一大堆穷亲戚，他们跟乡绅们住在一起，依附着他们过活。这些人中不少是老处女，而且总是互相敌对。这个孩子降生的时候，这些老处女悄悄说他是私生子。这些话传到了乡绅耳里，他自己也不瞎。维护贵族的荣誉是头等大事。波兰是如何破碎的？每个贵族都想称王。如果一位贵族在瑟姆议会说今天是礼拜天，另一个就会说今天是礼拜一。哥萨克人进攻波兰，屠杀全村人时，那群乡绅还在城堡里烂醉如泥、钩心斗角。敌人逼近时，乡绅们捻弄着胡子，穿着像要去参加舞会的貂皮大衣，佩着一吨重的剑，脖子上还戴着金链子。他们的战马肥胖而懒惰。乡绅会骑马上战场，后面跟着随从，吹着小号。而哥萨克人却是轻装上阵，他们的战马像弓箭那样飞驰。他们像魔鬼那样移动，砍下乡绅的头颅，插在矛上。波兰就是这样破碎的。

"是的，荣誉。被戴了绿帽的乡绅找到他的两个朋友，请他们见证他和另一位乡绅的决斗。红发乡绅体型庞大，黑发乡绅身材矮小，八字胡都垂到了肩膀。两个见证人通知红发乡绅来决斗，他的笑声传遍了他的整个领地。他问：'他想要怎样？我们当时像臭虫似的挤在山洞里。谁分得清和谁睡呀？但是如果他想决斗，那就决斗吧。他选什么武器，佩剑还是手枪？'两个见证人本来可以轻松地让这次争斗达成和解的，但跟他们有什么相干？他们选了手枪。第二天早晨，两个乡绅在草场相见。首先，他们用波兰的规矩互相问候。然后，黑发乡绅扣动扳机，射中红发乡绅的心脏。

“俄国政府禁止决斗，但是俄国人自己也以此为乐。黑发乡绅避了一两周风头，之后回了家，这让他保住了自己的荣誉。

“黑发乡绅很有钱。他把自己的财产打理得很好。但是红发乡绅却是个赌鬼，还有数不清的情妇。他死后，老婆被债务压得喘不过气来，她的房产也要拍卖给债主。女人走到这个地步，就不怎么在乎名誉了。她叫了一辆马车，去找杀死她丈夫的那个乡绅。她走进乡绅住的地方说：‘斯坦尼斯拉夫——这是他的名字——你要帮帮我。’她在洞穴里和他睡了觉的，跟他应该很熟络了。黑发乡绅像欢迎自己女人那样欢迎她，并让女仆把自己的孩子带过来。女人看了眼孩子，惊呼道：‘太像济斯拉夫了！’

“济斯拉夫是红发乡绅的名字。

“她开始亲吻那个孩子，就像那是她自己的孩子似的。黑发乡绅说：‘你这么爱他，那你就当他的保姆吧，我会处理你的债务。’

“总之，她同意了。她开始照看那个孩子，黑发乡绅替她偿还了所有债务。他很精明，总能跟债主谈出对自己有利的条件。他得到了红发乡绅剩余的财富和他的老婆。

“他自己的老婆什么也没说吗？”什慕尔·克勒普克问。

“她像怕魔鬼一样怕他。”

“那他有两个老婆？”

“这对乡绅来说并不稀奇。”

“然后呢？”

“我必须得再出去一趟。”

“你是喝了蓖麻油吗？”

“人老了，撒尿就困难了。我膀胱痛了一阵，但是我一出去撒尿，只有三两滴。”

“可别掉到洞穴里了。”揩油鬼特维勒开玩笑说。

本迪特脸上泛起了光。“要是有人和我一起掉进去，我宁愿跟她在那儿待到逾越节。”

“他长得矮，身体倒结实。”本迪特出去之后，什慕尔·克勒普克说。

“他就是以强壮出名的。”揩油鬼特维勒说，“有一天晚上，从皮亚斯克镇来了伙强盗。那时候本迪特是毕尔格雷镇的守夜人。他吹响了警报口哨，但是风也在呼呼地吹，没人听得到口哨声。他就用一根手杖，打昏了三个强盗，剩下的几个跑了，一无所获。”

“他为什么没有再婚？”什慕尔·克勒普克问。

“那你呢，为什么不结婚？”揩油鬼特维勒反问。

“你要是看见过我目睹的那些事情，你也会没胃口的。”

“再怎么着，男人也不可能始终孤身一人的。”揩油鬼特维勒说。

“你也可以娶本迪特的女儿。”

本迪特打开门。“孩子们，上帝跟他老婆吵架了，她撕开了羽毛床垫。整个世界都成白色的了。”

他们仨沉默了一阵。本迪特看着我，“你坐在这儿听什么听？你应该学习，而不是听我们闲聊。”

“我学了一整天了。”

“你祖父以前不但一整天都读书，到了晚上也要学习。每天晚祷过后，他就回家，你祖母，愿她的灵魂安息，给他做了晚餐。他每天只吃两餐，早餐和晚餐。晚餐过后他立即去睡觉。睡到半夜他就起床，开始看书。我知道的，我做了三十年守夜人，经常路过会堂街。有时候天冷，我会敲你祖父的窗户，他就会给我开门。我们社区的一些长老，把穷人看得比指甲泥还低贱，但是你祖父，那个远近闻名的学者，请我在椅子上坐下。他桌子上总烧着茶壶，他也会倒杯热茶给我。

“毕尔格雷镇有个叫马利克·维什科尔的，是个有钱的木材商。他老婆叫蒂斯帕，这个蒂斯帕简直是地狱里的火球。他们膝下无子。节日里，马利克邀请朋友来家里聚会，她就会把门锁上，不让人进。她疑心女人们都想夺走她的丈夫。她还恶毒地咒骂他。她甚至把火发在其他动物身上。要是一只狗或一只猫经过她家，她能往它们身上扔石头。她丈夫待她不薄。她本来可以随时使唤仆人的，但是没有哪个仆人能在她家待下去。

“蒂斯帕突然就生了病，然后死了。这么说挺不厚道的，但是整个镇子的确像过节一样。她丈夫一服完七日丧，就去了森林里。每个人都知道他不会为她哀伤太久。才过了三个月，他就回来了，还带回来新娶的老婆。这个新婚妻子十八岁，长得漂亮，是个孤儿，温柔安静得就像鸽子一样。她叫伊特尔。镇上的女人都围着她问东问西，像蜜蜂围着蜂蜜嗡嗡叫。几个月过后，传出好消息，说她怀孕了。我记得我母亲，愿她的灵魂安息，她说：‘哎，蒂斯帕能容忍这个吗？’

“她忍不了。那天晚上，正值寒冬，伊特尔躺在床上，羽毛被子像肺一样鼓胀起来，打在她脸上。她头底下的枕头也弹了起来。我有个亲戚是她的用人，叫布莱因德尔。伊特尔尖叫着求救，布莱因德尔冲了进去，也开始尖叫，她们俩都穿着睡衣跑到街上。整个镇上的人都被吵醒了。一般来说鬼魂是害怕人的，但蒂斯帕不会。天天晚上都发生骚乱。滚烫的石头掉到屋顶上，烟囱里喷出火来，要不就是盘子摔碎。有一次，伊特尔走进厨房，土豆刨子就打到了她脸上。原谅我，但是蒂斯帕还把夜壶往伊特尔床上倒。马利克回家看到了发生的一切，就去找图瑞斯克镇的拉比，拉比告诉他要把蒂斯帕招来审问。

“这么大的事需要三个拉比。但是你祖父拒绝参加。他说这完全是巫术，是偶像崇拜。

“图瑞斯克镇的哈西德教徒们听到你祖父的这番言论后，都成了他的敌人。他们从别的村子另外找来两个拉比。他们又找了十个人用手杖敲蒂斯帕的坟墓，召她出来审问。第二天早上，会堂的一角用一张床单围了起来，用来装蒂斯帕的灵魂。会堂里挤满了人，连根针都塞不进去。图瑞斯克镇的拉比大声喊道：‘蒂斯帕，贝拉·多巴之女，你拒绝安睡在坟墓，还折磨你的前夫和他现任妻子，我们召唤你至此……’他用了很多希伯来语，并威胁蒂斯帕要将她逐出犹太教，还吹起了公羊号角，点燃了黑色蜡烛。女人们像在赎罪日那样哭泣。我也在场，目睹了一切。突然，床单开始摇晃，然后隆起，看起来像后面有个人想要挣脱出来。最好别问我发生了什么——人们开始尖叫，惊慌四散，三个人被踩死了。”

“我听说过这事儿。”揩油鬼特维勒点点头。

“真的是蒂斯帕吗？”什慕尔·克勒普克笑着问。

“那是社区的公羊。镇上不相信鬼魂的聪明人还是有的。会堂右边的墙上有扇窗户，通向前厅。审问开始的时候，前厅没人，他们就拉来山羊，从窗户把羊推进会堂，就躲在床单后面。都是设计好的。还没等到有人敢掀起床单，一半的女人都吓晕了。那三个被踩死的人当时正想要逃出去。装神弄鬼的人中有一个进了监狱。我是想说，你祖父是个智者。他早就知道这种事情不会有好结果。”

“马利克·维什科尔和他的新老婆后来怎么样了？”什慕尔·克勒普克问。

“他们卖了房子，离开了小镇。”

“那审问没有用吗？”

“她还缠着他们。”

他们又安静了。本迪特说：“孩子们，都回家吧。品切弗的天都亮了。”

“我不敢一个人回家。”我说。

本迪特笑了，露出他唯一一颗黑牙。“你怕什么？蒂斯帕已经很久没出现了。”

外面的雪像盐一样下得又干又密。一阵风吹过，把雪卷起旋涡。揩油鬼特维勒和什慕尔·克勒普克一起回卢布林大街，他们都住在那儿。本迪特和我一道。他不时地停下来喘气。“你妈妈准你学到这么晚？”他大声问。

“每周能有两天学到这么晚。”

“我可以给你讲一个跟这相关的故事，但我还是别说了。”

“为什么不说？”

“你听了过后会害怕自己的影子。”

他把我送回家。厨房的百叶窗还开着，进门后，我透过窗户，还能看到本迪特。他站在那儿耸着肩，拖着脚，用手杖在雪地里写字，左看看，右瞧瞧。他摇了摇头，好像对着什么看不见的东西咕哝着、打手势。然后他朝着沙街的方向走去，他女儿的妓院就在那条街上。

# 财产*

在皇家咖啡馆，我跟麦克斯·皮西金坐在一起，在这篇故事里我会这么称呼他。那会儿我还年轻，刚从波兰来美国没多久。而他呢，原先是个无政府主义者，回忆录都已经出了三卷了。在二十世纪三十年代，无政府主义在美国，用皮西金的话说，已经“玩完了”。不过呢，还有一群上了年纪的残渣余孽，弄了一份意第绪语杂志。麦克斯·皮西金请我吃午饭，还送了几本他的书作礼物。他个子矮小，一头奶白色的头发，红润的圆脸，一双眼睛尚且精神。

---

* 本篇英语由艾萨克·巴什维斯·辛格与多萝西娅·施特劳斯（Dorothea Straus）翻译。

我们就着酸奶油吃洋葱卷，喝了一杯又一杯咖啡。皮西金说：“这里曾经上演的一切，全都烟消云散了。我们的社会主义已经彻底冷下来了。他们还在老调重弹，可是这些话已经没有什么意义了。而我们那些共产主义者，他们每天早晨读着红色小报，重复着报上的内容，当它是福音。昨天布哈林是伟大的领袖，今天，他又成了叛徒。如果他们的报纸上说斯大林是人民的敌人，是只疯狗，他们也会跟着重复。无政府主义者就不一样了。无政府主义总是以其个性引人注目——就是懵懂无知的人也有其独立性。我于十九世纪九十年代早期来美国的时候，曾经活跃的无政府主义者们已经穷途末路了。虽说那时候他们还在喋喋不休地谈着芝加哥干草市场的抗议集会和市场上被绞死的那四个无政府主义领袖，施皮斯、帕森斯、费舍和恩格尔，取而代之的是马克思主义者，但是，在纽约下东区的意第绪语居住区，无政府主义依然盛行。不是所有的人都愿意等着资本积聚到少数人手里，卡尔·考茨基还是德拉昂已经发出信号说革命的时刻到了。在纽约，我们的确没有有分量的理论家或者领袖人物，但是，我们有来自伦敦的无政府主义文学啊。在伦敦，彼得·克鲁泡特金就是国王。而且，过去常有从俄国和德国来的客人，甚至还有西班牙来的客人。我们的聚会总是高朋满座。大多数从俄国来的代表讲意第绪语。我们竟然自负到相信只要扔几枚炸弹，民众便会愤而起身，团结起来，去消灭一切政府。

“不用说无政府主义其实就是各种理论、各种运动的代名词。蒲鲁东和巴枯宁两人有着天壤之别。至于施蒂纳，他自己就是一派。我来美国之前还是学生。我读过所有这些理论家的书。先是在俄国，后来在英国。可是，在这儿，纽约下东区，大多数人根本分不清这些理论家之间有什么不同。他们都是情绪化的无政府主义者。他们过去经常说，‘让我们铲除暴君吧，新生事物跟着就会出现’。亚历山大·贝克曼进了监狱，差不多已经被人遗忘了，但是，爱玛·戈德曼和她宣扬的自由恋爱倒是留下了巨大影响——尤其是对女人们。

“你要是读了我的回忆录，会发现莫里斯和丽碧这两个名字。我不可能把他们俩的那些事情全都写出来，因为了解他们俩的还有人健在，就算我改了名字，他们也会猜出我写的是谁。不过呢，小说家可以把这事儿好好发挥一下。我觉得你可能会对这个故事感兴趣。你要是有时间，也没什么别的事儿可做，我倒是很乐意讲给你听。”

“我有时间，也没什么别的事儿可做。”我肯定地对他说。

“好吧。也许再过个五十年，再没人记得这些事儿了。但是，你还年轻啊。你多大了？还不到三十五吧？我觉得你可能会比看上去大些。”

“七月份我就满三十三岁。”

“喏，还是个毛头小子呢。我跟那个莫里斯相识，大概是在一八九三年或一八九四年，甚至可能是一八九五年。在这儿，在美国，无政府主义者还只是说说而已。但是在俄罗斯，无政府主义者们却是激情四射。他们分裂成了无数个小团体，老巫女派、要求面包派、取消政府派，其中最有名的是无动机派。他们声称人可以没有任何动机，仅仅出于对当权者的仇恨，便可以杀人、抢劫、纵火。我记不住确切的时间，但是他们真的是朝华沙的布里斯托尔酒店扔了一枚炸弹。那会儿，你可能还没出生呢。在敖德萨，他们炸了一艘轮船。在比亚韦斯托克市，其中的一颗炸弹炸死了一个崩得分子领袖，叫艾丝特·里斯金。后来我们听说，相当一部分无政府主义者成了土匪，也有可能他们一开始就是土匪。

“莫里斯是个小个子，黑色的眼睛，长长的卷发。他也留了胡子，一小撮八字胡。我们开会的时候，他总是滔滔不绝。说起来挺难为情的，我们所有的活动中，最重要的便是臭名昭著的赎罪日舞会。在神圣的犹太赎罪日跳舞，吃不合教规的食物，最好是吃猪肉，目的就是要惹怒全能者上帝。干这种事情，莫里斯是灵魂人物。他不只是舞跳得好，还是宣传员。他做什么维持生计？什么也不干，真的。他的老婆丽碧供养他。她给商店缝制女士衬衫。我估计她连男士衬衫也会做。

“我那会儿还是新来的移民，却已经在教育协会教外国人学英语了。我当时碰巧在找房子。我租住的那地方实在是太脏了，食物难吃得要死，有人跟我说莫里斯有间屋子可以出租。他是那种很有趣的人，一天到晚穿着件细长披肩，戴一顶宽边的黑色软帽，打着一条飘逸的领带。他个子小，身体弱，可演讲起来却是激情四射。他的声音通常比较柔和，可一旦涉及资本主义这个话题，他的嗓音立马变得高亢激烈起来。他攻击那些靠宣传出头的无政府主义者。他只相信制造恐怖。他老婆过去也常来听他讲，但我感觉她没把他的话当回事。她比他高一点儿，皮肤黝黑，很是迷人。她留着长发，向后梳成一个发髻，而不是像那些女无政府主义者那样把头发剪得短短的。她笑起来的时候，左脸颊上现出小酒窝来。她经常穿一条百褶裙，一件高领罩衣。莫里斯愤怒地谴责洛克菲勒时，她就坐在屋子后排的凳子上，打着哈欠。有时候，她手里还织着毛衣。

“一天晚上，莫里斯演讲结束后，我走上前去，问他是否有间屋子可以出租。他似乎很开心，叫了丽碧过来。他们告诉我说他们在律师街有一套很大的公寓。他们非常开心能有个圈子里的人当他们的租客。那段时间，搬家对我来说是小事一桩，我只需把东西放进手提箱，直接从利文顿街走到律师街就行了。他们住的那一带照今天的说法应该叫贫民窟，一个三层楼高、无电梯的公寓。卫生间在大厅里。若是要洗个澡，得去找理发师，那理发师也兼做澡堂服务员。他们给我的房间很小，窗户正对着大街，家具就是一张铁床。我还有什么不满足的呢？我之前住的地方，可是三个人睡在通往大厅的一间小凹室里。

“那间公寓起居室的门上有一块标志：‘财产就是窃贼。’这话是蒲鲁东说的。四面墙上挂着戈德温、蒲鲁东、巴枯宁、克鲁泡特金和约翰·莫斯特几个人的画像。当然啦，还有那四位在干草市场被绞死的芝加哥烈士的画像。也许莫里斯那会儿还没有放弃施蒂纳，但是房间里并没有他的画像。书架上满是宣传无政府主义和社会主义的小册子。我忘了告诉你，我当时是施蒂纳的狂热追随者。我不只研究施蒂纳，还研究过费尔巴哈。施蒂纳很久以前是费尔巴哈的信徒，后来背叛了他。我自己的理想追求是‘一个自我中心主义者的社区’。我想成为一个‘完美的自我中心主义者’——‘为自己和属于自己的一切服务’‘自成一体的世界历史’。这些都是施蒂纳的话。对蒲鲁东而言，财产就是邪恶，而施蒂纳认为，财产就是人性的本质。真正的宽容是什么，我们谁也不知道。我不认同门上那句口号，于是立即和莫里斯争论起来。这正是他想要的。他随时准备和人论争。我引用施蒂纳，他就引用蒲鲁东。我租这个房间是不包餐的，但是丽碧也给我准备了晚餐。我们仨坐在餐桌旁，莫里斯严厉谴责财产和跟财产有关的一切东西。他预言革命之后，‘我的’‘你的’这类单词就会从词典里消失。我问他说：‘那你怎么跟一个男人报喜讯，说他妻子生了个儿子？’莫里斯听了，尖声高叫：‘整个婚姻制度终将消失！所有这一切都是建立在奴役之上的。凭什么一个人要拥有另外一个人？’

他激动得差点儿掀翻了桌子。丽碧对他说：‘你的盘子——我是说我们的盘子——就要掉下去了，我们的肚子会继续空着。另外，这会给我们的裤子上留下污渍。’

“我纵声大笑，这个女人很有幽默感。可是，莫里斯非常严肃。他咆哮起来：‘你觉得这只是玩笑，嗯？所有的不公与邪恶都来自财产。那些帝国主义者为什么互相掐着对方的喉咙？一切剥削的根源是什么？’暴怒中，他也攻击施蒂纳：‘什么自相矛盾的东西——利己主义者的社区。’我说：‘那么爱情呢？如果一个男人爱一个女人，他希望她属于他一个人，不属于其他人。’‘嫉妒并非自然的情感，’莫里斯回答说，‘那是封建主义和资本主义的产物。在古代，人们以共同体方式生活的时候，所有的孩子都属于共同体。’‘你怎么知道？’丽碧问道，‘你那时在哪里？’然后，莫里斯说：‘这是既定的事实。’他提到巴克尔还有别的什么历史学家。我们一直争论到夜里一点钟。丽碧则在一旁洗餐具。她从厨房那边打开门，说道：‘我困死了。你们俩能不能明天再讨论？明天它也不会不新鲜。’莫里斯激动得甚至都没搭理她。她说：‘那，我就去睡了。’然后，她转身冲我点点头说，‘你的床——我是说我们的床——已经铺好了。’”

“她后来成了你的情人吧？”我问道。

麦克斯·皮西金抬起眉毛。“真是啊，你感觉到啦？不过呢，别急。要有点耐心。”

“忘了告诉你，那天晚饭后我跟丽碧稍微辩论了一下。我问起用餐的费用，她感觉受到了羞辱。‘我可不是你的厨子，’她说，‘我是以朋友的身份请你吃饭的。’第二天早上，她给我端来早餐，我便说：‘请吃一顿是一回事，但顿顿免费就是另一回事了。’我那时一周挣五美元，算是一份体面的薪水了。我告诉她，她若是不说好餐费，我不会再吃她做的了。一番争论之后，我们达成一致，我会付餐费。没过几天，我们就变得像老朋友一样了。我会去果酱街那边的市场，帮她买便宜货，也会帮她给她工作的商店来回带包裹。她的俄语、波兰语说得很好，但英语很烂，我便主动给她上课。现在是她要付钱给我了，于是又是一番争论。我们都还年轻，但我们却没有意识到这点。

“我这人天生善妒，从来没有想象过居然还有不吃醋的人。我小心翼翼，生怕让莫里斯吃醋。但他似乎很乐意让我跟丽碧走近。有一次我跟他说想出去散散步，他竟提议让丽碧跟我一块儿散步。丽碧的脸一下红了，说：‘这叫什么事儿？也许人家只想一个人走走。’‘胡说，’莫里斯道，‘有人相伴才快乐。’又有一次，我拿到两张意第绪语剧院的票，他让我带丽碧一块儿去。‘她一天到晚坐在缝纫机旁，’他说，‘也让她有点儿时间消遣。’我带了她去剧院，碰见了雅各布·阿德勒，人们叫他‘老鹰’——他扮演的雅各布·戈尔丁情节剧中的一个角色。后来我们又到格兰街去吃馅饼。街上熙熙攘攘，都是买了第二天的意第绪语报纸的犹太人，他们正在讨论着那些主编啦、第二大道上演的剧本什么的。我们回家时已经很晚了，莫里斯也是一脸喜气。他正在准备一份演讲，说的是自由社会的物品交换。回房睡觉前，丽碧对我说，‘今晚谢谢你。’‘说声谢谢还不够。’莫里斯道。‘我还能怎么做——给他跪下？’莫里斯答道，‘至少该给他一个吻。’‘我可没受过亲吻陌生男人的教育，’丽碧说，‘不过既然你下了令，那我照做便是。’她走过来，双手捧起我的脸，亲吻了我的嘴。我告诉你那会儿我还是个雏儿。我虽说也有过恋情，但那都是罗曼蒂克的、纯精神的。在律师街，就在我们住的对面就有一家妓院，那些女人让我恶心。再说了，一个理想主义者怎会利用那些白人女奴？那是个资本主义的机构，就是摩根公司的一个运动场而已。

“那天晚上，莫里斯累了，跟丽碧一起上床睡觉。我屋里点着煤气灯。有好几次我没关灯就睡着了。我的房门开了，站着穿着睡衣、趿着拖鞋的丽碧。她说：‘你要是不读书，我就把灯关了。太浪费煤气了。’她微笑着，冲我眨眨眼。

“那天晚上到现在都过了四十多年了，但我觉得就像是昨天才发生的。那些年，我是一挨枕头就入睡的。可那天夜里，我心绪不宁。丽碧的吻唤醒了我，倒不是因为她双手捧着我的脸亲吻我的样子，而是她的双手，很暖，差不多烫人。

“不过呢，过了一会儿我还是睡着了。冬日夜长，一觉醒来，也不知道睡着了一小时还是六小时。房间也不是漆黑一片，街上的路灯透过一缕光来。突然间，我一下子看见了丽碧。她站在我床边。我自认为是个自由思想者，有那么几秒钟我竟然觉得那是个女魔头，一个诱惑犹太经学院小男生犯罪的莉莉丝女魔头。我问道：‘丽碧？’她俯下身来，对着我耳语，带着激情与嘲弄：‘带我上床，我冷。’我差点儿给吓死了。我的牙齿咯咯作响。‘莫里斯在哪儿呢？’我问道。‘他允许我来的，’她说，‘他不想拥有任何财产。’

“我要是今天遇到这种事，大概得心脏病发作。不过，我那时才二十三岁，血脉偾张。我忘了一切禁忌。不久前我读到，有个被迫禁食四十天的男人，吃了一只老鼠。某种饥饿感会阻隔所有其他感觉。她离开半小时之后，我才意识到我们俩刚才干了什么。但是我那会儿筋疲力尽，没法保持清醒。

“第二天早上，我们三个人照常在厨房一起吃早餐，莫里斯显得很庄重，甚至有点开心。他说：‘我不能说一套，做一套。我们之间有兄弟情。’那些年里，我们对今天知道的东西并不了解。

“不过我读过弗雷尔，要不就是理查德·克拉夫特-埃宾的书，记不太清楚了。我也理解，这也不全是因为利他主义思想。有些个男人，还有女人，他们迫切需要分享。我是个幸运的魔鬼，一下子什么都有了：一间屋子，有吃的，还有个情妇。莫里斯变得特别友好，把我吹上了天，他也亲吻我。他演讲的时候，我就得和丽碧一起坐在前排。而且他还千方百计找机会引用我的话。除了施蒂纳，他什么都愿意对我让步。他依然毫不留情地批判施蒂纳。那时候，施蒂纳的作品还没有译成意第绪语，我们的同志们本来对他知之甚少。可莫里斯逮着一切机会攻击他，事实上已经让施蒂纳在纽约下东区出名了。

“两年过去了，这好像是我最幸福的两年。过了一段时间，我交给丽碧我的薪水支票，用我们美国腔的意第绪语叫作“薪水缔”。而她呢，拿那五美元做了好多事。我觉得我那五美元一定升值了。她给我做吃的，给我买了衣服，还让我吃得满嘴流油。纸包不住火。下东区就像个小村子。再说，莫里斯也并不讳言我俩的情事，他实际上还拿这事儿吹牛。我们的同志们都在议论这事儿。他们都在问同一个问题：要有了孩子可怎么办？而我们很小心避免弄出个孩子来。

“过了一段时间，这事儿变得平淡无奇，而我也注意到丽碧不再热心。律师街上的人们开始对我们心怀不满。丽碧东欧村子的同乡写信给她故乡的亲友，讲了我们三人的丑行。有些人甚至威胁说要把我们三人驱逐出境。我们计划到西部去定居。在俄勒冈州的某个地方是社会主义者和乌托邦分子建的公社，还有些人留在那儿。那些人正在四分五裂，因为不管是如何解放人性，还是如何垒干草堆，如何挤牛奶，他们都各有各的主意。许多成员懒惰成性，拒绝工作。有的人疯了。这期间还发生了轰动一时的事件：一个俄国革命者本来被判在西伯利亚做二十年的苦工，他逃了出来，在森林和冰原间流浪了几个月后，来到了美国。他到了太平洋，据说上了一艘去旧金山的货船，偷渡来的。你不会相信，可这会儿我真忘了他叫什么名字。是叫巴鲁辛？不对。卡鲁辛？也不对。这就是上了年纪的毛病——想不起名字了。我的回忆录里提到过他。结果是他不是什么革命者，而是个罪犯，一个骗子。他被判刑，不是因为扔了炸弹，而是因为诈骗。但这未免有点儿荒唐了。我们那时相信一个革命的骨干分子要来纽约了，他拒绝透露其真实姓名是因为他还要回到俄罗斯去。意第绪语报上还登了一条消息，说他要在市区最大的大厅里做演讲，甚至有人暗示说他是一个俄国贵族的叛逆之子。一切都是假的。有一点倒是真的：他是个纯正的俄罗斯人，而不是犹太人。他身材高大，金发碧眼，说的是纯正的俄语。他跟我们的同志们，有着明显的不同。那么多俄罗斯来的客人都是我们的同胞兄弟，黑黑的，瘦小的，而且他们说的俄语都带着口音。他实在是太有名了，成千上万前来听他演讲的拥趸连大厅都进不去。他们站在外面，我也跟他们站在一起。我去晚了。莫里斯要去介绍他，丽碧在前排有个座位。我听不见莫里斯说了什么，但是，那个俄罗斯人嗓门大得如咆哮的狮子。我记得他说了十分钟后，我就对站在旁边的人说：‘他要是革命者，那我就是鞑靼人了。’

“你拿这些故事可以写一部小说了，但我还要给你点儿劲爆的料：丽碧爱上了他。她后来对我说：她就是扫了他一眼，便知道自己的命运已经注定了。

“奇怪的是，我记得我俩刚开始时的所有细节，但怎么分手的倒记不起来了。似乎是那天晚上在莫里斯家我一夜无眠。很有可能是那晚演讲后莫里斯把那个俄罗斯人带回了家，我不得不另找住处。事情来得太突然了。前一天我在莫里斯家里应有尽有，隔一天我就得打包袱走人。莫里斯和丽碧，他们俩都迷上了他，莫里斯甚至比丽碧更痴迷。现在出了个弗洛伊德，我们至少可以给这种行为命名了。人类呢就是这样，一旦给某样东西取了名字，这东西就不是什么神秘难测的了。可那会儿我们还没有这些命名。就算那会儿有这些名字，我也不知道。我记得自己提着手提箱沿着东百老汇大街往下走，每走几步台阶停一下。我都不知道自己犯了什么罪，就被赶出了伊甸园。

“几个月后，这个骗子暴露了。俄罗斯来的信件否认了他吹嘘的一切。但那时候，我已经清醒了。我发现莫里斯这样的人就是英雄膜拜者。跟他生活在一起，丽碧也变得跟他一样了。我明白他们能轻而易举地把我跟别人交换，意味着一开始就不可能有任何实质意义。一个年轻人跟一对变态夫妻住在一起能有什么好结果？没过多久，我遇到一个女人，她后来成了我的妻子和孩子们的母亲。她不久前过世了。

“丽碧和莫里斯后来怎么样了？他俩离婚了。天地共谋阻止了这类丑事延续。丽碧嫁了个老头儿，一个药剂师。我要是没记错的话，莫里斯走了，去了俄勒冈州，他在那儿一直待到那个社会主义者们建立的殖民地瓦解。他回来的时候，带回来一个比他还老的丑女人。丽碧和他都从这场运动中彻底退了出来。几年后，我在迈阿密海滩遇见过他。当时我正在找一间简易公寓，有人给我推荐了子午大道上的一栋楼。我走进门厅，看到了莫里斯。他是房东。一个女房客正跟他吵架，因为她房里没有热水。他已经身材发福，皮肤松弛，穿着迈阿密海滩的流行服饰，短裤，粉色花的 T 恤。他的头也秃顶了。

“我站在那儿，听了一会儿，后来我走到他跟前，说：‘莫里斯，亲爱的，财产就是窃贼。’

“他朝我扑过来，像个孩子似的叫了起来。他跟第二任老婆离婚后，又结婚了。他低价租给我一套公寓。他老婆跟我吹嘘说她做的三角饺子闻名世界。可我实在没心情听她胡诌。多说一句，他的第三任老婆比第二任还要丑。她们俩现在都死了。”

“丽碧后来怎么样了？”我问道。

麦克斯·皮西金闭上双眼。“她也已经抵达了我们一直努力建立的地方—— 一个更好的世界。”

# 蓝图克*

“世上真的有蓝图克[1],”我姨妈燕特尔说,“我倒希望没有这样的人。不过呢他们中大多数人都不怎么伤人,反而会帮人。这要看他们在哪儿,跟什么人在一起。”

燕特尔姨妈拿着蜡染印花的手绢擤鼻涕。她一边讲着故事,一边擦拭着手里的黄铜框架的眼镜,就像是要照着书上的故事来读似的。她不停地点着头,头上戴着的无边软帽上缀着的缎带、水钻也一起摇晃起来。燕特尔姨妈其实和我们没有什么血缘关系。她家世

---

* 本篇英语由艾萨克·巴什维斯·辛格与劳里·考文(Laurie Colwin)翻译。

1 蓝图克,原文为“lantuch”,指犹太传说中家庭驯养的精灵。

代都是村民——店主、村上的执行官、挤奶工。她长得跟农民一样，大胸脯、宽肩膀、高颧骨。琥珀色的眼睛像鸽子般温柔。约瑟夫姨父跟她结婚前，有那饶舌的人跟他说，燕特尔做过挤奶女工。据说我姨父还回答说，这么说她还是个不合教规的牛奶与肉的混合物。[1]

燕特尔姨妈擦拭着眼镜，直到擦得镜片闪闪发亮，反射着午后的阳光。再把它放回到眼镜盒里。

“刚才说哪儿啦？”她问道，“哦，对了，蓝图克。我父母家里就有一个蓝图克。他穿梭在炉子和木棚间，管理家务。我们要离开家，他就留下来。蓝图克不会到处流浪，他们一旦在某个地方定居下来，就会一直住下去。我从未见过他。他们是看不见的，你知道的。我们家收拾东西搬到托尔平的时候，我还是个小孩儿。但我妈妈和姐姐芭莎把他当成了我们家的一员。外邦人叫他‘多莫微克’，意思就是熟悉的精灵。芭莎有时候打喷嚏了，他会悄声说一句‘祝您健康’。

“我们院子里有个蒸汽浴室，地上有两块石头。那个给我们帮工的波兰女仆经常拿木头生火，等石头烧热了，她就会往石头上泼两桶水，一直到水蒸气变得跟淀粉一样浓。在洗澡时间，我得待在房子里。小孩子怎么会出汗？但是在那个特殊时间，我才不要跟保姆在一起呢，我会去找她们。只有在这种时候，才能看见我妈和我姐不穿衣服的样子。我忘说了，那个女仆会说意第绪语。

1 犹太教饮食戒律，牛奶和肉不能一起吃。

我妈说：‘西弗勒！’她会立刻倒一桶热水到石头上，她们就会吱吱啊啊地叫。要是太热了，我妈妈就会大喊：‘烫死啦！’那女仆就会把门打开一条缝，让风吹进来。我又哭又闹，让她们同意带我进浴室，慌乱中我姐姐忘了带浴巾进去。那女仆呢，在我们不需要帮忙的时候，就去谷仓照看奶牛去了。我妈妈责骂芭莎忘了拿浴巾，我姐姐突然就用唱歌的声音叫了起来：

> 蓝图克，
> 给我一条毛巾！

“干吗把它引出来呢？那个蓝图克把毛巾拿来了。我自己记不住，但是我听我妈和我姐说了不止一次。她们干吗要撒谎，这种事情过去经常发生的。如今这世道都败坏了，恶魔都藏起来了。

“不过我要讲的故事跟我们家的房子可没什么关系。这事儿发生在托尔平，我们家搬过去之前好些年就已经发生了。有个叫末底改·雅罗斯拉夫尔的男人住在那儿。认识他的人都说像他这么漂亮而又圣洁的男人过去从没出现过。他妻子叫贝拉·弗鲁默，唯一的女儿叫巴雅。圣书上说，上帝喜欢谁就会把谁带走。末底改还是个年轻人呢，不到四十岁，可突然间他胸口上长了个丘疹，结果呢那不是丘疹，而是水泡，感觉他就像是被烧伤了一样。后来那个水泡变成了好多个水泡，上帝保佑，他最后死了。多了不起的医生也救不了他。他的房子就在小镇外面，有花园，有棚子，有外屋，还有一个粮仓。他买卖粮食、亚麻布、牛羊。他本来很有钱，可如果商人死了，欠债的人可不会赶着来还钱。在那些年月，做生意都讲信誉。末底改先生把欠债的人和金额都记在本子上，可那本子不见了。

“贝拉·弗鲁默总是病恹恹的，一直不和人交往。她的丈夫跟人有多亲近，她就有多疏远。她说托尔平是被上帝遗忘的村子。当这个家庭的光芒散去，一切都分崩离析了。葬礼后，贝拉·弗鲁默回到床上，一直到死——至少躺了三十年。她遣散了仆人，巴雅就包揽了一切，当女仆，做厨子，当她母亲的护士。巴雅金发碧眼，皮肤白皙，温柔文雅。她很可能随她父亲，不过也有一点儿像她母亲。我对她了解不多，因为我们搬到托尔平的时候，一切都已经快要结束了。姑娘总是要嫁人的，而且媒人也给巴雅带来了求婚者，可贝拉·弗鲁默却在床上发号施令。求婚者们都被带到了她的床边，贝拉·弗鲁默把他们上下打量，质询他们。这些求婚者没一个合她的意。她真正想的不是给女儿找丈夫，而是给她自己招一个侍奉她的女婿。她给所有的媒人提出，婚礼之后巴雅必须待在娘家。为了她的一己之私，她制造了无数的障碍，最后巴雅嫁给了一个据说是家庭富裕且有点儿学识的人，结果却是个粗俗不堪之徒。托尔平的人都看得出来巴雅落入了恶人之手，人们都在提醒她。但是贝拉·弗鲁默却说这些人是在嫉妒她的好运。巴雅，愿她宽恕我，只是她母亲的奴隶。就是贝拉·弗鲁默让她挖个坑把自己给埋了，她也会照办。世上真有这样的女儿，谁知道怎么回事？强者为王，就是在救济院也是如此。贝拉·弗鲁默以为她的女婿——他叫菲特尔——会听命于她，结果他丝毫没把她放在眼里。他把能卖的卖了，能偷的也偷了，就像一只蝗虫，把家里掏空了。巴雅怀孕了，生了个女儿叫米蕾丽，人人都说跟她外祖父简直是一个模子刻出来的。她简直点亮了这个家。可是，她的父亲，那个粗俗的土包子，却有着自己的算计。等他意识到这个家里再没有什么可搜刮的，他跟妻子离了婚，不知道跑哪儿去了。

“一个离了婚、拖着个孩子的女人也并不总是没人要的商品。但贝拉·弗鲁默可不想跟别的男人抢女儿，她要女儿彻底属于她一个人。巴雅失去了勇气。一朝被蛇咬，十年怕井绳。再说了，现在还有哪个男的愿意听命于贝拉·弗鲁默？男人想要的是属于他自己的妻子，而不是他丈母娘的女仆。长话短说吧，巴雅再没有结婚。菲特尔把家里的一切都折腾空了。有一阵子母女俩开始卖她们编织的东西。巴雅做起了裁缝的活计。她们有自己的房子，而且那些年食物非常便宜。她们的果园里有苹果、梨和樱桃。她们出租了几英亩地给一个农夫，他把自己种的蔬菜给她们，算作租金。那些年，也没谁饿死，可这过的叫什么日子呢？

“巴雅突然生病了，跟她母亲一样，卧床不起。那是好些年以后了，那时候，米蕾丽七八岁的样子。这下要说到蓝图克的故事了。她们家有个蓝图克，他成了家里的老板。你笑什么？这有什么好笑的，整个托尔平都知道的事情。要不然一座房子里，两个卧床不起的女人和一个孩子，日子怎么过？我现在说到这个，都还觉得后背阵阵发冷呢。”

燕特尔姨妈耸耸肩。她看看沙发上的披肩，说道：“别拿我取笑，孩子们，我冷死了。”

燕特尔姨妈用披肩把自己裹起来，沉默了一会儿。她的两条眉毛拧到一起，像是在考虑要不要接着讲下去。她拿眼角的余光看着我，像是说：“这么小的小家伙哪能理解这些事？”我妈妈说：“说吧，燕特尔。”

燕特尔动了动。

“我不在现场，但是总不能说整个镇子的人都疯了吧。她们家有个蓝图克，那个蓝图克接管了这个家。他砍木头，到井里担水，夜里去，从不在白天担水。冬天，他生炉子。我之前说过，他们是隐身的，可这个是现了身的。那年冬天，托尔平有一场暴风雪。老人们都想不起来过去曾有过这样的场景：雪花干燥如盐，成堆成堆地下，屋顶都被压塌了，更像是在下冰雹。一座座房子深埋在雪里，要花几天的时间才能把它们挖出来。托尔平有个慈善团体，自称病患守护者，成员都是些身强力壮的男人，都是些车夫、屠夫、牲口贩子之类的。有人生了病，他们都会去帮忙。暴风雪期间，镇上的人们突然想起来末底改·雅罗斯拉夫尔先生一家人。长得牛高马大的莫特尔·本特兹是病患守护者中的一员，他去查看这家人的情况，发现整座房子都埋在雪里，只有烟囱露在外面。这都什么事儿啊！他开始一路朝房子挖过去。他挖着挖着，听见雪的另一面传来嘎吱嘎吱的声音。有人正在朝外挖着。会是谁呢？最后，他清理出一块空间来，见到一个小个子男人，身宽超过了身高，他戴了顶配流苏的帽子，扛着一把有他三倍长的铲子。暮色降临，莫特尔·本特兹本想跟这个小男人说话，可他伸出舌头，那舌头一直伸到肚脐那儿，一眨眼就消失了，手里的铲子掉到莫特尔·本特兹身上。就是那个蓝图克。莫特尔·本特兹后来上拉比那儿告诉他自己看见的事情。这件事在社区记事本上是有记载的。

“不管怎么说，米蕾丽总算是长大了。别问我她是怎么长大的，孩子们在吉卜赛的货车上、绑匪的山洞里也能活下来。头一天还是个孩子，第二天她就抽条了，长成大人了。她的妈妈巴雅从做姑娘时就是个隐居者，从不和其他姑娘们来往，而且贝拉·弗鲁默也不让她参与任何社交活动。但是米蕾丽乐观开朗，爱唱爱跳的。冬天，她跟朋友们一块儿切白菜、摘黄瓜、剥豌豆。夏天，她们在森林里采蘑菇、摘樱桃。她还自学了缝纫、编织、绣花。人们问她：‘你们家里真的住着一个蓝图克吗？’她会说：

‘什么是蓝图克？我从没听过这个词！’他们问她：‘谁给你们管家？’她会回答说：‘我们管家啊。’姑娘们要求去她家跳舞，当然了，她们是想看看怎么回事。但是米蕾丽会哈哈笑着说：‘我外婆不喜欢热闹！’镇上的人想不明白：她们就算藏了一笔钱，那也早该花光了吧。谁做饭？谁给米蕾丽张罗衣服？她打扮得像个乡绅的女儿，双颊丰润。肯定有人给了她零花钱。她经常上面包师布丽娜那儿，给自己买椒盐卷饼。她随时都有几个格罗森硬币和小女孩们一块儿玩游戏。

“她们那房子你可没法透过锁眼啊、窗户什么的看进去。要走到门口那儿，你得穿过一个院子，再走到门廊那儿。她们家的院子周围总有好些流浪狗，大概是那些佃农的狗，要不就是捕狗人漏掉的杂种狗。米蕾丽有问必答，但谁也得不到真相。有人问她‘谁给你们做饭？’她说‘我妈妈。’‘她能起床？’‘起来一会儿，’她会说。‘她怎么不找医生？’米蕾丽会说，‘她太忙了。’一边微笑着就像是说了个笑话。在小镇上，谁家锅里煮了什么，别人都知道。人人都觉得那幢房子里发生了神秘怪异的事情。

“好吧，米蕾丽长成了个耀眼的美人儿。男孩子们一个个的为她发疯。媒人也接踵而至，但他们根本接近不了贝拉·弗鲁默和巴雅。大门总是紧锁着。媒人们想直接跟米蕾丽说，但她回答说：‘我知道什么呢？’

“‘那么猫怎么过水呢？’他们问道，意思是，她怎么把自己

嫁出去呢？她答道：‘那么，猫就待在水这边吧。’

“在小镇里——也可能大一点的镇上也一样吧，你不可能完全和他人切断联系。你要是与社区的人疏离，就有人说你坏话。人们开始传言说恶魔实际上就是那家人的头。如果他能砍树、担水，能从大雪堆里把房子挖出来，那他就不只是个仆人。米蕾丽可不像看上去那么单纯。我跟你们说，亲爱的，人们开始疏远她了。姑娘们安息日不跟她一块儿散步。媒人们也不登门了。没人邀请她参加晚会、婚礼。我那时候还是个小孩，但是我听说了，也能明白。米蕾丽独自走在我们住的卢布林街上，穿得像公爵夫人，她脚上的鞋闪闪发光，可姑娘们根本不朝她这边看。裁缝店的学徒们，屠宰场的男孩子们跟在她后面，他们可不敢走近她。每次她从市场经过，人们都从自家窗户后面盯着她。她这是要上哪儿？她打算干吗？她跟着那两个阴沉沉的女人——她母亲和她外祖母，是怎么活下来的？

“很快，米蕾丽不再出门了。过了好一阵子，她才到店里买东西。有人发现邮差有时候会给这家人带来一封封了蜡的信。没人知道信是哪里寄来的。到了冬天那几个月，人们彻底把她们给忘了。我不知道为什么，她们家房子周围的雪比镇上其他地方的都多得多。旋风从田野里飘过来。事实上，没人确信贝拉·弗鲁默是不是还活着。不过嘛，既然她没有被安葬到墓地里，那她就还算是活人吧。在这么小的村子里都会是这样，那大城市里的情形，只有上帝知道了。有一次，我父亲，愿他安息，带了一个穷人回家和我们共进安息日晚餐。他是个四处流浪的乞丐，见识过各种各样的事情，也会讲各种各样的故事。我们问他卢布林的事情，他说，那是个堆满尸体的城市。'你什么意思呢？'父亲问道。那乞丐说，'在小城镇里，若有人死了，人人都知道，尸体也会安葬在坟墓里。可是在大城市，人人都是陌生人，死者变得孤独，就会站起来。我自己，'他说，'在卢布林碰到一个死了好几年的人，他叫施梅尔·斯罗茨克尔。我正在莱维托芙街上走着，他朝我走过来。我停下来，他也停了下来。我吃惊得张不开嘴。然后，我说，施梅尔，你在这儿干什么？他说，'你知道吗？我也不知道呀。'然后他走开，消失不见了。

"我讲哪儿了？哦，对了。蓝图克。如果事情顺利，这些小妖会藏在阁楼里，要不然就是在炉子和柴棚间，可一旦人们松懈了，这些家伙就会占上风。也可能他根本就不是蓝图克，而是个调皮的小精灵，要不就是个怪胎。他们在蘑菇之类的腐烂物中长出来。贝拉·弗鲁默那个巫婆毁了巴雅，然后她们母女俩又开始要毁了米蕾丽。被母亲和外祖母包围着的米蕾丽也变得不正常了。听说，她白天整天睡觉，夜里起来。打更人扎尔蒙过去经常经过她们家，听见米蕾丽笑得很疯狂。恶魔正在逗她发笑，那声音像是公猫的叫声。"

"你的意思是，那个蓝图克跟她们有什么不轨的行为？"我妈妈小心翼翼地问道。

燕特尔姨妈两根手指压压嘴唇。“我不知道。我怎么会知道呢？可是蓝图克都是男的，不是女人。《正义之尺》里边有个故事，说的是有个金匠，跟一个女魔头住在阁楼里。他俩生了五个孩子。这些事儿的确发生过。那三个女人为什么都不要丈夫呢？而且，如果她们觉得托尔平太小，为什么不卖掉房子，搬到别的地方去呢？上帝宽恕——人们都习惯了！那个贝拉·弗鲁默十分恶毒。她丈夫还在世的时候，就有人谣传她的怪事。她养了两只黑猫，有人看见她在月圆的时候到地里采草药。她还会念咒语。可怜的巴雅一点儿个人意志都没有。但是米蕾丽竟然会屈服倒是让我吃惊。事实是，如果你给魔鬼一根手指头，他会把你整只手给抓住。有人说那个蓝图克给她们唱歌、跳舞、翻筋斗。有人听见他像婚礼上的小丑那样背诵韵文。她们有一张巨大的床，据说他们全都躺在一张床上。我简直想都不要想。贝拉·弗鲁默和米蕾丽从来不上会堂去。以前巴雅还会在犹太历新年吹山羊号角的时候，上会堂去。我有一次在会堂见过她。她的脸上长满了疣子，一只眼睛大得像小牛的眼睛，另一只眼睛却半闭着。她像是聋了，因为人们跟她说话，她都不搭腔。

“住棚节后的一天夜里，有人敲响了沃尔夫·嘎什坦家的门。托尔平有支灭火队，沃尔夫就是他们的头。他们有一辆货车，一匹病歪歪的母马和一只破旧的水桶。那是个寒冷、潮湿的冬夜，沃尔夫打开门，只见门外站着个怪物，既非人也非动物，一半像狗，一半像猴，满头的卷发，乱蓬蓬的皮毛。‘你想干什么？’沃尔夫问道。那怪物声音尖利：‘贝拉·弗鲁默家着火啦。’说完，他就消失在浓雾里了。

“等到沃尔夫给马套上缰绳，水桶里加满水，贝拉·弗鲁默家已经变成了一堆灰烬，三个女人都烧成了炭，没有什么东西可安葬的了。从沃尔夫所描述的那个怪物来看，显然它就是那个蓝图克。”

“一开始是怎么发生的？”我妈妈问道。

“谁知道呢？”

“也许是那蓝图克点的火？”我妈妈说。

“如果是他，”燕特尔姨妈问道，“那他为什么还要去找灭火队的人？”

我妈妈思忖了好一会儿，说：“魔鬼们，跟人一样，也会落入自己的陷阱。说不定是那个蓝图克受够了。”

# 儿子从美国回来*

伦特辛村非常小，其实就是一个满是沙土的集市。附近的农民一周上这儿来碰一次面。集市周围一圈是些小小的草棚子，屋顶有些盖的是茅草，有些是长满青苔的瓦片。屋顶的烟囱看上去就像小水罐。茅屋之间是田地，土地的主人们种着蔬菜，放牧山羊。

这些茅屋当中最小的一座住着八十多岁的老伯尔和他的妻子伯尔氏（就是伯尔老婆的意思）。老伯尔属于从俄国的村子里被赶出来后到波兰定居的那拨犹太人。在伦特辛村，人们嘲笑他

---

* 本篇英语由艾萨克·巴什维斯·辛格与多萝西娅·施特劳斯（Dorothea Straus）翻译。

大声祈祷时的发音错误。他说话的时候，发“r”音很尖厉。他五短身材，宽阔的肩膀，留着一小撮白胡子。无论冬夏，他都戴着顶羊皮帽子，穿垫肩的棉夹克，结实的靴子。他走路缓慢，是拖着脚走的。他有半英亩地，一头母牛，一只山羊，还有几只鸡。

夫妻俩有个儿子叫塞缪尔，四十年前就去了美国。伦特辛村的人说他在那儿成了百万富翁。每个月伦特辛村的送信人都会给老伯尔带来一张汇款单，还有一封谁也读不懂的信，因为那上面好多字儿写的是英文。塞缪尔给他父母寄了多少钱没人知道。每年有三次，伯尔和老伴会徒步到扎克罗奇姆市里，去把汇款单兑现了。但是，他们好像从来没花过这些钱。买什么呢？那园子、奶牛、山羊满足了他们绝大部分需要。此外，伯尔氏还卖小鸡和鸡蛋，卖的钱足够他们买面粉烤面包了。

没人关心伯尔把他儿子寄来的钱放哪儿了。伦特辛村没有小偷。茅屋里有一间屋子，里面是他们的全部财产：饭桌、装肉的架子、装奶制品的架子、两张床和土炉。有时候小鸡在柴棚里栖息，天冷的时候，就在炉子旁的鸡窝里。天气不好的时候，那头山羊也会到屋子里来躲避。富裕点的村民们点煤气灯，可伯尔和他老婆子不相信这些新奇玩意。在油碟里放根灯芯点灯有什么不好呢？只有安息日的时候，这对夫妇才会到店里买三根牛油蜡烛点着。夏天，老两口日出而作，日落而息。冬季漫长的夜里，伯尔氏就转着纺车织布，伯尔默默地坐在旁边，享受舒适的闲暇时光。

每过一阵子，伯尔晚祷后从会堂走回家，会带回来一些消息。在华沙，罢工的人要求沙皇退位。一个叫赫兹尔博士的异端分子想出了个主意，说犹太人应该重新回到巴勒斯坦去定居。伯尔氏一边听着，一边摇着戴着软帽的脑袋。她的脸色有点黄，满是皱纹的脸像片白菜叶子。眼睛下面有深色的眼袋。她已经半聋。伯尔对她说话，得一个字一个字地重复。她会说："大城市里竟然会发生这种事！"

在伦特辛村，没什么大事发生，通常也就是，一头奶牛下崽了，一对年轻夫妇给孩子举办割礼聚会，要不就是谁家生了个女儿，没办酒席。间或也有人离世。伦特辛村没有公墓，尸体得送到扎克罗奇姆市。事实上，伦特辛村已经没有几个年轻人了。年轻的男人们去了扎克罗奇姆，去了诺里·杜尔，去了华沙，有的还去了美国。就像塞缪尔这样的，他们的信没法辨认，意第绪语夹杂着他们现在定居国家的语言。他们寄来照片，照片上的男人们戴着高高的帽子，女人们穿着华丽的裙子，打扮得像乡绅夫人。

伯尔和妻子也收到过这种照片。但他们俩的视力都不行了，也没有眼镜。他们只能勉强看清楚图片。塞缪尔的儿子、女儿们都取了外邦人的名字，他的孙子孙女们也有已经结婚生子的。他们的名字太奇怪了，伯尔老两口根本记不住。不过呢，名字不同有什么呢？美国在遥远的大洋彼岸，在世界的另一边。伦特辛村的一个《塔木德》教师曾说美国人是头朝下、脚朝天走路的。伯尔两口子实在搞不懂。这怎么可能？但是，既然教师都这么说了，那自然是真的。伯尔氏想了一阵子，后来她说："不管什么事，人总能适应的。"

那就这样吧。思虑过多——上帝不许——人便会失去理智。

某个周五的早上，伯尔氏正在揉面团，准备做安息日面包。这时候门开了，进来一位绅士。他个头太高了，不得不弯腰低头走进门来。他戴着海狸皮做的帽子，穿着镶着皮毛边的斗篷。身后跟着扎克罗奇姆来的马车夫哈兹克尔，手里还提着两个带铜锁的皮箱。伯尔氏吃惊地抬起头来。

那位绅士环顾四周，用意第绪语对车夫说道："就是这儿了。"他拿出一个卢布的银币，付给车夫。车夫想把零钱还给他，但是他说："你可以走了。"

车夫关门离开后，那绅士说道："妈妈，是我。你的儿子塞缪尔——山姆。"

听到这些话，伯尔氏双腿麻木，双手瘫软，手上还粘着一块块面粉。那个绅士拥抱着她，亲吻她的前额和双颊。伯尔氏叫了起来，咯咯的，像只母鸡似的。"我的儿啊！"正在这时，伯尔双手抱着木柴，从柴棚那边过来，后面还跟着那只山羊。看见一个绅士正在亲吻他的老婆，伯尔把木柴扔到地上，大吼一声："干什么？"

那位绅士放开伯尔氏，一把抱住伯尔。"爸爸！"

伯尔好半天发不出一个音来。他想要背诵意第绪语《圣经》里的颂词，但是，他什么也想不起来了。然后，他问道："你是塞缪尔？"

"是的。爸爸，是我，塞缪尔。"

"啊，愿你平安。"伯尔抓住儿子的手。他还是不敢相信，自己是不是被愚弄了。塞缪尔可没有眼前这个男人这么高，这么壮。但是，伯尔提醒自己，塞缪尔离开家的时候，只有十五岁。他已经在那个遥远的国家长大成人了。伯尔问道："你怎么也不通知我们你要回来？"

"你们没有收到我发的电报吗？"塞缪尔问道。

伯尔不知道电报是什么。

伯尔氏刮掉手上的面粉，抱住儿子。他又一次亲吻她，问道："妈妈，你有没有收到一份电报？"

"什么？我要是能活着见到这东西，我得高兴死了。"伯尔氏说着，为自己说的这番话感到吃惊。伯尔也很吃惊。这些话正是他想说的，就是刚才没想起来。过了一会儿，伯尔回过神来，说道："蓓莎，你得要准备双份儿的安息日布丁，还要加上炖汤。"

伯尔已经好多年没有叫过伯尔氏的名字了。他想跟她说话时，会说“听着”，要么就是“我说”。年轻人，或者那些大城市来的人才会叫老婆的名字。伯尔氏这时候才哭了起来。她的眼里流着浑浊的眼泪，一切都模糊不清了。接着，她叫了起来，“今天是礼拜五，我还得准备安息日晚宴。”是的，她得去揉面，做面包。来了这么个客人，她得准备一大份安息日炖汤。冬天日头短，她必须得赶紧做。

儿子明白母亲的焦虑，他说：“妈妈，我会帮你。”

伯尔氏想笑，可最后哽咽了。“你在说什么呀？上帝不许。”

绅士脱下斗篷、夹克，只穿着背心，上面还挂着一根金表链。他卷起袖子，走到水槽边：“妈妈，我在纽约当了很多年的面包师傅。”边说边开始揉面团。

“什么！你是我亲爱的儿子，要在我死后为我念《卡迪什》悼词的。”她撕心裂肺地哭泣起来，浑身虚脱，一下子瘫坐到床上。

伯尔说道：“女人就是女人。”他转身到柴棚取木头。山羊在炉子边坐下来，吃惊地盯着这个奇特的男人——他的大高个儿，还有他奇特的服饰。

邻居们听说了伯尔的儿子从美国回来的喜讯，都来恭贺他。女人们开始帮伯尔氏准备安息日晚宴。有人哭，有人笑，房间里挤满了人，就像是参加婚礼。他们问伯尔的儿子：“美国都有什么新闻啊？”伯尔的儿子回答说：“美国挺好的。”

“犹太人在那儿能谋生吗？”

“人们平日里也吃白面包。”

“他们还是犹太人吗？”

“我就不是异教徒啊。”

伯尔氏点上蜡烛，背诵了祷告词，父子俩就上街对面那个小小的会堂去了。大雪又开始下了。儿子大步流星地走着，伯尔叫住他：“慢一点儿。”

在会堂，犹太人背诵“要欢腾喜悦”和“来吧，新郎（喻指安息日）”。会堂外面，大雪纷飞。祷告结束，伯尔和塞缪尔离开这个神圣会所时，村子已经模糊一片。一切都被大雪覆盖了。只能看见屋顶的轮廓和各家窗户透出的烛光。塞缪尔说：“这里还是老样子。”

伯尔氏已经准备好了腌制鱼、鸡汤泡饭，混合着鸡肉、大米、胡萝卜炖肉。伯尔端着一杯葡萄酒背诵了祝福词。一家人又吃又喝，偶尔安静片刻，能听见屋内蟋蟀的叽叽声。儿子讲个不停，但伯尔和伯尔氏没听懂多少。他的意第绪语跟他们说的不一样，还夹杂了好多外国词语。

背诵完最后的祝福词后，塞缪尔问道：“爸爸，我寄给你的钱，你用来做什么了？”

伯尔抬抬他灰白的眉毛：“都在这儿。”

“你怎么没存银行？”

“伦特辛村没有银行。”

“你把钱放哪里呢？”

伯尔踌躇了一会儿。“安息日是不允许碰钱的，但是，我可以指给你看。”他在床边蹲下，把一堆厚厚的东西扒拉开。露出一只靴子来。靴子的顶部塞满了稻草。伯尔拿掉稻草，儿子看见了满满一靴子的金币。他把靴子提起来。

“爸爸，这是一大笔钱啦！”他叫出声来。

“嗯。”

“你干吗不把它花了？”

“花什么呢？感谢上帝，我们什么都不缺。”

“你们干吗不出门旅游呢？”

“去哪儿？这里是我们的家。”

儿子的问题一个接着一个，但伯尔的回答只有一个：他们什么都不缺。果园、奶牛、山羊，还有几只鸡，能提供他们所需的一切。儿子说：“若是让小偷知道，你们的生命可就不安全了。”

“这儿可没有小偷。”

“那这钱怎么办？”

“你带走。”

伯尔和伯尔氏渐渐习惯了儿子和他的美式意第绪语。伯尔氏现在能听懂的更多了。她甚至能辨认出他的声音了。他在说：“也许我们应该建个更大的会堂。”

“会堂够大的了。”伯尔回道。

“可以给老人们建个敬老院。”

“这儿也没人睡在大街上。”

第二天，安息日餐之后，一个从扎克罗奇姆市来的基督徒带来一张纸，就是那份电报。伯尔两口子上床午休。很快他俩就开始打鼾了。山羊也在打盹。儿子穿戴好斗篷和帽子，出门散步。他迈着长腿穿过市场。他伸出手，就能触摸到房顶。他想抽根儿烟，然后想起来安息日是禁止抽烟的。他想找人说说话，可这会儿，伦特辛村好像都在睡觉。他走进会堂，一个老人坐在那儿，正在背诵《诗篇》。塞缪尔问道：“你在祈祷吗？”

“人老了，除了这个还能干什么呢？”

“你靠什么生活呢？”

老人不明白这句话什么意思。他笑了起来，露出光光的牙床，说道：“上帝给了健康，就继续活着呗。”

塞缪尔回到家。黄昏降临。伯尔到会堂做傍晚祷告，儿子跟妈妈待在一起。屋子里满是阴影。

伯尔氏开始用单调肃穆的声调，背诵祈祷词：“亚伯拉罕、以撒、雅各的上帝，护卫着以色列的穷苦人，和它的圣名。神圣的安息日就要走了；新的一周向我们走来。愿这一周健康、富足、行善积德。”

“妈妈，你不用祈祷富足，”塞缪尔说，“你现在已经很有钱啦。”

伯尔氏没听见，或是假装没听见。她的脸也变作一团阴影。

暮色中，塞缪尔将手放进夹克口袋里，触摸到他的护照、支票簿和信用证明。他回来的时候，胸怀大志。他的提箱里装着给父母的礼物。他想着要给村子的人送上礼物。他带来的不只是他自己的钱，还有纽约伦特辛村协会的基金，这个协会还专门为这个村子举办了捐赠慈善舞会。但是，这个穷乡僻壤中的小村子什么也不需要。从会堂传来粗哑的吟诵声。沉寂了一整天的蟋蟀开始叫起来。伯尔氏开始前后摇晃，口里念着从她世世代代的祖母、母亲那里传下来的神圣韵文：

这些神圣羔羊，
被仁慈放养，
托拉与善行，
提供一切所需，
衣食住行，
弥赛亚降临。

# 手提箱*

马不停蹄、忙忙碌碌应该是一种美国怪病。我虽然不是土生土长的美国人，但也是这一疾病的受害者。忙得不可开交的时候，甚至都得努力记住自己名叫科恩。我一天到晚忙忙叨叨，连睡觉都不得安生。

那年冬天，我给一份报纸打工，写书、四处演讲，还答应给中西部一所大学当文学写作课访问教授。虽说我只是每隔一周在那儿待上两天，但我还是租了一间公寓，安了一部电话。那所大学给了我一间配了电话的办公室。两个铃声响不停，门铃一响，

---

* 本篇英语由舒拉米思·查尼（Shulamith Charney）翻译。

我就去开门。教授们想和我结识，他们的妻子邀我共进午餐、晚宴，学生们让我读他们写的文章。新闻专业的想要采访我，当地犹太社团的成员请我去他们的中心做讲座。

我不大好拒绝，只好一一应承。我衣服口袋里小小的笔记本记满了无数的电话号码和地址，我连自己的字迹都快认不出来了。因为我在曼哈顿有一间公寓，在报社有一间办公室，我有四个地址接收邮件和图书，可没有时间把这几个地方成捆的书报都看一遍。有时候，我甚至连信封都不会拆开。像我这样的人，一般都有秘书，但是，我在哪个地方都待不长。而且，我也不可能让任何人知道我跟女人们的那些疯狂情事。多年的单身汉身份，让我积累了一个隐匿的女性群体，有一直保持关系的，有可能一直联系下去的。我跟她们每个人都许诺。她们有些还比较年轻，有的已经上了年纪。一个得了癌症。有些已经结婚了；有几个甚至都是二婚、三婚了。她们的女儿们把我当继父对待。她们的生日还有其他纪念日，都期望得到我的祝贺和礼物。我对她们大多置之不理，但午夜梦回又深感负罪。我经常通过传心术与她们沟通，她们似乎也能回应。传心术、千里眼、预感成了书信、电话和见面的替代物。我对她们都不好，可这些女人都一如既往地让我沐浴爱河。也许因为——至少我是这么想的——我还忠于她们。我睡觉前，会为她们祈祷。

那年冬天，二月份的时候，我有一周的空当时间。邀请我去加利福尼亚一个会堂做讲座的拉比突然辞世，我的日程延期了。一得到这个消息，我马上决定跟瑞泽享受三天自由时间。前一天晚上在布朗克斯，我就跟她在一起。航班是中午的，我六点就起床了。瑞泽的母亲莉亚·欣达生了病，睡得晚。瑞泽给我准备的早餐。我八点钟回到家时，才在门口发现了告知讲座取消的电报。

我离开瑞泽家时，她还抱怨说："你以前可是要跟我在一起待几天的。后来，你根本就不会超过一晚。"

突然间，我就有整整一个星期了！

首先，我在沙发上躺下，想把昨晚没睡足的觉补回来。我们凌晨一点钟才从剧院回到瑞泽家。电话铃响了，我任由它响个不停。想起以扫为一碗红豆汤出卖自己的长子权时说的话："看啦，我就要死了，这长子的名分于我有什么用？"我过的这种日子让我觉得自己正在慢性自杀。我已经到了从不一次买五片以上的刮胡刀片的地步了。买十片就像是挑战命运之神——我可能会犯心脏病，或者神经崩溃。

大约十一点的时候我醒了，可还像刚躺下时那么累。我环顾一下公寓。给我做清洁的那个女人做了手术，回到波多黎各她老母亲那儿去康复。这里肮脏不堪。书、杂志、短裤、领带、手帕，堆得满地都是。书桌上摆满了报纸。我也曾努力保持整洁，但始终是过得混乱不堪。我要找什么，什么就不见了。我的账单不见了，钢笔和眼镜放错地方了。我穿上一只鞋子，另一只却找不到了。一天，我发现我的羊绒外套不见了。我四处寻找，连塞不进一件背心的缝隙都没放过，但是，它彻底消失不见了。难道我被抢劫了？但是我的房间也没有入室盗窃的痕迹啊。而且，小偷怎么会只偷一件外套呢？我又一次打开衣橱，发现它就躺在其他几件衣服当中。难道心不在焉能让男人变成瞎子？

我给瑞泽打电话，告诉她这个好消息，我有一周的自由时间。

“马上来我这儿！”她叫起来。

“不。你过来，和我一起待一天。然后我们一起去你那儿。”

“你知道的，我不能离开妈妈。”

“离开几小时是可以的。”

好一阵讨价还价之后，瑞泽同意“进城来”，她把来曼哈顿说成是进城。莉亚·欣达有个老邻居，可以照顾她。莉亚·欣达有高血压，还有一堆别的病。不过嘛，她自己也可以对付着活下去。她要吃无数种药，要遵循我听说过的最严格的饮食规定。能从战时的华沙格托和纳粹集中营熬过来，她一定能活到九十岁。

瑞泽保证一小时后过来，但我知道，她得要三小时才能来。在家里，她几乎半裸着，趿着双破旧的拖鞋四处晃荡。但等到她要冒险进城的时候，她得穿上安息日才穿的盛装。出门之前，她会把母亲的药准备好：治疗心脏病的、利尿的，还有维生素片。莉亚·欣达根本不知道这些美国药该怎么服用。

现在还有时间修面，洗个澡，或许还可以看一眼手稿。但是，电话铃声让我不得空闲。我的剃胡刀找不到了。找了一刻钟，突然想起来，我把它放进那只要带去加利福尼亚的手提箱里了。我正要打开手提箱，电话又响起来了。说话的是个成年人模仿小孩子的声音，我猜那是萨拉·皮茨勒。她得了癌症，但她一直爱开玩笑。“你知道吗，萨拉已经死了。”她用小孩子的嗓音说着。

我无言以对。

“你怎么不回答我呀？你怕死人？他们不会害人的。你不可能再伤害他们了。这不好吗？”她挂了。

门铃响了三次。一定是瑞泽。她来的时候总是慌里慌张的。她的紧张源自“二战”期间封闭的华沙格托生活、偷越国境线和战后难民营的经历。她金发蓝眼，身材苗条。虽说年近四十，但看上去还像个二十多岁的姑娘。她是个职业裁缝，也曾被人邀请去当模特儿。但她不会说英语。而且，在格托生活期间，她就已经染上酗酒的恶习了。

门还没关上，她就已经尖叫起来：“我再也不要坐地铁啦！死也不坐！”

“出什么事了？”

“一个流浪汉身子贴着我。我跟他说：‘走开，先生。英语，我不懂。’可他还是不停地骚扰我。他喝得烂醉，一副杀人犯的眼神。我走出来，他也跟着出来了。天上的父啊！我感觉，他分分钟就会掏出刀子。”

“你这裙子这么引人注目，还这么——”

“你还帮他辩护？你总是跟我的仇人站一边。你就是希特勒的辩护人。而且，这根本就是条普通的裙子。你根本想不到，我就是从卖零头布料的桌子上花一块钱买的……忘带火柴了。我需要抽支烟。”我给瑞泽找来火柴。

她猛吸一口，吐出一阵烟来，然后说：“我得喝点酒。”

“这么早，大白天的？”

“给我一杯白兰地。我给你带午饭了。”

这会儿，我才注意到她还带着个篮子。我说过很多次，让她别给我带吃的。她带来的菜会引来蟑螂和老鼠。但她依旧我行我素。我警告她，抽烟酗酒会生病，她也是毫不理睬。她一天要抽三包烟。甚至半夜里也抽。我本想给她倒一小杯酒，可她从我手里一把夺过酒瓶，倒了满满一大杯，跟个酒鬼似的，一口干掉，她的面部奇怪地扭曲在一起。然后，她就开心起来了。

她带来我们两个人吃的午餐，但差不多都是我一个人吃掉的。瑞泽有酒有烟就满足了。她照着故乡的做法来做的菜：土豆饼、面条布丁、蘑菇稀粥和梅干甜点。我一边吃着，她在一边抱怨着：“在格托的时候，我根本想都不敢想能吃上今天这样的饭菜。我们能祈祷的就是干面包。有一回，我看见两个犹太人为了一块发霉的面包片大打出手。他们俩都遭到纳粹抽打，说他们扰乱了平静。你胡诌的那个上帝在哪里？他就是个刽子手，才不是什么上帝。我要有那么大能耐，我就把那些胡吹上帝的人全都吊死。”

“那你得把我也送上绞刑架了？”

“不是你，亲爱的。我会让你闭嘴，就这样。你都不知道自己在说什么，就像个无知的黄口小儿。你这么个小家伙竟然会写书，真是个奇迹。真相是，根本就不是你在写作，是一个附鬼侵入到你身体里，他才是作家。你要是不把面包布丁给我一点儿不剩地吃掉，我立马回家，再也不见你。再给我倒杯酒。”

“我不能再给你了。你就是头朝下倒立，我也不给。”

“哈！来呀！我只想有几秒钟能忘掉这个肮脏的世界。你带谁去剧院看《土耳其婚礼》了？”

“没带谁。”

“可你在评论里提到一个女伴。”

“啊，那只是我的写作风格。”

“什么风格？别给我花言巧语的。我知道你跟女人勾勾搭搭。我巴不得她们全都被烧死。我没满足你吗？你还带个娼妇去看《土耳其婚礼》。愿法老的瘟疫降临到她身上。我在地堡里被老鼠、虱子攻击的时候，说不定她正在这儿，在美国，沉湎于豪华奢侈的享乐之中。现在，她还要偷走我的男人。愿她下地狱，被炙烤！”

“你诅咒的那个人根本不存在。”

“她存在的，好吧，跟其他人在一起。但愿她们都不存在。所以我才喝酒。再来一杯。”

“不。”

“不？那你就是个冷血的杀人犯。你可能是拉比的后代，可我猜，你妈妈生了个杂种。别这么看着我。我们可憎的历史上发生过的。要不你还能怎么解释我们当中顶着金色头发的，塌鼻子的？我们不是犹太人。是异教徒在迫害异教徒！真正的犹太人早就死绝了。也可能耶路撒冷还有一小撮。给我点儿酒，不然我要死了。”

“去死吧。”

瑞泽淡蓝色的眼睛死盯着我。“我不知道为什么会爱上你。我在你身上看到了什么？这些年来，我一直渴望着一个男人。最后，我找到了一个。又疯狂又邪恶。”

我们拥抱在一起，我想把她举起来，她的一只鞋掉了。这时电话响了。是我所在的大学打来的，英文系主任提醒我第二天有个讲座。天啦，我忘得一干二净了！我问他能不能取消，他说已经准备了一个专门的大厅，要改时间恐怕不可能。

我打电话的时候，瑞泽的脸变得通红。她从我怀里挣扎出来，扭着过去够那只鞋子，半路上跌倒了。她躺在地上开始尖叫，“我们的计划就这么完了！我诅咒这一天，我……”

“跟我一起去。”

“你知道我走不了，你个阴险小人。除非我先把我妈妈毒死了。”

“但我必须去。”

“那就去，不过等你回来，你就会发现两具尸体。我当初想要活下去才有今天这苦命。有过我那种经历的人就不该活下来，这是罪。他们在我身边像苍蝇一样死去，而我还在幻想着肉排和爱情。所以我活该受惩罚。别再靠近我。你是我最大的仇敌。”

我看着她，发现她的鼻子很瘦，下巴突出，两颊凹陷。她进门的时候看上去还像个年轻姑娘，这会儿她已经成了个中年妇女。我注意到她眼角的皱纹，向外扩张的鼻孔。

她冲我吼道：“把酒瓶给我！我要喝得烂醉。”

“在我的公寓里可不行。”

“把酒瓶递给我。除了喝醉酒，我什么也没有了。上帝为什么创造世界？回答我。他不是上帝，是恶魔。他也是个希特勒——这就是残酷的事实。”

“你闭嘴吧！”

“所以，你变成信徒了，啊？你害怕我亵渎神灵？他坐在七重天国里，看着孩子们被拖向毒气室。天使们唱着颂歌，他沉浸在天国的荣耀中。把酒瓶给我。你要是不给，我马上自杀。”

我的讲座题目是“潜意识文学与荒诞文学是否有未来”。我讲的时候就发观众并不认同我。有人在嘀嘀咕咕，有人咳嗽，随后就是充满敌意的沉默。有个妇女企图打断我。我没意识到我的话伤到了那些从心理学和社会学角度研读现代小说的人。在讨论环节，学生们引用卡夫卡和乔伊斯驳斥我。那么象征主义者呢？我是不是要把文学史的时钟拨回到福楼拜的现实主义？我班上的一些学生已经写了长长的隐晦的小说，描写“内在的人”。还有的试图在其写作中重建社会，至少是要把它撕碎。有个教授指出我的文学理论与我自己的创作并不一致，说我的创作是象征主义的，常常是神秘的。我想要澄清我的观点，但是主任宣布说茶歇时间到了。我们走进一间大厅，里面提供了烈酒和潘趣酒。招待会是以接待我的名义安排的，但是，文学教授们无视我的存在，自顾自地聊天。他们互相讲着“内部”笑话。我退至一隅，啜着手里的潘趣酒—— 一个外人。

一位女士朝我走来。我认出她来，但是想不起她的名字，忘了什么时候，在哪儿跟她见过面。她看上去年轻而又成熟，像是刚刚生过一场病或是经历过一场危机。我猜测，她究竟是研究生呢还是教授？她有着黑眼睛、黑色的卷发，高高的前额，下巴上长着些绒毛。她的黑裙子并不适合她。她手里的玻璃杯几乎已经空了。她微醺着说：“你不认得我啦？”

“我认识你，”我说，“就是不知道你是谁。”

“罗萨莉·卡迪斯奇。”

“我的天！”

我们作势亲吻对方，但我们手里的酒杯挡了道。我怕手里的潘趣酒把她的衣服弄湿了。

她说：“我已经老了，你却一点儿没变。”

“除了日渐衰老，还能有什么？”我说，“但是，你来这里干什么呢？你从哪儿来？你都经历了什么？”

她机智地微笑着，露出排列不齐的黄牙。“我从圣地回来，准备上一门当代希伯来语文学课。我还在写论文。”

“你那个非犹太男朋友怎么样了？”

“这么说，你还真的记得我。他跟一个有钱的寡妇结婚了。”

“他不再想要救赎人类啦？”

“他老婆把他牢牢控制了。她有四个跟前夫生的孩子，现在又怀孕了。”

“他们现在住在哪里？”

“跟所有妄想家一样，住在加利福尼亚。”

“你怎么样？”

她眨了眨眼。“我怎么样？”然后讲了她自己的情况。在耶路撒冷，她爱上一个年轻教授，对方随时都可以办离婚但同时又一直跟他老婆住在一起。她还跟一个比她小几岁的意大利学生有过一腿，但是，结婚是不可能的。还曾跟一个阿拉伯人私通。如今，她彻底放弃爱情。

“那你用什么来取代呢？”

“我抽大麻。”

“抽大麻就够啦？”

“总比听那些性无能的男人忏悔好。”

“都到这一步啦？”

“是的。我现在是愤世嫉俗，”她说，“我对任何人，任何事情彻底不抱任何幻想了。但是我得拿到博士学位。没这东西，你挣不到一个子儿。”

“你父母怎么样？”

“他们已经不指望我了。”

天色已经晚了。罗萨莉说：“我这儿有间公寓。你要不要过去喝杯咖啡、茶什么的？我两点钟以前从不上床睡觉。我明天没课。别担心，我不会勾引你。”

我本想跟大家告别，可主任跟他的妻子已经走了。我不认识其他客人。这所大学就像一座城市。我们离开时，罗萨莉挽着我的手臂。外面天寒地冻，冷风拂面。我专门买了暖和的靴子，厚厚的手套，用一副面罩护住我的脸。透过面罩看出去，我感觉自己像个 3K 党人。我们在灯光昏暗、大雪覆盖的小巷里走着，风吹得我们直往后退。它穿透我的衣服，刺得我的肋骨疼。翻飞的雪花围着我们打转。让我想起小时候读到的有关北极、南极旅行的描述。被大雪包裹的街灯扩散出阴晦的光晕。人行道滑溜溜的，我俩互相靠着不至于摔倒。一颗蓝绿色的星星在屋顶上方闪烁着。下面这里已经是零下十一摄氏度，天上大概得有一亿摄氏度吧。

我和罗萨莉·卡迪斯奇爬了三层楼梯来到她的公寓。屋里到处都是书和杂志，沙发式折叠床、椅子、地板上，甚至冰箱和煤气灶上都有。她飞快地把它们挪开，把茶壶烧上。她给我端来利口酒和饼干。我酒量不大，不过走了这么一段路，我想暖和起来。我们喝着“哈伊姆”酒（意为“为生命”）。她说：“我永远也忘不了你。我想写论文研究你的作品，但是我找不到足够的参考文献。”

突然间，我想起来该给瑞泽打个电话。她正在布朗克斯等着我。她可能会给我打电话。我告诉罗萨莉，她说：“你不用难为情。给她打吧。”

我拨通电话，听到瑞泽的声音，尖锐刺耳。她还没有原谅我离开她。

她问我：“讲座怎么样？”

“就那么回事。”

“你忘了这边要晚一个小时。我要去睡了。”

“有一个为我举办的鸡尾酒会。我没法从那儿打电话。”

“你这会儿在你的公寓里吗？”

“对啊。”我撒了谎，立马就后悔了。

“你没有。你这个骗子、撒谎精。我五分钟前才往你公寓打了电话。”

“我刚进门。”我一说完就知道我把事情弄得更糟了。

瑞泽说：“好啊。挂电话。我给你拨回去。”

我正要回话，她已经啪地挂断了。我坐下来，目瞪口呆。我能听见我那间空空的公寓里响起电话铃声。我能听见瑞泽狂怒的连珠炮似的咒骂。好吧，我想，这次我失去她了。我俩完了。罗萨莉瞟了我一眼。“别担心，”她说，“她会跟你和好的。”

“不可能。”

“来支大麻烟。抽一支不会上瘾的。”

“不了。我宁愿再来一杯利口酒。”

我努力自我安慰。这悲惨的爱情，我想着，所有这一切浪漫的空话一文不值。这一代年轻人做得多对啊，他们不再要求忠诚，也不再妒忌。我们所谓的本能有 99.99% 是社会反复催眠，催出来的。

罗萨莉端来茶和饼干。现在赶回家已经没有意义了。她有文化，长得也不难看。不管怎么说，我们俩都属于一个正在自我毁灭的部落。

大概一周时间过去了。我又踏上了另一场演讲的旅途。天气变得更糟。报上说暴风雪和前所未有的寒潮正席卷全国大部分地区。铁路无法通行，必须要给快冻僵了的饥饿的旅客们提供帮助。冬天，我通常会坐火车而不是坐飞机旅行。我的小笔记本显示我要去中什么的，就是中西部的一个镇。傍晚的时候，我要住进宾馆。某个地方有个机构给我发了一封邀请函，但是我把这封信连同我的讲座笔记一起放进了手提箱。我一般都不在意地址啊，方向什么的。反正我一到达宾馆，登记入住，项目负责人的电话就会打过来。我给各地的犹太会堂、大学，给女性犹太复国主义组织哈达莎团体的女士们，给图书馆员们做的都是一样的讲座。

在芝加哥，我本想搞个卧铺或者小包间，结果一个都没有。因为天气的原因，我只好在讲座开始前差不多十五个小时赶到目的地。我那趟火车凌晨四点到达。我打定主意，去早点没坏处。我可以待在旅馆里工作啊。机构的代表们很可能会请我吃午餐、晚餐。我已经不习惯坐客车车厢了，但我生性不愿为琐事烦恼。我找了一个靠窗的位置。车厢里很暖和。在芝加哥，我买了一份报纸、一本杂志和一本性爱狂的自传，又买了一份三明治和一个苹果，怕夜里会饿。我担心旁边座位上来个讨厌鬼，没想到车厢一半是空的。

我们穿过一座埋在大雪和浓雾中的城市。卡车和小轿车在路上一寸一寸地挪动。工厂的烟囱冒出浓烟。时不时地还有火焰从烟囱里喷出来。过了一会儿，我拉下遮光帘，开始阅读。跟往常一样，报上说的无非是谋杀、强奸、火灾，社论谈的是黑手党、吸毒者带来的危险。杂志登载了一篇长文，说的是一个女演员一夜成名，拿了两万美元的出场费。那个性爱狂描述了那些造成他精神不正常的环境：破碎的家庭，父亲酗酒、上妓院，母亲的情人们。这一切既骇人听闻又令人厌倦。我开始思考文学的未来：小说作者对这些赤裸裸的事实还能增加点什么？耸人听闻的题材和传奇事件已成家常便饭。难以理喻的事情都变得太过真实。

我翻着书页，哈欠连天。虽然不觉得饿，还是把三明治和苹果吃了。一刻钟后，我找列车员租了一个枕头，往后一靠，想打个盹儿。黑暗渐渐地包围了车厢。我闭上眼睛，半是打盹，半是沉思。我肯定是失去瑞泽了。我每次给她打电话，她都给挂了。会有人出现的，我想着。我开始进入梦境，虽然我还能听见列车员在报站名。我可能是睡着了的，因为列车员把我弄醒了。我们已经到达了中开头的那个镇。

我取下外套、服装袋和手提箱。下车的旅客只有我一个人。寒风凛冽。从我的车厢走到月台有相当长一段距离。差不多一百年了，车站一直是喧嚣、嘈杂的象征。现在这里漆黑一片，空空荡荡。一个黑人正在长条椅上打盹。我走到车站外找出租车。我都快绝望了，最后终于出现了一辆出租车。司机拿起我的东西。我把旅馆的名字报给他。

"旅馆在哪儿？我怎么从来没听说过。"

我把手伸到上衣口袋里确认一下。我的笔记本不在口袋里。

司机拿出他自己的一本小书，打开手电筒看方向。我大吃一惊。给我预订的通常都是很有名的、一流的酒店。我们穿过灯火通明的大街，然后转入漆黑狭窄的小巷。我感觉不对。他这是要抢劫我吗？出租车在一家破旧不堪的三流旅馆前停下来。我对邀请我的那群人怒火中烧。我决定明天一早就返回纽约。我给司机付了钱，他按下门铃，敲敲紧锁的门。过了一会儿，一个睡眼惺忪的家伙走了出来。他穿着件毛衣。我问他有没有以我的名字预订的房间。

他耸了耸肩，“预订？没有。”

什么地方出错了。这地方甚至连电梯都没有。那家伙领着我上了窄窄的楼梯。楼梯散发着煤气和煤烟的臭味。他拧开一扇门，打开灯，从天花板上吊下来的一只孤零零的灯泡亮了。房间里墙纸脱落，地上的油地毡破了。一张带架子的铁床，一个摇摇晃晃的抽屉柜。这让我想起穷困潦倒的那些年里住的那些带家具的房间。接待员很快就离开了。这时候，我才意识到一场真正的灾难降临了。我从火车上拎下来的手提箱不是我的。我的手提箱里装着我的演讲稿和其他一些重要文件。我一定是把我的小笔记本也塞进箱子里了。祸不单行，我把旅行支票也塞进去了。直到今天，我都没弄明白我怎么会那么做，除非冥冥中有什么左右一个男人生命的力量打算给我带来最大的痛苦。我身上仅剩下两美元和几个钢镚儿。

我四下看了一通，找电话。房间里没有。我紧张焦虑，但内心深处却在嘲笑自己掉入的这个陷阱。我只有一个指望——邀请我的主人们第二天会来找我。但是，我开始怀疑自己是不是找错了旅馆。没有哪个机构会把请来的演讲者放到这么乱糟糟的地方。这就是个错误。我觉得这是自己因为让瑞泽伤心失望而受到了惩罚。她的诅咒要应验了。陷入麻烦的时候，我的信仰苏醒了。

我感觉到屋子很冷。暖气片上蒙了灰，油漆剥落，暖气片也没有热气。我把床放下来，看了一眼灰色的床单和脏兮兮的枕头。一股臭虫喷剂的味道飘了出来。我闭上眼睛，努力去倾听我内心深处的下意识，按照冯·哈特曼的理论，下意识的力量是不会错的。是谁，什么东西，把我推到这个困境里的？所有迹象表明是自我破坏。

我脱衣服，上床，拿我的外套当额外的毯子。我要是随身带着我的小笔记本就好了！除了我自己和瑞泽的电话，我一个都想不起来。当然，我在纽约的公寓里没人。而瑞泽是不会接我电话的。我害怕自己会难以入眠，可我竟然倒头就着，睡得很沉。

第二天早上，我去了一趟公共电话亭拨了瑞泽家的电话号码。没人接听。过了一小时，又拨了一次，两小时后又拨，三小时后再拨，次次都没人接听。通常情况下，瑞泽外出的时候，她母亲会接电话的。难道是她把她母亲给杀了，自己跑了？我费力地想其他几个电话号码，但是健忘症真是折磨人。只剩下最后一条路了：找到几个犹太人，看看我明晚的讲座在哪里举行。但是，我首先得吃东西啊。我还没吃早饭，饥饿啮噬着我。我走进一家餐馆，买了几个煎饼、两个面包卷和一杯咖啡。这些花掉了八十五美分。我现在的财产只有一美元五十八美分。打出租是不行了。

我一路走下去，直到发现了几家商店。这些店名中有家店叫莫里斯·夏皮罗。我觉得这里应该有戏。也可能这个莫里斯·夏皮罗打算去听我今晚的讲座。我走进店里。这家店挺大的，但是里面的商品都是些劣质货。桌上摆着睡衣、罩衣、裙子、毛衣、围巾、袜子之类，全都是些不值钱的零碎东西。已经是大白天了，灯还都开着。我想起那个所罗门王的故事。阿斯莫丢斯魔王将他从耶路撒冷扔到了四百英里外。这个以色列的王咆哮道："我是所罗门王！"至少，他还是个国王吧。而我，算什么呢？美国成千上万个作家当中的一个，而且是个意第绪语作家。

我在店里找像莫里斯·夏皮罗的人，但只看见女顾客和女店员。我朝其中一个人走过去。"请问莫里斯·夏皮罗在这儿吗？"她微笑着，上下打量我。"夏皮罗先生出门了。"

"他什么时候回来？"

"你找他有什么事吗？"

我开始结结巴巴地解释。她半听不听地，间或跟另一个销售员打招呼。她长着一张娃娃脸，卷曲的头发染成金色。

“夏皮罗先生今天不在芝加哥。”她最后说道。

“那您能告诉我去会堂或者找拉比该怎么走吗？”

“我不是犹太人。嗨，西尔维娅！”

她指着一个黑头发的小个子女人，穿着跟其他售货员一样的淡蓝色罩衫。西尔维娅正忙着跟一个顾客说话。我等在那儿，一个中年妇女拿一件围裙试了两次，还是下不了决心，要不要买下来。西尔维娅心不在焉地站在她旁边，嚼着口香糖。最后，那位顾客说，“我到镜子前看看。”

我开始向西尔维娅解释我的困境。

她看上去很恼火。我正在浪费她的时间。她说：“这儿有几家会堂，但是，我觉得他们只在安息日才开门。”

“你知不知道哪个拉比家住哪儿？”

“不知道。查电话簿。”

“我上哪儿可以找到电话簿？”

“西联公司。”

“在哪儿？”

“街对面。”

我对她道了声谢，然后离开了。我找不到“西联”的标志。是她糊弄我，还是我眼瞎了？我的手表显示已经两点一刻了。再过六小时，我的讲座要开始了。

除了寒冷，街上还挤满了行人。跟纽约、芝加哥一样，汽车、卡车一辆接着一辆。人们看上去一个个闷闷不乐，很不耐烦。一个老太太用皮带牵了条狗。那狗在一棵树前停下，再不想挪动。女人在骂它。我小声嘀咕着："宇宙之主啊，您要这一切做什么呢？"就在这一刻，我看见了西联标志。我走进邮局，拿到了一本电话簿，翻到以"犹"字开头的页码。但是没有一个以"犹太"开头的机构。大概中西部的犹太人不怎么在意宣传他们的机构。男人遇到这种情况该怎么办呢？倒地而亡？在纽约，我有一个合作的出版商，但我想不起那儿的电话。不管怎么说，已经到了崩溃边缘了。最近，有个秘书抱怨说她已经五个星期没有拿到薪水了。而且，我的编辑正在闹离婚，住在离婚城市里诺的什么地方。

我在以"教堂"为主题的黄页上搜索，找到两个犹太会堂的名字，正打算打电话，却发现没有一角的硬币了。而且已经有人走进这唯一的电话亭了，从他进来的那架势看得出，他不会马上出去。

我早已忘记仅靠写作和讲座谋生的那些年经历的贫穷滋味了。现如今，这滋味又回来了。我很晚才吃的早饭，现在又饿了。我等着西联公司的接线员给我找零钱。他坐在电话钥匙旁，压根没朝我瞄一眼。我觉得作家永远不可能变成有钱人。他们甚至都没有固定收入。饱汉永远不知饿汉饥。有家的人们跟那些露宿街头的人无法沟通。记忆、想象永远不够。也许，这是上帝想提醒我作为作家的使命?

我等了差不多十到十五分钟，电话接线员才把零钱找给我。我给两个会堂都拨了电话。第一个会堂的号码没人接。第二个会堂有个秘书接了电话。她告诉我，拉比不在城里，他在英格兰休假。据她所知，那天晚上，那个犹太社团没有安排任何讲座。她说话很急躁，我觉得跟她讲我的遭遇会是白费口舌。

我立下一个神圣的誓言：如果全能者能救我脱离苦海，我一定向所有找我寻求帮助的人表达更多的善意。“这是最后一次了。”我对自己说，我再一次给瑞泽打电话。没人接电话。显然，那边出了什么灾祸了。莉亚·欣达死了，要不就是心脏病犯了，要不然是瑞泽不准她碰电话?

我回到旅馆，在我的三件西装里搜索。说不定另一本地址簿会冒出来。可能会在衣服口袋里找到钱。但只找到一颗口香糖。我开始咀嚼口香糖以缓解饥饿感，然后开始处理火车上带下来的手提箱。我把所有的怒火都发泄到这个手提箱上，我砸开了锁。我猜得没错，这是个女人的手提箱。取出来的只有睡衣、塑料化妆袋、长袜、女式内衣、女式罩衣和毛衣。压根儿找不到一点名字、地址的痕迹。

我的手提箱里有我的地址和我在纽约的电话号码，但是，就算那个女人要打电话，也没人接听。再说，我也不太确定她有没有拿我的手提箱。她也可能把它送到失物招领处了。我该给火车站打个电话，但是已经筋疲力尽了。

四肢摊开，躺在床上，想着自杀。如果一个男人的生命和心境平和完全依靠一只装满了纸张的手提箱，那活着连一小撮烟叶也不值了。你只消弄丢几片纸，就会发现自己被遗弃了。

我要不要把西装给典当了？或者当手表？现在是下午三点二十分。再过差不多一个小时，天就黑了。暖气片几乎没有暖气。我还没修面，甚至牙也没刷，脸上长满了胡子碴。是不是该上警察局去？有没有什么机构捐赠像我的手提箱那样的箱子？

迷迷糊糊睡去，立刻又惊醒过来。我必须得再试试给瑞泽打电话。突然想起来，我可以打电话给查询台询问那些我知道地址的人们的电话号码。我怎么就没想到呢？我的毛病就是一遇到事儿，脑子就发昏。其他人不管是谁处在我的境遇，都能找到出路。我为自己这么无用感到自惭形秽，感觉自己简直就还停留在犹太学校小学生的水平。要不是天这么冷，或许我也会更机智些。寒冷把我冻麻痹了。

出门前，我穿上两件毛衣，外加一条围巾。我害怕这个奇怪的寒冷小镇上的夜晚。我走进旅馆附近的一家杂货铺。我目不斜视，开始清算口袋里的钱，心里默记着那些有可能帮我的人名。我从地上捡起一张废弃的信封，写下我自认记得地址的那些朋友和熟人的名字。麻烦的是，我对哪个地址都不很确定。

杂货店里有四个电话棚，四个里面都有人。我一边等着，一边祈求上帝带我脱离苦海，我违背了他的诫命。我发誓要捐出十八美元做慈善。过了一会儿，我又再加上十八美元。我下决心，必须要赎罪。我就是因为没有遵循《托拉》的戒律，正在遭受惩罚。我心中那个爱嘲笑的家伙取笑着我的虔诚，预言我一回到纽约就会故态复萌。

显然上帝听到了我的祷告。我打电话给我做访问教授的那个镇的查询台，拿到了罗萨莉的号码。然后，我简直不敢相信自己的耳朵，她接了我的电话。一听到我的名字，她立刻接受付费要求。我用一种濒临绝境的语气向她解释我的处境。

“我会尽我一切所能，亲爱的。”她说，“我会给你汇点儿钱。我自己带过来吧，但是，我跟教授约好了明天见面，他要审核我的博士论文。”

“罗萨莉，我就算剩下最后一口气也不会忘了你。当然，我会马上还给你。”

“你怎么吓成这样了？把你要做讲座的地方找出来就行了啊。”

“怎么找？”

“去警察局。他们能追踪到任何想找到的东西。”

我给了罗萨莉我那个旅馆的地址。再一次向她表达我永恒的感激。

她说：“真希望我能来找你。我讨厌我的论文。”

我哆嗦着手放下电话听筒，为自己的成功激动不已，就好像我刚刚从死亡中被救了回来，心里充满着对罗萨莉的感激。她浪荡放纵，还抽大麻，但是她身上依然有神圣的光，因为她愿意帮助另一个人。她可比瑞泽好一千倍，我内心深处有个声音尖叫着。我立刻就想跟罗萨莉结婚。她的过去与我无关。两性之间需要新的态度。当下家庭生活的无聊与欺骗必须终止。

我的一角硬币掉了出来，我又把它插回去，再一次试着给瑞泽打电话。某个超自然的力量告诉我这次她会在家。我差不多都能看见她站在了电话旁。我听见了电话铃声，接着是她的声音。我屏住呼吸，说道："瑞泽，看在所有对你而言神圣的分儿上，我请求你，这次一定要接电话！"

"你究竟接不接这个电话？"接线员问，很不耐烦。

稍一犹豫，瑞泽说接。她的声音粗哑，像是此前一直在吵架、哭喊。"瑞泽，我遇到了可怕的事情。我丢了手提箱，我的旅行支票，我的小笔记本。我现在身无分文，困在这个镇上一个寒冷的令人生疑的旅馆里。如果你身上还有一丝人性的话，听我说。"

"你在哪儿？你个谋杀犯，你这条狗，你这个恶棍。"

"瑞泽，现在没时间算账了。除非你要我死。"

既然罗萨莉承诺要马上帮我，我意识到自己已经不再绝望了。但是，我也不确定她是否会信守诺言。我给瑞泽讲了整个经过，又是喘气又是发抖的，并为自己这么夸大危险处境感到羞耻。

瑞泽说："你说不定是跟你的那个母狗见面去了，然后她把你一个人丢在那儿了。”

“我发誓，我说的是事实。”

她等了一会儿。“我该怎么做？”她接着说，“我没办法把母亲一个人留下来。”

“至少给我汇点儿钱来。我必须得脱离这个肮脏的地方。”

“好吧。我把你地址记下。”

我把地址告诉她。如果说这两个女人都信守承诺，那我就会收到两笔汇款，但是谁也不能保证人会怎么做，或者又会发生什么事。不管怎么说，命运帮我通过电话找到了瑞泽和罗萨莉。这是个肯定的信号，说明我还死不了。

一走到外面，我就感觉自己被寒冷、狂风和激动弄得筋疲力尽。我走进超市，买了一罐牛奶和一个面包。这下只剩九十四美分了。出来时黄昏降临了，除了我自己留下的脚印，很难找到回旅馆的路。天气越来越冷，鼻子已经冻麻木了。浓雾让我分辨不清。每隔几分钟，我都要检查一下兜里的房间钥匙和钥匙上写着旅馆地址的那张小纸片。在拥挤的人行道边上，鸽子们在啄食一块面包皮，不知是有人丢下的，还是扔给它们的。它们吃不下去，或是不想丢下那块面包皮。这些鸽子让我内心充满同情，同时又对造物主充满愤怒。在这严寒的夜里，它们在哪里栖息？它们定然是又冷又饿。说不定它们今晚就得死。我想捡起面包屑，替它们揉碎了。但是我知道，我一靠近它们的食物，它们就会飞走。

我拿出自己的面包，撕下一块，揉碎了，撒向它们。行人推搡着我，但是鸽子们接受了我的馈赠。我一块块咬下来，扔给鸟儿们。

一个警察朝我走过来。“你在妨碍交通，”他说，“这里法律禁止在街上喂食鸽子。”

“可它们饿了。”

“没那么饿。”他生气地看了我一眼。

我继续朝前走，但是等他一转身，我就把另一块面包扔下去。吃惊之下，鸽子们飞走了。喀巴拉神秘主义者说得不错：我们这个世界是上帝创造的最糟糕的世界。撒旦统治了这里。我停下来找人问路。原来我就在旅馆入口的右边。

接待员把我叫过去：“你打算住多久？”

“大概一两天。我在等汇款。”

他狐疑地上下打量我。“你的房间明天过后有人定了。”

我走上楼去，坐下来吃晚饭。这新鲜的面包和牛奶多么提神啊，每一口都让我充满活力。我在黑暗中吃着。我在品尝贫穷的神圣味道。突然之间，我意识到自己没有证明身份的东西。就算钱汇到了，他们也可能不会让我拿到手的。那我该怎么办？就在这时，我听到了脚步声，接着我的房门上响起了突兀的敲门声。我一跃而起，手指摸索着寻找门把手。借着走廊的光，我看见了接待员和另外几个男人。

其中一个人说：“这儿怎么这么黑？”接着，他提到了我的名字。几分钟内一切都清楚了。这个邀请我的组织在镇上四处搜寻我。我打开灯。看见几张富人的脸孔，是社区的领导人。一时间大家都在说话。他们已经找了我一整天了。他们到旅馆、铁路办公室、机场询问，连警察局那儿也通知了。

那个拿走我手提箱的妇女打了电话。他们当中有人想到我可能误入了另一个旅馆。我入住的这个凄惨的地方和预订的那个豪华旅馆名字差不多。

有人骄傲地说："你想藏起来让我们找不到都不可能。"

另一个指着第一个说话人说："他是夏洛克·福尔摩斯。"

他们开着玩笑，大笑起来。其中一个自我介绍说他是主席，并且轻蔑地指着我吃了一半的面包和牛奶说："快跟我们走！"他叫了起来："大厅的位置都售空了。"

"我没有演讲稿。演讲稿在我的手提箱里。"

"我们会派人去取。离这儿只有十五英里。那个拿了手提箱的妇女是我们的会员。"

"但是我还有钱要电汇到这个地址。"

"他们会把钱转到我们给你预订的那个旅馆的。"其中一个拿起我的服装袋，另一个抄起手提箱—— 箱子再也关不上了。我说我还没有支付旅馆账单，但主席说这事儿有人去办。在楼下，困惑不解的接待员盯着我看。他朝我点点头，道了歉。一个摄影师的灯泡闪了一下。我本该庆幸事情的转折，但却感到莫名的悲哀。

恶魔一直在作弄我。我知道这也不会是他们的最后一次游戏。

我被一辆豪华轿车送到一座一流旅馆。我刚有点时间修面、冲凉、换衣服，就被送到餐馆和一大群人共进晚餐。我这边吃着饭，有人就把我的手提箱带来了。接着，当地一家报纸的记者过来采访我。

那天夜里很晚我才回到房间。我给瑞泽和罗萨莉打电话。从一家豪华旅馆打电话多容易啊，口袋里装着满满一本旅行支票，还有一笔刚刚拿到的讲座费用。两个女人都不在家。我上了床，沉沉睡去。第二天大约十点钟，我睡醒了，洗了个澡，订了早餐。我不得不待在旅馆等着钱汇过来。我已经不再需要这钱了，但对我来说，重要的是要弄清楚她俩是否信守诺言。另外，我也需要时间从这痛苦的经历中恢复过来。

一点钟的时候，主席过来带我共进午餐。然后驱车带我在城里转了转。我们经过了莫里斯·夏皮罗的商店。我看到西联公司，也认出了我吃早餐的那家餐馆。主席手里转着一支香烟，不停地说“中什么”就是个小城镇。他似乎是在为城镇太小而道歉。

我说：“可人们在这儿还是容易迷路。”

“不可能！”

他想给我看他这个城镇引以为傲的一切东西：博物馆、学校、农业学院。但是，我不耐烦看这些。我还很累，也想在主席带我去吃晚饭之前打个盹儿。最后，主席驱车把我送回到旅馆。此时已近黄昏。窗格是淡蓝色的。我和衣躺下，时不时地碰碰装着旅行支票的后裤兜。我沉沉睡去。

敲门声惊醒了我。夜幕已经降临。我惊醒之下，坐了起来，一时想不起身在何处。我双腿无力，如大病初愈。我打开门，在走廊的灯光里，看见两张熟悉的面孔：瑞泽和罗萨莉。我大张着嘴，站着。瑞泽穿着在德国难民营时领到的那件破破烂烂的皮毛大衣，头上裹着白色的披肩。罗萨莉也穿了件皮毛大衣。她俩都带着手提袋。我太困了，甚至都没有惊讶。

罗萨莉说：“怎么？你不打算请我们进去？”

她们俩显然都决定亲自来救我脱困。她们可能在另外一个旅馆碰面了，我想，要不就是在芝加哥中途停留的飞机上遇上了。但是，我太累了，没问她们，也不想为自己辩解。我麻木了。瞪着她俩好长一会儿。那些小恶魔一直在用新的诡计作弄我，它们不让我安宁。罗萨莉双眼带笑。瑞泽看着我，带着一种嘲弄的怜悯。难道这是我最后的失败？还是因为我没敢发出的祈祷让那可能的统治力量回应了？

我听见自己的声音：“快请进。祝福你们。真是个充满奇迹的夜晚。”

# 东百老汇大街的喀巴拉学者*

在纽约，邻里变动是常态。犹太会堂成了基督教堂，犹太经学院变成了旅馆或汽车修理厂。零零落落地还能看到一栋老旧的犹太民居、一家出售希伯来语书籍的商店、一处来自罗马尼亚或匈牙利的犹太同乡聚会的场所。我每周要到下城去几次，因为我供职的一份意第绪语报办公室在那儿。过去，在街角的那家餐馆里，会碰上意第绪语作家、记者、教师、为以色列筹款的人等各色人等。那儿的经典食品有薄烤饼、甜菜汤、三角馄饨、碎肝儿、米饭布丁和鸡蛋饼干。现在，那地方主要接待黑人和波多黎

* 本篇英语由阿尔玛·辛格（Alma Singer）和赫伯特·洛特曼（Herbert R.Lottman）翻译。

各人。说话声不同，味儿也不一样了。不过，我有时还会上那儿吃一份快餐，喝一杯咖啡。每次一走进餐厅，就会看见一个男人。我叫他乔尔·雅博纳。他是个上了年纪的意第绪语作家，对喀巴拉神秘主义很有研究，出版了几本有关喀巴拉神秘主义者的书，有神圣的艾萨克·卢里亚、科尔多瓦的摩西拉比、巴尔·谢姆和勃拉兹拉夫的纳赫曼拉比。雅博纳将《光辉之书》的一部分译成了意第绪语。他也用希伯来语写作。照我估算，他应该七十出头了。

乔尔·雅博纳瘦高个，脸色蜡黄，满脸皱纹，发亮的脑袋上没有一根儿头发。他鼻子尖尖，双颊凹陷，喉结突出。琥珀色的眼睛鼓鼓的。他穿着件破旧的西装，里面的衬衫没扣上，漏出胸口上的白毛。雅博纳没结过婚。他年轻时饱受肺病之苦，医生们把他送到科罗拉多州的一家疗养院里。有人跟我说，在那儿，他被逼着吃猪肉。结果，他得了忧郁症。这事儿我从未听他提过一个字。我跟他打招呼，他只是点点头，而且还经常转开眼睛。他靠着意第绪语作家协会仅能资助他的一周几美元生活。他租住的公寓在布鲁姆街上，没有洗澡间，没有电话，也没有中央供暖。他既不吃鱼也不吃肉，甚至不吃鸡蛋，不喝牛奶。只吃面包、蔬菜和水果。在餐馆，他总是点一杯咖啡，一碟西梅脯。他在那儿一坐就是几个小时，一动不动地盯着旋转门、收银台。要不就是那面墙，许多年前，一个商业画家在上面画了纽约果园街的市场，上面还有手推车和小商贩。那画现在开始剥落了。

意第绪语作家协会的主席跟我说，乔尔·雅博纳在纽约这儿的朋友和仰慕者们都已经过世了，但他在以色列还有亲戚和门徒。他们经常邀请他去以色列生活。他们许诺会出版他的大作（他的几个行李箱塞满了手稿），要给他找间公寓，保证给他提供各方面的帮助。雅博纳在耶路撒冷有个侄子，在大学里当教授。还有些犹太复国主义领袖依然把乔尔·雅博纳视为精神父亲。那他为什么还坐在这儿，在东百老汇大街做个沉默寡言、被人遗忘的男人？作家协会也可以把补助金寄到以色列他住的地方，而且他还可以收到社会养老金，这笔钱他从未费力去申请过。在纽约这儿，他已经好几次被人入室盗窃。抢劫犯还敲掉了他最后的三颗牙。那个把莎士比亚十四行诗译成意第绪语的牙医伊塞曼告诉我说，他曾主动提出帮雅博纳装一副假牙。可雅博纳却跟他说，“从假牙到假头只差一步”。

“一个伟人，却是个怪人，”伊塞曼一边给我钻牙、补牙，一边说着。“也许他想用这种方式赎罪吧。我听说他年轻时，曾有过不少风流韵事。”

“雅博纳？风流韵事？”

“是啊，是风流韵事。我自己认识的一个希伯来语教师，黛博拉·索尔蒂斯曾经疯狂地爱着他。她是我的病人，大概十年前去世的。”

接着这个话题，伊塞曼又告诉我一个奇特的情节。乔尔·雅博纳和黛博拉·索尔蒂斯相互认识长达二十年，他们总是聊很久。他们经常讨论希伯来文学、辨析语法、迈蒙尼德和犹大·哈列维拉比。但这一对儿竟然没有接过吻。他俩最亲近的一次是两个人一起在本-耶胡达大词典里查找一个词，要不就是一条短语的含义，两人的头不经意地碰到了一起。雅博纳玩心大起，说："黛博拉，我们互换眼镜吧。”

“为什么呀？”黛博拉·索尔蒂斯问。

“呃，就是换眼镜。就换一会儿。”

这对儿恋人互换了眼镜，可他戴着她的眼镜看不见字，她也是，看不见。所以，他们又把对方的眼镜架到对方的鼻梁上。这就是他们两个最亲密的一次接触。

后来，我不再去东百老汇大街了。我把自己的文章邮寄给报社。我忘了乔尔·雅博纳。我甚至都不知道他还活着。后来有一天，我走进特拉维夫一家旅馆的前厅，听见隔壁大厅里传出一阵掌声。大厅的门半开着，我朝里看过去。乔尔·雅博纳站在小讲台的背后，正在做演讲。他穿着件驼呢西装，白衬衫，丝质便帽。他的脸色看上去清新红润，年轻而富有朝气。他满口的假牙，还留了白色的山羊胡子。我刚好不是特别忙，便找了张空椅子，坐了下来。

雅博纳说的不是现代希伯来语，而是带着东欧阿什肯纳齐犹太人发音的、古老神圣的希伯来语。他做手势的时候，我注意到他洁净的衬衫袖口上闪光的袖扣。我听见他用吟诵《塔木德》的语调讲述："既然那无限的一，充盈着所有空间，正如《光辉之书》所表达的，'没有哪个空间能少得了他'，那么，他是如何创造宇宙的呢？哈伊姆·维他拉比给出了答案：'创世之前，全能者的属性完全是潜在的，而非实际存在的。国王怎能没有臣民？如果没有接受仁爱者，仁爱又如何存在？'"

雅博纳捋着胡子，扫一眼他的笔记。时而端起茶杯嘬一口茶。我注意到听众中有一些女人，甚至还有年轻姑娘。一些学生在记笔记。真是奇怪，当中居然还有个修女，她一定能听懂希伯来语。"这个犹太人的国家让乔尔·雅博纳复苏了。"我对自己说。人很少有机会欣赏另一个人的好运，而对我来说，雅博纳的胜利就是永恒的犹太人的象征。他在过去的几十年里孑然一身，被人忽视。现在，他似乎已经成就了自我。我听了余下的讲座，后面是提问环节。不可思议的是，那个悲伤的男人竟然有了一丝幽默。我了解到这个讲座是由准备出版雅博纳作品的委员会组织的。这个委员会的一个成员认识我，问我是否愿意参加为雅博纳举办的宴会。"因为你是个素食主义者，"他补充说，"这可是个机会。他们只上蔬菜、水果和坚果。他们什么时候提供过素食宴会？一生难得一次哦。”

讲座结束，宴会开始之前，乔尔·雅博纳走到阳台上休息。天气很热，临近傍晚，海上吹来一阵微风。我朝他走去，说：“您不记得我了，但我认识您。”

“我对你很熟悉。你写的所有东西我都读过，”他回答道，“就是在这里我也尽量不错过你写的故事。”

“真的吗？听您这么说，我太荣幸了。”

“请坐。”他说着，指了指椅子。

天国的上帝啊，那个沉默不语的男人竟然变得这么健谈。他问了我好多问题，关于美国、东百老汇大街、意第绪语文学，等等。一个女人朝我们走来。她的白发上戴着头巾，披着绸缎披肩，脚上是低跟的男式鞋子。她大脑门、高颧骨，有着吉卜赛人的肤色，黑色的眼睛里冒着怒火。她的下巴上有刚刚冒出的胡子。她带着强有力的男性嗓音对我说：“先生，我丈夫刚刚做了一场十分重要的演讲。一会儿宴会上他还必须讲话，我希望他能休息一会儿。请您让他独自待一会儿行吗？他已经不年轻了，不能太累。”

“呃，对不起。”

雅博纳眉头紧蹙：“亚比该，这位是意第绪语作家，我的朋友。”

“就算他是位作家，一位朋友，可你的嗓子已经过度劳累了。

如果你和他辩论，一会儿你嗓子就哑了。”

“亚比该，我们没有辩论。”

“先生，请听我说。他不知道该怎么照顾自己。”

“好的，我们以后再聊，”我说。“您有一位关心您的妻子。”

“他们都这么说。”

我参加了宴会，吃了席上提供的坚果、杏仁、牛油果、奶酪、香蕉。席间，雅博纳又做了一个演讲。这次是关于喀巴拉著作《论哈西德派》的作者。他的妻子在台上紧挨着他坐着。每次他的喉咙发痒，她就会递给他一瓶白色的液体——某种酸奶。雅博纳的演讲博学睿智。演讲结束之后，主持人宣布说希伯来大学有位助理教授正在为雅博纳写传记，正在筹集出版资金。传记作者被叫到台上。一个年轻人，圆圆的脸，目光炯炯，头上极小的便帽嵌入了他涂着润发油的头发中。在结束致辞中，雅博纳感谢他的老朋友、他的学生们和所有前来为他捧场的人。他向自己的妻子亚比该致谢，说没有她的帮助，他永远没办法把手稿整理好。他提到她的第一任丈夫，称他为天才、圣徒，是智慧之柱。雅博纳夫人从一个巨大的手提包里——看上去不像女士包，更像是个旅行包，抽出一块红色手帕，老派的拉比们用的那种。她用手帕擤鼻涕，一声巨响在大厅里回荡。她叫喊道：“愿他在荣耀的宝座前为我们求情！”

宴会过后，我向雅博纳走去，对他说：“过去我见您独自一人坐在餐厅里的时候，我总是忍不住想问您，为什么不去以色列。是什么原因让您等了这么久才来？”

他迟疑片刻，闭上眼睛，仿佛这个问题需要深思。最后，他耸耸肩：“人并不总是按照理性生活。”

好多年又过去了。我撰稿的那份报纸的排字工人把我最近一篇文章中的一页文稿给弄丢了。而第二天，也就是星期六，这篇文章必须出现在报上。没时间通过邮件把文章寄出去，我只好自己打出租把文章送到排版室。我把漏掉的那页稿子交给工头，便下楼到编辑部去看看主编和其他几位老同事。

冬日的白天很短，等我重新回到街上的时候，已经感受到了久违的安息日来临前的熙熙攘攘。虽然这一带的居民已经不是以犹太人为主了，还是有拒绝搬迁的犹太会堂、犹太经学院和哈西德派的学经堂。透过一些人家的窗户还能看见妇女在点安息日蜡烛。戴着宽边天鹅绒帽子或皮帽子的男人们出门去祷告，身边跟着留着长长鬓发的小男孩。我想起父亲的话：“全能者始终拥有向他祷告的法定人数。”我想起了安息日前夜的礼拜圣歌：“让我们赞美”“来吧，新郎”“王的圣殿”。

我不再急着赶路，决定在坐地铁回家前，去餐厅喝杯咖啡。推开旋转门的一瞬间，我有种一切依旧的感觉，我觉得都能听见刚来美国那些年听到的声音：餐厅里满是来自旧世界的知识分子，吼叫着谈论他们关于犹太复国主义、犹太社会主义、美国生活与文化的观点。然而，眼前都是些陌生的面孔，听到的也只是西班牙语。墙面重新漆了一遍，墙上画着小贩们推着手推车的纽约果园街情景没有了。突然间，我看见了难以置信的情景。在屋子中央的一张桌子旁，坐着乔尔·雅博纳——没有胡子，破烂的西装，敞开的衬衫，消瘦憔悴、满脸皱纹，头发乱蓬蓬的，嘴又跟以前一样干瘪凹陷、空洞洞的。他鼓起的眼球瞪着面前空无一物的墙面。是我弄错了？不，那就是雅博纳。他的表情是一个陷入困境、无路可退的男人的绝望表情。手里端着咖啡，我停了下来。要不要走过去跟他打招呼？要不要请他允许我在他的桌边坐下？

有人推了我一把，一半咖啡洒了出去。勺子掉地上发出当的一声。雅博纳转过头来，一瞬间，我们四目相对。我朝他点点头，但他没有回应。接着，他转过脸去。是的，他认出了我，但是他不想交谈。我甚至想象出他摇头拒绝的样子。我找了一张靠墙的桌子坐下来，喝着剩下的咖啡，从旁打量他。他怎么会离开以色列的？他怀恋这里的什么呢？他是在逃离某个人吗？我怀着强烈的好奇心，想要走过去问他。但是我知道，他什么都不会告诉我。

我想，是一股超越人类及其预测能力的力量将他逐出了天堂，让他回到地狱。他甚至都没去参加周五晚上的祷告仪式。他不仅敌视人群，也敌视安息日。我喝完咖啡，离开了。

几个星期之后，我看到报上的讣告，乔尔·雅博纳过世了。他被葬在布鲁克林的某个地方。那天夜里，我躺在床上，直到半夜三点还在想着他。他为什么要回来呢？他为年轻时的罪过赎罪还不够吗？他回到东百老汇大街是因为喀巴拉传说中的某种解释？难道是解放的世界中流出的神圣光点落入了邪恶主人的手中？难道只有在这个餐馆里才能发现那些圣光并把它们带回到神圣的起源地？我脑子里又有了另一个想法，也许他想和那位跟他交换过眼镜的希伯来语女教师躺在一起？我想起从他那儿听来的最后一句话："人并不总是按照理性活着。"

# 主教的长袍*

雅各·格泽勒斯是一家出版公司的主编。这家公司是由一个叫伯纳德·奈豪斯的百万富翁创建的，主要是为了赚名声。他投资房地产和其他生意赚了一大笔。这家公司每年出版的犹太书籍不超过六本书，主要是翻译希伯来语文献。雅各·格泽勒斯被希伯来联合学院授以圣职，但他从未做过拉比。有一段时间，他在中西部一所很小的大学教希伯来语，后来有几年，他在纽约一个慈善机构谋了个职位。认识他的人打趣说，雅各·格泽勒斯唯一的天赋就是陪老板吃午饭。雅各是个小个子，皮肤黝黑，身材圆

* 本篇英语由艾萨克·巴什维斯·辛格与露丝·沙赫纳·芬克尔（Ruth Schachner Finkel）翻译。

滚滚的，两颊通红，虽说已经年过六十，但满头的卷发没有一丝变白的迹象。他长着个大鼻子，眉毛卷曲，褐色的眼睛像小孩子的眼睛一般闪烁。传言他年轻时跟好些女人有染。结婚没几年，妻子就死于癌症，他也没再婚。那时他已经是伯纳德·奈豪斯出版公司的主编了。

伯纳德·奈豪斯并不想像其他出版商那样出书。他要和那些书玩出版游戏。首先，他得爱上原文文本。然后，他要花大量的时间寻找合适的翻译。如果要描述这个工作的话，那就是他在长时间地寻找合适的艺术家。伯纳德·奈豪斯跟雅各一样都身材矮小，但看上去像个圆筒，体重二百五十磅。跟伯纳德·奈豪斯共进午餐是件费时的事情，所有的生意都是在这些大餐中决定的。医生们警告奈豪斯他的血液中几乎都是胆固醇，但伯纳德会说："哪来的什么胆固醇。那都是医生发明的。"

七十九岁生日的第二天，伯纳德·奈豪斯突发心脏病，死了。是不是胆固醇的错，没人知道。没过多久，他的儿子们清算了出版公司，雅各·格泽勒斯失业了。但是，那照拂雅各·格泽勒斯的力量将他送到了酒店建筑商的遗孀贝茜·芬格维兹的身边。她自己也是个酒店建筑商，曾担任一个机构的主席，该机构旨在帮助巴勒斯坦的学生。她的鼻子肉乎乎的，长满了粉刺，嗓门像个男人。自从开始掉头发后，她便戴起了红色假发。丈夫去世后，贝茜好几次差点再婚，是那些候选人临阵退缩，抱怨说受不了她的暴虐性格。不过，雅各·格泽勒斯习惯了顺从。他俩结婚后，贝茜夸口说，她第一次跟雅各见面就告诉他说：“雅各，亲爱的，你会成为我丈夫的。”他还真就成了她的丈夫。

最初，他们讨论过恢复出版公司，贝茜对文化、对名人特别向往。但是，她很快就发现雅各缺乏做出版商的冲劲儿。再说，出版意味着要烧掉成千上万的钱。他们俩漫无目的地讨论着，计划着，最后决定到加利福尼亚找个地方度过余生。山姆·芬格维兹没有留下孩子，贝茜坚信她有足够的钱维持他俩的奢侈生活，就算活到一百二十岁都没问题，她还可以留下一笔可观的钱做慈善。

这对夫妇先做了为期五个月的环球旅行。接着，贝茜开始在加利福尼亚找住房。她很快就发现了自己想要的：好莱坞山上一座装修豪华的房子，带花园和双车库。和往常一样，贝茜先是一通砍价。签署文件一星期后，她已经因自己买到这座房子而赚了一大笔利润。

搬家到加利福尼亚很困难。花了很长时间才按照贝茜的要求把东西准备好。等这边的事情搞定了，她便把时间花到雅各身上。她决定了，雅各应该写本书，而且跟她合作，写一本关于她的传记。传记要写她早年在波兰小镇皮西里兹的生活，写她移民到美国，在服装店打工，学英语，嫁给山姆·芬格维兹，写她参加组织活动，然后成为该组织的主席，以及她与那些妒忌的女人斗争，直至被逼辞职。贝茜制订了严格的日程表，规定雅各什么时候吃东西，吃什么，什么时候该穿什么（她喜欢丝质衬衫、华丽的领带、天鹅绒夹克、绒毛拖鞋），还规定了他工作的时间。但是，在加利福尼亚，雅各变得懒散、冷淡。他一天到晚哈欠连天，不时打盹儿。他出现了书写痉挛症，左眼还抽搐。他们蜜月旅行期间，雅各曾每天给贝茜写一首爱情诗。给她讲他自己遇到的那些作家、翻译、名人的逸事，有关伯纳德·奈豪斯的搞笑故事和他那些异想天开的念头。而现在，雅各变得沉默寡言。贝茜得跟他找话说。花园需要有人打理，可雅各对园艺毫无兴趣。他一天到晚穿着件浴袍走来走去，也不想着去理发。住在洛杉矶和周边郊区，开车是必不可少的。贝茜命令雅各去学开车。学了第三次之后，教练打电话给贝茜，告诉她："对不起，可是没办法。您丈夫一上路就会把人撞死。"贝茜开始考虑离婚，但这时候她遇上了菲丽丝·戈尔丁，一个费城来的犹太女人。她是唯心论主教托马斯·德拉诺·戈尔丁的遗孀。戈尔丁在一场飞机失事中丧命，他给妻子留下的房子离贝茜家不远。菲丽丝是个催眠师、女巫、神奇治疗师、解读塔罗牌的专家，也是一个感受圣灵胡言乱语的小团体的首领。两个女人很快建立起亲密的友谊。贝茜花园里的树得了状似蛛网的枯萎病，菲丽丝·戈尔丁给她推荐了一种喷雾剂外加一种能杀死毒菌的特殊祷告词。贝茜下巴上长了疣子，菲丽丝给了她一管药剂外加一句能使疣子萎缩的咒语。

过了一阵儿，菲丽丝·戈尔丁邀请贝茜和雅各去参加那帮感受圣灵喃喃自语的小团体的礼拜活动。礼拜活动就在菲丽丝·戈尔丁家的起居室举办。她亲吻到访的所有男男女女。起居室里挤满了满头白发的男人和染发的女人。菲丽丝·戈尔丁脸色黝黑，眼睛漆黑，眉毛浓密，戴着一副厚厚的眼镜。她的头发染成了明亮的橘色，上唇留着一线白色的绒毛。为这个仪式，她穿了件白色长袍，戴着红色头巾。菲丽丝·戈尔丁领着会众唱起赞美诗。她跳起舞来，会众们也跟着她跳起来。歌声越来越大，他们狂热地拍起手来，喊叫着赞美上帝，赞美耶稣，赞美菲丽丝·戈尔丁。突然间，他们喊叫着贝茜从未听说过的话。那不是一种语言，而是莫名其妙的胡言乱语：听起来是“卡若帕齐齐”“哈秋码-拉姆比”“勒普乔克读库”。所有人眼睛里都闪着快乐的光芒。男人们拥抱女人们，女人们拥抱男人们。鼓手敲着鼓，小号手吹着一只巨大的羊角号。他们尖叫啊，跳啊，摇晃啊，陷入迷狂。贝茜吃惊地在旁边看着。这不是疯了吧？这是魔法，还是放荡，还是纵酒狂欢？贝茜也开始燥热起来。她虽然没喝酒，但也有了醉意。多少年来，她饱受关节炎和静脉曲张之苦，可现在，她的双脚竟感觉奇迹般地轻松了。

突然，贝茜也开始单脚跳起来，拍着手，用一种她自己都不懂的语言喊叫着。那是希腊语，波斯语，还是鞑靼语？不会是附鬼进了她的身体吧？地板在她脚下摇晃。墙壁也在转。贝茜听见自己的尖叫声："马切佛尔咳死！撒泼拉琪雅！刃器霍泼勒！撒尔拉塔方塔！"她对这帮人充满了热爱，他们就像她的兄弟姐妹一样。她朝站在房门角落的雅各跑去，把他紧紧抱在怀里，大笑着，喊叫着，嘶吼着，"卡其奥洛尔西！泼辣独木巴卡！杂卡菲尔！"

雅各开始微笑着，用沙哑的嗓音回应，夹杂着意第绪语、希伯来语和阿拉姆语："皮切啊博弈！也嘎-萨杜萨！奥兹-可依兹茨本-可依兹茨！"

贝茜害怕雅各会破坏她的精神重生，就像他之前破坏了她别的好多计划和项目。要是到了那一步，她就准备到"离婚城市"里诺去，立马办离婚。不过，这次雅各挺配合的。他跟菲丽丝·戈尔丁变得很亲密。菲丽丝、贝茜和雅各一起在通灵板前一坐就是几个小时，帮着解密菲丽丝·戈尔丁控制的那个人从来世发来的信息。那是个印第安人，自称红眼睛酋长。雅各和两个女人一起把手放在一张没有钉子的桌子上，感觉它在震动，拍打它快速说出答案，看它试图立起来。雅各参加了那些喃喃自语的集会后，也开始胡言乱语起来。他奇特的不停顿的念念有词把菲丽丝都惊到了。菲丽丝向雅各和贝茜保证说这是一门太阳系以外的星球上的语言，如果能找到解开这门语言的钥匙，人类就能获得解密宇宙的洞察力。雅各惊讶地发现以前十分节俭的贝茜竟然变得异常慷慨大方。这些喃喃自语的会众需要一处教堂，贝茜捐献了一大笔钱。菲丽丝·戈尔丁急需一辆旅行车来运送那些上了年纪的残疾人参加集会，贝茜就自己掏腰包。两个女人一见面就接吻，互相叫着“宝宝”“亲爱的”“亲亲”“甜心”“心肝儿肉”之类的亲密昵称。

他们之前在世界各地旅游的时候，贝茜拈酸吃醋，雅各即使是对女服务员言语稍微温和一点，她都会出言讥讽。而现在她竟然要求雅各像待姐妹一样待菲丽丝，甚至要比姐妹还亲近。菲丽丝来家时、告别时，他要是忘了亲吻菲丽丝，贝茜都会责怪他。贝茜去洛杉矶威尔夏大道跟经纪人谈生意的时候，菲丽丝便来给雅各做午餐，有西洋菜、蘑菇、长粒糙米和酸奶。她会提醒他吃药，饭后休息，给他讲她与已故的主教大人之间崇高的爱情，描述他俩之间最亲密的细节。菲丽丝每次提到她的犹太血统时，就会说她并没忘记自己的出身。她会在赎罪节禁食。她有个从俄罗斯移民到美国的祖母，坚决不学英语，菲丽丝过去都是跟她讲意第绪语，到现在还记得好多意第绪语词语。每次去东部，她都会想办法在费城停留，俯伏在父母和祖父母的坟前，用希伯来语背诵祈祷文，献上鲜花。有一次菲丽丝凝神恍惚间，他们的魂魄就出现在她面前，跟她说，他们认同她的行为，准备好了等菲丽丝去世时就去迎接她。在他们那里，没有什么犹太人、非犹太人，黑人、白人，美国人、欧洲人之分，所有的灵魂都住在一起，寻求精神的发展，从一个又一个大厦飞升上去，帮助那些新到的灵魂开始他们的精神栖居。

某天晚上，菲丽丝在贝茜家里待到很晚。桌子震动着，像是要漂浮起来。贝茜和菲丽丝用力压着，以防它升起来顶到屋顶上。桌子下，菲丽丝的膝盖与雅各的膝盖相抵，他感到一股电流通过后背。亡灵在通灵板飞快地写着，精确透露了许多死去亲友的神秘信息，传递着他们的问候。恍惚间，菲丽丝宣布说雅各的母亲到场了，她还没有忘记自己亲爱的儿子。她从天国俯瞰着他，为他在神的面前说情。雅各母亲的话通过菲丽丝之口说了出来，意第绪语里混着英语，叫他“杨吉儿，小鸽子”，用菲丽丝的嘴唇亲吻着他。后来，主教说话了。他用深沉的嗓音宣布说，贝茜和雅各搬到洛杉矶，他们在菲丽丝家附近找到一栋房子，这些并非偶然。这都是上天的安排，因为贝茜和雅各命中注定要在这场犹太教与基督教的融合带来的宗教复兴中扮演重要的角色，这是救赎进化的新纪元。

差不多午夜一点钟的时候，雅各困得连眼睛都睁不开了。贝茜和菲丽丝把他弄到床上，盖好被子，给他晚安吻，祝他做个好梦。他很快滑入梦乡。醒来时，天色依然很暗，他伸手找贝茜，摸到的却是陌生的胸脯。他屏气听着，听到两个呼吸声。这时贝茜也醒了。“亲爱的，别怕。天太晚了。我不想让菲丽丝回家。是我坚持让菲丽丝跟我们一起睡的，因为……”

这时，菲丽丝停止打鼾，说：“我去睡沙发。”

“不，菲丽丝，我的丈夫就是你的丈夫，”贝茜严肃地说道，“雅各，你要知道我们昨晚已经签了约。我俩就像拉结和利亚一样，而你就是我们的雅各。去拥抱她，亲吻她，爱抚她。一个姐妹不该嫉妒另一个姐妹。恰恰相反。”

“我用一串风茄从她那儿把你买了来，”菲丽丝用学术性的语言解释了《创世记》中的故事。她一边说，一边忍着笑。

雅各·格泽勒斯一言不发。他觉得早已熄灭的激情又被重新点燃了。“我这不是在做梦吧？”他说道。

“不，雅各，我亲爱的，这是真的。”贝茜颤抖着声音说道，“菲丽丝的丈夫，主教大人选了你。他在我们面前现身，他说……”

“雅各，他的灵魂上了你的身，”菲丽丝打断她说，“我们集会的时候，你将取代他的位置。”

我都这么大年纪了，竟然还有这种事情发生在我身上，雅各想着，很是困惑。他战抖着，被那永恒的男性无能的恐惧给吓着了。他拥抱菲丽丝，后者紧紧抱着他。他亲吻她，她热烈地伸进他嘴里咬住他，刹那间，一切疑惑都消散了。他被欲望征服。贝茜尖叫着：“上她！满足她！”

“老公，躺倒我怀里来。”菲丽丝恳求他。

雅各悄然起床时，已是黎明时分。在没完没了的嘀嘀咕咕和咯咯傻笑之后，菲丽丝和贝茜再次滑入梦乡。雅各双腿哆嗦着走进浴室。一夜放纵，留下的是腰酸背痛，膀胱刺痛。雅各·格泽勒斯已经有好多年深受前列腺增生之苦。他采用按摩和药物治疗，一直在逃避手术。但纽约的医生警告他说推迟手术会导致并发症。现在，他站在镜子前，头发蓬乱，满脸皱纹，脸色蜡黄。“我开心吗？”他问自己，“我比以前开心吗？”他感觉头痛，膝盖痛。他走到马桶前尿尿，但是，尿液断断续续，一滴一滴的。他对自己说：“这种好事儿来得太晚了。”

菲丽丝·戈尔丁在几本神秘主义杂志上宣布，托马斯·德拉诺·戈尔丁的灵魂重又回到地球，在希伯来语学者、哲学家、神秘主义者雅各·格泽勒斯身上附体。菲丽丝以为会收到主教的追随者们发来的无数热情洋溢的来信和访问，但是，不知道什么原因，这一消息竟然没有引起一丝涟漪。连她自己这个小圈子里的人都不怎么相信。雅各·格泽勒斯刚做了手术，看上去憔悴瘦弱，跟主教一点儿都不像。托马斯·德拉诺·戈尔丁身材高大，蓝眼睛，长头发。他说话声音洪亮，带着《圣经》语言的风格。他有着磁性的目光。而雅各·格泽勒斯个子瘦小，害羞腼腆，他说的英语带着地方口音。菲丽丝成了他的代言人，她说什么，他都温顺地点头称是。菲丽丝把主教的长袍改小改短，她戴在雅各·格泽勒斯头上的主教冠冕让他看起来就像个傻瓜。

实际上，信徒中也有人密谋反对菲丽丝。她从基督教教会那里收到钱，却没报告给委员会。她跟建筑商签的合同很吃亏，不少会众怀疑她收受回扣。她跟贝茜，这个股票投机商和房地产建筑商的关系，不像是个一只脚踏进天堂的人干的。写给菲丽丝的匿名信和署名信件都骂她是伪君子、窃贼、贪污犯，说雅各是冒牌货，是骗子。有人把这事儿报告给了当地律师。无数个下午，雅各·格泽勒斯躺在床上，听见贝茜跟菲丽丝长时间地通电话。她们说的可不是什么高雅层面的话题，而是利息啊，抵押贷款啦，信贷什么的。菲丽丝不再在贝茜这儿过夜，雅各·格泽勒斯也不必担心他的男性能力。这一切最终归于惨败。要建教堂的那块地被证明不安全，专家警告说若是下大雨，建筑物会遭遇山体滑坡。这一宗派主办的杂志指责菲丽丝·戈尔丁是个假先知。

这个夏季异常炎热。菲丽丝圈子里的大部分成员都去了落基山或是海边避暑，其他人则参加了得克萨斯州、威斯康星州、宾夕法尼亚州和新泽西州的各种神秘主义会议。有人研究佛教的因果报应，有人研究加利福尼亚素食主义社区的极乐世界，那是一个白胡子的印度大师领导的。一天天过去了，菲丽丝没打电话来。贝茜试图电话联系她，但始终无人应答。雅各发现贝茜愤怒到了极点。她基本上已经不再和他说话了。她所有的时间都在抽烟，涂写数字。他从未见她吃东西。雅各也正在经历危机。尽管他做了手术，但是排尿依然很困难。医生说需要再做一个手术。之前菲丽丝曾带给他满满一箱子书，有关于招魂术的、通神学的和占星术的。雅各读了布拉瓦茨基夫人、乔治·伊凡诺维奇·葛吉夫、乌斯宾斯基、福德的书，还有盖尼、迈尔斯和珀德莫的心理学研究圣典《生者的幻影》。贝茜的家里虽然装了空调，但还是闷热潮湿。雅各一天到晚只穿着内衣。他躺在沙发上，戴着太阳镜，瞄着书，喃喃自语。那个故事的确引人入胜，男人的妻子在他乘船游历大西洋时去看他，虽然她从未离开她在西部的家。即使只有这一个案例是真的，所有的价值观都必须得重新评估。但是，这是真的吗？这也可能就是个梦，一种幻觉，或者根本就是个谎言。有多少奇迹归到了每一个小小的奇迹拉比、算命者身上？菲丽丝每天要收到多少启示？

后来，雅各对超自然现象也失去了兴趣。他脑袋发沉，整天躺在床上。他会睡着然后一下惊醒。他打着盹儿，眼睛一下睁开，被梦惊醒，但很快又忘了梦见了什么。他不再受外界干扰：炎热、湿度、膀胱的刺痛，等等。他的医生警告说，他有尿毒症的危险，但他并不感到害怕。雅各在报上读到一则谋杀新闻，但他既对受害人产生不了同情，也对谋杀者没有恨意。电话响了，他不接。邮递员给他一份特快专递的信，他也不打开。失眠症也不再困扰他了。贝茜也不睡觉。她不停地长吁短叹，上下抓挠，喃喃自语。她和雅各睡在一张大床上，可她似乎离得很远，而且他总是忘了她的存在。有时候她跟他说话，但他却无法注意到她在说些什么。他听见她说："雅各，我们的生活是个大大的错误。我看不到出路。"

那天早上，贝茜没有叫雅各到厨房跟她一起吃早饭。她离开家，也没说要去哪里。她没回家吃午饭。不知什么原因，雅各口渴的感觉和想要尿尿的欲望也没有了。他习惯性地打开菲丽丝留给他的一本书，几乎看不见字了。"是因为黄昏降临了，还是我有白内障了？"他意识到他把自己当成陌生人来看了。

突然间，门砰的一声开了，贝茜摇摇晃晃地走进来。"她跑了，骗子、罪犯！她关上了百叶窗，连道别都没有一个。这都是你的错。是你，是你，是你！"贝茜歇斯底里地喊叫着。"就是你把我引向这些疯子、怪物。她卷走了我的财产。我现在一贫如洗，身无分文。就是这房子也不属于我们了。她给我施了催眠术，让我精神错乱了！"

贝茜一把抢过他手里的书，扔到地上。她掀翻了堆满杂志的咖啡桌，尖叫着："你读的都是些什么乱七八糟的东西，成天埋在这些垃圾里？这些都是谎言。她要是圣徒，那我就是教皇。她的丈夫就是个骗子。这一切都是诈骗！雅各·格泽勒斯主教，我瞎了眼！我悲惨的生活啊！谋杀犯！"最后这个词，贝茜用意第绪语喊道，“杀人犯！”她用脚踢着书，朝它们吐口水。“我们现在上哪儿？上帝惩罚我，拿走了我的理智。那个女巫用那些神圣的胡言乱语和虚假的爱迷惑了我。那个强盗、骗子、歹徒，我不想活了！你有没有听我说话啊？”贝茜呻吟着。“我想死，就现在。”她紧握拳头，扑向雅各。她的红色假发掉了下来，她站在那儿，一张光秃秃的头上只有几根白头发垂下来。

雅各身体里有什么东西在撕扯着。“安静。就算我们要死，也要死得有尊严。”

“没什么好活的了。一切都没有了。我诅咒第一次看到你的脸、看到她的脸的那一天。她让我成了穷光蛋。你如果想活下去，就去养老院吧。”

“贝茜，我不想活了。”

“我去厨房开煤气。”

“好的。去吧。”

“起来。我连墓地都没有。让他们把我扔给野狗吧。”

贝茜跑到空调那儿，把空调关了。她抓起垫子和沙发罩，朝厨房跑去。

雅各跟在她后面。好奇怪。他第一次对这个狂野的女人产生了某种爱意。在厨房，贝茜关上门，锁了窗户，灭了指示灯，把所有的煤气打开。雅各呆呆地看着她。他没有意识到，他已远离对死亡的恐惧。他感觉自己就像书中读到的那些灵魂：没有重量，任人摆布，屈服于一种他无法选择的力量。这就是人死亡的状态吗？他在想。但他甚至都没有好奇心。他就是个孩子，贝茜正在哄他睡觉。她把沙发罩铺在地板上，把垫子扔上去。“我们不要死在这硬邦邦的瓷砖地板上。”

贝茜帮着雅各躺下，然后在他旁边躺下，亲吻着他。她的脸又湿又热。“如果真有上帝，或者不管它是什么，我们很快就会知道。”

“那儿什么都没有。”雅各回答道，并被自己这话吓了一跳。电话铃在走廊响起了，贝茜开口道：“会是谁呢？没关系了。”电话响了好久。然后又归于沉寂。

贝茜拥抱着雅各，她问：“要背诵‘以色列啊，你要听’吗？”

雅各喃喃道：“没必要了。”

这是他最后的话。

第二天，有人发现他和贝茜死了。几个月后，贝茜在纽约的律师处理了她的房产。结果她还值大约四十万美元，这还不算她转给菲丽丝的财产，律师们正在努力要回来。

“她肯定不是因为缺钱才死的，”其中一个律师说，他是个小个子，尖尖的脑袋，尖尖的鼻子和尖尖的眼睛，“她为什么连封信都不留下？”他一边说着，一边削着已经很尖的铅笔。另一个律师是个又高又胖的男人，黄黄的眉毛，松弛的双下巴，沉思半晌，说道：“我读了几十封自杀者留下的信，他们没有一个说了真相。”

# 克洛卜施托克的引文*

跟女人们厮混的人都得吹嘘一番。在华沙的文人圈子里，麦克斯·帕里斯基是出了名的登徒子。他的追随者们说他要不是把时间都放到女人身上，他可能就是肖诺姆·阿莱汉姆第二，要不就是意第绪语界的莫泊桑。他比我年长二十岁，但我们还是成了莫逆之交。我读过他的作品，也听了他的各种奇闻逸事。那年夏天的一天晚上，我们坐在小花园咖啡馆喝着咖啡，吃着蓝莓饼干。太阳已经落下，苍白的九月的月亮挂在铁皮屋顶上方的天空。但是余晖依旧折射在通往咖啡馆里间的玻璃门上。空气闷热，散发

* 本篇英语由艾萨克·巴什维斯·辛格与多萝西娅·施特劳斯（Dorothea Straus）翻译。

着普拉加森林的味道，刚出炉的巴布卡蛋糕的味道，也有农民们从牛棚里收集起来、准备倒进地里的粪肥的味道。麦克斯·帕里斯基一根接一根地抽烟，烟灰缸里堆满了烟灰和烟头。虽说已经四十多了，也有人认为他差不多五十了，麦克斯·帕里斯基看上去还很年轻。他有着年轻人的身材，漆黑发亮的头发，褐色的皮肤，丰满的嘴唇，一双催眠师般深邃的眼睛。他嘴巴两侧的线条给人一丝听天由命的味道。他的对手们在背后说三道四，说他傍富婆。还有人说有个女人为了他都自杀了。我们的服务员是个中年妇女，身材很显年轻，不停地打量他。她时不时地冲我害羞地微笑，好像说我情不自禁啊。她鼻子短短的，两颊凹陷，下巴有点儿尖。我注意到她左手的中指没了。

麦克斯·帕里斯基突然问我，“那个大你十二岁的女人怎么样了？你还跟她来往吗？”

我正想回答，他却摇了摇头，说：“老女人身上有些东西是年轻女人没有的。我自己就有过一个，不止比我大十二岁，大三十岁。我那时候大概二十七岁，还很年轻。她肯定已经五十多了。她是个老处女，教德语文学的老师。她也懂希伯来语。那些年，华沙有钱的犹太人希望自己的女儿熟悉歌德、席勒、莱辛。不然的话，她们就是没文化的。懂一点儿希伯来语也没什么害处。特蕾莎·斯泰恩就靠教授这些学科谋生。你很可能没听说过她。但是，我们那个年代，她在华沙可是很有名的。这个女人对待诗歌非常严肃，这也说明她不够聪明。她肯定不漂亮。走进她在诺沃利普基街上的那个小公寓也是一种不一般的体验。周遭贫困不堪，但她把自己的房间装点得像一座老处女的圣殿。她一半的收入都花在了买书上，大多数是嵌有金边的天鹅绒封面。她也买油画。我被引荐给她时，她还是个处女。我的一篇小说需要克洛卜施托克《弥赛亚》中的一句引文。我打电话给她，她让我晚上去找她。我到达的时候，她已经找到了那句引文，还有其他内容。我把自己刚出版的第一本书带给她。她对意第绪语十分熟悉，崇拜皮里兹。还有谁是她不崇拜的呢？她提到'天才'这个词的时候，就像虔诚的犹太人提到上帝时那样庄重。她身材矮小，圆润，褐色的眼睛闪耀着善良与天真的光。那样的女人早就绝迹了。那时候我还年轻，装出一副愤世嫉俗的样子，想要镇住她。我宣称所有的诗人都是低能儿，告诉她我同时跟四个女人有染。她的眼睛里满是泪水。她对我说：'你这么年轻，这么有才华，却这么不开心。你还不明白何谓真爱，所以你在折磨你永恒的灵魂。真爱会降临到你身上的。你会找到宝藏，天国的门会为你开启。'为了安慰我这个误入歧途的家伙，她给我端来茶、自己烤的果酱蛋糕和一杯樱桃白兰地。没过多久，我就开始亲吻她了——几乎是出于习惯。我永远也忘不了第一次接吻时她的表情。她的眼睛被一束奇特的光点亮了。她双手抓住我的手腕，说：'别这样！我对待这种事情是非常严肃的！'她浑身发抖，说话结巴，想要引用歌德的话。她身体变得滚烫。我等于是强暴了她，尽管也不完全是。我在她家里待了一晚上，如果有人能在书里写下那个晚上她说的一切，那将是一部天才之作。她立刻爱上了我，这份爱支撑到她生命的最后一分钟。即便到今天，我也远不是什么圣洁之人，但那些年我根本就没有一丝良知。我把整件事情都当成是个玩笑。

“她开始每天给我打电话，一天三次。但是，我没时间管她，我编了各种各样的借口。当然，有时也会去找她，大多数是下雨的晚上，找不着人约会的时候。我的每次到访对她来说简直就是节日。如果她能办到的话，她会准备丰盛的晚餐，为我买一束花，穿着漂亮的长袍，或是和服。她给我好多礼物。她曾努力劝说我跟她一起读德国古典文学。但是，我把那些书都撕得粉碎，厚颜无耻地向她坦白我的所有罪孽，甚至还有我年轻时候去妓院的事情。很多女人听了这些都会被吓住了，对她，我从不隐瞒。就因为她说话温柔，充满着美丽辞藻和高尚的名人名言，我就专说大街上的粗话，说什么都直来直去。她常说：‘上帝会宽恕你的。既然他给了你天才，你就是他的最爱。’事实是，我根本不可能带坏她。某种意义上说，她到死都是个处女。她对人的纯洁和爱从未泯灭。她为每个人辩护，甚至是臭名昭著的反犹主义者普瑞斯南维奇。她说：‘那个可怜的家伙被骗了。有些灵魂沉入黑暗，因为他们从没有机会看到神圣之光。’我那时没有意识到，我睡了一个圣女，就像跟她同名的圣特蕾莎修女一样。

“她那么单纯，我逼迫她做的那些事情真的是把她给击碎了。我有一大捆她写的信，上面满是她的眼泪，不是作假，而是真的眼泪。这个年代已经没人相信会有这种女人存在了。好些年过去了，她越来越老，头发变白了，但是她的面容依旧年轻，她的眼睛依然闪耀着浪漫主义的幻想。我给她的时间越来越少。华沙有钱的犹太人慢慢失去了对德国文化的兴趣，特蕾莎挣得越来越少。但我也不能彻底断绝跟她的关系。我总有一种感觉，如果一切变得糟糕，如果所有人都抛弃了我，我可以依靠特蕾莎，拿她当我的母亲、妻子和我的保护人。她已经养成了这些忍耐的特性。我可以为所欲为，也从不为自己辩护。别人要处在我的境地，恐怕要长期撒谎了。但是我对特蕾莎可以说实话，不管事情有多么残酷。她的答案始终是：‘你这个可怜的孩子！你这个伟大的艺术家！’

“岁月同时也留下了印记。特蕾莎腰弯了，长皱纹了。她开始饱受风湿病的困扰，不得不拄拐杖。我为自己的同情心感到羞耻，如果这也算同情心的话，但是要让我彻底不管她，等于是杀了她。她用尽自己最后的力气抓住我。夜里，在床上，她变得年轻了。有时候，在黑暗中，她嘴里说出的话让我吃惊。此外，她还向我保证，如果可以的话，她死后也会出现在我面前。我不想让你失望，但我先告诉你，她从未信守承诺。但我的故事才刚刚开始。”

麦克斯·帕里斯基朝服务员招招手，她立刻走过来，好像她等这个召唤都有些耐不住了。他对她说话的语气带着亲昵，“潘娜·海伦娜，我饿了。”

“我的上帝啊，今天我们准备了你喜欢的西红柿汤。”

“你想吃什么？”他问道。

“也是西红柿汤。”

“潘娜·海伦娜，来两份。”他冲她眨眨眼，我明白他跟她的这种小秘密和他跟特蕾莎·斯泰因相处时是一样的。麦克斯·帕里斯基按照他自己的方式做慈善家，给的不是钱而是爱。

吃完了西红柿汤，麦克斯·帕里斯基点了支烟，问道：“我刚才说到哪儿了？对了，她老了，她不得不搬出公寓，跟其他人合租。这真的是个悲剧，但是，我帮不了她。你知道的，我根本存不下一分钱。我甚至连搭把手帮她打包、搬家都做不到，因为特蕾莎·斯泰因在华沙有着毫无瑕疵的名声，稍微出现一点儿风评都可能让她失去最后的学生。说实话，特蕾莎做的这些事儿，根本不可能有人相信。她越是上了年纪，就越是为自己做的事情感到自责。却又想得到她该得的，虽然觉得羞耻。只要她还有自己的公寓，继续偷情也不算太难。我总是天擦黑就去找她，而且每次都会带本书，假装是她的学生。邻居们要看见我，他们肯定不会怀疑我是特蕾莎的情人。可是，等她跟其他人合租房子时，我就不能再去找她了。这本该画句号的。可是，跟特蕾莎这种女人，开头有多难，要结束就有多难。她不停地给我打电话，给我写长信。我们开始在很远的基督徒居住的街道上找咖啡馆约会。每次跟她见面，她都会给我带礼物：一本书、一条领带，甚至是手帕、袜子。

“那时候，我正在跟比亚拉拉比的侄女妮娜谈恋爱。我想我已经跟你说过这个妮娜的事儿了。她从拉比家跑出来，想在华沙当个画家。她不停地威胁当拉比的叔叔，如果不给钱，她就叛教改信基督教。她差不多已经疯了。我跟她的爱就是低俗小说中所谓的暴风雨般的热烈。她总是妒火中烧，连那些最天真无辜的女人都怀疑。每隔几个星期，她就要闹一次自杀。在那之前，我从没打过女人，但是妮娜的歇斯底里只能用拳头才能平息。她自己也承认这一点。每当她开始发疯，扯头发、哭喊、狂笑、想从窗口跳下去时，除了奋力扇她几个耳光，没有别的疗法。这很奏效。打完耳光后，她通常就来吻我了。那时候我已经很清楚如何对付我的女人们了。但是妮娜总爱用她的妒忌来攻击我。她要是逮着我跟别的女人有染，她会抓扯那人的头发，像个粗野村妇那样撕扯。她把我的女朋友们全都赶跑了。我也根本不可能摆脱妮娜。她带着毒药。我陷入这种绝望后，开始写剧本，就是那个他们后来在中央剧场演砸了的那个剧本。

“一天夜里，那是在冬天，妮娜要去比亚拉看她叔叔。她每次出门旅行，总要等到最后一分钟才告诉我，以防我跟其他女人约会。这个疯女人真的很狡猾。这天晚上，她跟我说她要出门后，我就开始给我所有的受害者打电话。但是，那天夜里，她们每个人要么有事，要么生了病。那段时间正赶上流感大暴发。过去几个星期，几个月我一直在向特蕾莎许诺要去看她，我突然觉得这正是个机会。我给她打电话，邀请她去一个基督徒餐馆共进晚餐。然后，我把她带回了家。虽然我俩已是好多年的情人了，可她每次都表现得像个受到惊吓的处女。她得找个借口跟她的房东解释为什么不能回家过夜。在电话里，她紧张得结结巴巴，又是跺脚又是叹气，我后悔不该约她。她从来就吃不了多少东西，那天晚上，她几乎一口也吃不下。

“一个干瘪憔悴的老女人和我面对面坐在餐桌旁。侍者以为她是我母亲，问道，‘您母亲怎么不吃呢？’我感觉糟透了。晚饭后，她想要回去。但是我知道，如果我同意她回去，她一定会伤心失望至极。我也注意到她的袋子里装着一件睡衣。长话短说吧，我说服她回到我的公寓。如果一个年轻女孩对这事忸怩作态，也不算太坏，可是，如果一个老女人也表现得像个受到惊吓的处女似的，这可真是又可笑又可悲。我们爬上三楼，中间她好几次停下来休息。她给我带了礼物，一套羊毛内衣。我泡了茶，给她一杯白兰地，想让她开心点儿。可她不喝。经过好一阵踌躇犹豫，又是反复的道歉，又是引用《浮士德》、海涅的《抒情诗集》之后，她才跟我上床。我根本不可能对她有一丝一毫的欲望，但是，性这东西有时真的是莫名其妙。过了一会儿，我俩都睡着了。我本来觉得，这个夜晚已经是我们悲伤关系的终点了，甚至连她都暗示，我俩再也不能自欺欺人了。

“我太疲倦了，睡得很死。醒来时有种可怕的感觉。起初，我不记得跟谁躺在一张床上。过了一会儿，我以为是妮娜。我伸出手来去摸她。我立刻明白了是怎么回事：特蕾莎死了。到今天我都不知道她是不是生了病，有没有试图叫醒我。还是说她在睡梦中就死了。我一生经历过很多的悲剧，但那天夜里的经历简直是恐怖至极。我的第一个念头是叫救护车，但是，这样的话，整个华沙马上会知道特蕾莎·斯泰因死在了麦克斯·帕里斯基的床上。就算是罗马教皇在克鲁奇玛尔纳街偷窃被抓现行，都不会有这个消息引起的轰动大。男人最害怕的莫过于成为众人的笑柄。一半的华沙人会诅咒我，还有一半人会嘲笑我。我点亮灯，看着她的脸，我害怕得僵住了。她看上去不是六十岁，而是九十岁。我只想逃到天涯海角，这样才不会有人知道发生在我身上的事情。可是，我已经把所有钱都花在餐馆和马车上了。我意识到，跟我回家，再爬这些楼梯要了她的命。我实际上成了杀人犯，而我做这一切竟然是出于对她的怜悯。

“我点亮了所有的灯，用毯子把尸体盖上，开始寻找结束我自己愚蠢生活的办法。跟她死在一块儿，会给人双双自杀的印象。人就是在死后还是在乎别人会怎么看，怎么想。名声，而非爱情，比死还重要。我看看手表，已经是三点过十分了。我站在那儿，彷徨失措，诅咒我出生的那一天。这时候，门铃响了。我确信是警察，他们可以轻而易举地指控我谋杀，我没有回应。但门铃很快又响了，铃声持续不断，声音很大，我敢肯定下一步就是破门而入了。我没问是谁，一把把门打开。是妮娜。

“她没赶上火车。妮娜赶火车、上剧院、约会从来都迟到。她说那天夜里没有其他的火车了，她已经回她自己家了。但是那天半夜，她渴望着和我在一起。或者也许是她以为可以逮住我跟别的女人在一起，把她的眼睛挖出来。多奇怪啊，一看见妮娜我竟然大喜过望。在这种情形下，相较于独自跟尸体待在一起的痛苦，其他的痛苦和羞耻要轻得多了。妮娜说：‘干吗把所有的灯都点亮了？’她看见床上的情形，惊叫起来，‘你藏她也没用！’她朝床那儿跑过去，想要扯下床单，但是我抓住她的手，说：‘妮娜，是一具尸体。’她从我脸上看出来我不是在撒谎。我以为她会发出可怕的喧闹声，把左邻右舍都吵起来。妮娜一看见小耗子、小乌龟什么的，便会失控尖叫。但这时候，她却很平静，她的那些疯狂症状似乎都治好了。她说：‘尸体？这是谁？’我告诉她是特蕾莎·斯泰因。她大笑起来，不是那种歇斯底里的笑声，而是那种正常的人遇到好笑的笑话时发出的笑声。我说：‘妮娜，这不是玩笑。特蕾莎·斯泰因死在我的床上了。’

“妮娜知道特蕾莎·斯泰因。整个华沙知识分子圈都知道她。她还是没法相信，直到我打开特蕾莎的钱包，给妮娜看她的护照。在俄国人统治下，每个人都得随身带着护照，连妇女也不例外。”

“你怎么从没写过这段故事？”我问麦克斯·帕里斯基。

“到目前为止，没人听说过真相。那时还有很多人认识特蕾莎·斯泰因的。”

他又点燃一支烟。这会儿天已经黑尽了。月光亮如黄铜。

“这该是个多么不寻常的故事啊。”我说道。

“也许将来什么时候，我会写这个故事。但得等我老了，华沙再没人记得特蕾莎·斯泰因了。现在还太早。还是让我把剩下的告诉你吧。妮娜准备帮我，她甚至制订了计划。我们很可能因此被流放西伯利亚，或者上绞架。但是在这种时刻，人会变得异常勇敢。我们给尸体穿上她所有的衣服。我们决定对门房说这个女人得了胆结石，我们要送她去医院。门房是个上了年纪的酒鬼，他开门的时候，从来不开灯。把特蕾莎·斯泰因身上的睡衣脱下，再给她穿上内衣、内裤、外衣，等等，简直要了我们的命。她的身体衰老不堪。给她穿好衣服后，我把她立起来，搬下漆黑的三层楼道。她并不重，但是把她搬下去差不多把我累瘫了。妮娜帮着抬她的脚。妮娜这个歇斯底里的女人为什么会帮我做这一切，我至今没想通。在此之前，之后，她都没这么正常过，或者应该说是超常。在通向大门的漆黑通道里，我把特蕾莎立起来，让她靠着墙。她的头耷拉在我肩上。有一刹那，我想象着她还活着！妮娜敲着门房的窗户，我们听见嘎嘎的开门声和男人半夜三更被叫醒时的咆哮声。他一边开大门，一边叹气，咒骂，而妮娜和我从尸体的手臂下架着她，将她竖着拖出去。我甚至还给了门房一笔小费。他什么也没问，我们什么也没说。如果有警察碰巧走过来，我这会儿就不会跟你坐在一起了。但是那时候街上空无一人。我们把尸体拖到最近的一个街角，把她仔细摆在人行道上。我把她的手袋放在她手边。整件事情没花几分钟。我茫然无措，也不知道下一步该怎么办。但是，妮娜把我带回了她的家。

"老话说，没有什么完美的谋杀。但是那天夜里我们做的事情有着一件完美谋杀的所有元素。如果我们真的勒死了特蕾莎，那整件事情也不可能做得更完美。的确，我们可能留下了指纹。但是那时候在华沙，还没有发现指纹的技术。俄国警察不会在意一个死在了大街上的老女人。她被带到了停尸房。犹太人听说特蕾莎·斯泰因被人发现在大街上去世之后，社区领袖没做验尸报告就安排人把她送到了格西亚街的净尸房了。当然，这些都是我后来听说的。你不会相信的，那天晚上，或者说那天晚上剩下的时间，我跟妮娜睡在一起，一切照旧。那时，我的神经还很好，也喝了半瓶伏特加。神经会如何反应真是没有规则可言。

“不用说你也知道，华沙对特蕾莎之死有多震惊。我们的意第绪语报纸甚至用整版来报道。特蕾莎跟她的房东说她晚上要跟一个生病的亲戚在一起。但是，那个亲戚是谁？没人知道。我那栋楼的门房也许会跟警察说我们半夜里把一个女人运了出去，可是他的眼睛半瞎了，而且他也从不看报。既然她的钱包就在她身边，那么可以假定她是自然死亡的。我记得《今天》杂志的一个通俗作家提出了一个说法，特蕾莎·斯泰因外出是为了帮助穷人和病人。他把特蕾莎比作皮里兹小说中的那个圣徒，她不是晚上出去做晚祷，而是去给生病的寡妇生炉子去了。

“我们华沙的犹太人喜欢参加葬礼。但是我从未见过像特蕾莎·斯泰因那样气派的葬礼。灵车后面跟着几百辆四轮马车。妇女们、姑娘们，像在每年的赎罪节那样号啕痛哭。无数的人上去致悼词。德语会堂的拉比宣讲时说，盘旋在特蕾莎坟头的有歌德、莱辛和席勒的灵魂，还有古代诗人犹大哈·列维和所罗门·伊本·加布里尔的灵魂。我不太确定妮娜保守秘密的能力。歇斯底里和告密往往是共存的。我很害怕我俩一吵架，妮娜就会上警察局告我去。但妮娜实实在在地发生了变化。她不再因为吃醋嫉妒折磨我。实际上我们从没提到过那天夜里的事情，这成了我们俩的秘密。

“没过多久，战争开始了。那时候，妮娜的肺炎严重了。她这个病已经得了好些年了。她家人把她送到奥特沃茨克的一个疗养院。我常去看她。她的性情有些变化。我再也不用扇她耳光来遏制她的歇斯底里发作了。她死于一九一八年。”

“她从未在你眼前出现过吗？”我问道。

“你是说妮娜还是特蕾莎？她俩都承诺过要出现，可她们都没守诺言。就算真有灵魂这种东西存在，我也不信它肯从另一个世界带来信息。我真的希望死亡就是我们一切胡言乱语的终结。

“我忘了还有一件事。这跟我的故事没什么直接联系，不过，挺有意思的。那些年，妮娜总是威胁她叔叔比亚拉拉比，说她要改教。拉比特别害怕家族里出了叛教的，便给她钱。她死后，家里人要安葬她，需要文件，这才发现她好多年前就是天主教徒了。这在哈西德派社区还引起了一阵骚动。那时候，德国人已经占领了华沙。他们贿赂了当局，把她葬在了犹太人的公墓里。事实上，她安葬的地方离特蕾莎·斯泰因不远，在第一排。她为什么要叛教，我永远也不会知道了。她经常提到犹太人的上帝，提到她那些神圣的祖先。”

麦克斯·帕里斯基沉默了。夜晚渐渐起了凉意。门上那盏灯的上方飞舞着小飞蛾、蝴蝶，各种叮人的小虫子在夏夜里狂欢。麦克斯·帕里斯基点点头，说出一条真理。“爱情不可施恩惠，”

他说，“必须得自私，要不然就害人害己。”

他踌躇了一会儿，然后，看看女服务员。她立刻走到桌边，“还要咖啡吗？”

“是的，海伦娜。告诉我，今天你要工作到多晚？”

“跟往常一样，我们十二点打烊。”

“我会在外面等你。”

# 杂志*

我第一次见到泽因维尔·加德纳是在华沙，一个专为知识分子提供免费食物的救济所。他坐在桌子对面吃蘑菇面条汤，汤里有豌豆、胡萝卜和西芹。我见他在盘子里翻来翻去，像在找什么东西，然后心不在焉地加了盐和胡椒粉。他那份食物剩下一大半没吃，我差点儿没忍住让他把剩下的给我。那时我的胃口很大。

他看上去二十多岁的样子，黑黑的，宽脸庞，高颧骨，一头乱蓬蓬的黑发，眉间距很宽。他一定是通过我发表在那些小杂志上的故事认识我的，那是些要作者投稿却不支付任何稿费

* 本篇英语由艾萨克·巴什维斯·辛格与劳里·考文（Laurie Colwin）翻译。

的杂志。他时不时地抬起那卷曲的睫毛，一副紧张激动的表情，仿佛在说："既然我们注定相识，那还等什么呢？"我们刚开始聊天，他就劝我和他一起办一份杂志。他说："我是专职的排版工。我家里有一盒铅字，我们印刷差不多可以不花钱。我们卖出去两百本就能回本。我自己就可以卖出去一百本，可能更多。"

"可这类杂志已经太多了。"

"你说什么呀？那些杂志出版商都是些文学妓女。就为了三个兹罗提，他们刊登最糟糕的故事。这些人还拉帮结派，你吹我，我捧你。你和我二人可以做一份纯粹的杂志。我们能将文学提升到新的高度。"

"杂志"一词对我有着神奇的魔力，我曾梦想着有一份自己的杂志来发表我的作品，不用迁就编辑们随心所欲的念头。一个编辑把他认为太过色情的部分删掉，另一个编辑又抱怨我太过执迷于神秘主义，还有一个直接删减、改变我的风格。我的故事登报时，满是错字、串行，有时连页面的顺序都不对。对作家来说，还有什么会比自己做出版商更好呢？我和泽因维尔·加德纳一起去了他在诺沃利普基街的阁楼，爬了四层楼。每一层楼都有门敞开着。裁缝们坐在缝纫机前，边踩缝纫机，边唱着社会主义歌谣。女孩们削着土豆皮，唱着情歌。母亲们摇晃着婴儿车。一个木匠刨着一块长长的木板，灰白的胡须上满是刨花。厨房里飘出炒洋葱的味道，还有尿布和大蒜的味道。到了五楼，穿过一条漆黑的走廊后走进一个房间。倾斜的天花板下面，是一扇高高的小窗户。墙上贴着斯宾诺莎、彼得·克鲁泡特金、布拉瓦茨基夫人和尼采的照片。在书柜上方的一张纸上，是泽因维尔·加德纳用巨大字母印刷的："爱邻如己。"

很快，我就发现了泽因维尔的理想主义特色。他不吃肉、鱼和蛋，只吃面包、蔬菜和水果。他属于一个说世界语的团体，一个遵循施蒂纳无政府主义理论的圈子。他递给我一个生萝卜，说："这个世界在等待纯洁的文字。我们要告诉读者真相。我们的每一行文字都会精心打磨。我们宣扬的主张，首先要身体力行。"

不久，我们便在意第绪语作家俱乐部宣布了我们要创办的杂志。杂志名为《声音》，很快来自各地的稿件和贺信如潮涌至。原以为知名作家并不会对一本刚冒出的杂志感兴趣，没想到他们也寄来了短篇小说、长篇小说的章节，还有"大部头作品的片段"。我读着这些作品，意识到这些手稿中就没有一个是人类期盼的纯洁的文字。泽因维尔·加德纳的作品是一篇关于尼采的《查拉图斯特拉如是说》的文章。满篇都是大量的圆点和破折号，几乎没有完整的句子。他试图表达点儿什么，但我实在是搞不明白他究竟想说什么。他抱怨乔治·勃兰兑斯不理解尼采，但在我看来，泽因维尔连勃兰兑斯都没有读懂。他的文章就是一大堆典故和晦涩难懂的东西，以及无数易卜生的语录。他整篇文章涉及梅特林克的《青鸟》，那时候《青鸟》在华沙的知识分子中仍很流行。泽因维尔的论点是，查拉图斯特拉到达山顶后，不仅会发现老鹰和蛇，还会发现青鸟，这让超人能救赎自己，也救赎人类。

我把所有手稿都装进一个纸袋里，拿到泽因维尔·加德纳的阁楼上。一到那儿就发现他正把稿子放到整版器里。他正在准备我们合写的导言。我放下袋子说："泽因维尔，我不做编辑了。"

他一下子脸色苍白："为什么？"

"这《声音》不是真正的声音，文字也不是真正的文字。不值得做。"

泽因维尔·加德纳不顾一切挽留我，以人性、文化和进步的名义劝说。他激动得打翻了整版器，打字机倒在了地上。他警告我，华沙的所有作家，要是知道我放弃了这本杂志，他们都会和我反目成仇的。

我们走到街上散步。每走几步，泽因维尔就会停下来给我一个新的论据。手稿不好可以编辑。我们的相识并非偶然。文学在等待着我们这样的年轻人。这样的机会和组合不可能再有。泽因维尔谈起他的过去。他父亲是小镇上教希伯来语的老师，母亲早逝，妹妹自杀了。他离开小镇是因为一个女孩。那个女孩不理解他的理想，也不明白他的问题和精神压力。为了激怒他，女孩和锯木厂的一个记账员在一起了。泽因维尔·加德纳陷入沉默，黑眼睛里满是悲伤。突然，他说："哈姆雷特是对的。"

几天后，另一个年轻作家接替我做了编辑。杂志的第一期就推迟了三个月。装订工扣留了几百册杂志，因为他没拿到全部报酬。杂志没有封面，印在两种不同的纸上：一种是灰色的，另一种是淡黄色的。不只是文章，就连作者的名字都是错误百出，争吵和纠缠已经开始了。一个稿子被拒的随笔作家指责泽因维尔·加德纳为了二十五个兹罗提骗了他。一位诗人的老婆扇了泽因维尔一耳光，因为他把诗人的诗印在了最后一页上。人们骂他小偷、背信弃义的家伙。共产主义者杂志《上升》用了三个版面攻击《声音》。按照《上升》的说法，《声音》就是垂死的资本主义、腐朽的帝国主义和犹太沙文主义的挽歌。泽因维尔无视阶级斗争、群众的需要和苏联的光芒。泽因维尔·加德纳所谓的"青鸟"便是墨索里尼的法西斯政权。

泽因维尔读到这篇攻击文章，通宵达旦赶写了一篇反击文章。但是《上升》不但不登载这篇文章，还发起了新一轮攻击，并警告说复仇的日子要到了。泽因维尔病倒了，胃痉挛，咽不下东西。

后来，我听说泽因维尔回到了老家的小镇。有人说，他跟以前的女朋友结婚了，那女孩为了他，抛弃了锯木厂的记账员。女孩的父亲有一家生产气泡水的小工厂，泽因维尔和他一起做生意去了。

一晃二十年过去了。这段时间，我去了美国。希特勒摧毁了波兰。一九四七年，我供职的纽约意第绪语报社给了我两个月的假期，我去了巴黎。在那里我找到了幸免于难的波兰意第绪语作家们。他们住在巴岱街一栋由巴黎市政府提供的暂住房子里。有些人逃离纳粹的魔爪，去了苏联；有些人设法逃到了摩洛哥和阿尔及利亚；有些在纳粹入侵期间到法国躲藏起来。以前的共产党人变成了反共分子。男的换了老婆，女人也换了丈夫。那时候像我一样的青涩男孩现在都成了头发花白的男人，说话带着威信。

整个白天和大半个晚上，我都和他们在一起，听他们讲纳粹的屠杀和布尔什维克分子的愚蠢行为。他们谈到一九四〇年到一九四五年间藏身避难的那些亚洲城市和村庄，以及各种各样的右派或左派圈子的人。他们有些人在奥斯威辛，有些在苏联的劳改集中营，还有些人在红军或西科尔斯基的波兰军队里打仗。所有的故事都涉及饥饿、谋杀、虱子、流行病、淫欲和愚蠢的暴行。

巴黎就像一座死城。美国游客把烟头扔进排水沟，衣衫褴褛的行人又把烟头捡起来。商店空空如也。我住的那家旅馆，电梯一天只运行几个小时，经常停电，浴缸没有热水。我只能在黑市上买东西吃。

一天早上有人来敲门。来找我的人一般都是先打电话来。但这次是个不速之客。我打开门，看见了泽因维尔·加德纳。他变化不大，皮肤黝黑，胡子剃得乱糟糟的，头发乱蓬蓬的，都打结了，衣服也皱巴巴的，感觉他是穿着这身衣服睡的觉。

“泽因维尔，快进来！”

“你认出我了，哈？”他的声音低沉。他摇摇晃晃地走到椅子边坐下。举止有些生硬，不自然，他的眼睛抽搐着。让我想起《约伯记》中传坏消息的使者。

他迟疑地回答我的问题。是的，他经历了大屠杀，先是在犹太格托，然后是俄罗斯。还有哪里没去过呢？在比亚韦斯托克市，在维尔纳，在莫斯科，在塔什干，还有亚姆波尔……放逐？……是的，他被放逐了……强制劳动？是的，在营房和工厂里……挨饿？……还有什么？……他的妻子？孩子们？……被纳粹消灭了……又结婚了？……战后，在一个德国难民营。

我问他干吗不住在巴黎政府给意第绪语作家提供的房子里。他沉默了很长一段时间，然后问，“有什么用？”突然之间，他变得健谈起来。我简直不敢相信自己的耳朵，泽因维尔·加德纳想出版一本杂志，在这里，巴黎，用意第绪语！他说，如果知识分子不变成叛徒，那么，这整个的不幸就不会发生了。德国作家全都成了纳粹。在俄罗斯，他们屈从于斯大林。战争的头几个星期里，在比亚韦斯托克市发生的事情无法用语言描述。波兰来的作家也加入了共产主义的潮流。他们一夜之间就成了布尔什维克工党、犹太复国主义者、崩得党成员、民俗主义者和独立主义者。为了安抚当权者，他们互相指责。他们在朋友的作品里找出了托洛茨基式的偏离、孟什维克式的叛逆、犹太复国主义的痕迹。而他，泽因维尔，因为说出了真相，被他们赶出比亚韦斯托克。他被投进了监狱。一间牢房里有四十个人，厕所里的臭味足以要了人的命。他们白天黑夜一边抓身上的虱子，一边没完没了地争论。半夜里，囚犯们被拖走接受拷问。许多人死于酷刑，还有一些人疯了。审判时，成百上千的被告站在那里，被判处到劳改集中营、监狱、金矿。而所有的这些都是以社会主义的名义进行的。奇怪的是，《上升》杂志的编辑竟在第一批被清算的人里。

泽因维尔讲述着这一切，声音低沉、单调，语句破碎，双眼凝视着天花板的一角。我虽然对这些事情早已熟知，但他毫不掩饰的叙述还是令我震惊。我问他，“你想用一本小小的杂志来治愈这一切吗？”

“必须有人来说出真相。”

“说给谁听？”

“一些人。”

“谁会读一本小小的意第绪语版杂志呢？”

“有人会读的。”

泽因维尔告诉我他在百利威尔有一套公寓，一个带厨房的房间。他可以买一台打字机。他现在的妻子是个裁缝，赚得比较多。她在波兰失去了丈夫和孩子。她喜欢意第绪语文学，读过我在纽约意第绪语报上的文章，这些文章在战后被送到了难民营。她还读过我的一些书，她愿意提供资金。杂志的名字可以和在华沙时一样：《声音》。

我问了二十年前在波兰时就问过的问题："谁会跟你合作？"

"正直的人还是有的。问题在于邪恶者在制造噪音，而正直者沉睡不醒。"

"他们一直都沉睡不醒。"我说。

"他们可以被唤醒的。"

"如果他们被唤醒，他们就会变得邪恶。"

"不一定会到那一步的。"

我本该直截了当拒绝泽因维尔。他住在巴黎，而我住在纽约。我既没有时间也没有精力去负责一本小小的杂志。但是我还没来得及拒绝，他竟让我答应去他的公寓吃晚饭。

那天晚上，我带了瓶葡萄酒和一罐沙丁鱼，去看泽因维尔·加德纳。我沿着狭窄弯曲的楼梯往上走了四层楼。走在我身后的是两对看起来神色可疑的夫妇，我猜这幢楼里有些房间是出租给妓女的。泽因维尔打开门，里面散发出一股大屠杀也没能根除的家的味道。

泽因维尔的妻子个子娇小，脸庞年轻，鼻子短小，嘴唇丰满。她的眼睛里闪烁着顽皮的神情。很难相信这个女人经历了集中营，失去了丈夫和孩子。她的手又小又结实，说话的口气好像早就认识我一样。她说，泽因维尔跟她讲了很多关于我的事，当然啦，她也很熟悉我的作品。她说："也许你可以把我丈夫脑子里那些办杂志的荒谬想法赶出去。"

"弗莱德丽，这可不是荒谬。世界是基于文字基础上的。"

"世界是基于拳头，可不是文字。"

"在所有的拳头消失很久之后，《十诫》仍将被铭记。"

"《十诫》可能会被铭记，但没人会遵守它们。"

她一边摆桌子，一边对我说："你不了解我，但我却了解你。你们作家泄露了自己所有的秘密。"

"你了解什么？"

"那就是我的秘密了。"

晚饭她做了一份华沙特色的土豆黑面粉汤。她把盘子放在我面前时，我看到她手腕上的蓝色集中营编号。她注意到我的目光，说："如果你死了，便死了，但只要你还活着，你就得经历这整场喜剧。杂志已经太多了。今天，就是先知摩西自己从天上下来，也会被人耻笑的。"

"那我们该怎么办，弗莱德丽？"泽因维尔问道，"就这么看着，保持缄默？"

"谁会看你的杂志？那些受害者、刽子手们可不会看。"

"受害者的良心也不安宁。"

"你的杂志不会让他们更安宁。"

吃饭时，弗莱德丽给我讲集中营里发生的事情。虽然讲的是饥饿、瘟疫和屠杀，却让我忍不住发笑。这是我第一次听到有关集中营的笑话。就在纳粹举鞭抽打犹太人的时候，犹太人还在讲笑话。就是在集中营里也有逗乐子的人。

饭吃到一半时，门开了，一个矮小圆润的妇人走了进来，她想试一件裙子。弗莱德丽把她带到屏风后面。过了一会儿，弗莱德丽走了出来，低声说："盟军在梅迪内克发现她的时候，她才六十磅重。她在医院住了四五个月，没人相信她会活下来。现在她有了个有钱的丈夫，在黑市干活。"弗莱德丽打开抽屉，拿出一本时尚杂志。"如果你发表的是这种东西，全世界都会听你的。"

又一个二十年过去了。我去过几次欧洲，但总抽不出时间去巴黎。巴黎的意第绪语出版商把他们的杂志寄到纽约给我。偶尔还能看到泽因维尔·加德纳的一首诗或一篇文章。他依然对社会愤愤不平，谴责人类的不道德。但字里行间，我想我还是看到了一丝悄然放弃的味道。有一次在一本杂志上看到他的照片，他不再是我印象中的泽因维尔·加德纳了，他成了一个大腹便便的驼背老人。从巴黎来的客人时不时告诉我他的情况。他和妻子开了一家内衣店，并很快扩大了规模。这令人难以置信，但加德纳一家的确在法国发财了。他们有一套雅致的公寓，还在罗宾逊买了一套避暑别墅。我上次拜访他们时，弗莱德丽已经怀孕了。我离开巴黎几个月后，她生了个女儿。

这些年来，我的书被翻译到国外。我在巴黎、米兰、里斯本都有合作的出版商。我又一次去欧洲时，在里斯本待了一个星期，在瑞士待了两个星期，然后去巴黎与我的法国编辑见面。意第绪语作家们听说我要来，为我安排了小型招待会。一天早上，酒店的接线员打电话告诉我，一个叫开普兰的先生在大厅等我。我让把他请到我房间来。一个头发卷曲、目光敏锐的年轻人出现在我面前。

我从未听说过他，也没看过他写的东西。但他告诉我说，他不仅是意第绪语报的职员，也是一位诗人。他说自己曾经历希特勒荼毒，所以，他应该比我想象的年纪大些。他举手投足间，颇有巴黎人风格。他坐下来，点了支烟，一边问我，一边在笔记本上做笔记。

我问道："泽因维尔·加德纳还好吧？"

他的眼睛突然变得肃穆。"你没有看今天的意第绪语报吧？"

"今天没有。"

"今天举行泽因维尔·加德纳的葬礼。"

我默然良久，然后问道，"他是得了什么病吗？"

"不是，事实上不是。发生了一件奇特的事情。他的死有点儿类似于自杀。"

"怎么回事？"

"呃，这事儿有点儿奇怪。他和妻子开了一家大型的内衣店，他们俩挺有钱的。他时不时给意第绪语杂志写点东西。突然，他竟起了个疯狂的念头，要出版一本法语杂志。我说他'疯狂'是因为他压根不会法语——也就会那么几句能让人听懂的法语。我也不是特别清楚细节，不过，他们说他背着妻子偷偷把商店给卖了。他租了个办公室，雇了一伙人。结果就是他妻子把他赶了出去。后来，一个骗子卖给他一间子虚乌有的印刷厂。泽因维尔就不是个脚踏实地的人。他弄一本法语的杂志来干什么？他差不多是死在大街上。发现他时，他已经死了。今天举行葬礼。"

年轻人对我的采访结束后，我问他葬礼什么时间，在哪里举行。下午三点，他说。然后，准备离开。我提议一起去，并邀他一块儿共进午餐。吃饭的时候，他说："巴黎的意第绪语作家处境艰难，墓地差不多成了他们唯一相聚的地方。他们都老了，好些人疾病缠身。城市在扩大。他们再也走不到蒙帕纳斯大厦或是蒙马特区的咖啡馆了。葬礼过后，人人都到咖啡馆里吃点东西，对年纪更大些的作家来说，这是他们唯一的社交活动了。我听说，在纽约，也好不到哪里去。"

"在纽约，他们甚至连葬礼都不参加。"

和纽约相比，巴黎的墓地没那么远，也没那么荒凉。看上去倒像个巨大的花园。大门口有几个人，有些我一眼就能认出来，有些似乎完全陌生，但等做了自我介绍，他们的面孔一下子变得熟悉起来。他们都是希特勒大屠杀的幸存者。人们的谈话支离破碎，典型的葬礼上的谈话方式。我们朝墓地走去，他们说了一些泽因维尔的细节：是的，杂志成了他的心魔；他女儿珍妮特在索邦大学读文学，而且已经在法语杂志上发表过诗歌；她跟一个法国人订了婚。我过去的一个同行三言两语讲了我以前一个情人的情况：他在中亚的一个村子里见过她，她在那儿当裁缝。她在波兰罗兹和一个律师结了婚，那人后来死于脚气病。现在，她又结了婚，在以色列。她女儿是耶路撒冷希伯来大学的教授。

我们来到墓园中的犹太人区域。泽因维尔·加德纳的坟墓敞开着。一个面色红润、留着稀疏的山羊胡子的拉比用法语和希伯来语背诵祈祷词。他的话有一半像喃喃自语，另一半就听不到了。我期待着听人致悼词，但没人准备悼词。甚至都没有人诵念《卡迪什》悼词。接下来，可能是按照法国人的习惯，亲戚们站成一排，我们大家握手、亲吻，安慰他们。我看见加德纳太太，她的女儿和女儿的未婚夫，还有另一个女人，他们都穿着黑色礼服。我认出了弗莱德丽，她老了，但看上去依然很有精神。岁月给她的目光中平添了几许坚定，这是一个将整个家庭和生意扛在肩上的女人。我朝她伸出手，她转过脸颊让我亲吻。我从她的女儿身上，看见了四十年前我在救济所遇见的泽因维尔·加德纳的影子：一样高高的颧骨、一样苍白的脸色，一样的眉间距很宽的双眼，甚至她剪得短短的头发也令我想起泽因维尔头发蓬松的脑袋。她母亲小声对我说："她是个作家……要去拯救这个世界……想要继续办泽因维尔的杂志……请来我们家做客。"

女儿的话混合着意第绪语与法语，"是的，先生。请来我们家做客……我把您的一些小说翻译成了法语……我爸爸推荐的……我的博士论文打算研究门代尔·莫海尔·塞法里姆（俄国意第绪语作家）。"

"好的，我一定造访。"

"在我们这个时代，一本杂志就能将文学提升到新的高度……现代写作已经彻底败坏了。我的教授说……"

她说了一半停了下来。其他人都等在我身后。她的未婚夫放了一张名片在我口袋里。有人轻轻推着我朝那群意第绪语作家那儿走去，他们在等我。我们都打算去圆顶咖啡馆喝一杯。

我一个老朋友，华沙来的幽默作家费沃尔·梅赫里斯，斜靠在一棵树上。他以前的红头发现在变成了黄白色。有人告诉我说，他和妻子一起逃离纳粹的路上，他妻子跟一个悲剧作家私奔了。

他紧蹙着额头，眉毛挤成一堆。我知道他想不出笑话便不会挪动，便说道："费沃尔，幽默是憋不出来的。我们走吧。"

他摇摇头，微笑着，嘴里露出一排崭新的假牙来，说道："是呀，离开又不用花钱。不管怎么样，我们很快就会又回到这儿。"

# 迷失*

我为供职的那份意第绪报提供读者咨询时，形形色色的人带着各自的问题来找我：出轨的丈夫、妻子啦，和故国老家来的亲戚们拌嘴啦，甚至还有移民美国多年，想要申请绿卡但又不记得来美国的具体日期和轮船的。大多数情况下，我能做的就是听他们倾诉，说几句安慰的话。有时候，我会直接把希伯来难民与移民救济会，或是其他能提供法律援助的机构地址告诉他们。这些寻求帮助的人通常是周三的时候来，几乎没有周五来的。这些年我做这份工作，发现即便那些在周六安息日还在工作的犹太人，

---

* 本篇英语由艾萨克·巴什维斯·辛格与罗莎娜·盖尔巴（Rosanna Gerber）翻译。

依然在周五那天为神圣的安息日做准备。这究竟是缘于对传统的坚守还是缘于遗传，都已经没什么意义了。

不过，也曾有过周五来找我的人，一个很特别的男人。那天天色已晚，我正要回家。他看上去七十多岁的样子，驼着背，留着白花花的山羊胡，眼睛下面挂着两个大眼袋。他穿着黑色长袍，我猜他肯定刚来美国不久。但他在我的桌边一坐下便说："别看我现在这个样子，我从六十年前到这个国家的第一天就开始读你们的文章了。"

我问他打哪儿来，他提到一个波兰小镇。他告诉我说，自己曾经在犹太经学院念过书，还参加过大学入学考试。来到美国之后，他去了一所《塔木德》初级学校教书，后来经过培训，又成了牙医。当然，他现在已经退休了。

他说："我知道，你的工作就是提供咨询，但是，我可不是来找你给出主意的，你能给一个八十三岁的老头什么建议呢？我已经什么也不缺了，甚至连我死后的坟墓我的同胞都给我准备好了。我来找你，是因为你也许会对我身上发生的事情感兴趣。你经常写些跟神秘力量有关的故事，你相信这世上有恶魔、魂灵之类，我也一样。我不想和你讨论它们是否真的存在。毕竟你我都没有亲眼见过它们。就算恶魔真的存在，它们也不会来纽约这个地方。魔鬼到纽约能干什么呢？它有可能会被车撞倒，要不在纽约的地铁里迷了路。恶魔们需要一座犹太会堂、一间仪式浴室、一个救济院、一座堆满破旧祈祷书的阁楼——这些都是你小说中描述过的道具。不过，这些无法理喻的无形的邪恶力量无处不在。我说的不只是书本上的东西，我和它们确确实实打过交道。意第绪语报纸报道过，英文报纸也写过它们。但他们写的东西能持续多久呢？在美国，就算天堂的门打开，六翼炽天使加百列坠落凡间，走在百老汇大街上，这样的事他们最多不过报道一两天而已。如果你急着回去点燃蜡烛，祝福安息日来临，我会改天再来的，”他笑着眨眼说。“不过，我这个年纪的人，还有没有下次就不好说了。”

“我不着急，您坐下来慢慢讲吧。”

“从哪里说起呢？从开始的地方——船上说起吧。和其他移民不同，刚来美国时，我并非一无所有。我父亲非常有钱，我又是他的长子，他希望我成为拉比。但那时候启蒙运动已经从立陶宛逐渐扩散到了波兰，我也悄悄地读了索科洛夫的《晨星》，新的思想征服了我。征兵的日子很快就要到了，我父亲当时想让我自残，切掉一根手指，或者——原谅我用这个词——装疯卖傻。但我是一个心理健康、高大强壮的男孩，我直截了当地告诉父亲我不想把自己变成残废。‘那你打算干什么？’我父亲问我，‘为沙皇效命，吃军粮吗？’我跟他说：‘我要去美国。’

“那时候，家里若有个在美国的儿子简直就是奇耻大辱，就跟家里出了叛教者或是有人自杀一样的耻辱。但在我的坚持下，父母最后还是同意了。我父亲给了我五百卢布当作旅费。那时候，这可是一大笔钱。当时，许多人移民来美国时身无分文。他们只能待在船的甲板下，而我坐的是一艘德国船的二等舱。我离开欧洲的时候，把长袍也扔了。我随身带了一本《你会说英语吗？》。跟其他移民相比，我旅行途中简直像个伯爵。”

“餐厅里有一张专为吃犹太教食物的人准备的桌子。在这张桌子用餐的只有五六个人，我便是其中之一。有一位是德国来的拉比，另一个是有钱的商人，也来自德国。坐在我对面的是一位姑娘，跟我一样，也是独自旅行。她来自法兰克福，年龄和我相仿。我有些腼腆，但一个男孩和一个女孩连续十七天都坐在一起，他们终归还是会熟悉起来的。她读完了大学预科，要知道这在犹太女孩儿中可是相当少见的。在我眼里她简直就是公主。她的举止也如公主般优雅，超然冷淡，极少说话。她金发碧眼，身材苗条，个子相当高。她衣着优雅，能说俄语和德语。过了几天，我们开始互相问候，有时还会一起在甲板上散步。她告诉我犹太教的饮食律法她并不相信，但她在祖父面前郑重发誓，一定会遵守犹太饮食律法。我了解到她是个孤儿，父亲曾是个非常有钱的木材商，祖父也在法兰克福有不少房产。我问她为什么去美国，一开始，她总是避而不答，后来才对我吐露心声。她是为了追随未婚夫——她的未婚夫是个学生，曾积极参与国内革命运动，不得不躲避警察的追捕。他未婚夫住在纽约，现在应该在纽约的一所大学学习。”

“她叫什么呢？”我问道。

“她叫安娜·戴维多芙娜·巴泽。有天她直到早餐快结束时才出现在餐桌上，我一看到她就知道准是出了什么可怕的事情。她面色惨白，早餐也没吃。餐桌上的其他人也注意到了她的痛苦，询问她的情况，但没人听得清她在说什么。那大概就是她不同常人的自尊。早餐后，我见她站在扶梯旁，倚靠在扶梯上，身体往扶梯外侧倾斜，我担心她会出什么事。我犹豫了一下，朝她走过去，问道：‘安娜·戴维多芙娜，你在下面看到什么了？’她差点摔倒。起初，她看起来像是因为我的打断而恼怒。我担心她会发怒，但她慢慢平静了下来。她仿佛经历了巨变，看上去病态、沮丧、憔悴不堪。我突然鼓起了勇气，对她说：‘安娜·戴维多芙娜，看在上帝的分儿上，我恳求你告诉我，到底发生了什么？或许我能帮你。’

“‘不，你帮不了我。’她说道。

“过了一会儿她告诉我事情的缘由。离开法兰克福之前，她祖父给了她一千卢布。她去银行把这笔钱换成了美元。然后就一直把钱放在小袋子里，挂在脖子上。袋子里还有个小小的便签本，上面有她未婚夫的地址。她未婚夫的名字不太常见，叫作弗拉基米尔·马赫泰。头天晚上，她脱衣服时，发现小袋子里的钱和便签不翼而飞了，里面装的是本来放在旅行包里的船票的票根和其他一些无关紧要的文件。她有自己的单间，因为她不愿意跟别人合住一个舱。她记得清清楚楚，头一天早上她穿衣服的时候银行存单和便签还在那个小袋子里。她也非常确定，没有把船票的票根和其他的纸张从小旅行包里拿出来。拿出来做什么呢？票根又不值钱。

“在我们看来，每个人多多少少都有点疑心。我联想到也许她是和船上某个年轻男子一起过夜，然后他偷了她的钱。我稍微暗示了一下，安娜的脸色越发苍白了。‘你太无礼了，我绝不想再与你有半点干系。’她说完，转身离开。我深感羞愧。事实上，二等舱里也没有能与她紧密交往的年轻人。她甚至连张折叠躺椅都没有。她走到哪里，手里总是带着本书，她是个沉默寡言的姑娘，如今这种姑娘可再也找不着了。

“从那天开始，直到我们靠岸，安娜再没和我说过一句话。我向她问好，她也从来不回应我。我甚至让侍应生递了小纸条，为我那天的无礼言行道歉。侍应生告诉我她一看到我的名字，立马把小纸条撕碎了。噢，我突然想到还没有告诉你我的名字，在老家，大家都叫我撒母耳·欧泊洛夫斯基。在这里，他们叫我山姆·欧泊。自从知道了那张小纸条的遭遇，我总是算好时间在她吃完饭之后才过去，而且要避开饭点。我害怕她看我时那种轻蔑的眼神。

“我们终于到达这个遍地黄金的国度。按照惯例，移民会被带去埃利斯岛，但等我一拿出身上带的钱，立马就获准入境了。我正准备离开海关时看见了安娜，她在哭，她试图跟移民局官员说俄语，接着又说德语，但他们根本不明白她在说什么。我问她出什么事了，她一看到我，明显放松了。她的未婚夫没来接她。我记不太清了，她一筹莫展，究竟是因为要被带到埃利斯岛，还是因为她身无分文，无处可去。反正她那时非常痛苦，这也正好给了我改正错误的机会。我帮她过了海关，为她雇了一辆马车，那个年代还没有汽车。然后我带她到C大道的一家旅馆安顿下来。我们立刻开始寻找弗拉基米尔·马赫泰，但始终找不到他。我们了解到的就是，美国没有叫这个名字的人存在。

“坦白跟你说吧，那段时间里这类事情时有发生。我开始怀疑她编造了这一切，未婚夫、巨额存款，还有那本记地址的便签本。但后来我确信这一切都是真的。她给我看了弗拉基米尔·马赫泰写给她的信，虽然她把信封扔掉了。她告诉我说他是乌克兰波尔瓦塔市人，她甚至还给他在老家的婶婶写过信。但是他婶婶回信说她也很久没有听到侄子的消息，更别说知道他现在的地址。我亲爱的朋友，我知道你很忙，所以我直说吧，我后来和安娜结婚了，她还给我生了一个女儿，我们还有了孙辈和曾孙辈。女儿是我们结婚两年后出生的。

“不过，我想给你讲的故事才刚刚开始。我和安娜一起生活了六年，这期间，我越来越觉得，我的妻子仿佛来自另一个世界。

首先，我从没见过如此沉默寡言的人，她连是或不都不说，只是点头或者摇头。只有丢了什么东西的时候她才会变得话多一点，而她丢东西丢得太频繁了，我现在再提起都觉得有些不寒而栗。多年后，我曾和心理医生说起过这些事，他们塞给我一大堆理论，弗洛伊德、希莫德，复杂的情结什么的。但事实就是，东西总会从她眼皮子底下，甚至是从我眼皮底下，凭空消失，不见了。她从来没有学过英语，所以我有时会给她从图书馆里借一本俄语书，但书就这样凭空消失了。我送给她一枚钻石戒指，一转眼，戒指就不见了。我给她一些家用，亲眼看着她把十美元放进钱包，半小时后，钱就不见了。每次有东西找不到了，她就会变得歇斯底里。她会把家里所有的东西都掀翻，甚至想把床垫扯烂。我天生是个乐于社交的人，但只要和她待在一起，我基本处于与世隔绝状态。我几乎从未带任何朋友到家里做客，她拒绝说意第绪语，也可能是她不会说。我们身边有不少会说俄语的年轻人，有几次我邀请他们去家里玩，但她完全无视他们。因为安娜总是丢东西，我们的关系出现了危机，始终处于混乱之中。她会对我说：'有个魔鬼一直跟着我—— 一个恶魔！'

“我读过许多启蒙思想者写的书，对于恶魔、妖精、魂灵什么的我都是不信的。我生来就是个理性主义者。尽管那么多奇怪的事情发生在我身上，我还是不相信超自然现象的存在。我们别骗自己了。飞机在天上飞，火车开往不同的地方。按下播放键，便可听到卡鲁索的歌声。没有一架飞机或一列火车是被恶魔弄停的。但和安娜一起之后，我总是惶惶不安，我甚至会半夜醒来，查看我的手表、钱、移民申请表是不是还在原处。我们在其他方面也有很多冲突。无言的爱或许在动物中存在，但对我来说，交流是爱情的一部分。在我的印象中，怀孕的九个月里，她从未跟我谈论过这事。诊所的护士告诉我，她分娩时再怎么痛都没哼过一声。我原本希望有了孩子以后她的性格会有所改变，但是没有。她做了所有母亲该做的事，但始终沉默不语。女儿一岁的时候，开始牙牙学语。两岁半的时候，她会问她妈妈无数的问题。安娜的回应就是耸耸肩。我那时还在《塔木德》初级学校教书。一回到家里，我就全身心地照顾女儿，回答她的问题，陪她一起玩。我必须得说安娜是爱女儿的，只不过以她自己的方式。只要玩具不见了，安娜就开始发狂，这种情况时常发生。女儿也会被吓到。有一次我给女儿买了个泰迪熊，几乎是一瞬间的事，熊就不见了。我们的公寓不大，熊也无处可藏啊。我曾经很担心这孩子长大后会继承她妈妈那样灰暗的命运。感谢上帝，她是个正常的女人。

“泰迪熊丢了的那个场景仿佛就发生在昨天。我去厨房泡茶，安娜从来就不是个称职的家庭主妇，所以很多东西我都得自己准备。我听到孩子在尖叫，赶紧跑回客厅，安娜就站在那里，面无血色。她说：‘泰迪熊不见了。那个恶魔从她的小手里抢走了。’我非常愤怒，大吼起来：‘你这个骗子！是你把它扔到窗外去了！’她也不辩解，只说：‘你自己去外面看看吧。’我去看了，果然外面没有泰迪熊的踪影。我们住在一个相当不错的社区里，有什么东西丢在外面，哪怕过了好几天，东西也还在原地，没人会碰它。‘外面没有，那就是你扔到垃圾堆里了！’我依然不相信她，对着她大喊大叫。‘那你自己去垃圾堆那里确认一下吧。’她仍然不辩解。我把家里翻遍了也没有找到那只泰迪熊的踪迹。哪怕是现在，我也还是觉得是安娜把玩偶藏起来了。但是藏起来又是为了什么呢？安娜很少哭，但那次她哭得很伤心，眼泪止不住地往下掉。这么多年来，我从未说起这些事情，别人一定以为我疯了。那件事情发生之后，我从来没有向任何人说起这件事的完整过程。我这就告诉你发生了什么。不久之前你写的一篇文章里讨论过一个案例，一个农夫在他妻子和孩子们的眼前消失了。你还记得那篇文章吗？”

“是的，我记得。那个农夫的故事，我是在一本杂志和其他一些出版物上读到的。”

“那个农夫叫什么来着？那是什么时候发生的？”山姆问我，脸上带着书迷特有的光芒，那是为自己对作品的熟悉程度超过了原著作者而自豪的表情。

“说真的，我想不起来了。”

“我猜你肯定不记得了，但是我记得。那个农夫的名字叫大卫·朗，他的农场离田纳西州的加勒廷不远。我甚至还记得日期，一八九〇年的九月份。”

“您记性真好。”

“我记得是因为这件事情引起了我极大的兴趣。看到那篇文章我就预感你不会把我当成疯子。我甚至还亲自调查了那个事件，给加勒廷的市长写了封信，但没有收到任何回复。我想告诉你的是，同样的事情也发生在我妻子身上了。”山姆继续说道，“她就那样，在大白天，消失在曼哈顿。那个时候我没跟她在一起，因为我把她留在鞋店橱窗外，自己回家了。但我估计就算我跟她在一起她还是会消失，不会有什么改变。自那以后她再也没有回过家。你们报社的报纸上刊登过她失踪的消息，其他报纸上也有。纽约的警察局应该也还有记录，他们有成千上万的失踪人口记录。对他们来说这只是家常便饭。他们给出的解释总是很简单：离家出走了或是被绑架了。最近他们又想出了一个新词：健忘症。这些解释在这个案子上都说不通。可以麻烦你给我一杯水吗？”

我走到水龙头边，拿纸杯给他倒了水。所有的人包括在市政厅工作的记者都下班回家了。周五报社关门总是比其他日子早。山姆·欧泊喝了半杯水之后，问我：“你知道大卫·朗这个案子的具体细节和线索吗？”

“不清楚。但我在好几本神秘作品集里读到过这个故事。”

“心理学家怎么解释这种事情的？”

“心理学家不会关注这些事情的，一般无法解释的事都被看作不科学的。”

“我妻子消失，是在一八九八年的六月，”山姆·欧泊继续讲他的故事，“那个时候我们姑娘已经三岁多了。还有很重要的一点我忘了说，安娜总是很害怕她会失去娜塔莎——这是我们女儿的名字。名字不是我起的。虽然我和安娜都不是什么支持沙皇俄国统治的狂热分子，但从某种意义上来讲，安娜还是热爱自己祖国的。是的，她总是害怕娜塔莎会突然消失，连我都很害怕。如果突然消失这种事会发生在一只泰迪熊玩偶身上，同样的事情也可能会发生在我孩子的身上。安娜几乎从未离开过娜塔莎半步，如果非要去某个地方，她也一定会带着她一起。

“那天下着雨，有些凉爽。安娜想去买鞋。因为我们计划去卡茨基尔山的一家旅馆，她需要一双凉鞋。我们邻居有个十五岁的女儿，叫多萝西。她很喜欢我们家的小娜塔莎，安娜对她很放心，所以就把娜塔莎交给多萝西照顾了。因为安娜英语不好，我便陪她去逛街。她总是进一家店里就要买些东西，因为她不想让店主失望。但买鞋这种事，真的要考虑清楚。我陪着她就是要确保别买到太紧太勒的鞋，或是买到售货员急着出售的那种。我们当时住在第二大道和第十八街之间，当时算是城中心了，很多富人都搬到这附近了。那时候我已经做牙医了，这是美国的新兴职业，薪酬很高。街上有很多鞋店，我们就看橱窗里的鞋，走过一家又一家的鞋店。过了一会儿我就厌倦了。我的诊所就在公寓里，我想回去继续工作。安娜已经给孩子买了袜子和短裤，她把东西都给了我，然后说：'如果还是找不到适合的鞋子，我可能会去第五大道再逛逛。'

"这就是她最后对我说的话，也是我最后一次看见她。几小时后，我报了警。那时候已经是黄昏了，那个爱尔兰警察把整件事当作笑话。他建议我再等等，等到深夜，要不第二天早上再说。大概凌晨一点的时候，我又回到警察局，值夜班的警察暗示我妻子可能去和小白脸幽会了。不管怎么说，他还是把所有经过写了下来，说如果我妻子明天还没回家，就再去一趟警局。我回到家，日子一天天过去。安娜就这样如石头扔进水里，不见踪影。人们有各种各样你能想到的解释。也许她有个地下情人；也许她找到了她的未婚夫，弗拉基米尔·马赫泰，他们旧情复燃；又或许是她决定回到俄罗斯去炸掉沙皇。从警察那里我发现，在美国不只男人离家出走，女人也会。但是我听说的这些事件，没有一个能和我这事相提并论。安娜没有什么地下情人，孩子才是她最亲的人。如果弗拉基米尔·马赫泰想知道安娜的下落，他肯定会给她祖父母写信。我们在美国这么多年，他从未有过任何蛛丝马迹。但在我内心深处，我清楚地知道这个悲伤且无法理喻的事实：安娜命中注定要承受失去，也注定会消失，这是她的本性或命运，随你怎么说。她失去了金钱、财产和未婚夫。如果她不把自己也弄丢了，可能连她的孩子也会失去。我说‘内心深处’是因为我的理智不可能接受这么荒谬的理由。这究竟意味着什么呢？一样东西怎么就凭空消失了呢？金字塔在同一个地方待了六千年，除非发生异乎寻常的地震，不然它们还会继续存在六千年，甚至是六万年。在大英博物馆和这里的大都会博物馆，你可以看到存在了千百年的木乃伊和手工艺品。如果物质可以变为虚无，那么一切不过是一场噩梦。这些都是我的逻辑推断出来的。至于那个田纳西州的农夫事件，有些人认为就像《圣经》里描述的可拉和他的会众们一样——大地张开了嘴，吞食了他们。但如果那天大地真的在第二大道或者第五大道张开了嘴，那么它吞灭的应该不止安娜一个人才对。”

“那你觉得是恶魔带走了她，是吗？”

“不，我也不信这个说法。”

我们俩就这样沉默不语坐了很久。过了一会儿，我问他：“你有再娶吗？”

“不，要想解除婚约很简单，但是我这么多年来一直独身一人，没有再婚。”

“为什么不呢？你就那么爱安娜吗？”

“倒不是因为这个。就是最忠贞的男女也会在配偶去世后重新结婚，但发生在我身上的这些事情让我没办法继续前行。我希望自己活得久一点，能在有生之年解开谜团。但我已经行将就木却还没有找到答案。如果一个人目睹了我所经历的一切，就不会再想着人生规划，造房子，与他人结交之类的了。从精神上来说，我已经迷失自我了。”

“很可能她还活在某个地方。”我说。

“在哪里呢？一个八十多岁的老妇人。是，是有可能的。不知道为什么，我期待你能给我一个解释，哪怕是一个猜想我也满足了，但是一定要说得通。”

“《创世记》里提到以诺‘并不是死去，而是神带走了他’。”

“你相信这个说法吗？”他问我。

“我不知道该相信什么了。”

“好啦，我不能再占用你的时间了，但我在想，如果我把这个故事讲给科学家听，他会怎么说？也许科学家会找到解决办法的。”

“他可能会说你妻子说谎成性，无可救药，或者说她很可能疯了。”

“可是她现在在哪里呢？”

“她可能在哈德逊河，在海里，回了俄罗斯，甚至有可能就在这里，和弗拉基米尔·马赫泰在一起。”

山姆·欧泊从椅子上起来，我也和他一起起身。有那么一分钟，我们看着对方的眼睛，一言不发。后来，我说：“既然我不是科学家，我就说说我不怎么科学的猜想吧。”

“是什么？”

“弗拉基米尔·马赫泰就是那个恶魔，它在船上偷走了安娜的钱，抢走了娜塔莎的泰迪熊玩偶，后来又绑架安娜。她一开始就是和恶魔订的婚。”

“那恶魔怎么就选中她了呢？”

“据说恶魔总是喜欢选那些羞怯内敛、年轻貌美的人下手。”

“但他不是在波尔塔瓦有个婶婶吗？”

“恶魔的婶婶也是恶魔。”

# 神童*

二十世纪初，大概是在一九〇七年或一九〇八年，日俄战争结束不久，神童科佩尔·拉斯克斯的事迹就传遍了整个华沙。科佩尔是塔胡·拉斯克斯先生的小儿子。塔胡·拉斯克斯先生是克孜科法庭一位十分聪明的哈西德教徒，有自己的房子，也是个颠三倒四的学者，据说他晚上做晨祷，早上做晚祷。

塔胡先生七十岁时娶了个十九岁的女孩，女孩为他生下了科佩尔。科佩尔四岁就跟着拉比拉什的评注学《摩西五经》，五岁学《革马拉》，六岁时在国际象棋俱乐部下棋，同时下二十盘棋，赢

---

* 本篇英语由约瑟夫·辛格（Joseph Singer）翻译。

了十七盘。他自学了数学，几分钟内就能心算六位数的乘法。他还能快速给很大的数字开平方根和立方根。连报纸都报道了他的事迹。圣彼得堡的特别委员会也跑来测试科佩尔的能力。

一九一四年夏天，塔胡先生带着妻儿来到卡尔斯巴德，因此地的矿泉水对老人的肝脏有好处。战争爆发时，他们被困在奥地利，无法回去。塔胡先生在一九一五年去世了，他的遗孀带着儿子在瑞士伯尔尼安顿下来。当地大学的教授们对科佩尔很感兴趣，给他提供了助学金，让他能上学。孩子的母亲出身于哈西德教派家庭，给他雇了个老师教他犹太教知识。一九二〇年波苏战争爆发，塔胡先生的遗孀回到了华沙，但科佩尔留在了伯尔尼。当妈的吹牛说她儿子在伯尔尼当上了数学教授，世上最年轻的教授。华沙的棋手们在国际象棋杂志上读到科佩尔在国际象棋锦标赛参赛的报道，他们预测他将成为下一个象棋大师施勒希特或者拉斯科。一九二六年毕苏斯基革命后，科佩尔·拉斯克斯回到了华沙。他和瑞士的教授们为了某件事争吵起来，还在一场国际象棋锦标赛中落败。人们的记忆中他是个帅气的小男孩，但现在他已经留了漆黑的胡子，还有点儿驼背。他母亲一直保密，但在瑞士，他的背忽然就弯了，加背带、按摩都没用。他说的话混合着意第绪语和德语。在华沙，他起诉了同父异母的哥哥姐姐，说他们侵吞了属于他的遗产。同时，科佩尔的母亲嫁给了罗兹的一个酒商，不过科佩尔并不承认这门婚事。他与自己的家庭彻底决裂了。

他曾是华沙大学数学系的讲师，他本来能成为一个正教授，但一口蹩脚的波兰语成了拦路虎。他和哥哥姐姐打官司打赢了，法庭把翠格拉纳大街上的房子判给了他。但因为政府对租金价格的限制，房租收入很少。

一九二八年，科佩尔在学生俱乐部开讲座时认识了吉娜。吉娜全名吉恩德尔·夏皮罗。她离开自己的拉比家庭，到自由的波兰大学学文学。吉娜高个子，黑眼睛，肤色异常白，却丝滑如绸缎。在意第绪语媒体举办的舞会上，她被选为第一美女。吉娜和她的姨妈住在一起。姨妈比她早几年脱离哈西德家庭，来华沙犹太医院做护士。科佩尔·拉斯克斯的讲座“人类智慧与宇宙知识”吸引了不少人。在瑞士，科佩尔·拉斯克斯对神秘主义十分着迷。现在到了波兰，他又加入了一个通灵组织，有名的通灵师克鲁斯基过去常在那里做通灵法事。克鲁斯基擅长招魂，让灵魂在石蜡容器上留下手印。奥霍洛维兹教授和很多英、法、德的通灵研究者都认为，克鲁斯基是有史以来最伟大的通灵师。克鲁斯基已经去世，他的门徒正在寻找新的领袖。而科佩尔·拉斯克斯（他的追随者们叫他康斯坦丁·拉斯克斯）既是神童又是学者，颇有声望，他住在翠格拉纳大街上属于自己的大房子里，那条街上大多数住户都是富裕的老人。

尽管夹杂着波兰语和德语，拉斯克斯的讲座还是吸引了不少对心理学感兴趣的波兰人来听。吉娜·夏皮罗提早两个小时就到了，坐在第一排。来之前她已经在杂志上读到过拉斯克斯发表的相关主题的文章。科佩尔·拉斯克斯只有二十七岁，看上去却像四十岁的人。他体格小，眉间很宽，黑眼睛，头顶正中长着几缕长头发。他皮肤发黄，还长满了痤疮。他身穿一件黑色天鹅绒夹克，高高的领子，脚蹬一双带鞋垫的鞋子。他引用最新的科学发现，谈论古今神童，提到自己梦见的数学公式。他讲了自己家族发生的事。这还是从他的祖父雷布·巴鲁赫·阿姆西奈维勒那儿听来的，说的是一个男孩五岁时就在逾越节前的那个大安息日在会堂布道，七岁长出了长胡子，十岁时头发灰白得像老族长，十二岁就老态龙钟，几年后死于动脉硬化与衰老。这个男孩能背诵好几页从没读过的《塔木德》！他的父亲是亚历山德罗夫的哈西德派教徒，第一次带他去亚历山德罗夫见他的拉比，这男孩就知道镇上的每一条街。他指出原来有口井的地方，现在井已经被填上了，还说现在铺的石子路以前是泥地。科佩尔·拉斯克斯的讲座有两个小时长。尽管他说话结结巴巴，笔记也弄混了，他不停地咳嗽、喝水，还时常停顿，听众一直鸦雀无声。他一讲完，便响起雷鸣般的掌声。吉娜挤出人群，走到科佩尔·拉斯克斯身边，亲吻他的额头、眼睛和双颊。她跪倒在他面前，哭叫道，“我的老师，我的主人，我的上帝！……”她还想亲吻他的脚。

几个月后，科佩尔·拉斯克斯和吉娜·夏皮罗结婚了。婚礼很简单，双方亲戚都没到场。婚前拉斯克斯细细地盘问了吉娜的过去：她有没有过别的男人，以前有没有爱过什么人。吉娜向科佩尔保证，他是自己的初恋，自己是百分百的处女。但科佩尔·拉斯克斯还是要吉娜去一个妇产医生那儿做检查，那个医生也是科佩尔的崇拜者。医生给吉娜开了处女证明，拉斯克斯这才同意结婚。

婚礼一过，科佩尔就开始猜忌吉娜。有人告诉他，女孩子要想当舞会的选美皇后，就得跟评委睡觉。吉娜用最庄严神圣的誓言发誓，评委连一根手指都没碰过她，但这依然没法让科佩尔满意。他要吉娜把评委的名单给他，科佩尔·拉斯克斯对每个评委都作了详细调查：家庭生活是否体面，有没有情人，是不是所在行业有头脸的人物。吉娜反驳说，像拉斯克斯这样具有通灵力量的人哪里用得着这么调查，早就该知道真相，但科佩尔却警告她："最好老实招了！"

"亲爱的，我有什么可招的？就是大街上遇到他们，我都认不出来了，上帝为我作证。"

"这事儿总有一股不洁的味道……"

在大学里，有人密谋对付科佩尔·拉斯克斯。他在神秘主义期刊上发表文章，跟那些严肃学者觉得有辱斯文的人混在一起。校董事会给科佩尔下了最后通牒：要么离开通灵师，要么离开大学。科佩尔·拉斯克斯被迫辞职。他只能靠租金和神秘主义杂志的微薄稿费生活。他逼着吉娜放弃大学的学业，因为他不想吉娜坐在男同学旁边，担心他们心存不轨，连年轻教授他也不放心。科佩尔胃疼，吉娜悉心给他准备汤和麦片。晚上客人来参加通灵活动，她要作为女主人接待访客。拉斯克斯没有克鲁斯基的能力，这个圈子的人发现了另一个通灵师，是个年轻女人。她的通灵术超过了哈丁·布里顿夫人、珂拉·塔平里士满夫人，甚至超过了皮伯夫人和优萨匹亚·帕拉蒂诺夫人。她名叫夏莲娜·瓦莱夫斯卡，控制着一个十五世纪叫作兹德兹斯洛·布莱斯基的波兰侍从。这个侍从从夏莲娜的嘴里发出男人的声音、说古波兰语。夏莲娜坐在两个男人中间，让他们压住自己的手脚，然后让桌子上的小号响了起来，还让钢琴自己弹了起来。小火苗在闪动，冷风在吹。一双看不见的手在占卜板上写字。在一个窗帘搭起来的小“帐篷”里，招来了一个女人的灵魂，是波兰将军柯斯丘什科起义时代的。她打扮得像男人，自称施塔赫·姆沃特，她和士兵并肩作战，最后却在沙皇的子弹下殒命。她现在飘在空中，亲吻着科佩尔·拉斯克斯的头。

拉斯克斯在写书，他想通过逻辑和数学证明上帝的存在、灵魂的不朽、读心术的真实、预言的可靠及其他通灵力量的存在。他对通灵术的验证是这样的：如果承认存在控制整个宇宙的中心智慧或大脑，那么这种力量一定有机会向宇宙的各个角落发出指令。如果这些指令是靠电磁波发出的，那么那些最遥远的星球就要等几千年或者几百万年才能接收到指令。因此，世界上一定存在某种力量，不管距离有多遥远，都能立刻将信息传递出去，而这种力量只能是通灵了。

克拉科夫的出版商给拉斯克斯预付了稿费。书中的一部分内容在杂志《光》上刊载。克鲁斯基的崇拜者都预想拉斯克斯的文章能一举说服正直的怀疑者们。

但拉斯克斯没有专注于写书，却花大把时间纠缠吉娜。事情是这样的：一天晚上，在经历了漫长的逼问，为自己的过去赌咒发誓之后，吉娜坦白说，有次经过一个波兰小镇，去药店买头痛药，她对店里的药剂师，或是店员，产生了某种类似于欲望的感觉。

拉斯克斯立刻揪着这点不放。那个男人什么样子，年轻还是年老？金色头发还是黑头发？犹太人还是基督徒？蓝眼睛还是黑眼睛？ 吉娜想不起他的模样，只记得他有红红的胡子和一颗金牙。拉斯克斯开始拷问她：她对那个男人是爱意还是欲望？他要是主动找她，她会不会就跟他犯下淫罪？他若是单身，她会不会嫁给他？那天晚上，这对夫妇彻夜未眠。吉娜起床时，还犯了偏头痛。拉斯克斯一整天都在沙发上打瞌睡。第二天夜晚，夫妇俩又度过了一个不眠之夜。拉斯克斯不停追问吉娜那个药剂师的事，吉娜觉得自己精神快要崩溃了。

她甚至怀疑到底有没有药剂师这么个人存在，自己是在做梦，还是出现了幻觉。她打盹的时候，那个药剂师又出现在了梦里；

他冲着她尖叫，向她身上喷射灼热的液体。

一天晚上，拉斯克斯决定跟吉娜一起去那个小镇，去看看那个药剂师是不是还在那里。吉娜抱怨道："神经病！你这样我们两个都不好受！"

但拉斯克斯回答道："我就是要知道真相！"

夫妇俩先坐火车，然后坐汽车。吉娜认出了那个药店，但是药店主人是个老头。夫妇俩就询问店主这家店以前的主人是不是个红胡子、镶了颗金牙的人。老药剂师皱起了两条白眉，疑惑地问道："你们问这个干吗？"

说了很久，老人才承认他以前曾有个符合这一特征的店员，叫莫里斯·洛帕塔。除此以外，老人什么也不记得了。

回到华沙，拉斯克斯列了一张城里所有药店的单子，夫妻两个一家家地找，可都没发现莫里斯·洛帕塔。电话簿里倒是有个叫莫里斯·洛帕塔的，可他是个糕点师傅。拉斯克斯计划在整个波兰寻找莫里斯·洛帕塔。他去了市档案馆，那里有地址和电话簿。

他不再和吉娜同床。他让夏莲娜召唤莫里斯·洛帕塔的灵魂，看他是不是已经死了。夏莲娜陷入恍惚状态后，开口道，"我看见一个穿着白色工作服的人……他是医生吗？不，是药剂师……他好像在说什么，但是声音太远听不清……他说他爱……深爱着一个女人……但是她伤了他的心，嫁给了另一个男人……他在自己现在的世界祝福她……他希望能与她的灵魂再次结合……”

吉娜听到这番话，泪水夺眶而出。科佩尔·拉斯克斯喃喃说道：“一切都清楚了……”

拉斯克斯不再从活着的人里寻找莫里斯·洛帕塔，但夫妻关系依然紧张。拉斯克斯阳痿了。他晚上只会说莫里斯·洛帕塔。吉娜抱怨说：“这到底有什么意义？他实际上瞧都没瞧我一眼。”

夫妻俩来到华沙的犹太社区办公室，寻找名字叫莫里斯·洛帕塔的死者。他们的确找到了这个名字，但这个人三十年前就去世了。科佩尔·拉斯克斯让夏莲娜再次召唤莫里斯·洛帕塔的灵魂。她照做了，但这次莫里斯·洛帕塔的话和上次的回答大相径庭。

和科佩尔·拉斯克斯生活实在太累了，吉娜收拾东西回到了做护士的姨妈家，并开始自学护理。刚开始，夫妻俩还会打电话联系。科佩尔管她姨妈叫荡妇、老鸨，他怀疑吉娜和她的老师、医院里的医生私通。

大半年光景过去了，科佩尔·拉斯克斯没有听到吉娜的任何消息。夏莲娜给他召唤几百年前的各种波兰女人的灵魂，她们亲吻他，与他亲密耳语。通灵仪式经常持续到深夜。白天的时候，拉斯克斯就尝试分析所有的现象以得出某种结论。死人是不是还活着？他们有身体吗？死了以后什么都不会少？他迷上了这些阴间来的女人，他也不在乎她们在通灵时爱抚别的男人。有几次，他坐在夏莲娜身旁紧紧按住她的腿时，他能感觉到她身体里涌起的情欲。有一次，他不小心靠在她的头上，她用舌尖舔了舔他的耳朵。还有一次，他看到帮忙按住她另一条腿的男人将手放在她的膝盖上。

人们都说那年冬天是波兰有史以来最冷的。半个华沙都埋在雪里，霜冻几个礼拜都不化。参加通灵的人几乎都病了。一天晚上，只来了夏莲娜。她穿着狐狸皮大衣，戴着毛帽子，踩着毛皮靴子。她颧骨很高，脸颊和鼻子冻得通红，眼睛像十七岁的少女一样熠熠生辉。拉斯克斯照例在客厅里搭好了帐篷，为通灵仪式点好了一盏红色的灯。不过，没有足够多的人一起唱颂歌，一起围着桌子手拉手提供能量，幽灵会来吗？夏莲娜说："我们试试吧。"

她坐在拉斯克斯身旁，跟他膝盖碰膝盖。他们手拉着手放在桌上。夏莲娜开始唱颂歌"夜之姐妹"。这天晚上，她的声音尤为纯洁、悦耳、神秘。

燃烧的火炉发出热气。桌子开始摇晃，拉斯克斯感觉木头桌脚好像要升起来，好像一头猛兽从沉睡中苏醒，要把地板撕裂。他自己像是半睡半醒之间。他拉起夏莲娜，夏莲娜转身抱住他。她身上散发出一股奇异的热气。她的唇封住他。他一语不发将她带到沙发上，她欣喜若狂地将自己交给了他。每次拉斯克斯感觉自己的欲望已经得到满足时，又会感觉到一股新的欲望。她紧紧抱着他的驼背，拉斯克斯感到自己的骨头都碎了。她对他说："你比我有过的所有男人都要强壮。"

"你有过很多男人？"

她哈哈大笑："至少一百个。"

拉斯克斯点上灯，他们一块吃了第二顿晚餐：面包、奶酪、芝麻糕。夏莲娜煮了咖啡。她穿上吉娜的围裙。他们一起喝咖啡，吃拉斯克斯为客人们准备的椒盐卷饼。他说："那些你召唤来的女幽灵都是你自己。"

"不错，都是我。"

后来在床上，拉斯克斯问她，她承认了。是的，她和很多参加通灵仪式的人都发生过关系。她生过孩子，是个女孩，交给了波瓦泽克的一个老妇人抚养，每隔两周的周日去看一次孩子。

拉斯克斯问孩子的父亲是谁，夏莲娜耸耸肩说："我也不太清楚。"

然后她放声大笑起来，伸手拽了拽他的头发。

"这是什么？教徒的鬓发吗？"她问道。

"不守规矩的女人！小荡妇，nafka！"科佩尔一边痛骂她一边疯狂地吻她。

"什么是 nafka？是希伯来语吗？"

“阿拉姆语[1]。”

“哦，我的妈呀！”

夏莲娜说着说着就睡着了。拉斯克斯从没见过有人这么快就睡着了。她脸色苍白，嘴唇微微颤动。这一切都是超自然的，也是尼采所说的超越善恶的。

一个礼拜过去了，或者时间更长。一天凌晨三点，电话铃响了。拉斯克斯那时已经睡着了，他一个激灵醒了过来。他从床上爬起来，只穿着睡衣，跑到门厅去接电话。

“吉娜，是你吗？”他问。

他听到另一端吉娜的声音。她的声音又像笑又像哭。

“你怎么知道是我？”

“我什么都知道。”拉斯克斯回答。

“你要是什么都知道，那你说我为什么半夜打电话。”

“你找到了莫里斯·洛帕塔。”

吉娜失声叫了起来。“你是先知还是什么？”

“我都不知道自己是什么人。”

吉娜咳得呛住了。她说话的口气像是虔诚的妇女讲述奇迹拉比所行的奇迹。“我离开学校回家，觉得嗓子有点疼。我要是嗓子

1 失传的古代中东语言。

出了毛病，能难受几个礼拜。街上开了家药店，我打算去买点阿司匹林。我一进去就认出了他。我没激动得晕倒也是个奇迹了。”

“你跟他说话了吗？”

“我们一个小时前还一起在大都会咖啡馆。店里要打烊了，我们才不得不离开。”

“他还是单身吗？”

“有老婆孩子了。”

“你把一切都跟他讲了吗？”

“是的，一切。”

好长一会儿，两个人谁也不说话。然后，拉斯克斯问道：“吉娜，你还在吗？”

“在，当然在。”

“你心里还想着他吗？”

“我不会和有妇之夫交往的。”

“那你以后打算怎么办？”

“继续上学。”

“回到我身边吧。”

吉娜没有立刻回答，她说：“你又会折磨我的。”

“不会的，吉娜，从今往后我都会好好对你的。”

“科佩尔，我感觉你的声音在发抖，去把那件暖和的睡衣套上，我等你。”吉娜关心道。

拉斯克斯起身去找睡衣。他站在打开的衣柜旁，在黑暗中伸手去探，眼皮沉下来，他睡意蒙眬，恍如梦中，又一下子醒来。他披了件外套回到电话旁。吉娜说了很久，她重复了莫里斯·洛帕塔的每一个字，连他和服务员要茶和小甜饼的对话也一字不落。她记得他对她的所有赞美，他做药剂师的往事和他讲的笑话。

就像那天夜里她躺在床上跟他描述过的一样，莫里斯·洛帕塔身材矮小，体型圆滚滚的，脸颊红润，胡子也红红的。他头顶稀疏，金黄的卷发从秃顶上悬挂下来。吉娜甚至记得他穿什么样的衬衫，系什么样的领带，戴什么样的袖扣。拉斯克斯听得目瞪口呆。神奇的记忆力！他心里想着，或是口里咕哝着。恋爱中的女人是有魔力的。想到要和莫里斯·洛帕塔见面、长谈，他只感到胃疼和心慌。

“吉娜，你如果想他，就必须拥有他，”他说道。“这种愿望不仅仅是现象，还是本体，是事物本身。这是叔本华说的。万物都来自宇宙深处。”

“那我应该怎么做？”

“带他来这里。”

拉斯克斯放下电话时已是黎明。他回到床上，盖上被子，陷入沉思。冬日的暖阳升起的时候，他的心中浮起一个秘密，他一直都知道这个秘密，却从未正视过——真相藏在意识深处，自我和非我共存，超意识和无意识共存，个体性和普遍性共存。拉斯克斯睡着了，梦见了莫里斯·洛帕塔。他们俩在下国际象棋。忽然拉斯克斯发现莫里斯·洛帕塔就是那枚白皇后。他戴着面纱，穿着带蕾丝边的内裤。这怎么可能呢？拉斯克斯心想，下棋的人怎么会变成了棋局里的人物呢？他被吓醒了，浑身是汗，感觉到一种从未有过的欲望。

过了几天，吉娜回到拉斯克斯身边。三月中旬，莫里斯·洛帕塔开始参加通灵仪式。他身材矮小，圆滚滚的，啤酒肚，秃顶，金丝眼镜后面的蓝眼睛笑盈盈的，亲切、机灵，又有几分狡黠。他每次来都会给大家带礼物，小甜饼啦，酒啦，芝麻糕啦。他当着所有人的面轻轻拍着吉娜的脸颊，教吉娜冬天怎么护理手部肌肤，怎么擦粉和霜，怎么做指甲，甚至告诉她烹饪和烘焙的秘方。他也会亲吻夏莲娜。大家一起唱颂歌的时候，能听到他细细的声音。

莫里斯·洛帕塔的许多亲戚都"到那一边去了"，夏莲娜将他们都招到跟前，带来他们的问候。结果总是拉斯克斯和洛帕塔在夏莲娜两旁，压着她的双腿。吉娜坐在莫里斯·洛帕塔和另一个男人中间。

当夏莲娜进入恍惚状态，仰着头，眼睛盯着天花板时，拉斯克斯和洛帕塔的手就会移到她的膝盖上面。他们掀起她的裙边，在她大腿上挠痒痒，玩她的吊袜带。然后，他们俩的手指缠在一起。拉斯克斯很清楚洛帕塔的另一只手在摸吉娜的小腿甚至抚摸她的小腹。

红色的灯光映得大家脸泛红光，眼睛也闪闪发光。来自古代的老乡绅布莱斯基在揭示另一个世界的秘密，他声音低沉，说的是波兰索别斯基国王时代的古典语言。布莱斯基和那个世界的很多大人物交了朋友，有神圣国王、神父斯卡格、雅格罗、旺达、国王卡齐米、史蒂芬·巴托里。犹太爱国勇士贝雷克·约瑟莱夫兹也在这个高贵的群体里。布莱斯基和他们分享天国的面包，啜饮神圣的美酒，探寻永生的秘密。布莱斯基遇到了克鲁斯基，还带来了他的信息。

有时候，布莱斯基讨论波兰的情形。他预计将有一场圣战，波兰军将赶走不信上帝的布尔什维克，一直打到莫斯科。新波兰的领土将再次从黑海一直延伸到波罗的海。他还给犹太人带信，说他们的救世主弥赛亚就要来了，会将他们从放逐中解救出来，重建耶路撒冷圣殿。兹德兹斯洛·布莱斯基不停地说，爱就像它的灵魂一样，是不死的。它存在于所有的世界。它创造了自己躯体，既是灵魂也有肉身。那些到了来世的人没有虚荣心，也不知道嫉妒为何物。

冬去春来，莫里斯·洛帕塔现在在科佩尔·拉斯克斯家过夜。他妻子跑来找到科佩尔·拉斯克斯，又哭又闹，威胁说，如果莫里斯再不回到她身边去，她就去警局，告他们将自己的丈夫引入歧途。

没过多久，拉斯克斯就收到一张传票，要求他到法庭接受审判。他房子里的租客向政府告状说，他们的房东把这房子变成了藏污纳垢之所，晚上有人唱歌、施魔法，还作奸犯科。大部分租客都不再付房租了。洛帕塔向吉娜和科佩尔·拉斯克斯承认，他很想念他的孩子们。而且通灵仪式让他整天走路都迷迷糊糊的，在药店里也不知道自己在干什么。有个女人跟他买小苏打，他却拿了耗子药给她，那女人差点被毒死。

莫里斯·洛帕塔来向科佩尔、吉娜、夏莲娜道别。他给女士们带了玫瑰和古龙水。

一天晚上，参加通灵会的人在唱颂歌“人间天堂”。桌子振动着，似乎要飞起，钢琴叮叮当当响，小号发出呻吟声，古代的乡绅布莱斯基在说一七九四年柯斯丘什科起义的英雄事迹。这时响起一声枪响。围坐桌子旁的人以为这是女兵施塔赫·姆沃特的枪声，她曾在柯斯丘什科的军队服役，战死于马西约韦斯战役。他们继续唱颂歌。但人们随即听到一声闷响，继而是吉娜的尖叫声。一把椅子倒下了。在通灵仪式上，科佩尔·拉斯克斯往自己头上开了一枪。

# 第三者*

外面酷热难当，餐馆里倒很凉快。下午三点到五点之间，这里没几个人。我在靠墙的位置坐下，一边喝着咖啡啃着苹果馅饼，一边看神秘学杂志。读者来信栏目中，有个女子说自己的猫被汽车轧死了，她埋葬了猫，但猫每天夜里都去找她。她留下了名字和得克萨斯州某个村子的地址。来信如此真切，显然不是编造的。但是，真有魂灵这种东西存在吗？我思忖着。动物也有魂灵吗？要真有的话，我的整个人生观都得改变了。

在解决这么个棘手的问题之前，我走到柜台，又要了一杯咖

* 本篇英语由艾萨克·巴什维斯·辛格与劳里·考文（Laurie Colwin）翻译。

啡。我对自己说："一个现实事件与另一个毫不相干。"

我看着坐在周围的几个人。穿粉色衬衫的年轻男子在读赛马新闻，他不停地抽烟，烟灰缸里堆满了烟头和烟灰。隔着两张桌子，一个女孩在看日报招聘广告。左边靠门的地方坐着一位须发皆白的高个子男人，一副老派美国人的样子。我经常看到他。这人看着像个穷人但衣着整洁，总是随身带本书。他信教吗？是老派的自由思想家、和平主义者、素食主义者，还是唯灵论者、无政府主义者？我对他一直很感兴趣，但从未想过要弄清他是谁。

有个人开门进来了，我认得他，但叫不上名字，也记不起在哪里见过。他个子矮小，头发浓密，呈沙褐色。对于这小身板来说，头大得突兀。年龄估计在四十到五十五之间。这人面容憔悴，颧骨偏高，鼻子扁平，上唇稍长，下巴像婴儿一般小。他穿着运动衬衫和亚麻裤子，在自助收费机旁踌躇了一会儿。他的黄眼睛左右扫视，似乎在找谁。随后，他看向我这边，顿时满眼放光。他用力拉出账单，机器发出一阵响亮的铃声。他迈着碎步朝我走来，脚上穿着系带子的凉鞋。他似乎习惯了纽约的炎热，而我却还是西装革履，打着领带，戴着帽子。他走到我桌边，用我熟悉的卢布林地区意第绪语说道："中午您来这儿干什么呢？来凉快一下？我可以坐在这儿吗？我请您喝一杯怎么样？"他的声音略带一点儿鼻音。

"不用了，谢谢。请坐吧。"

“您之前说给我打电话的，”他说，“不过，这座城市的人都这样——谁都没空，也没耐心记这些。您大概已经把我的电话号码弄丢了吧。我自己也是，写下地址和电话，又弄丢了。您常来这儿吗？我过去是这儿的常客，不过最近不常来。我妻子好几次问起过您。您住在附近吗？”

我还没来得及回答，他又迈着碎步朝柜台跑去。“他是谁？”我问自己。实际上我很想一个人待着。

他拿了一杯冰咖啡和蓝莓派。“我想去看电影，”他说，“但谁想一个人去呢？我不知道那些人在演什么。也许您可以和我一块儿去，我请您。”

“谢谢。不过我现在丝毫不想看电影。”

“不想去？通常我也是妻子逼着我才去。不过今天我想坐它几个小时，忘掉这枯燥无味的生活。我大多数时候并不看屏幕，让他说呀、杀呀、唱呀，管他们做什么呢。既然你知道无法改变正在上演的东西，你只能成为宿命论者。有时，我想现实就是一场电影。你会不会也有这种感觉？”

“有，不过，在现实的电影中我们都要参与，也有一些选择，我们可以演好也可以演坏。”

“这么说你相信自由意志了？我不信，根本不信。我们只不过是牵线木偶，有人提一下线，我们就跳一下。我是个彻底的宿命论者。”

“即便如此，如果你过街时，有车子冲过来了，你就会跑开。”

“那也是宿命论啊。我曾经在报纸上读到，一个年轻人和女朋友吃过晚饭，坐下来玩俄罗斯轮盘赌。在手枪弹巢旋转中，男子杀死了自己。每个人都想赌一把。我怎么最近在报上没见到您的名字？”

“我最近没发表东西。”

“这正是我成为房东的原因，如果可以称之为‘房东’的话。我买了一幢带家具的房子，以此为生。生意时好时坏，但至少不必再听编辑的意见。房客提前付我租金。什么样的租客都有，可能是杀人犯、小偷，也可能是拉皮条的，只要给我五美元，我就拿钥匙给他。今天我本想找间屋子独自待上几小时，可房间都租出去了。谁料得到呢。”他呷了口咖啡，挑了挑眉，说，“你不认识我，是吧？”

“我认识你，不过，对不起我想不起你的名字了。我有些健忘。”

“我早看出来了。芬格宾，热力格·芬格宾。这是我的笔名，现在没人叫我的真名了。我们是在皇家咖啡馆认识的。”

“当然。现在我想起来了，”我说，“您夫人非常漂亮——热丽亚。”

“这么说您还记得！我经常忘记人和事。我以前写诗，也发表过几首。可现在谁还读诗呢？那就是没用的商品。不过，有的情感还真只有诗歌能够传递。想想《诗篇》能用别的形式来写吗？可这些都过时了：爱情强大如死神，嫉妒残酷如坟茔。《奥赛罗》，也过时了。因为猜忌而勒死某个人不再有成就感了。真正的爱是宽恕。文明人学会了所有艺术中最伟大的一种：战胜嫉妒。抽烟吗？”

“不抽。”

“干吗不？抽烟有时也管用。妇女们世世代代遭受这样的折磨——一夫多妻，妻妾成群。男人们从战场上带回情妇。现在该是男人们受惩罚的时候了。女人也有和我们一样的欲望，甚至胃口更大。别笑我，下层社会对这种事比我们前卫得多了。不过，我听说欧洲也大有进步。当英国国王为迎娶美国寡妇而放弃王位时，这不该只是头条消息，而是新时代、新人类的标志。”

热力格·芬格宾将他的小拳头放在桌上，他尝了一口蓝莓派，将盘子推开。他问道：“你有时间吗？”

“有，我有时间。”

“我想以后我会为接下来要做的事情后悔。不过既然我没看成电影，又在这儿遇上了你，我想告诉你一件跟你有关的事。”

“和我有关？怎么说？”

“确切说，是和你的作品有关，不是你本人。”

那个自称热力格·芬格宾的小个子转过头来，像是怕人听见似的。他那双黄眼睛看着我，半是微笑，半带疑惑。他说：“我要对你说的事不能让任何人知道。人总得相信某个人。要是没人知道你的秘密，那就不是秘密而只是一件隐藏的东西而已。这事儿跟我妻子有关。我们非常相爱。我做单身汉的时候总是想，那些站在婚礼的华盖下，躺在同一张床上的新人之间不可能有什么爱情。再没有比婚姻更遭人唾弃，被人取笑的制度了。但那些取笑婚姻的人早晚还是会到拉比或神父那儿，系上这个结。一次婚姻失败了，就来第二次，第三次——第五次。当然，还有不少老单身汉和老处女也想结婚。他们一辈子都在找伴。

“你方才说我妻子很美，谢谢。我无法形容她做姑娘时有多美。我们都来自凯尔采，都属于锡安山青年团，我们就是在那儿认识的。年轻男人全都爱上了她，有的爱得发狂。我长得不怎么魁梧，这很明显，可我比其他人有学问，热丽亚和我陷入热恋中。我不愿在波兰军队服役，于是我们在一九二四年来到美国，刚好赶上美国允许自由移民的最后一天。我们一贫如洗。热丽亚到商店工作，这样我才能写我的诗。她认为我会成为第二个斯沃瓦茨基或拜伦。唉，就像我母亲说的，‘胡思乱想的人不过是自我愚弄罢了’。我不必告诉你在纽约做个意第绪语诗人意味着什么。在我那种环境下，就是拜伦自己也会变成房东的。

“慢慢地我对自己的创造力不抱幻想。但我们的爱情并未因此受到影响。相爱的一对男女眼中看到的对方是什么样，第三者是无法了解的。无论日子过得多么艰难，我们的傍晚总像假日般愉快。不管我们住在哪里，布罗姆街、海洋大道还是布莱顿海滩，我们的房间总是充满着爱。我们都喜欢漂亮的东西，那时候，在第三大道唱首歌就换到好些古董。遗憾的是，我们没有孩子。我当了意第绪语教师，可以过上像样的生活。有时，杂志的某个编辑需要补个洞，我写的小玩意便可以登出来。热丽亚当上了店里的女领班。我们倒没有挣多少花多少。夏天我们就到卡茨基尔山的旅馆住下。我们游遍了美国各地，甚至到过欧洲。但是，未能圆我的诗人梦，我总是难以释怀，热丽亚也有几分失落。我们最快乐的事情之一便是读书。我热爱文学，热丽亚离不开书。开始我们读意第绪语和波兰语书籍，后来学了英语，又读英语书籍。我不是吹牛，但我们确实挺有品位的，记得有位合唱指挥家说过，‘我不会唱，但我会欣赏’。热丽亚的鉴赏能力甚至比我还高。奇怪的是那些对文学一窍不通的人却做了文学批评家、教授，而热丽亚这位有着很高鉴赏能力的人却只是个店员。好吧，这就是这个世界虚伪之所在。事实上，热丽亚和我的工作时间都不长。她的工作使她有很多空余的时间，我在意第绪语学校的工作也清闲。我们请朋友吃晚餐，开小型晚会，请的总是那几个朋友。不过我们最喜欢的还是二人世界，常在客人离开后感谢上帝。有几对夫妇能有这样的生活呢？

“但不管我有多爱我的妻子，对其他女人我也从不缺乏激情。我不必作什么解释。现代人如何抵抗放纵的生活呢？我并不虔诚，就算虔诚，对于犹太人来说，有好几个女人也不是什么罪。禁止一夫多妻是基督教强加给我们的。我也许成不了拜伦，但我对女人的胃口和他一样大。你了解我们所处的环境，总是有机会。我时不时和另一个女人发生关系，但从不会陷进去。最初，我不让热丽亚知道，但热丽亚直觉灵敏，有时我觉得她会读心术。等我最终坦白承认了，她也没大吵大闹。‘你爱干什么干什么，只要能回到我身边就行。’她说，‘我能给你的东西，其他女人给不了。’典型的妇人见识。我开始发现我所谓的艳遇激起了她新的欲望。不过，也没什么新鲜的。

“我们这样过了好些年。夜里我们谈论幻想、现实，书上看到的故事。像大多数男人一样，我有艳遇的时候，想要自由，可同时又要求自己的妻子保持贞洁。起初，热丽亚说我若是乱交女人，她也要试一下。不过说归说，一切都还是照旧。热丽亚生性腼腆，只有上帝知道这种腼腆是从多少代祖母身上传下来的。她自己对我说过，一想到和别的什么男人做爱，她就感到战栗。我们以前经常玩‘如果……的话，将会怎么样’的游戏。‘假装你处于这种境地……你会怎么做？’我们常从你在意第绪语报纸上发表的故事里提取场景。不知道你有没有意识到文学能给生活带来多大的影响。说不定，我们琢磨你的主角们比你还要深入呢。

“我就是和你一直坐到明天，也讲不完这个故事的千分之一。我还是长话短说吧。热丽亚开始认为男女在心理上有基本差异，她甚至发现自己身上的男人成分。我并未当真。她的逗弄刺激了我。有点刺激是好的。她想知道假如她碰上一个勾引她的男人并且在头脑发热的时候顺从了他，我会有什么感觉？我会抛弃她，不再爱她了吗？要那样的话，那不就证明我有双重标准了吗？我向她保证我不会那么做的，就像英国谚语里讲的，给母鹅的酱汁也该给公鹅。不过这并没有什么意义，热丽亚总是不断受到诱惑，可她始终拒绝。她承认她曾决心报复我——至少一次——只是想证明自己是现代人，不是一个躲在火炉后面昏昏欲睡的饶舌妇。

“她确实很矛盾。为什么她不能像包法利夫人、安娜·卡列尼娜，还有你笔下的那些女主人公哈达莎、克拉拉那么做呢？在她那个店里，姑娘们不停地吹嘘她们的成功。现在撒旦不必扯着嗓子来引诱我们了。九位缪斯女神已经替他做了。只有热丽亚像个圣洁的处女。她开始用心理医生、爱情专家书中借来的行话谈论自己多么老派、落伍。

“不怕你笑话，热丽亚还要求我帮她找个情人，疯狂吧？她说：‘没有你，我找不到。帮我找一个吧。’她只想试一次这种‘前卫’的感觉。一天晚上，我们真的坐下来写下一大串候选人。这只是个游戏。我已经五十出头了，热丽亚也不年轻了。我们都可以做爷爷奶奶了，而我们却在深夜，神智清醒地列出一大串可能成为热丽亚情夫的候选人。”

“没那么好笑。”

“稍等，我去买杯咖啡。”

热力格·芬格宾端来两杯咖啡，一杯给我，一杯给他自己。他呷了一口，讲道：“我看书时，常碰见‘家庭朋友’——妻子的情人一词。我总想不明白。一个大男人怎能允许妻子背叛他呢？为什么一开始会让这个人进自己的家门呢？我常想那只是小说家和剧作家们编出来的。在凯尔采，这种事从未发生过。但是，在这儿，在美国，我发现这种情况确实存在，在演员、医生、商人身上。事实上，有的男人还和妻子的情夫成了朋友。他们一起吃饭、喝酒，一起上戏院。我从没想过这种事会降到我头上。可现在，我有一个‘家庭朋友’，这就是我现在和你一起坐在这儿的原因。这就是为什么我要去电影院。他一来，我就走。我甚至在他来之前就离开。也许他并不真的是个家庭朋友，但他总上我们家来，我也知道为什么。

“开始是这样的。几年前，来了个波兰来的难民。你也许认识他，我不说他的姓，他叫麦克斯。他应该是个完全波兰化的犹太人，可他能讲一口流利的意第绪语。他是个画家，他自己这么说的。他在画布上涂上些污点，说那是波兰扎克彭的落日或墨西哥的斗牛。重要的是竟有人要买。现代消费者和生产者一样都是冒牌货。一幅画要是正着放，便是平庸，若倒着放呢，那就叫独创。我是在皇家咖啡馆认识他的。那家伙很不老实，一双饥渴的眼睛，渴望爱情、友情，鬼知道他渴望什么。我们相互介绍后，他朝我靠过来，就像我是他失散多年的兄弟。他立马表示想为我画幅肖像。他告诉我，他家在凯尔采，结果我还是他的远亲。通常，男人们会因为热丽亚对我特别友善，对此他们也毫不隐瞒。可我和麦克斯相识时，热丽亚并不在场。他最终见到她时，也很冷淡。热丽亚感到很受屈辱，她不习惯被男人忽视。

“麦克斯给我画了像，看上去一半像人猿，一半像鳄鱼。也就只能这样了。他其实是精明的商人，经营珠宝古玩。他前一天刚到美国，竟已经认识了这里所有的人，人们也都知道他。他开始给我们提供一些便宜货：银质香料盘、象牙指针、枸橼果盒子、鼻烟盒什么的。热丽亚对小摆设十分着迷，他卖得出奇便宜。我逐渐发觉有什么东西不对劲。他花了几个月的时间给我画肖像。他总是用渴望的目光望着我，只要一有机会就要抚摸我。他甚至有一次想吻我，我很是震惊，过了一会儿，他直接向我示爱了。我差点呕了出来。我说：‘麦克斯，别自作多情了。我没那种疯病。我们俩就像天堂和地狱一样挨不上。’他像个受到拒绝的情人那样叹了口气。

“我把这一切告诉热丽亚，她简直哭笑不得。你读过类似的故事，可当你亲身经历时，还是觉得不可思议。这下我们每晚的讨论就有了新的话题。热丽亚怒不可遏。我对男人的吸引力居然比她的还大。我决定摆脱他，可怎么摆脱呢？麦克斯不是那种叫他走就走的人。他总来拜访我们，每次都带个小礼物。他熟悉所有剧院的人，不只是第二大道上的剧院，还有百老汇，他能给我们搞票。我们仨坐在剧院前排看戏，那些戏我们原本需要等几个月才能买到票。他带我们去林地餐厅，各种有趣的地方。我觉得这就是成为‘家庭朋友’的方式吧。在戏院里他想拉我的手，我告诉他，再这么做，我就再也不理他了。整个事情都让我恶心。

“可突然之间，热丽亚和我之间出现了竞争。一边是美丽的女人竭力想引起那头蠢驴的注意，另一边这头蠢驴却一直呆呆地盯着我看。热丽亚对他讲话，他装着听不见，而我就是一句毫无意义的话，他都会激动地叫好。你想还有比这更荒谬的吗？我开始发现他在破坏我们的家庭生活。每天晚上，热丽亚和我都要找出种种理由来摆脱他。我们下定了决心。然而，第二天麦克斯就会打电话过来，说给我们带了礼物、很好的便宜货，或者有特别感人的故事一定要和我们分享。我还没来得及说不，热丽亚已经邀请他来吃晚饭。后来，我发现他的那些古董全是从一个专门生产复制品的工厂里拿来的。我也了解到他的大多数画都是临摹的。这就是个彻头彻尾的骗子。

“我不啰唆了。热丽亚开始单独和他见面。她放弃了那份全职工作，每周只工作两天。同时，我买下了这幢带家具的公寓楼，这件事转移了我的注意力。我再也没耐心忍受那个骗子和他那双害相思病的眼睛了。热丽亚仍会提到他那些令人作呕的事，但是她显然想把他从我身边偷走。事实上，他的举止就像个妇人。他唠唠叨叨，喜欢小玩意，差不多十个手指上都戴满了宝石戒指。他的头发很长，涂得油油腻腻的。他对服饰也很着迷。他的个子比我高，可他竟然还穿高跟鞋。还有他的领带！有哪个女人受得了他啊？你会说我很幼稚，可我万万没想到，热丽亚竟然跟他私通。”

“私通？可他不是同性恋吗？”我问。

“鬼才知道他是不是。既然他的事情都是捏造的，可能这个也是假的吧。也许他和我调情不过是接近热丽亚的一种方式。他是只狡猾的狐狸。我慢慢疏远了他，热丽亚却和他打得火热。他们共进午餐、晚餐，一起上戏院、电影院、展览馆。我要是提出抗议，热丽亚会说：‘你在嫉妒谁呀？他对你比对我还感兴趣。’事实是，每次不管上哪儿，他们都要叫上我，而我呢，总是拒绝。热丽亚向我发誓，他从未碰过她。这我也相信。就这样过了几个月。男人自欺欺人的能力真是令人吃惊。此外，我厌倦了所有的剧院、电影院还有那些廉价的古董。公寓必须粉刷了。那些旧东西该放在哪儿呢？亿万种东西发明出来，就是没人找到一种方法，避免粉刷房间造成的灾难。突然间，所有的东西都搬了出去，画取下来了。书成堆地放在了地板上。房间变得陌生。油漆的恶臭令人恶心。你会痛苦地发现家和其他任何东西一样只是幻觉。

“我感觉所有东西开始崩塌。一天晚上，热丽亚向我坦白她和那家伙发生了关系。”

热力格·芬格宾一口吞下杯里的凉咖啡。他用责备的眼光看着我，“你怎么这么吃惊？你写作的时候像个现代人，而现在你却带着陈腐的道德和偏见。我以前也有这种偏见，但我已经看开了。一个现代女人，即使她爱自己的丈夫，你也不能强迫她只和这个男人共度一生。再没有比热丽亚更腼腆的女人了，可是她毕竟生活在二十世纪，你不可能让她相信纽约只有热力格·芬格宾一个男人。但当热丽亚告诉我他们俩的事情后，我难过得想吐。我感觉我全部的生活都毁了。如果可以的话，我要把她拖到撒尼德里（古代犹太教最高法院），用石头砸死她——就像古时候那样。可纽约没有撒尼德里。我可以带上行李离开，可我能上哪儿去呢？我去投奔谁呢？那天晚上我和热丽亚躺在一张床上，她哭得像个小女孩。‘我该怎么办？你如果想死，我就陪你去死。我只想证明我只属于你，不属于任何人。’她号啕大哭，颤抖不已，床也跟着抖起来。接着，你会说我是个白痴——我安慰她，我告诉她这没什么，可我的牙直打战。

“那晚我们发誓和麦克斯从此绝交，但我知道这不可能。宗教的缔造者不了解上帝，但他们了解人的天性。《阿伯特——父辈箴言》里写着一个罪恶滋生另一个罪恶。从正道上跌下一步，所有的戒律都将打破。

“你描写了宗教、婚姻、性的问题。你似乎很了解现代人的复杂性和脆弱点。可你所能做的就是批判，却无法指出信仰回归的道路。我没有了我们父母、祖父母的虔诚，我们不可能像他们那样生活。我告诉你我羞于启齿的举动。那天晚上，热丽亚吃了两片药后，入睡了。我却难以入眠。我穿上睡袍、拖鞋，走进书房。翻了翻书，我知道没有一本书能为我指明方向。托尔斯泰、狄更斯、巴尔扎克能教你什么？他们都有天赋，可他们和我一样茫然。我突然发现一卷《塔木德》。既然世俗令我如此悲惨，不如回归上帝。我取出其中的《贝扎赫》那一册，打开它，像小时候那样诵念着：'如果是节日下的蛋，沙买伊派犹太人会说：可以吃。而席勒尔派则会说：不可以吃。'我像个犹太经学院的小男孩一样不住地摇头晃脑，念了半个小时。开始还有一种怀旧的甜蜜，越往后，我的心情越沉重。如果相信这些律法是上帝在西奈山上交给摩西的，那这些话就有意义。但若没有这个信仰，那就只是文字游戏了。我疲倦了，回到热丽亚身边躺下，我们只有一张床。那天晚上，我得出结论：男人必须消除自己最强烈的欲望本能——把女人当成自己的一份财产。如果有上帝的话，那他正在朝这个方向引导我们。"

"后来怎么样了呢？"

"没有后来。热丽亚保证再也不见麦克斯了，尽管我没有这么要求她。可她照旧和他约会。她完全放弃了工作。她不再需要工作了，而我又不能一天到晚和她在一起。最近我对一切都失去耐心——热丽亚的过失以及我们所谓的文化。我对百老汇上演的戏剧和毕加索的绘画也没兴致。就是优秀的文学作品也引不起我的兴趣了。那道把我们和下层社会隔开的墙变得越来越薄。法官、律师和杀人犯都接受一样的观点，读同样的书，进同样的夜总会，谈一样莫名其妙的话。我们正倒退回洞穴，不过是能用电，有电话和电视的洞穴罢了。过去我总认为我完全了解热丽亚，可自从那个怪人闯入我家后，我在她身上不断发现新东西。甚至她的声音也不一样了。对麦克斯，我甚至恨不起来。这真让我吃惊。我不知道他是什么人，也不在意。我只知道他和我们一样，想在一切消逝前及时行乐。”

“他不是同性恋吗？”

“谁知道他是什么？也许我们都是同性恋者。差点忘了说重点——热丽亚去看心理医生了。这些年麦克斯一直在找他看病。他们想把我也拉进去，可我宁愿研究《塔木德》里节日下的那只蛋。”

我没有注意到咖啡馆已经打烊了。我对热力格说：“走吧。他们要赶人了。”

我们在百老汇大街上走着。热浪像火炉似的袭来。现在还是白天，但霓虹灯已经亮了，用火热的文字宣扬着百事可乐、邦迪创可贴、骆驼牌香烟和箭牌口香糖带来的快乐。一股热浪从地铁栅栏涌来。电影院上面挂着一块广告牌，聚光灯点亮了上面四层楼高的半裸女郎——她头发凌乱，眼神野性，双腿敞开，两手各拿一支枪，腰际垂下一条花边围巾遮住羞处。一帮混混聚在一块打量着她，男人们说着笑话，女人们咯咯直笑。我看看热力格，他的脸一半绿，一半红，就像一幅现代画。他凝视着，动了动嘴唇，一只眼睛在笑着，一只眼睛在流泪。我说："如果没有神，那她就是我们的神。"

热力格·芬格宾仿佛从发呆中回过神来，摇摇头说："她能提供的不过是她正在承诺的。"

# 遁世者*

雪下了整整三天。冬日的夜太漫长了，住在学经堂里的乞丐们没办法睡一整夜。他们大概夜里三点钟就醒来了。一个从旁边的小棚屋搬来木柴添到炉子里。另一个把袋子里的几个土豆放到炉子上烤。第三个就着烛光在读一卷《密西拿》。他看上去比其他几个人要年轻些，留一小撮胡子，黑眼睛鼓鼓的，肤色黝黑。他的衣服也不像另外两个那样破破烂烂。一个体格健壮的红脸乞丐，亚麻色的头发上戴着顶羊皮帽子，冲着他喊道："嘿，大人物！要不要来个热乎乎的土豆？"

---

* 本篇英语由艾萨克·巴什维斯·辛格与赫伯特·洛特曼（Herbert R.Lottman）翻译。

那个皮肤黝黑的男子，眼皮都没抬一下，回答说："我半夜不吃东西。"

"是怕伤了你娇嫩的肠胃？"

男子不出声。

"高贵的绅士，哈！你以为在地狱里你还能坐在铺着白色桌布的餐桌前？"

一个从乡下来、今晚刚好在学经堂过夜的年轻人，站出来为这个受到攻击的男人辩护。"你要他怎么做？他只是不饿而已。"

"他就是饿了，好吧。我在莫特尔·本特兹先生家吃的晚饭。我吃得多，快把肚子撑爆了，可现在照样感觉饿了。天气寒冷就让人觉得饿。"

"人之欲望值得尊重，"那个乡下来的年轻人引用《塔木德》中的话。"一个人不该因为不想吃东西而受到指责。"

"他想吃，但是，他就是太傲慢了，不愿跟我们一块儿吃。他觉得自己是个大学者。"

那个皮肤黝黑，研读《密西拿》的男人，一言不发，拿起蜡烛的烛台和那卷《密西拿》，走到学经堂另一个角落。他在一个小讲台前坐下。他肯定是个近视眼，因为他的双眼差不多都碰到正在读的那页纸上了。那个乡下来的学生重又回到长条桌边，桌上有他读的那卷《塔木德》，摊开的那页纸上放着一根饰带，用来做书签。他身材瘦小，皮肤较白，脸圆圆的，下巴上一小撮红红的胡碴冒了出来。他一边读着书，一边点着头，轻声自语，一只手捋着腮边留着的胡子。过了一会儿，他站起来，走到房间角落那个陌生人那边，后者从自己正读着的书上抬起头来。

“你不冷吗？”那个乡下来的学生问他。

“冷？不。”

“你怎么称呼？”

“我？纳赫曼。”

“你从哪儿来？”

“有关系吗？”纳赫曼反问道。

“你为什么害怕告诉我？这又不会害了你。”

“我有我的理由。”

“我叫佐拉克。我来自伊兹比扎，不过我娶了这儿的姑娘。既然你是个学者，那为什么没人接纳你？这儿只是为流浪汉提供住宿的地方。”

“我不想去任何人家里。”

佐拉克坐在一张长凳上，正好和纳赫曼的长椅成直角。“你不去别人家吃晚饭？”

“我不在任何人家里吃饭。”

“你是在禁食？”

“我饿了会吃东西。”

佐拉克捋着自己下巴上的一小撮胡子。“我觉得你喜欢保持神秘。”

陌生人踌躇了一会儿，从大衣口袋里拿出一块手绢，放在那卷《密西拿》上面。这也是当书签用的。“我不喜欢秘密，但是人不可能什么都说。经上写着：‘智者缄默为上，愚者缄默更善。’”

“我不觉得你愚蠢啊。”佐拉克执着地说。

“谁知道呢？人人都有干蠢事的时候。人们会觉得自己挺聪明的，了解这个世界。可突然间你会发现你甚至都不了解自己。约哈南拉比[1]做了八十年的大祭司，突然间，他竟成了个撒督该派。”

佐拉克停顿了一会儿，似乎是在思考。“邪恶之神不会尊重任何人。甚至当人临死前痛苦地躺在床上，它还在试图引诱他否认上帝，侍奉偶像。”

“我明白。抱歉我不能告诉你我从哪儿来。我出生在维斯杜拉河另一边。后来我到维斯杜拉河这边的一个犹太经学院学习，那个镇的名字我还是不说了。我后来离开镇上，四处流浪。”

“你是在为犹太经学院募捐？”

“不是。”

“那是在为你写的书筹措资金？”

1　编撰《巴勒斯坦塔木德》的拉比。

“也不是。”

“也许你是要凑够一百个拉比的签名，好允许你再婚？”

纳赫曼坐直了。他把小讲台推开。“我离婚了。我是个遁世者。”

“是吗？立陶宛有好多遁世者。但是，我在波兰还从没遇到过。”

“有时是有的。”

“好吧。我不会打扰你，或者打扰你读书了。既然你是个遁世者，那你的灵魂一定在渴望着《托拉》。每分每秒都是宝贵的。”

佐拉克作势从长凳上站起来。纳赫曼举起一只手，手上的指甲已经被咬到了嫩肉的地方。他有些不情愿地说道，“请坐。我没那么用功。但是，长夜漫漫。睡不着，躺在长凳上沉思实在不是挨过夜晚的好办法。读一章《密西拿》，可以忘记一切尘世虚荣。你总能在书中发现新的东西。这是《托拉》的力量。你呢？你也整夜读书？”

“只是周一和周四才这样。”

“你的岳父不反对？”

“我不必问他。”

“你做得对。我的岳父是个《托拉》亲王。而一旦这个亲王失去了尊严，他也就变得连普通人都不如了。你知道堕落天使的故事。”

“这是你离婚的原因吗？”

好长一段时间，纳赫曼没有回答。他想咬掉右手拇指上的指甲，上面已经没有可咬的了。他瞄了一眼那卷《密西拿》，把面前的小讲台再推远一点。他说："我从未跟人说起过这事。我如何说？在同一个镇上，说这事儿会被当成诽谤。在路上，你都没办法跟人长久地交谈。不过，既然你问到，我会回答你。老话说'说出口了，担忧就减轻了'。我自己是个没什么伟大品格的男人，但是我从识字启蒙之日起，就明白何谓伟大。我还没出生，父亲就过世了。我继承了他的名字，纳赫曼。认识他的人都说，他是个圣徒。他也是个学者。我母亲，愿她长寿安康，一年以后再嫁，嫁给了一个简单的男人，一个粮商。上帝原谅我这么说，他是一个不学无术的家伙，一个恶棍。我母亲跟他生了五个孩子。他们个个像极了他们的父亲。我是家里唯一一个研习《塔木德》的学生。为此，我的继父让我受了不少罪。从孩提时起，我就开始观察人们的言行举止，眼见的还不如不见。今天，我认识到这么吹毛求疵都是我的错。如果可以沉思冥想造物主的伟业丰功，为什么还要注意这凡夫俗子？我继父出门做生意的时候，母亲总会跟我谈到我的生父，愿他安息。真相是，她的第二任丈夫迫害她。她出身名门，他就不断拿这事儿责骂她。我们所有的罪孽中，嫉妒是最恶劣的。世间所有战争的起因是什么？不过是一个君王妒忌另一个君王而已。我总是渴望导师。但是，在我们镇上，我找不到一个真正令我敬仰的人。长话短说吧，十五岁的时候，我离开家，从一个犹太学校漫游到另一个犹太学校。我饿了，就不得不在别人家的餐桌旁吃东西。我四处流浪，只想找一个真正德高望重的导师。可是，怎么才能找到呢？

“在波兰，我们的学习方式都是基于诡辩。但这不是我想要的。我们被赐予《托拉》，不是用来锻炼脑子的，而是用来侍奉全能者的。我一路走到了维尔纳。那儿的学习更基础一些。但是，我还是找不到真正意义上的导师。他们的布道都很好，但是他们的言行并不一致。有个犹太学校的导师，说话字字珠玑，可是，对待他的学生，却是有偏爱，有偏见。他会把他喜欢的学生派到伙食好的人家去，把其他人送到那些仅能让其果腹的家庭。所有的老师都喜欢听人阿谀奉承。可我天生不喜欢奉承，我因此吃了苦头。

“有个犹太学校的校长喜欢我，想帮助我。但是，碰巧在逾越节前的那个安息日他发表演讲时，错引了一条《塔木德》评注。事后，我把他叫到一边，指出他的错误。这是我该做的。他却因此视我为死对头。我开始想，人的本性就是虚伪。不用说你也知道，这种想法离异端邪说只差一步了。我已经走在遁世的路上了。可是，如果你已经没了女人，没了吃的，你又如何逃离俗世？我只向上帝祈求一件事：让我此生有幸得见一个品德高尚者。我夜里睡不着，只祈求这一样。我对导师的渴求吞噬了我。

“有时候，祷告也会上达天庭的。在一家旅店里，我遇见一个年轻人，我们开始攀谈。他告诉我波兰的一个小村镇里有家很小的犹太学校，那儿只有十个学生。学校的负责人，一个拉比，是个被埋没的天才，而且是个圣徒般的人物。年轻人对我说：‘渺小的男人，微不足道的人出了名，但是，在那个偏远的村庄住着一位巨人，却无人能识。’我听到这些话马上意识到是命运指引我到这个小旅馆来的。我没有足够的钱到那个村子去。那时是夏天，所以我决定走着去。那条路很长。有时会有人让我搭便车。甚至有些基督徒农民也会捎我一程，在这些点点滴滴中我看见了上帝的恩典。

“我到达目的地时已是衣衫褴褛、骨瘦如柴。我立刻就去了犹太学校。拉比正在布道。看见他的那一刻，我就知道他正是我苦苦寻觅的人。他说的每个字都令我心醉神迷。他说的话再简单不过，只是在解释《革马拉》中的一个段落，但是大道至简。对他的热爱令我差点忍不住俯身下去亲吻他的双脚。他那时候已经快六十了，单薄，瘦削，背有些驼，高额头，白胡子。我后来知道，他的第一任妻子死时，没有孩子。他再婚后，妻子给他生了个女儿，他女儿后来成了我的妻子。但这都是后话了。

“讲座过后，我走上前去，说：‘拉比，我听了讲座。您是最棒的。’我复述了他显露出的闪光点，详述它们之间的关联性。他回答问题，只消三言两语，古往今来最伟大的塔木德学者们都不可能说得这么清楚。在波兰犹太社区，希伯来文法被彻底忽视了，但是，我从他的释经评注中看出，他的希伯来语和古阿拉姆语非常好。我说完后，他把双手放到我头上，亲吻我的前额，说：‘你是上天送到我这里来的。我一生都在渴望有一个你这样的学生。’

“其他的学生看到他亲吻一个衣衫褴褛的陌生人的额头，他们都妒火中烧。他们面带敌意地对我指指点点。当时，有些社区长老也在场，他们马上提出为我提供膳宿，但是，拉比邀请我跟他住在一起。我开始后悔刚才对他说了那么多赞美的话。众所周知，这个世界不配报以美德。既然我这么快就获得了回报，这就表明上帝并不认同我这么做。但是，事情已然发生，后悔也是枉然。

“长话短说，我进入了拉比的家庭。安息日和工作日我都在他们家吃饭。镇上有个男人，人称‘虔诚的小裁缝’。他一周禁食两天。他给我缝了件外套和裤子，没有收我的钱。我敢说，拉比的妻子并不赞成丈夫对我如此厚爱。这种事情是掩饰不住的。她的女儿正值适婚年龄，但我真的是从未梦想过有朝一日会成为拉比的女婿。三个月后我俩订婚了。镇子里一半的人都来参加了订婚晚会。马上就有人谈到我会在将来某一天——‘百年之后’——接管拉比这把椅子。拉比不想自己给我任命，因为我是个亲属，所以要把我送到另一个镇子去获得确认。那也是几年之后的事情了，但就是在那时，我发誓，我并未想过成为拉比。

“我母亲和继父带着一群我都不怎么了解的兄弟姐妹来参加婚礼。我不在的那些岁月里，他们都长大了。继父意识到我的成就时，开始表现得像个父亲了。这正是乌合之众的行事原则：膜拜成功。但是，也不光是乌合之众才这样。每个人身上都有卑鄙的劣根性。”

乞丐们又坠入了梦乡。学经堂里鼾声如雷。除了纳赫曼桌子上的蜡烛，枝状大烛台上的一根纪念蜡烛烧得哔哔剥剥响。讲台上的柱子在墙上和天花板上投射出摇曳的影子。屋外的狂风偶尔吹过，像车轮碾过铺路石时的噪音。纳赫曼点点头，好像在肯定一个一般人难以接受的真相。“什么天气啊？这种天气下，动物怎么办？我有一次穿过一片森林的时候，遇到一群狼。它们要是看见了我，这会儿我就不会跟你坐在一块儿了。我们每个人身上，甚至圣徒身上，都有一点动物的痕迹。是的，我们结婚了，而且我岳父让我跟他们一起生活。我说岳父，但实际上我只称他拉比。我妻子跟其他所有妇人没什么不一样，但是因为是他的女儿，她出现在我面前时，就像一部神圣的书卷。至于我的岳母，她就是个普通的妇人。虽然连祈祷书都不怎么能读懂，但她照样说其他的拉比不学无术。她抱怨自己的丈夫陷在这籍籍无名的村庄，而其他那些连他脚踝都够不到的年轻人竟然能在大城市获得职位。她经常跟我说这些，称她丈夫是个不谙世事的傻瓜。她对我说：

‘别的拉比每年出版一本书。我家的拉比都涂涂改改三十年了，他写的东西没一个字印刷出来。’我跟她解释说，他写的一句话就比所有其他的东西有价值。但是她却说：‘谁知道这点呢？只有你知道。’她暗示说如果她的丈夫稍微有点儿烟火气，他的女儿便可以嫁给有钱人的儿子，而不是我这个犹太学校的穷小子。恕我直言，她说话很伤人。上一刻，她奉承你，下一刻，她又会激怒你。她在准备食物时也很小气。她把面包锁在储藏柜里。我岳父一直都很超然，所以一直都是她在和社区长者联系。那些人大多是他的敌人。如果有人起诉，他从不妥协——他的裁决总是一丝不苟，严格按照律法规定。而在涉及教规仪式问题上，他决不让步。因为他经常会宣布一头牛不合宗教饮食法，所以屠夫们在背后中伤他，甚至扬言要报复他。我在一旁看着，非常愤怒，小人大行其道，扮演着巨人的角色，这个伟人竟被错待，被忘却。不过，这都是陈年往事了。上天很少会赋予同一个人精神与物质的双重恩赐。有一阵子，我曾劝说岳父出版一本书，可他总是说：‘谁还需要新书呢？《摩西五经》和《诗篇》就足够了。’他同意现在作者得四处寻求补贴，人们很少根据一个人的德性来评判。我看得出来这对他的伤害挺大的。他有那么多的洞见，不可能意识不到自己的价值。

“几年过去了，我岳母很想要个外孙，但我妻子一直没怀孕。岳母逼我去看医生，甚至让我去找奇迹拉比。我岳父是反对哈西德派的，他常说哈西德派就是宗派主义小团体。但是我岳母带着她女儿找了个哈西德江湖医生，那医生给她开的草药吃了也没用。

“接下来，说说发生的事情。村子附近有个庄园属于一个叫托德鲁斯的人。我本不该提他的名字，不过，反正你也不认识他。他没什么学问，但因为有钱，所以成了社区的领袖。他是镇上少有的几个站在我岳父一边的人。普珥节的时候，他总会给岳父送上一份昂贵的礼物。我结婚的时候，他也送了一份大礼。就因为他十分慷慨，我岳父很小心，尽量不称赞他。但是我岳母却是肆无忌惮地奉承他。托德鲁斯有几个孩子，最小的一个是女儿。她嫁给了一个大城市来的年轻人。我参加了婚礼，全村的人都参加了。我岳父主持了婚礼，也获得了丰厚的报酬。两个乐队奏乐。那个年轻人，我叫他西蒙吧，虽然他的真名不是这个。他身材高大，英俊漂亮，出身富裕。按照习俗，他为参加宴会的男嘉宾作了一条有关《塔木德》的注解。恕我直言，他说的东西毫无意义，但也不是毫无基础。这也没关系，谁让人家有个富裕的岳父呢。

“我尽量长话短说。西蒙成了我岳父的常客。托德鲁斯先生希望他跟拉比学习，但不是在学校和其他人一起学，而是私下一对一的学习。他给了一大笔钱，而我岳父当时几乎难以养家。事实上，西蒙根本不需要这么个有分量的教师。于他而言，犹太学校已经绰绰有余了。我不止一次听岳父给他解释。他得像对待小学生一样，一遍又一遍详细解读。对我岳父而言，这是浪费时间，但我岳母却欢天喜地。她奉承这个年轻人，把那么多不存在的优点堆到他身上，令我生厌。没错，他们是需要一点儿卢布，可为什么非要这么夸张？通常，我岳母一张口说到她一无所知的东西，她丈夫就会训斥她。他的话跟刀子似的刺人。但是，在这种场合，他却没有反应，似乎还有些认同。我大吃一惊。没人可以欺骗他。就是在那些伟大的人物身上，他也能发现瑕疵。我曾听见他把著名的格尔镇拉比艾萨克·梅厄彻底击败。没错，那天是普珥节，他确实多喝了一点，但也只是有点兴奋，还没有到喝醉的地步。如果格尔镇的拉比梅厄不是足够优秀，又怎会在众多人奉承赞扬西蒙的时候，保持缄默，一声不吭。对西蒙这样水平的人来说，就是让他给梅厄拉比擦鞋子都是给他面子了。

“没过多久，新的问题就出来了。西蒙收集我岳父的手稿，准备把它们结集出版。听到这里，我顿时目瞪口呆。不久前，我岳父刚刚跟我提到《传道书》中关于出书的评论，那么，如果他自己想出书，干吗找个文盲来帮忙？我实在忍不住，便去问岳父这是什么意思。他听我说完，并未作答。他捋着胡子，点了点头。我明白，所有这一切的背后是岳母在作祟。西蒙有足够多的钱，他不必去募捐就能把出版的事儿搞定。但是我岳父变化这么快实在令人匪夷所思。而且，他不回应我的指责也令我烦恼。受到质疑时保持缄默不是他的本性。他往往是还没被问到就开始回答了，有时我觉得他会测心术。我们一起读书时，我做个手势，他会说‘我知道你想说什么’，然后，他就会反击我的异议。

“那本书出版了，我想整个波兰可能没有哪个学者能读懂这本书。他的评注短得不能再短，不比脚注长。在前言里，我岳父写道，如果没有他那个受人尊敬的学生，那个学识渊博、思维敏捷的西蒙，谁谁谁的儿子，帮助他拣选材料，提供不可或缺的建议，这本书便不可能得以付梓。我读到这个前言时，直摇头。”

“你的偶像坠落啦？”

“从高塔跌入了沟渠。”

“你离婚是因为西蒙这事儿吗？”

“某种程度上是吧。”

“他最后变成学者了？”

“成了作者。”

那个顶着一头亚麻色头发的乞丐醒了，坐了起来。“你们俩一晚上在那儿叽里咕噜说什么呢？要么读书，要么睡觉。”

“你怎么看粗鄙者的傲慢无礼？”佐拉克问道。

“这个世界本来就是建立在傲慢之上的。如果不是傲慢，西蒙的力量是什么？到今天为止，我都不明白他为什么恨我。我第一眼看见他，就知道他是我的敌人。从一开始，他就阴谋构陷我。

我岳父不是个爱传小话的人，可我岳母会把西蒙说我的每件事都重复一遍，可能还会添油加醋。我要她别再传那些飞短流长的，还给她背诵了禁止流言诽谤的律法，但是，根本没用。西蒙说给岳母的话，大概都被重复给她女儿了。说我是个废物、书呆子之类的。他在长者面前诽谤我。那些过去对我友好的人变得对我充满了敌意。我了解到西蒙想成为村里的拉比。他为什么想要这个职位？你很快就会知道了。

“镇上没有助理拉比。我岳父也不需要助理拉比。突然间我听说西蒙成了助理拉比。这简直就是扇了我一耳光，但是我一言不发。我岳母高兴坏了。按照常理，我岳父是该反对这个任命的，但是恰恰相反，他做忏悔的安息日宣讲时，把西蒙吹上了天。我从未见过西蒙研习犹太教规法典《布就筵席》，没有这方面的渊博知识，他很有可能误导人们吃不合教规的食物。我实在忍不住，便对岳父说了。这是他第一次斥责我，并保证西蒙有当拉比的所有资质。然后，他加了一句：‘不管怎么说，你也不会因我的罪孽而受罚。’我吓了一跳。我是不是被哄骗了？我岳父是不是完全丧失了辨识力了？我很自责，便开始禁食，也禁止一切世俗欲望。直到那个时候，我一直都在岳父的犹太学校学习，但是那天他对我说：‘犹太学校是供单身汉学习的，不是给已婚男人准备的。’

“这样，我就开始独自研习律法。

“一个人若是被开除了教籍，谁也不能靠近他，可是，还有一种无声的除籍。人们开始躲避我，我成了被众人遗忘的、一艘众所周知的破船。我扪心自问：这一切是怎么发生的？即使公义被无视，一个父亲又怎么允许把女婿的位子让给一个陌生人？做母亲的又作何想？这种行为有悖常理。如果说西蒙是个单身汉，或者是个鳏夫还好说，可他是有钱人家的女婿。苦难折磨各种各样，可最糟糕的是你遭受迫害，却不清楚原因。我去学经堂，人人都转身不理我。”

“你妻子呢？”佐拉克问道，“她站在哪一边？”

纳赫曼脸有些扭曲。“到今天我也没明白。她母亲有多饶舌，她就有多沉默。难得能从她口里听到只言片语。我整天待在学经堂里。我回家后，岳母给我端来晚饭。我跟我妻子生活了几年，我怀疑我俩说过的话加起来不超过十句。

“一天，我听说西蒙离开了镇上。几天后，岳母带回来一个消息，我岳父已经接受了一个大镇子的拉比职位。西蒙已经到那个镇上做了掮客。这都是他的计谋。他要坐我岳父的那把拉比交椅。我不清楚西蒙是如何让另一个镇子的长者们觉得我岳父适合做他们的拉比的。他是个狡猾的阴谋家。也许他贿赂了某个人。西蒙本可以自己坐那个职位的，但他想留在他岳父的家产附近。我听说西蒙成了某个乡绅的密友，后者让他租了个面粉加工厂。那乡绅还卖给他一片森林。所以，拉比的职位可能对西蒙而言只是帮他赢得声誉而已。这也可以有助于他的第一本书出版。

“西蒙的书没出版之前，我还会谴责自己，会不会误解了我的岳父。可当我看到那本破书摆在眼前，我确信那个我曾不远千里徒步追寻的天才，那位圣哲，已不复存在。西蒙的书开头就是我岳父写的序。他在序言里给西蒙的溢美之词我都羞于再重复一遍。灵魂转世本来只能是人死之后才行，可有时候，这事儿竟发生在一个人在世之时。那个老的灵魂已经离他而去，我岳父身上住进了一个新的灵魂。多么讽刺啊，如今我岳父的那本旷世之作无人问津，而西蒙的那本大杂烩却在全波兰的犹太社区被人研究。

“你什么时候离婚的？”佐拉克问道。

纳赫曼一手放在前额，似乎在回忆。

“我岳父履新的时间近了。我岳母也开始唠叨我了：‘你上那儿能做什么呢？你就是个小镇上来的人，不通人情世故，那地方的人可都是新潮的，复杂得很。那可是个新世界。现在做个拉比还得懂俄国话。’好像西蒙还为他们搬到新地方预付了一大笔钱。我岳母为她丈夫预订了一件丝绸长袍，一件狐狸皮大衣，一顶黑貂皮的帽子。她和女儿也披上了华丽的披肩。裁缝们来来去去。我岳父突然变得年轻了，我都快认不出他来了。灵魂换了，身体也跟着变了。他变得更高、更挺拔了。他以前的那些宿敌也对他前倨后恭起来。

“一天夜里，我照例在睡觉前背诵了祈祷文，但直到第二天早晨我才睡着。我岳母时常嘲笑我不属于这个世界。那天夜里，我清醒地意识到，她说得没错。我既不适合小村子也无法适应大镇子。我真的不想当什么拉比，也肯定做不了商人。第二天早上，我岳母给我端来早餐，差不多直接将食物扔到我脸上了。我对她说：‘母亲，你说得对，我不属于这个世界。’‘你想要离婚？’她问我。我回答说：‘如您所愿，那就是吧。’两周后举行了离婚仪式。”

“你妻子怎么说？”

“她什么也没说。”

“你没跟她商量这事儿？”

“她听了，但是不回应。”

“她后来再婚了吗？”

“结婚了。是西蒙的一个亲戚，一个带着孩子的鳏夫。”

“是这样啊。”

“我离开那儿，来到这个世界，也想办法生存下来。我有什么可要的呢？一块面包，一颗洋葱而已。不论在哪儿，我都能找到神圣的书籍，感谢上帝，我包里带着《智慧的开端》。”

“你岳父后来怎么样了？”

“我听说他跟那些新的会众发生了冲突。他的女婿成了助理拉比，但他实际上在行使拉比的权力。就等着老拉比过世了。”

“他又出版新书了吗？”

“我岳父吗？没有。不过，西蒙倒是出版一打了。”

接着是一阵沉默，南墙上挂着一只希伯来表盘的古老时钟，钟摆响了五下。

“我知道那个西蒙是谁。”佐拉克说道。

纳赫曼站起身来：“这样一来，我就是犯了摩西十诫里不得诽谤的戒律了。我要发誓保持缄默。”

# 人生不过一支舞*

有时候，房屋跟房子的主人们有种奇特的相似之处。雷瑟尔，我叔叔杰希尔的前小舅子就有这么一栋房子。雷瑟尔的姐姐贝拉是杰希尔的第二任妻子，她已经过世了。而我叔叔在我父母带着我搬到谢布林之后，又结了一次婚。

雷瑟尔六十多岁了，大骨骼，大高个儿。年轻的时候，他是个巨人，到了晚年，就变得弯腰驼背，一身的毛病。他妻子已经去世了。疝气让他遭罪，一条腿坏了，走路一瘸一瘸的。他的谷

---

* 本篇英语由艾萨克·巴什维斯·辛格与露丝·沙赫纳·芬克尔（Ruth Schachner Finkel）翻译。

仓烧掉了，粮食生意也没了。他的两个大女儿烤面包和蛋糕，雷瑟尔靠着她们微薄的收入勉强支撑着。事实上他所有的不幸都源于他那三个女儿，蕾切尔、莉亚和菲戈尔。三个都是嫁不出去的老姑娘。在犹太人的村里，三个姑娘怎么可能嫁不出去？在谢布林，人人都在问这个问题。我觉得雷瑟尔和他的三个女儿跟其他人一样困惑，说不定比村里其他人更觉得困惑难解。

不过，我们还是回过头去说说房子的事儿吧。房子的砖墙特别厚，屋顶长满了绿色的青苔，屋顶的烟囱无论打扫得有多勤，总有烟雾混着火星喷出来。那个扫烟囱的工人格日马克发誓说，他曾经看见烟囱里的小妖：一个黑不溜秋、长得跟煤灰似的怪物，前胸后背都隆起一坨，脑门顶上一绺卷曲的头发，长长的鼻子一直拖到肚子上。他好像就住在烟囱里的。隔壁邻居的女儿也见过这个怪物。半夜里，她出门倒泔水，听见它咯咯地叫。她抬头朝雷瑟尔家的屋顶扫了一眼，那个怪物正蜷伏在烟囱顶上，朝她招手，让她过去，还伸出它铲子一般的长舌头。

那造房子的人怎么会把四面的墙壁都砌得有一码厚？而且前门的墙没有窗户，还带一条长长的入口通道。那通道大白天都是黑黢黢的。天花板为什么那么矮，房梁那么重，阁楼高得不合比例？没人知道答案。这房子得有差不多两百年的历史了。那几扇歪歪扭扭的小窗户正对着一片通向河边的沼泽地。夏天，黑暗朦胧的夜里，有神秘的亮光在沼泽地上盘旋，听人说那些朝着亮光走去的人再也没能回来。

雷瑟尔的疝气引起肠下垂。谢布林村有个女人能把肠子给塞回去。村里人说，要不是她，雷瑟尔怕是老早就死了。让一个陌生女人碰他的私处，对雷瑟尔来说实在是丢脸。可遇到生死攸关的情形，丢不丢脸就顾不上了。这个女人不接受酬劳。她这是做善事。她还擅长驱赶邪恶之眼，治疗小鸡的舌喉炎，让它们又可以吃东西。

我跟父母一起搬到谢布林时，莉亚已经四十多岁了。她长得跟她父亲一样，高高大大，一双男人的大手，脸盘很大，褐色的脸就跟她自己烤的裸麦粗面包一样。要让她嘴里蹦出个字来可不容易。她的力气也大得跟个男人似的。她砍木头，去水井挑水，把一袋袋的面粉从磨坊扛回家。除了这些，你会发现她其实挺耐看的，五官端正，双眼漆黑，热情似火。

我听说，有一天她去搬粮食的路上，遇到两个强盗袭击。一个强盗拿来复枪抵着她的胸口。莉亚抓住枪，一把把枪掰成两半，拿枪托抽打那两个强盗，直到把他俩打晕过去。那俩罪犯被抓了起来，送到医院里，然后进了监狱。

蕾切尔比莉亚小，外表酷似姐姐，但是莉亚身上的坚毅、强悍、果敢，在妹妹身上却变成了软弱、娇嫩、优柔寡断。没人敢问莉亚她干吗不结婚，可人人都敢问蕾切尔。她的回答只有一个：“你准备晚餐的时候，你不得先上浓汤，再上肉嘛。”

记得我母亲有一次对她说：“若是先端上肉就那么可怕？也没

有哪条律法禁止这么做啊？”

蕾切尔听完，说：“规矩如此，要先上汤，后上肉。”

莉亚揉面团，做成面包形状，再用铲子把它们送进烤箱里，然后把烤好的东西端出来。蕾切尔负责卖面包。每周四她会带着一篮子面包、薄饼、百吉饼和面包圈，站在市场中央。周五，她会卖安息日白面包和饼干。

最小的女儿菲戈尔那时只有二十九岁，媒人们还没有完全放弃给她说媒。她母亲生她时难产死了。菲戈尔跟两个姐姐不一样，她肤色白皙，身材娇小，跟家里其他人没一点儿相像。她应该随了雅诺夫的那位姑奶奶。她订过三次婚。第一次，未婚夫死了。第二次，她退婚了。第三次，未婚夫上了战场就再也没有了音讯。

莉亚跟菲戈尔两人不说话有十多年了。她们俩甚至都躲着不见面。菲戈尔喜欢唱歌。她养了一只猫。父亲给她买了一台缝纫机，她成了女裁缝，做衬衫、男士内衣和女士胸罩。她跟媒人们聊天要聊很久。时不时会有人介绍求婚者，安排见面，但是呢，最终都没有结果。菲戈尔经常来找我妈妈。她会讲一九一五年霍乱大流行时的可怕故事，闲聊战争期间谢布林那些走私货物的姑娘、年轻媳妇的事情：奥地利宪兵搜查她们的时候，经常叫她们脱衣服，在她们身上隐私的部分摸来摸去。一个正派的女人是不会允许陌生男人这么干的。我妈妈戴着已婚妇女的假发，点着头说：“这都是我们漫长的放逐生活的后果啊。”

菲戈尔咒骂莉亚行巫术，她说莉亚不想出嫁还阻挠蕾切尔的婚事。菲戈尔每次订婚，莉亚就会给她下毒咒。菲戈尔对我妈妈说："我的好大姨呀，那个莉亚根本就是个男的，不是女人。"

"瞧你说的什么呀？"我妈妈皱着眉头说，"她有乳房。"

"她长着一双哥萨克人的大脚。上帝造她的时候出了错。"

"你怎么敢这么说呢？全能者不会犯任何错误。"

"那她就是个怪物。"

这家人没有我家条件好。我叔叔杰希尔迷上了他的第二任妻子，虽说她远远配不上我叔叔。菲戈尔叫我妈"大姨"，等于在打她的耳光。不过，我妈妈挺同情雷瑟尔的这几个女儿的，她们都是没娘的孩子。她会派我去她们那儿买颗粒烤面饼，让菲戈尔给我缝衬衣。她给我量尺寸时，手指挠到我，我忍不住哈哈大笑。妈妈说莉亚有乳房，我一直记得这话。在那之前，我一直以为只有给孩子哺乳的女人才有乳房。是的，莉亚长着硕大的乳房，可她的声音跟男人一样粗哑。她会不会就是《塔木德》里说的雌雄同体人？我对她的恐惧就跟对那条满是黑洞和水沟的黑暗通道的恐惧一样。我在书里读到过，世上真有犯罪的女人们，她们跟魔鬼交配，生下妖精、淫妇。说不定莉亚就跟她们家烟囱里的那个魔鬼有一腿。我快成年了，越发爱思考《革马拉》里提到的男女关系。小说也开始吸引我。就是在这段时间，我妈妈让菲戈尔给我做几条内裤和衬衣。

我带上亚麻布去找菲戈尔，快到她家时，看到她家烟囱里冒出浓浓的黑烟。我想起那个潜伏在这乌黑巢穴里的魔鬼。经过面包房时，我见到了莉亚，她穿着破旧的衬衫，宽大的靴子。她朝刚出炉的面包洒水，蒸汽一下腾起来。

她家大门的门槛很高，把我给绊倒了。那天天很热，雷瑟尔的房门半开着。他的白胡子被常年抽的鼻烟烟叶染成了斑斑点点的褐色。一想到有个女人在他的生殖器周围摸索，就让我心里既好奇又恶心。他有个工作间，里面有锤子、锯子、钳子、改锥和刀子，房间角落堆着木板和金属棍。我记得妈妈说过，他年轻的时候曾经想发明一个仅靠重力和弹簧的力量自己晃动的摇篮，这让他的生意一败涂地。

过了一会儿，我走进菲戈尔的房间。这是这座房子里最明亮的一间屋子。父亲跟他的女儿们住在一起，却不像一家人。他们更像是邻居。有的房间漏雨，有的房间上了锁。菲戈尔的房间里有个服装模特儿，一个没脑袋只有胸部和屁股的女性躯干。菲戈尔头发上的一根根线头给她平添了一抹特别的魅力。难以想象她居然快三十岁了，她看上去还是个年轻姑娘。她的一双小脚灵巧地踩着缝纫机踏板，食指飞快地沿着缝纫针挪动着。

“你来啦？”她热情地冲我笑着。

“是，我妈妈让我来的。”

“你爱你妈妈吗？”

我站在那儿，有点儿困窘。“当然，怎么啦？”

“哈西德允许爱女性吗？”她问道。

“妈妈不是女性。”

“那她是什么？”

菲戈尔站起来给我量尺寸。她特别仔细，因为我妈妈跟她说过我的脖子变粗了。她的指关节碰到我的下巴，我感觉她的手指特别的温暖、柔软。突然间，她低下头，她亲吻我的双唇，头发扫过我的脸颊。我窘迫得说不出话来。“不许跟任何人说。”她温柔地警告我。

这可太奇怪了：前些天我就觉得我要干什么越轨的事。我的脑子里装满了罪恶的念头。前几个晚上，我都梦见了我的表姐桃碧，赤身裸体，身上罩着一张网。第二天，我就一直禁食到中午。

谢布林有传言说，菲戈尔又要订婚啦。那个新的求婚者，是华沙来的马车夫，在谢布林有个叫哈伊姆·卡奇的亲戚。这个媒就是哈伊姆牵的线。一切进展神速。这天我们刚听到消息，没过几天，就应邀去参加订婚晚会了。仪式比较简单，客人请得不多。准新郎雷布什看上去有三十多或者四十出头的样子，大高个儿，脸色青紫，大鼻子，厚嘴唇，脖子上有着深深的裂口，还有脓包。我觉得他身上有马粪和机油的味道。淡黄色的眼睫毛下，他的蓝眼睛水汪汪的，给人一种愤怒、嘲讽的感觉，仿佛这整个事情不过是一场骗局。蕾切尔端来切碎的鲱鱼、刚烤好的凯撒小面包和伏特加。莉亚出来也就一分钟，露了个面，她甚至连衣服都没换。雷布什嗓音粗哑，是那种经常吼叫的人的声音。我听见他说："我厌倦了华沙的石子路。"他说着生意，把伏特加喝掉了四分之三，小面包也差不多全让他给吃光了。他受够了华沙的喧闹和恶臭，打算在谢布林买一匹马和一辆货车，往卢布林送货。华沙的人不知道怎么过马路，一旦事故发生，就要车夫担责。从他的话里，我感觉他很有可能撞到过人，吃过官司，也许还进过监狱。菲戈尔也来帮着送点心。我父亲在起草订婚文件。他问雷布什："你全名叫什么？"

"雷布什·莫特尔。"

"阿里耶·末底改。"父亲听了，把他的名字翻译成希伯来语。

"你是什么身份？"我父亲问，"是拉比家族、利未家族还是以色列家族？"

"谁知道我什么身份。"

"你不上会堂的吗？你没被叫上去诵读过《托拉》吗？"

"偶尔去。"

"在这儿，你得上会堂礼拜。在小镇上，你必须得注意言行举止。"菲戈尔插嘴道。

"这个……"

菲戈尔的父亲雷瑟尔显得焦躁不安，很不耐烦，急着要回去弄他那些锤子、锯子、锉刀、螺钉什么的。不管别人说什么，他都无言地点点头。菲戈尔微笑着，开着玩笑，冲我眨眼睛。她耸耸肩，说道："婚姻和死亡一样无法回避。"

"看看你都说些什么呀？"我妈妈问道，"你还年轻着呢，你会活到一百二十岁。"

"不年轻了。谁知道明天会是什么呢？"

"说得好，"雷布什十分赞同。"上个星期我跟朋友坐在一块儿喝着一罐啤酒，突然间，他头一歪，就死了。"

"上帝不许这样的悲剧发生。"

"还有人直接爬到车轮底下呢。"

婚礼定在一个月以后。雷瑟尔和莉亚希望婚礼不要太张扬，可是菲戈尔要求婚礼要请乐队和小丑。我听见她对我妈妈说，"女孩子一辈子能有啥？人生不过一支舞。"

在婚礼上，菲戈尔跟她姐姐蕾切尔跳舞，然后又跟另一个女孩跳。她穿着自己缝制的嫁衣，十分可爱。她跳着，旋转着，新娘礼服像一把雨伞似的撑开。我看见了她镶着蕾丝边的内裤。跳过美德舞之后，两个妇人领着菲戈尔进了黑暗的卧室。几分钟后，雷瑟尔和另一个男人陪着雷布什朝他的新娘走去。

莉亚穿着她的安息日礼服裙和高跟鞋来参加婚礼。她阳刚十足的眉毛下，漆黑的双眼忧伤而哀怨。我妈妈走过去祝福蕾切尔，她回答说："谁听说过主菜之前就上甜点的？"

"你和莉亚有一天也会给你父亲带来快乐的。"

"也许吧。"

婚礼后的第二天早上，流言蜚语便开始了。一个躲在洞房窗户下的男孩子宣称菲戈尔和雷布什吵了半夜，又是骂又是打的。为了走到窗子跟前，他爬过了那片沼泽地，他给大伙儿看还挂在裤子和靴子上的泥巴和青苔。菲戈尔很快就找我妈妈要解除婚约。我特别想听菲戈尔的秘密，可她把我赶了出去。"帮帮忙，"她说，"离开这屋子。这事儿你不能听。"

隔着门，我听见窃窃私语和压抑的哭声。菲戈尔离开后，我妈妈的脸上长满了红斑。我问这对夫妇出了什么问题，妈妈说："上帝宽恕我们，这世上有多少疯狂的男人啊。"

"他们俩处不好吗？"

"她运气不好。"

但是，学经堂里的男孩子们却说得很明白："菲戈尔不让她丈夫上她的床。"

雷布什来找我叔叔杰希尔评理，他俩把自己锁在书房里。雷布什之前诽谤华沙，吹捧谢布林，他现在完全倒了过来。他站在市场中央，男孩和男人们围着他，他不停地重复着："在这么个上帝遗忘的村子里怎么活？看着这么多的泥土，人会疯掉的。不管华沙怎么不好，至少那儿充满了生气。"

“在这儿，只要有钱，你也可以得到一切啊。”一个刚结婚的年轻男人叫了起来。

“这儿有什么？连个喝啤酒的正经地方都没有。”

人们努力撮合菲戈尔和雷布什。贩卖马匹的商人愿意低价卖给雷布什几匹马，商贩们保证会租他的马车帮他们把货送到卢布林和伦贝格，可是雷布什摇着头。菲戈尔没出面。一个姑娘去她的店里量尺寸做裙子，发现门锁着。我姨妈燕特尔过来跟我妈妈说这事儿。她们嘀嘀咕咕，燕特尔帽子上的缎带随着摇晃。“我估计这个面团是发不出面包来了。”燕特尔姨妈说着。

“那个疯狂的白痴。”我妈妈也同意。

这段婚姻很快结束了。在谢布林没法办离婚手续，因为这儿的河有两个名字，离婚文书上写哪个名字没法确定。这对夫妇到卢布林办了离婚。我看见他俩爬上马车，上了旅途。雷布什靠马车夫那边坐着，菲戈尔坐在马车后面的一捆干草上。她还戴着一顶带羽毛的帽子，婚礼后的那个安息日她被领进会堂里妇女区域时，就戴着那顶帽子。她看上去憔悴了，也苍老了。蕾切尔走出来，递给妹妹一个装食物的包裹。姑娘们和妇女们都站在窗帘后面看着他们。

菲戈尔按说很快就能回来的，可几个星期过去了，她还留在卢布林。等她回来的时候，已经是冬天了。蕾切尔上我们家来做客，说："第一道菜上桌前，决不能上第三道菜。"

"原谅我，蕾切尔，可你真的是在胡说。"

"男人都是野兽。"蕾切尔说道，一半对我妈妈说，一半是对她自己说。

"这跟你有什么关系？伟大的圣徒可都是男人。"

"可能古时候是这样的。"

一天下午，菲戈尔出现在我们家。"都是莉亚干的，"她悄悄对我妈妈说，"她把我们都蛊惑了。她一听说我要结婚了，觉得天塌下来了。她给我施了咒。这是事实。"

"人要是相信上帝，就不必害怕邪恶。"

"没用的。她给蕾切尔施了魔法。蕾切尔就跟个鹦鹉似的，重复她的每一句话。如果莉亚叫她倒立她也会照做。她把我当仇敌，就因为我不照她说的做。"

"上帝会给你送来好夫婿的。"

"不，阿姨，我的夫婿便是死亡天使。"

菲戈尔说的是事实。这场谈话后没过多久，就听说她得了绝症。找来了医生，医生也束手无策。她像是得了肺痨，一天天地消瘦，衰弱下去。我再去买颗粒面饼的时候，再也听不到菲戈尔踩缝纫机的声音了。有一次我注意到菲戈尔工作间的门开着，我朝里看了看。她坐在那儿，正在缝衣服。她看见了我，虚弱地笑了笑，说："瞧瞧，他都长大了呢。"

“菲戈尔，我希望你能快快好起来。”

“如果希望是骏马，那乞丐一定会骑上去。我已经无药可救了。不过，你能来看我真是太好了。进来，坐下吧。”

我坐下来，她便开始了回忆。“昨天你都还是个孩子呢。如今，你都成大人了。有件事我希望你记住：绝不能折磨落到你手里的女人！”

“上帝不许。”

“我们都是上帝的孩子。”

“重要的是你要身体健康。”

“不，亲爱的。我活不久。”说着，她的唇上浮现出一丝看到结局的微笑。

几个星期后，菲戈尔死了。她派人来请我叔叔杰希尔过去，听她做临终忏悔。她要求把嫁妆送给贫穷的新娘子。村里的女人们都说她死时像个圣徒。我跟在她的灵车后面。蕾切尔恸哭着，用双拳捶打着脑袋。但莉亚一声不吭地走着。雷瑟尔为她背诵了《卡迪什》。父亲和两个女儿坐在一起，为她守丧七日。

菲戈尔死后，这个家也散了。几个月后雷瑟尔染上了肺炎，去世了。然后，谣传说蕾切尔神志不清，她给顾客找的零比人家给的还多，已经到了莉亚不再放心让她卖东西的地步了。莉亚自己不擅长卖东西，她没耐心跟农民们讨价还价。她烤的东西仅限于那些个来店里的人——少数喜欢她烤的食物的姑娘和主妇。姐妹俩没法挣钱养活自己了。以往都是蕾切尔采买日用品的，但她再也不去肉铺了。她变成老糊涂了。她来找我妈妈，她说的故事里，时间和事实全是混乱的。她照惯例每周一会给我们带来面包和蛋糕。一个安息日，门开了，蕾切尔穿着工作服，挎着一个装烤面包的篮子走进来。我妈妈开始掐她的脸颊。“蕾切尔，你怎么回事？今天可是安息日啊！”

“安息日？我还以为今天是周日。”

“可是所有的店铺都关了。今天禁止带东西。”

“我要把面包拿回家吗？”

“不行，得留在这儿。你没有准备安息日炖菜吗？”

“可能做了吧。我得回家了。”

这件事过了没多久，蕾切尔就得了乳腺癌。她躺在床上，莉亚照看她。谢布林的医生凯兹博士坚持认为，如果蕾切尔去华沙，他们能给她做手术，或许还有救。虽然社区也同意帮她支付手术费用，但蕾切尔拒绝了。她说：“我在这儿出生的，死也要死在这儿。”

她痛得神志不清的时候，便开始唱歌。她的记忆力还残存着犹太新年和赎罪节礼拜词的碎片。很显然她天生一副唱歌的好嗓子，之前没人听她唱过。她甚至临时创作了歌词和曲调，还有为她的父亲和早逝的母亲唱的挽歌。所有这一切都是一代代人流传下来的朴实的调子。她现在公开抱怨莉亚阻止菲戈尔和她自己的婚姻。

蕾切尔死后，莉亚不再烤面包了。她租了两间屋子出去，收的房租差不多能对付着过日子。她彻底隐居了。她哪儿也不去，甚至犹太历新年都没来会堂听羊角号。烟囱不再冒出浓烟和火星。谢布林现在有谣传说那个妖精如今住到了莉亚的炉子后面，晚上就睡在她的床上。她虽然已经年过六十，但依旧满头黑发。

我离开谢布林时，莉亚还活着。我听说她在纳粹入侵之前去世了。我已经好长时间想不起这三姐妹了。可是昨天，我坐在书桌前打了个盹儿，我梦见菲戈尔。我看见她穿着新娘礼服，绸缎鞋子，头发瀑布一样垂到腰间。她脸色苍白，眼里带着来世的快乐光芒。她挥着一根棕榈枝和一个枸橼果，像是在过住棚节。她对我妈妈说："女孩子一辈子能有啥？人生不过一支舞。"

# 她的儿子*

我搬到纽约没过多久，就有个诗人邀请我去肖勒姆咖啡馆吃午饭。在意第绪语作家圈子里，他是出了名的花花公子、登徒子。他老婆特别胖，门都过不去，反正有人这么跟我说的。丈夫的风流韵事令她痛苦不堪，患上了暴食症。他都快七十岁了，居然还有一头金发。蓝色的眼睛，高高的前额，鼻子和下巴给人一种老于世故的感觉。他穿着英式西装，抽哈瓦那雪茄。红灰条纹的衬衫，戴金线刺绣的领带。宝石戒指，衬衫袖口上还绣着字母花纹。我惊讶地发现他竟然很像奥斯卡·王尔德。他的写作也颇有王尔

---

* 本篇英语由约瑟夫·辛格（Joseph Singer）翻译。

德风格：文中满是悖论与格言警句。我那时二十九岁，刚从华沙来，他跟我讲话俨然是老作家对新人的训诫口气。他说："你看上去就像个经学院的小男生。可我从你的作品里看得出，你很懂女人嘛。"

这时，咖啡馆的门开了，进来一个男人，戴一顶破旧的帽子。他脸色苍白，胡子拉碴。眼睛充满了血丝，一副睡眠不足、忧郁压抑的样子。他径直朝我们这桌走过来。我的东道主，我叫他麦克斯·布伦德尔吧，一言不发，手伸进口袋，拿出一张支票，递给他。"怎么样，比尔，你的事儿解决了吗？"他问道。

"越来越糟。"那个男人咕哝着。

"贷款没用？"

"现在什么也帮不了我了。"他的意第绪语里带着美国口音。他的声音很低沉，却有一种低沉嘶吼的感觉。他的双唇因痛苦而扭曲。肩膀一边高一边低。身上廉价的领带也给扯到了一旁。大衣上一只纽扣不见了。从远处看，他像是有五十多岁了，可走近一看，要年轻得多。"嗯，我得走了。"他说。

"也许你可以跟我们一起喝杯咖啡？这位年轻人是——"

"我得走了！"

"去哪儿？"

"去亲吻某个人的屁股，让他借给我一百美元偿还抵押贷款。要是拿不到钱，我会失去房子，我一家人就得流落街头。"

麦克斯·布伦德尔咬着上嘴唇。“等一下。我给你一百美元，你不必亲吻任何人的屁股。”

“对我来说都一样。”

麦克斯·布伦德尔打开钱夹，数出一百美元。他摇了摇头，冲我眨眨眼。比尔一把抓过他手里的钱，嘴里咕哝着再见之类的话，转身离开了。他根本就没瞄我一眼。

“你亲戚？”我问道。

麦克斯·布伦德尔笑了，露出满口的假牙。“儿子，不过不是我生的。他选了我做他父亲，他有权来要求。可是，他是怎么知道他有这个权利的呢？你要是喜欢，我会告诉你。我拿阿斯莫丢死魔王的胡子发誓，这事儿我可从未对人说过。我本想自己来写这个故事的，可我是个诗人，不是散文作家。等会儿，我要再点一份薄烤饼。我们俩一块儿度过这一天吧。”

“我很荣幸。”

“我先点支烟。”他抽出一根雪茄，手指卷动着。

“我尽量长话短说吧，”他说道，“四十年前我有个情妇，她是我一生的最爱。她已经死了三十七年了，可是我没有一天不想她。也可以说，没有一个时辰不想她。我也有过别的轰轰烈烈的情事，甚至在我这个年纪，此时此刻，也还深陷这种愚蠢境地，”他伸出手指戳戳喉咙，“可是她对于我的意义，无人能比，将来也不可能有。她是有夫之妇，那又怎么呢？她不只是有夫之妇，且她的丈夫爱她爱得发狂。但是，他有多爱她，她就有多恨他。她叫索妮娅，最常见的俄罗斯姑娘的名字。而且，她的外表也没什么特别之处：普普通通的黑眼睛、黑黑的辫子，这是意第绪语小说里最爱用的哗众取宠的话。可是，我在西兹德罗协会认识了她，我母亲娘家来自西兹德罗。我跟她聊了几分钟，就不顾一切地爱上了她。相信我，不顾一切绝没有任何夸张。我感觉四肢都在燃烧，而且，我意识到她也和我一样。我们双方都怕得要死，怕我们即将要发生的事情。她的丈夫那时正坐在讲台上，他是协会主席，他正敲打着木槌，让大伙安静。忘了告诉你一件重要的事情：她比我大十二岁，而且她有四个孩子，都是女孩。他们一家住在市中心的 C 大道，感谢上帝，他是个销售商，经常外出。他卖纺织品，常去马萨诸塞州的福尔河。马萨诸塞州相当于美国的罗兹了。他叫恰斯卡尔·瓦拉赫。

“索妮娅算得上是知识分子。她读过阿尔茨巴舍夫的《沙宁》，她能背诵好多页《尤金·奥涅金》。她还写过意第绪语诗歌。丈夫出门旅行的时候，她就去看歌剧。她读社会主义者的宣传小册子。恰斯卡尔·瓦拉赫对她的文雅高贵既爱又恨。他长着大鼻头，眼睛鼓鼓的，还有一副公牛般的嗓子。他不会轻言细语，就知道吼。索妮娅告诉我说，他就是跟她上床也是大声嚷嚷。他傻不拉几的想当西兹德罗协会的理事。可协会的会议上，人们讨论的只有一件事情——墓地。每个社区成员去世，他都要参加葬礼。死亡成了他当上主席的手段，他借此拿着协会的钱，放纵口腹，吃吃喝喝。

“他对性和爱情的认知少得可怜，跟太监差不多。有时，索妮娅跟我说，那些年里他们在一起的时候，他从未让她满足过。他们刚举行过婚礼，她就幻想着能有一个情人。她本来只是个小镇上长大的羞怯的妇人，可当她激情四射的时候，她说的那些话怕是连情色作家萨德侯爵也会大跌眼镜。

“第一次见面我俩就陷入了热恋。索妮娅说她觉得热，我就带她去休斯顿街买冰激淋。下楼梯的时候，我俩就开始接吻，像两个疯子一样互相咬住对方，等我们到达冰激淋店，我们已经计划私奔去加利福尼亚或是去欧洲了。

“有些火是自发的。可能你听说过三角大楼的火灾？短短几分钟里，几十个，不，可能是几百个工厂女工就被烧死了。致命的灾祸不需要什么引火物。

“我不是科学家，不过我也读过些有关科学的书。我知道那些关于进化论的胡言乱语。那就是个弥天大谎。宇宙的发生就在一瞬间。上帝自己就成了，如果真有上帝的话。什么都没有。突然间一切就都有了：上帝、世界、生命、爱情、死亡。哦，还有我们的薄烤饼。”

“薄烤饼可不是突然一下就有了。”我说。

“哦？在肖勒姆咖啡馆不行。如果这个厨子就是上帝，那我们还处在创世时期呢。”

我们吃着薄烤饼，麦克斯·布伦德尔接着往下讲。“所有的私奔计划最终都化为泡影。一个有四个孩子的母亲哪儿也私奔不了。欺骗的老把戏就开始了。恰斯卡尔出门期间，我们就毫无顾忌了。她和我在旅馆约会，要不就在我租的带家具的房间里。那时候我已经结婚了，但是，我和妻子没有孩子。恰斯卡尔待在城里的时候，我们的麻烦就来了。他片刻也不离开她。他既不会写，也不会画，她得当他的秘书。而且，他还要她做他最爱的食物：塞得满满的烤牛香肠，飘着油的浓汤，还有鬼知道什么东西。她会偷偷溜出来待一个小时，我们会饥渴难耐地扑向对方。她讲着令人困惑的故事。她有着最难以理解的稀奇古怪的梦境、幻觉。嗯，我该怎么形容呢，是清醒时候的幻觉。而我呢，跟她靠近了，我就成了真正的巨人。情爱这东西过段时间便会冷下来，可是我俩的爱情却一年年地越发炽烈。而这样的爱情是没有好结果的。

“我妻子发觉我爱上了别人，她已经慢慢接受了我时不时的偷情。而且她不遗余力地用尽了一个妻子所能采用的手段，想让我离开索妮娅。她把姐姐的女儿，一个十九岁的年轻姑娘带到我们家，试图以我的名义勾引她。如果我没有亲身经历这种事，我不会相信妒火中烧的女人究竟能到什么地步。她威胁说要背叛我，可是那些真正背叛的人从来不威胁。她是那种只能拥有一个男人的女人。不知道这究竟是因为生物性的缘故呢，还是自我催眠。自我催眠本身也是一种生物特性。整个人类的历史就是一部催眠史。

“为什么还拖着不放手呢？索妮娅的丈夫发现了我俩的私情。我一听说他知道了，吓得要死。他一拳就能打死我。他有一双马车夫一样凶狠的爪子。我是个懦夫，从未梦想过为情而死。我实在是太害怕了，离开小镇过了一段时间。

“索妮娅给我打电话倾诉她的痛苦悲伤。家里的杯盘碗盏全都砸碎了。他还打她，恐吓孩子们，把我俩的事情弄得协会里人尽皆知。但是，我至今也没明白，他为什么从不直接报复我。他甚至没有给我妻子打过电话，至少一般人会这么做。也可能他觉得作家都是骗子，不值得他动手。不管怎么样吧，别人脑子里怎么想，真不好说。人要是有过我这样的经历就会知道，心理学不是什么科学的东西，也绝不可能成为科学。

“他采用了另一种法子：让索妮娅怀孕，这样她就不会有时间找情人了。四个女儿出生后，他们本来是想了办法避孕的。但他现在要求再生一个。索妮娅如今四十多了，她不相信自己还能怀上，可她的确怀孕了。她生的那孩子就是你刚才见到的那家伙。是她的儿子。我知道你在想什么。不，不是我的儿子。他长得很像他父亲，虽然他父亲是个彪形大汉，而他却是身形瘦弱。事实上，我怀疑我自己没有生育能力。不管怎么说吧，索妮娅怀孕了，这是我见过的最艰辛的怀孕过程。她怀孕五个多月时，看着就像怀孕九个月的妇人。她脸色蜡黄，就像得了黄疸病。他不只在肉体上强暴她，也在精神上对她施暴。我们都很清楚，她会死于生产。有几次我们好不容易设法见面，她却只说死后的事情。她让我发誓，我死后一定要葬在她旁边。不幸的是，这事儿我根本办不到。恰斯卡尔如今就葬在她旁边。墓地里已经塞满了从西兹德罗移民来的犹太同伴，我将来只能找别的地方下葬。

“不，她生孩子的时候没有死。她又活了两年多，也不过是慢慢死去罢了。她的丈夫让她又怀上了，这次她流产了。我就不说细节了。从我知道她怀孕的那天起，我们俩之间再没有任何密切的身体接触了。我们既没有欲望也没有机会。她的死因我而起，这种强烈的罪恶感把所有其他的情感都挤压没了。我也害怕自己会命不久矣。索妮娅临终前我去她家，她对我说：‘别忘了威尔沃。’威尔沃是那个男孩儿的父亲给他起的名字。后来，威尔沃成了比尔。

“我根本不喜欢这个孩子。首先，他杀了索妮娅，虽说这也不是他的错。第二，他的性格很像他父亲，虽然没有他父亲的力气。索妮娅去世一年后，恰斯卡尔又结了婚，搬到了布鲁克林。充满罪恶感的那几年过去了，旧日的火焰又重新燃烧起来。跟其他女人在一起的时候，我只能想象或者强迫自己想象，我是和她在一起。亲热的时候，我叫她们索妮娅。有好些年我一直深受幻觉之苦。我在中央公园见到她，忘了她已经死了。我走上前去跟她说话，她却在我眼前倏忽一下消失了。索妮娅在遗嘱里把一包她之前写给我的诗歌手稿留给了我。我跟你说，那些诗歌都是用白话写的，可它们情真意切，有着真实的力量。情真意切注定是最有力量的。

“我今天还在读那些诗。我都牢记在心。有几首诗说的就是这个威尔沃，她叫他便雅悯。便雅悯按照我们犹太祖母拉结之子的名字命名，意即痛苦的儿子。索妮娅热爱《圣经》。她有一本基督教传教士们出版的意第绪语版《圣经》。她在诗里称威尔沃为‘你的儿子’，因为我才是他来到这个世界的原因。有种精神上的父亲的意思。

“好多年过去了，我从未跟索妮娅的孩子们有过接触。她在世的时候说过，她的几个女儿，至少两个大一点的，诅咒我。恰斯卡尔跟他的孩子们公开了这件事，在她们心里种下了仇恨的种子。因为我，她们才会有后妈。诗人们用崇高的言辞歌颂的浪漫爱情实际上毁掉了生活。虔诚的老奶奶觉得我们所谓的爱情就是罪恶，的确如此。如果这种爱真是美德，现代人也不会将它如此神化。这正是自由意志的反面：最极端的催眠和宿命论形式。我们那些敬畏上帝的父辈过的才是没有奴役的正派生活。相信我，和那些卷入情爱的人相比，这里面也包括我，他们更愿意为彼此付出。我们这个时代的爱情大多是赤裸裸的背叛，也往往是仇恨。

“是的，这么多年过去了，我对恰斯卡尔一无所知。他比我大差不多二十岁。后来我听说他死了，极有可能死于暴饮暴食。有一天，电话铃响了。是他儿子。他在电话里说，‘我叫比尔——威尔沃。我是索妮娅的儿子。’

“我不在乎他的声音，纵然我在这声音里头听出了一丝谴责的味道。但是，我还是安排和他见面。他告诉我说，他的三个姐姐出嫁了，最小的一个去了英格兰。跟其他家庭一样，恰斯卡尔死后，家就散了。比尔把他的悲伤痛苦一股脑发泄到我头上。父亲虐待他，几个姐姐既纵容他又恨他。他连高中都没毕业。他打过很多份工，可次次被骗。他需要钱。他看着我的眼神就像儿子看着将自己疏远的父亲。他不是在请求，而是要求。他的一切都令我愤怒。我想对他说：‘我不欠你什么，滚一边儿去！’可结果是，我有什么都给了他。他拿走，连谢字都不说一个。他一离开，我就赌咒发誓，再不要见到这个可恶的东西。可是，我知道，我对他一点儿办法都没有。我欠他的债永远也还不清。”

麦克斯·布伦德尔停下来，又点了一杯咖啡。“我一生见过很多一无是处的人，”他接着说，“可是，就没见过一个像比尔这样的白痴。他把一切都搞砸了。他不读书，也不接受任何职业培训。他就不适合干任何一种职业。不管他试着做什么，都是以失败告终。老话怎么说来着？他要是卖裹尸布，就没人敢死了。有时候，这种傻瓜会碰上好姻缘，娶个能干的老婆来帮他。可他却娶了个懒惰的姑娘，一个笨蛋，而且一结婚就没完没了地生孩子。五个女儿。孩子们生病，大人也生病，他家就像个医院。他挣的钱一半花在看医生和买药上了。还有别的糟心事儿。一次，家里着了火。又有一次，水管漏水，天花板塌了。每次出了事儿，他都满头大汗地跑来找我，我也是一次次尽可能地帮他。

“你可能不知道，这些年我开了个印刷厂，我自己写的书根本赚不到钱。我从没算过比尔这家伙究竟花了我多少钱，但是，少说也得有几千美元吧。我帮他买了那栋我们刚才提到的房子。自然，他知道自己得挣钱还房贷，可每次该交钱的时候，他就来找我，而且总是在最后期限那天来。有件事我的确后悔，那就是我没把他这些年闯的祸、遭的难都写下来。这些东西拼在一起怕是可以凑成一本书，既悲哀又可笑。

“有时候我也想过反抗。不管怎么说，他又不是我的骨血。我若是能确认真的有来世，索妮娅，不管她在哪儿吧，真的知道我为她亲爱的儿子所做的一切，那我就是上天入地地照顾他我也情愿。可是，如果那高天之上，什么也没有，索妮娅也不过是一抔黄土，那我为谁牺牲呢？他从来就没给我带过一件小礼物，哪怕是光明节礼物，或是生日礼物也好。我的书出版了，同事们有时举办宴会为我庆祝。我总会让人给他送个请柬。他从不参加。你也看见了，他从我这儿搜刮钱财，连个谢字都没有。这些年来一直都这样。

“这个没用的家伙就是我命里的仇敌。他大概知道，算是下意识吧，或者简单地说就是直觉，他是因为我才来到这个世上的。他怨我，恨我。他似乎相信他的失败跟我有点儿关系。有个喀巴拉学者对我说过，如果一个男人强暴一个女人，或是违背她的意愿让她怀孕，他就是从那荣耀的宝座上拖下了一个本不该来到这世上的灵魂。这样的灵魂会偏离正道，仿佛误入了混乱的世界。我跟比尔少有的几次谈话里，他总是重复同一个主题：他活不了多久了。但是他又不停地暗示我应该记得在我的遗嘱里给他一份财产。他就是个矛盾体。也许整个宇宙就是个巨大的矛盾体。上帝自己就是自相矛盾的。正是因为这个矛盾，这个世界得以进化。这个哲学命题你怎么看？

“言归正传。我跟你说过，比尔有五个女儿，一个比一个漂亮。在这件事儿上，他成功了。他没钱供她们上学，可她们当中有三个设法读了大学，还拿到了奖学金。我对他的女儿们挺感兴趣的，经常让他带我跟孩子们见一面，可他一直不让。你都不会相信吧，他从未邀请我进过我拿钱帮他买的那栋房子。我以为他会用他母亲的名字给其中一个女儿命名，但是他给她们取的全是外邦人的名字：珍妮、碧翠丝、南希之类的。他不想了解任何跟犹太教有关的东西。圣诞节他会买圣诞树，结果把房子给点着了。

“我已经接受了现实，只要我活在这世上，我就欠他的。可我不会给他留一个子儿。再说，我也没多少钱留下了。几年前我就把那间印刷厂给变卖了。

“现在，说正事儿了。几个月前，我的书《琥珀偶像》出版了。别这么一副吃惊的表情。我喜欢与众不同的名字。我内心深处，是一个达达主义者、一个未来主义者，随便你怎么说吧。既然有金子做的偶像、银子做的偶像、石头做的偶像，为什么就不能有琥珀的偶像？就算现实中没有这样的偶像，那为什么诗歌里不能有这样的偶像？你比我更清楚，喀巴拉是基于字母组合的。当你把两种之前从未一起存在过的东西结合在一起，它们就开始了一种新的存在方式，也许星球会就此变得丰富起来。

“简单说吧，我那些好心的同行为我安排了一场晚会。他们问要邀请哪些人，我给了他们一份名单和地址，那是我妻子用来邮寄新年贺卡之类时用的名单。跟往常一样，我们一起吃晚餐，一起骂其他作家。我正坐在那儿对付一块硬邦邦的公鸡肉，索妮娅走到我桌边——是的，比尔的女儿，她叫南希。她看上去就该是索妮娅十八岁时的样子。我坐在那儿，呆若木鸡。她对我说：‘您不认识我，但是我认识您。因为您，我学习意第绪语，好读懂您的诗歌。我是索妮娅的孙女！’说着她笑了，仿佛这一切就是个笑话。

“我差点儿忍不住要哭了。我说：‘你看上去跟你祖母一模一样。’她好像很怕震碎了我的幻觉，马上告诉我说，她要和一个年轻人出去约会，他们准备结婚了。他是普林斯顿大学的学生，来自亚利桑那州或者附近的什么地方。她还跟我说了好多别的事情，比如她未来的丈夫，可能就是她目前的这位情人，也对我的作品感兴趣，想要学意第绪语。他是学文学的。

“我差不多听不见她在说些什么。虔诚的人们会说到复活，而此时此刻复活就在我眼前。当然了，索妮娅是索妮娅，而她是南希。她没有她祖母的那种炽热情感。我请她坐到我身边。演讲马上就要开始了。我听见她说：‘您为什么从不来看我们？我们都把您当作我们的祖父。现在我们在乡下有幢房子，您可以来休息或者创作。我们有客房。’

“‘乡下的一幢房子？’我问道。她说：‘我爸爸没告诉您吗？可以理解。老房子的房贷还没还完呢，他又借贷买了栋新房子。我爸爸总要找些事情来犯愁，绞尽脑汁。老房子差不多快还清了，我们几个姑娘也都能挣钱了，我们很快就可以独立了，所以，他买了幢避暑别墅。这下他又有新的危机了。这就是我爸爸。’

“整件事情搅得我心烦意乱，都没听见演讲说的是什么。轮到我回应的时候，我都不知道自己在说些什么。我自认算得上优秀的演说家，可那天晚上，我把自己的名声毁了。

“那天夜里，我通宵不眠。我发了最毒的誓言，下次比尔出现在我面前，我要抓住他的衣领跟他说‘给我滚他妈的’。我叫自己‘笨牛’‘蠢猪’‘傻帽’。一个星期不到，他又站在了我面前。纽扣歪歪斜斜，破衣烂衫，脸色苍白，眼神忧郁，一副绝望要死的样子。他看着我就像被害者望着刽子手，说：‘我只有一条路可走了——把我自己吊死算了。’

“我想朝他咆哮：‘那就把你那避暑别墅卖了，你这个骗子！你这个寄生虫！你这个下贱的笨蛋！’可同时我又想着，他为什么就不能有幢别墅呢？他为什么就不能有个地方去休息呢？而且万一他真的说到做到，把自己吊死了呢？一九二九年华尔街崩溃期间，我看到过好些傻帽，股票跌了就从窗口跳了下去。我像父亲似的给了钱。你刚才见证了一次。这种事情你是怎么说的来着？”

“斯宾诺莎认为一切皆可成为激情。‘一切’也包括各种可能的情感。”我说道。

“也包括怜悯？”

“也包括怜悯。”

“那么爱情呢？”他问道。

“斯宾诺莎把那些陷入爱情的人比作心智不健全的。”我说道。

“真的吗？那，他说得太对了。可是都过了这么多年了，对我来说要变得理智已经太迟了。”

# 利己主义者*

我住在河滨大道边的那座公寓楼里。有个邻居住得比我高两层楼，她叫玛丽亚·德维多夫纳。许多有名的俄罗斯移民前来拜访她，都是些激进主义者、社会主义者。她个子挺高，皮肤黝黑，身材比例匀称，厚厚的眼镜后面是灰色的眼睛。她把头发盘成一个发髻。穿的衣服总是黑裙子配高领衬衫。她让我想起了那些住在阁楼里的俄罗斯女革命者，她们手印非法传单，把炸弹绑在一起，轰炸沙皇心腹党羽。有一次电梯出故障，我认识了她，还帮她搬了一本老旧的俄罗斯百科全书上楼，那是她在第四大道买的。

---

* 本篇英语由艾萨克·巴什维斯·辛格与多萝西娅·施特劳斯（Dorothea Straus）翻译。

我们俩相互熟悉之后，她邀我去楼上她住的地方下棋，不过每次下棋都输给她了。

慢慢地我也认识了她的朋友们，特别是三个定期来访的客人。他们当中有一个曾是俄罗斯国家杜马的派系领袖，叫波波夫。波波夫到纽约后成了鳏夫，后来娶了玛丽亚·德维多夫纳家一个远房亲戚。波波夫住的地方离我们只有几个街区。他新娶的老婆身体不好，波波夫就要买菜、做饭。我好多次在超市看见他推着小车。他个子不高，肩膀很宽，满头白发像是顶着一头泡沫。他的脸色很红，鼻尖翘起，下颚还留着白胡子。他总穿着同一件双排扣的西装，圆头皮鞋。领带上打了个宽结。我有时想，他这身打扮怕是有四十年了，跟我在一本有关俄罗斯的书里看到的他的照片一模一样，同样的服装，同样的表情。我们每次见面他都会伸出厚厚的双手，先给我一个长长的拥抱，再来一个短短的拥抱。因为我不懂俄语，他便用磕磕巴巴的英语和我聊天。在俄罗斯政治圈里他很有名。因为他在不同的圈子里当和事佬，在激进运动中多次帮助避免了分裂。他的温和交流的精髓就是，不管困难有多大，我们都该为生活在一个自由的国度而心怀感激。

第二个常客是布诺夫教授。他写过一部书，涉及十二月党人到斯大林时期的俄苏革命史。布诺夫高高大大，是个巨人。他四方脸，黄皮肤，斜眼。他很少说话，只是摇头。玛丽亚·德维多夫纳跟我说，他来自西伯利亚北部某个地方，年轻时常带着大棒去猎熊。后来他在俄罗斯监狱的单间囚室里关了好些年，这让他变得沉默寡言。他的鼻子扁平，前额很低，嘴唇很厚。一绺头发长得像把刷子。他十分仇恨布尔什维克，那双蓝灰色的眼睛里似乎有怒火在燃烧。我想他的仇恨怕是要追溯到成吉思汗时代了。玛丽亚·德维多夫纳说，布诺夫可能永远也不会原谅波波夫，因为波波夫反对逮捕列宁。听说布诺夫杀了一个苏联秘密警察，逃离了俄罗斯。每当他提起当下的俄罗斯，就会用拳头敲打着桌子，我总害怕什么时候桌子会承受不住那强有力的大拳头，轰然坍塌。

第三个是库津斯基。他出生时是个伯爵，很小的时候就参加了革命运动，在克伦斯基统治的那九个月里担任过重要职务。库津斯基高高瘦瘦的，前额突出。虽说他都已经六十多了，胡须还是黑色的。一双棕色的眼睛微笑着，带着老于世故的幽默。

大家都知道库津斯基是个怀疑论者，很幽默也很讨女人喜欢。跟其他那些无论冬夏都穿着鞋罩来拜访玛丽亚·德维多夫纳的俄罗斯人相比，他的衣着要精致得多。我曾经见过玛丽亚·德维多夫纳为他熨烫一件丝绸衬衫。一位熟悉这个圈子的作家告诉我说，库津斯基骨子里就是个通俗文艺专栏作家，不是做斗士的料。他开玩笑总让人不舒服。库津斯基和我有个共同点：他跟玛丽亚·德维多夫纳下棋，总是输，无一例外。有时他和我一起联手跟她下棋。库津斯基抽着雪茄，哼着俄罗斯小调，吃着玛丽亚·德维多夫纳给我们准备的鹰嘴豆和哈发糕，喝着一杯又一杯柠檬茶，走了一步又一步臭棋，一边还说着俏皮话。跟他一块儿下棋，我也变得更笨了。最后，我们输了，库津斯基会说："别担心，同志，最后的胜利一定会属于我们的。复仇的日子近了。"他会冲着布诺夫教授挤眼睛，扮鬼脸。这是对布诺夫信仰的反讽，因为布诺夫相信将来某一天苏俄会出现反革命运动。

库津斯基和布诺夫两人都是单身。从玛丽亚·德维多夫纳话里话外，还有库津斯基在她生日时送给她的那些书上的题词，我猜库津斯基和她相爱过。而布诺夫呢，他似乎倾心于她。他那双眼袋深陷的斜视的眼睛热情地追随着玛丽亚。她去厨房准备茶水时，他仔细聆听着她发出的各种声响。玛丽亚·德维多夫纳为他那部厚厚的专著收集材料。有件事情我可以肯定，他从不在她的公寓过夜。有几次我遇见他凌晨两点坐电梯下来。那时他会特别愤怒，额头上皱纹扭曲，跟他打招呼他也不理我。那张宽大的脸都发绿了。我相信布诺夫一直都很妒忌，他怀疑每个男人都跟玛丽亚·德维多夫纳有染。难以抑制的妒火带着西伯利亚的凶猛，似乎随时都有爆发的可能。

有时没有别的客人，玛丽亚·德维多夫纳会邀请我去她的公寓下棋。每次在我输了之后，我们就会喝着果酱茶，谈论犹太复国主义、《塔木德》、意第绪语文学，等等。因为我们都用的是不熟悉的英语，交流也不可能深入。

玛丽亚·德维多夫纳学习和阅读了不少东西，也了解俄罗斯文学、法国文学，但她是社会理论家思维，似乎想在一切东西里寻找逻辑。她身上还残留着历经多年尚未成熟的一种青春质朴。她好像依旧是个高中生——“一战”前那些年的女学生。我敢肯定她一直在记日记。她从俄罗斯出来时，带来一本厚厚的相册，那些褪色的照片上有她和无数大学生、女性朋友和表兄妹们的合影。上面的大多数年轻男子都留着胡子，他们好多人穿着黑色的上衣，上面戴着流苏装饰的肩带。我通常会一边浏览着照片，一边打听照片上的人。她用那双近视眼盯着我，好像也不确定谁是谁了。最后，她会说“死于战乱”“被布尔什维克枪杀了”“得伤寒死了”。

我试图打听她跟库津斯基以及布诺夫的友谊，但她总是闪烁其词。不过我还是了解到一些细节。玛丽亚·德维多夫纳是一个富有的木材商人的女儿，毕业于基辅的高级中学，还得过金牌。她七年级时就参加了革命小组。短暂的克伦斯基政权时期于她而言，是最辉煌的时期。她跟所有孟什维克党领袖都走得很近。他们将重要的公务交付给她。那一年的每一天都有意想不到的事情。那年没有冬天，因为革命在春天开始，秋天终结，被共产主义者接管了。从那以后，玛丽亚·德维多夫纳就生活在某种无限延长的哀悼中。她从俄罗斯出逃后，在华沙、维也纳、布拉格和伦敦短暂停留，在哪里都无法安顿下来。她进了好几所大学学习，但没有哪一门课是修完了的。她在纽约已经住了好些年头了，但是依然无法忍受这座城市的乏味，它的喧嚣、忙碌、肮脏，以及对金钱的贪婪。她认为纽约就没有一座好看的建筑，没有一间舒适安逸的餐馆或咖啡馆。虽说有电灯，可到了夜里这座城市依然漆黑如丛林。而地铁对她来说，犹如噩梦。

有一次，玛丽亚·德维多夫纳出人意料地向我敞露心扉。我曾说她实际上就是个居住在私人修道院里的尘世修女。她听了这些，取下眼镜，整张脸露了出来，极度悲伤。她的鼻翼两侧因为戴眼镜留下了深深的青色凹痕。她抬起发红的眼睑，问道："你见过活死人吗？我说的不是比喻意义上的，而是实实在在的活死人。"

"实实在在的，没见过。"

"既然你都在写那些幽灵、鬼魂之类的题材，我想让你知道，站在你面前的就是个死人。"

"你何时死的？"

"布尔什维克革命之后。"

"如何死的？"

"噢，有太多要说的。事实上，我年轻时就已经死了。我对生活的要求太多，要求过多的人什么也得不到。父亲很少在家。

我不知道他为什么总躲着母亲。她是个美丽的女人，虽然郁郁寡欢。我上高中的时候，她就去世了。我是他们唯一的女儿。每天，背着书包上学时，我总问自己：‘我为了什么活着？生活的意义是什么？’这不仅仅是任性。我总是有种强烈的赴死的欲望。我妒忌死者。我常去东正教的墓地，在那儿一站就是几小时，凝视着墓碑上的那些照片。二月革命将我从死亡的渴望中拉了出来。革命令我陶醉。但即使是在那时，我也很清楚，这种陶醉不可能持续。克伦斯基的政权有着醉酒狂欢的种种征兆，一种注定很快终结的狂欢。而随之而来的布尔什维主义则是苦涩的宿醉。对不起……”

我们俩都沉默不语。后来，我问道：“库津斯基这个人怎么样？”

“一个利己主义者，我见过的最自私的利己主义者。他的一生都在躲避现实。对所有经历过那场狂热后幸存的人来说，剩下的不过是一堆垃圾，但于他而言，依然是节日，一个享乐主义者的私人节日。对不起，别再问我了。我说得太多了。”

玛丽亚·德维多夫纳重又戴上她的眼镜。

我开始意识到库津斯基不太好。他的脸色变得蜡黄，双颊凹陷。他点烟的时候，火柴在两个长手指间发抖。一天夜里，库津斯基来拜访玛丽亚·德维多夫纳时，波波夫也来了，带来一罐他自己做的罗宋汤。库津斯基就带了只汤勺。

波波夫说："这道罗宋汤是补药。用柠檬做的，不是酸盐做的。"

"是啊，世人都知道你是个一流的厨师，在俄罗斯被你煮得一团糟之后。"

库津斯基一如既往地插科打诨，但一切都变了。我跟玛丽亚·德维多夫纳下棋时，他不再给我支招。他甚至连惯常哼的小曲也停了。每过几分钟他就要上一趟厕所，回来的时候双腿打战。他的胡子变白了，我怀疑他以前的胡子是染的。听说他在写回忆录，他从一家基金会领生活补贴。

玛丽亚·德维多夫纳有关俄罗斯的书里有库津斯基的照片，有高中拍的，上大学时拍的，做革命者时拍的，做政治流放犯时拍的，还有在彼得格勒的一次群众集会上演讲时拍的。他就是俄罗斯历史的一部分，因此，也是世界历史的一部分。但是，在这里，他躺在玛丽亚·德维多夫纳的沙发上，拿着手绢咳嗽着，不停地打盹。而玛丽亚·德维多夫纳则责备他不注意饮食，会生病住院。

玛丽亚·德维多夫纳说她是具行尸走肉的话给我的冲击，远远超过这些话本身。我开始想象这间公寓里有股甜丝丝的腐烂味道。晚上，她房里的灯全都开着，可几间屋子依然笼罩在阴影里，也许是因为每面墙都有伸到天花板的书架。每次，我取出一本书，干燥的书页就会一张张脱落下来。我也注意到，布诺夫和库津斯基对玛丽亚·德维多夫纳说话，但他们俩却互相不说话。他们甚至都避免对视。他们吵过架？还是说他们俩无话可说？我有些害怕布诺夫。有时，他坐在那儿，一言不发，一双斜视的眼睛，我感觉他还留在西伯利亚的森林里，一个天性反复无常的史前人类，穿越到了二十世纪，做了教授。我不再去拜访玛丽亚·德维多夫纳。

一天夜里，我在家里看报，有人敲门。通常只有专业灭蟑螂的人才会事先不预约上门，可他通常是白天上门的。我走到门厅，问道："谁呀？"

"是我，玛丽亚·德维多夫纳。"

我听出了她的声音，那声音竟有些哽咽。我请她进来。玛丽亚·德维多夫纳站在那儿，没戴夹鼻眼镜，脸色苍白，像变了个人。

她说："请原谅，我打扰你了。但是出了件可怕的事，我不知道该找谁。库津斯基刚才死了。"

"死了！怎么死的？在哪儿？"

"在我的公寓里。我打了电话，可是没人在家，布诺夫和波波夫都不在。要不就是我电话拨错了。我的眼镜找不到了，什么也看不见。"

"你打电话叫医生了吗？"

"他从不找医生。可怜可怜我，跟我一起上去吧。没有眼镜，我就是睁眼瞎。"

我被一种孩子般的恐惧所笼罩，但是我也不能拒绝玛丽亚·德维多夫纳，让她一个人陪着尸体。我们没有走电梯，而是默默爬上楼去。玛丽亚·德维多夫纳紧紧抓着我的胳膊。我们走过她公寓里长长的大厅，穿过起居室，进入卧室。玛丽亚·德维多夫纳宽大的床上，躺着库津斯基，穿着西装，打着蝴蝶领结。他脚上的鞋子还带着鞋套。我差点没认出他来。他笔挺的鼻子变弯了，皮肤蜡黄，干枯的白胡子向上翘着，眼角的皱纹里，还残留着笑容。

踌躇了一会儿，玛丽亚·德维多夫纳问道："你觉得我是不是该叫警察？"

"警察？为什么？或许你该给俄罗斯报社打电话。"

"报社晚上没人。我一激动就把眼镜摔了。我能找到你家门口真是个奇迹。因为他，我的生命终结了。"她的语调变了，"你能不能帮我找找眼镜？"

我搜索地板、床头柜、箱子，就是找不到她的夹鼻眼镜。我说："也许你可以给那几份英语晚报报社打电话。"

"那样他们就会询问细节，我脑子糊涂了，现在什么也记不住了。电话铃响了。等等！"

玛丽亚·德维多夫纳离开卧室。我有一丝想跟着她的冲动，但是又羞于暴露自己的怯懦。我站在那儿，盯着库津斯基，心脏怦怦直跳。他脸色蜡黄，僵硬如石头。嘴很小，半张着，没了牙齿。我看见他的假牙在地毯上，塑料牙膛上的牙齿长得有些奇怪。

我用脚尖把假牙踢到床下。

玛丽亚·德维多夫纳回来了。“真是疯了，电话里说我赢得了两节舞蹈室的免费课程。我该怎么做？”

“如果你记得号码，我可以打给波波夫和布诺夫。”

“他俩肯定不在家。布诺夫应该很快就到了。我们正在喝茶、下棋。他突然就瘫倒在床上，就这么完了。”

“仁慈的终结。”

“他或者就是个利己主义者，现在他也像个利己主义者似的把我们给抛弃了。我该怎么办？每一秒就像要下地狱的感觉。请坐吧。”

我坐到一张椅子上，玛丽亚·德维多夫纳坐到了另一张椅子上。我找个看不见尸体的位置坐下。玛丽亚·德维多夫纳紧握着双手。她用唱腔说话，让我想起一代代母亲们、祖母们哀恸的样子。

“一切都源于自私。他走向人民，他进监狱，这一切的一切，都是。到他生命的最后一刻，他都是个乡绅。他给出的任何东西都是施舍，就连他的爱也是。他骄傲得不愿去找医生。而我呢，这么些年白白浪费了青春。我都忘了自己是个犹太人。有一天我读到《圣经》里讲以色列人侍奉偶像，我对自己说：‘我的偶像就是革命，所以我活该受上帝的惩罚。’”

“你如今明白了就好。”

“太晚了。他想走便走了，留下我死一千次。曾经，他们把一切希望都寄托在那场革命里。过去三十年里，他们一直渴望着再发动一场革命。但是，能有什么区别？他们早已体弱多病。新的一代人不会了解真相。他们唯一的野心只剩下延长这痛苦。至少这一点他是承认的。”

电话铃响了。这次是波波夫。我听见玛丽亚·德维多夫纳在跟他说明情况。她不停地重复着：“哒，哒，哒。”

没过多久，波波夫和布诺夫都到了。紧随其后的还有其他人，都是些白胡子老头儿，有的是络腮胡，有的是上唇髭。一个老头儿全身倚在拐杖上。波波夫的西装弄脏了，脸颊通红，像是刚从火炉边过来。他浓密的眉毛下孩子气的眼睛里满是谴责。人们似乎在说，“瞧瞧他给咱们干的好事！”布诺夫拿起尸体的手腕，摸了摸脉搏。他做了个鬼脸，四四方方的脑袋左右摇晃着，他的眼睛表达的是：“这不合常理啊，伯爵。不该这么做的。”他熟练地合上了死者的嘴。

女人们也陆续达到了，都穿着长长的老式连衣裙，低跟皮鞋。稀疏的头发绾成发髻，用发卡固定。一个女人披着土耳其披肩，就像我的老祖母那样披着。在美国这些年，我已经忘了这些满脸皱纹，佝偻着腰的人。一个老女人带了两根手杖。她走了一步，我听见玻璃的碎裂声。她踩到玛丽亚·德维多夫纳的夹鼻眼镜上了。她毛茸茸的小下巴摇晃着，像是在念咒语。我在一本书的照片里看过她。她过去是个炸弹专家，曾单独囚禁在臭名昭著的施利塞尔堡监狱里。

我想要离开，但是玛丽亚·德维多夫纳让我留下来。她把我介绍给新来的客人，我听到一个个书上、杂志上、报上常出现的熟悉的名字：革命领袖、国家杜马领袖、克伦斯基内阁成员。他们每个人都曾做过历史性的演讲，参加过决策性的会议。我虽然懂波兰语，听不懂俄语，但他们说的话我大致也能听懂。

拄着拐杖的老妇人问，“我们是不是该点纪念蜡烛？”

“蜡烛？不用。”波波夫说。

披着土耳其披肩的妇人掰着害风湿症的手指。“他现在还是个美男子呢。”

拄着双拐的老妇人则说：“也许该给他盖上。”

“有谁能取代他的位置？”波波夫问道，然后自说自话，“没人能够。”他的脸色因为愤怒而发红，这样他的胡子显得越发白了。他咕哝着，“我们正在逝去，很快，没人留下来。永恒将我们收走，那伟大的神秘的永恒。俄罗斯总有一天会忘了我们。”

“谢尔盖·伊万诺维奇，别夸大其词。”

“《圣经》上写着：‘一代过去，一代又来，大地却永远长存。’就在昨天，他还那么年轻，那么勇敢，像一只雄鹰。”这一堆人里有个单薄瘦小的男人，留着尖尖的花白胡子，厚厚的镜片背后的眼睛看上去很是沮丧。他开始致悼词。“他为俄罗斯而生，为俄罗斯而死。”他说道。

玛丽亚·德维多夫纳打断他：“他不为任何人活，只为他自己。这个世界永远也不会知道他是个多么伟大的利己主义者，永远，永远也没人知道！”

屋里沉寂下来。电话铃响了，没人去接听。他们都一脸的困惑、悲恸，满是谴责，满是宽恕。库津斯基眼角的皱纹看上去像是在笑。玛丽亚·德维多夫纳双手捧着脸，扯着嗓子号啕大哭。

# 胡子*

一个意第绪语作家，而且还是个老男人，竟然会一夜暴富，这似乎令人难以置信。但是，这事儿还真就发生在本迪特·帕普科身上。他是个小个子男人，病恹恹的，脸上长着痘疮，一只眼睛瞎了，还瘸了一条腿。

他拖着残破的身体，苦苦挣扎着，剧本完不成，诗歌写了没人读，小说完成了没人给发表。但他听了一位亲戚的建议，用两美元一股，买了价值一千美元的场外股票。他把从那些慷慨的赞助人和慈善团体那儿得来的钱用作第一笔资本。几个月的时间里，

* 本篇英语由艾萨克·巴什维斯·辛格与赫伯特·洛特曼（Herbert R.Lottman）翻译。

那只股票差不多涨到原始股的一百倍。

后来，那位亲戚又建议他在纽约第三大道上买了几栋残破的建筑。一个建筑商要买那块地，给了他一笔巨款。

我们常聚的那家咖啡馆里没人知道那个什么投资建议者的身份，但我们都知道本迪特·帕普科一天比一天有钱。连他自己都承认，过不了多久他就可以成为百万富翁了。可他还是跟以前一样，穿得破破烂烂的。他跟我们一块儿坐在桌边，抽着雪茄。一边咳嗽，一边吃着米饭布丁，一边抱怨着：“我拿这钱能干什么呢？什么用也没有。”

“给我呀。”佩尔塔·曼内斯说，他是个寓言作家。

“你拿这钱想干什么？给我来一份鸡蛋饼干，一杯咖啡，记在我账上。”

本迪特·帕普科是那种比较原生态的作家，永远也学不会写正确的句子，没有什么语法概念。尽管如此，他的确是个天才。我常看他发表过的作品。没有什么结构意识，但是，在每一页都能发现一些让我惊讶的闪光句子。

他描写半疯癫的人们，守财奴，古老乡村的邻里口角。这些绝迹多年的故事，没人知道因何而起，也没人知道它们是什么。还有那些始于波兰乡村的复杂爱情故事，他把它们一直带到纽约东区的出租屋里，后来又延续到了迈阿密海滩的老年旅馆里。他的段落会延续整页纸。而且，在描写主人公的对话场面里，还要插入他自己的话。

在美国，帕普科首次知道了弗洛伊德。他试图用弗洛伊德理论来解释他的人物。他需要编辑，可他连标点符号都不允许人家改。

我曾在一份没什么名气的文学期刊做编辑。有一次，他给我带来一篇故事，开头就是："这是一个阴天，天空很忠诚。"我问他"忠诚"想表达什么意思。他看着我，带着愤怒与怀疑。他叫道："别拿这书呆子的胡言乱语来烦我。要么给我发了，要么去他妈的。"

他一把抓起稿子，跑了。

他在美国已经生活了四十年了，可他学到的英语单词没几个。除了意第绪语报纸，他什么也不读。心理学，他说成"犀利学"，有人跟我说，帕普科的发音错误都可以编成一本字典了。不过，有时候，他说起话来倒像个圣哲。他住在布朗斯维尔那一带，无儿无女。

有人跟我说，本迪特·帕普科的妻子长着浓密的胡子，过去是黑的，现在都已经花白了。他从不带她出门。也没人知道，她为什么不剃胡子。

在我那个圈子里，我老早就知道永远也不要去找什么解释。意第绪语剧院有个喜剧演员，一直因为说话粗鄙而闻名，可突然之间，他就变成了虔诚的教徒，留起了鬓发，还搬到了耶路撒冷最著名的那个极端正统派教徒居住的街区。而一个正统派的拉比却跟他的妻子离了婚，离开他的会众，加入到了共产主义者的圈子。有两个教希伯来语的女人各自跟丈夫离婚，搬到一起，做了女同性恋者。帕普科突然暴富，我们也没觉得有多吃惊。可他总是不停地提起这事儿。每天他一来就跟我们讲他最近的商业成就。他开始给我们建议如何投资。

一天，他跟我们吹嘘说，批评家加布里埃尔·魏兹正在写一本有关他的书。这我们就没法相信了。魏兹从来就不喜欢帕普科的作品，称他是个不学无术的乡下哲学家，一个煽动者。

我们齐声问道："这怎么可能？"本迪特·帕普科眨巴着他那只坏眼睛，狡黠地笑了。"给轮子打了润滑油，自然就跑得快了。"接着又引了《塔木德》中的名言，"钱能让浑蛋变纯洁。"

帕普科公开对我们说："那些吹毛求疵的文学评论者拿几个小钱就能买通。"他，帕普科跟加布里埃尔·魏兹谈生意。"要多少钱才能摆平，哥们儿？"批评家给他开了个价——五千美元。

我们全都震惊了。加布里埃尔·魏兹素来以严肃作家闻名。大家都觉得本迪特·帕普科一定是在吹牛。但是后来一本杂志上出现了加布里埃尔·魏兹写的一篇关于本迪特·帕普科的文章，据称是一部大作中的一个片段。加布里埃尔·魏兹称本迪特·帕普科为古典作家，一个天才，他以雄辩的口吻谈到帕普科对意第绪语文学的重要性。本迪特·帕普科并未吹牛，加布里埃尔·魏兹真的为五千美元把自己给卖了。

我对本迪特·帕普科说：“你为这种事情花这么大笔钱，得到了什么呢？这种名声有什么价值？”本迪特·帕普科回答说：“什么东西都是靠买的。你娶了老婆，不得供养她吗？你不养她，她就会起诉你。你要是有个情妇，你得带她去餐馆、住旅馆、送她各种礼物。你自己的孩子，你一旦不再给他们钱花，他们就成了你的仇人。迟早，人人都会给你送来账单。这样说来，名声又有什么不同？”

他对我说：“总有一天，你也会来吹捧我的。”

这些话令我厌恶，我回答说：“我是觉得你不错，但这世上还没有足够多的钱，能买动我去写你。”

他哈哈大笑，立刻严肃起来：“就是一万美元也买不动？”

“一千万也不行。”

桌边有个人评论道：“本迪特，你自己坏了生意。他原本迟早会写你的。”

“没错，本来是有可能的，”我说，“但现在不可能了。”

本迪特·帕普科点点头。“不过呢，如果你知道写篇稿子，为我说点儿好话，便能让你下半辈子过得舒舒服服，也不用再写东西，还能在加利福尼亚找个地方逍遥快活，你会三思的。说本迪特·帕普科有天赋怎么就有罪了呢？”

“这当然不是罪。你也的确有天赋。但是，既然你已经开始贿赂批评家了，我再也不会为你写任何东西。”

“如果有人拿枪顶着你的太阳穴呢？你妥协吗？”

“我会的，的确不值得为这种事情去死。”我以我们餐馆的谈话风格回答道。

“好吧，吃你的米饭布丁吧。我不会给你一万美元。你远远不值这个价。”随后，他大笑起来，露出牙齿，歪歪扭扭，黑黢黢的，像褐色的指甲。

一年过去了，差不多一年吧。有一天我走进餐馆，在我们常坐的那个餐桌旁坐下来。大家聊了一会儿同行在杂志上发表的一首诗。一个人说真是天才之作，另一个却说，除了些空洞的辞藻，没有任何意义。好一阵子我们都沉浸在讨论中。后来，那个写寓言的作家说：“你们听说本迪特·帕普科的事儿了吧？”

“怎么啦？”

“他得癌症了。”

“这么说，他气数尽了。”有人评论道。我们都吃着米饭布丁，喝着咖啡。哪首诗优秀，哪首诗糟糕，这样的问题突然失去了意义。有个人说：“我们正在消失，年轻一辈的作家却没有出现。二十年后，没人会知道我们曾经存在过。”

“就算他们真的知道，对我们又有何帮助呢？”

过了一会儿，我回到自己那个单身汉居住区。桌上堆满了手稿、我自己永远也完不成的短篇故事和长篇小说。一切都被灰尘盖住了。有个黑人妇女，每周都会来帮我做一次清洁，但我不许她碰我的手稿。而且，她也老了，差不多半瘫了，经常是她来了，我得付她一天的薪水，还得送她回家，因为我看她根本没力气干活。我担心她在我的公寓里干着干着突然就摔倒了。

这次，我躺在沙发上，读一封信。上面的日期显示这封信应该是两年前就收到的了。这是我翻箱倒柜找东西时，在上衣内侧口袋里发现的。寄信人的地址已经看不清了。这时，有人敲门。我打开门，眼前的景象好似一场噩梦。门外站着个女人，穿着破旧的黑裙子，男士的鞋子和男士帽子，留着白胡子。她倚靠在一根拐杖上。我一下子知道她是谁了——帕普科夫人。我很害怕那些喜欢刺探的左邻右舍看见她，怕是有笑料了。我说："请进，帕普科夫人。"

她吃惊地看着我。她的拐杖先进的门。她说话的嗓音像个男人。"你这儿的电梯坏了，我爬了五层楼梯。"

"真对不起，这座房子太老了。您请坐。"

"我可以抽烟吗？"

"当然可以，没问题。"

她抽出一支雪茄，点燃。可能这是个男人，我想着。但是我看见了她硕大的胸脯。大概是雌雄同体吧，我又想。

她说道："我丈夫病得很厉害。"

"是，我听说了。我感到难过。"

"他生病你是有责任的。"她强硬地说。

我震惊地问她："你说什么？"

"我知道自己在说什么。不久前，你跟他说这世上多少钱都不能买你为他写一个字。对你而言，说这番话不过是显得你有多高尚。可俗话说得好，'打人一拳可以忘了，骂人一句永远抹不掉'。你那些话对他的伤害比你想象的要大得多。他凭什么要受这种侮辱？

"我丈夫是个伟大的天才。加布里埃尔·魏兹称他是个天才。本迪特对你很是推崇。你跟他说永远也不会评论他的作品，他非常非常难过。你永远也不会知道，这对他的打击有多大。他回到家，脸色蜡黄。我问他发生了什么事，起初他还不想告诉我，但我还是从他口里知道了。你不会相信，可是从那天起，他完全变了个人。过去他虽然病体缠身，也总是快快乐乐的。他过去经常会筹划未来。但是，从那天起，他就再也没有提过笔。他的胃开始痉挛……"

"帕普科夫人，这不可能是真的。"我打断她。

"上帝知道，这是事实。"

"我不是批评家。加布里埃尔·魏兹正在写一本评论他的书。"

"他对加布里埃尔·魏兹不怎么在意。我们都知道他是个什么样的人，一个令人厌恶的学术渣子。有脑子，没感情。他对文学的理解就像我的左脚一样残缺。别以为有人能糊弄本迪特。他也许会自欺欺人，可他知道真相。你不一样。你写的每个字他都读。有时候，我们会一起读你的作品。我们俩都有失眠症。我们整夜躺在床上，睡不着。无论什么时候谈到你，他都会说：‘他是个天才。’

“然后，你给了他致命一击。他比你想象的要敏感得多。文学是他的命。我跟本迪特在一起已经四十多年了。你有没有意识到四十年的休戚与共意味着什么？他写的每个字我都读过。他的作品里不管有什么问题，他都会征求我的意见。

“我们没有孩子，可他的作品就是我们的孩子。你并不和别人分享，你不会理解这种情况的。你写爱情，可你并不知道它是什么。请原谅，但你描写的只是激情，而非爱情。爱要做出牺牲，需要时间的积淀成熟。在这方面，本迪特比你高出十个头。你有烟灰缸吗？”

我给她拿来烟灰缸，她把烟灰抖进烟灰缸里。她抬起浓密的眉毛，我看见她漆黑的眼睛仿佛全是瞳仁。我想着，那些周六晚上坐着扫帚去参加黑弥撒，然后被绑在火刑柱上烧死的女巫定是长的这个样子。

“你干吗这么盯着我？我是女人，不是男人。”

“我能不能冒昧地问问，你为何——”

“我知道你想问什么。我还是年轻姑娘的时候就开始长胡子了。你可能不会相信，那时我还很漂亮。我曾试过把胡子剃了，甚至想把胡子连根拔了。但是，我剃得越快，它长得越快。别以为就我才长胡子，成千上万的女人长胡子，胡子又不是男人才有的专利。

“我遇见本迪特的时候，他亲吻我的面颊，他欢呼道：‘塞尔达，你长胡子了！’他竟然陷入了一种奇特的狂喜。他爱上了我的胡子。难以置信吧？我自己也不敢相信这是真的。他很明确地跟我说。他想和我结婚，但是有个条件：我得留着胡子。要信守这个承诺真不是件容易的事儿。我那时想他定然是疯了。”

“他必定是有同性恋倾向。”我说道。

“呵，我就知道你会这么说。人人都这么说。从你这儿，我倒是期望听到更新颖的东西。他不是同性恋。人们的癖好总能被某种理论解释。对我来说，要遵守这一点不是件小事。这意味着彻底的孤独。我俩结婚后，我母亲来敖德萨看我。她一见我留着胡子，立刻就昏过去了。

“我成了个隐居者。但是，本迪特的愿望对我而言比任何安慰都重要。这是一种你无法欣赏的爱情。在这里，在美国，我的与世隔绝就更彻底了。我可以跟你说很多，但我上这儿来不是来解释我留胡子这事的，而是来警告你，你正在谋杀本迪特。”

“请别说得这么严重。本迪特是我的朋友。”

“那这么说，你就是在谋杀你的朋友。”

我们又继续谈了一会儿。我向帕普科夫人保证，我会为她丈夫写东西。她对我说："现在要救他可能已经太迟了。但是，我希望他读到你评论他的作品，这能让他心满意足。"

"我能问您为什么抽烟吗？"

"喏，人不能啥都弄明白。"

我心里默默祷告上帝，别让我的邻居见到她离开我的房间。可是，我一开门让帕普科夫人离开，就看见我的邻居，那个老处女正躲在大厅里。电梯还不能运行，帕普科夫人只得走下楼去。她对着我喊道："做个绅士，扶我下楼。"

她抓着我的胳膊，胸脯压着我的手肘。也不知什么原因，我们下楼的时候，各层楼的邻居房门都开着。我听见小孩子尖叫："妈妈，看呀！那个女人长胡子了！"一只狂吠的狗从一户人家窜出来，咬住了帕普科夫人的裙子，我好不容易才把它给赶跑了。

那天晚上，我坐下来重读帕普科的作品。几个星期后，我写了一篇评论他的文章。但是杂志的主编拖延了发表时间，本迪特·帕普科在这期间过世了。他只看过审校稿，还在稿子最后一页的空白处颤抖着写下："我就说吧？"

当我再次坐在第六大道公共图书馆不远处的那家自助餐厅时，门开了，帕普科夫人走了进来。她全靠两根拐杖支撑着。虽然已经守寡两年，她依然留着胡子，头戴男帽，脚穿男鞋。她立刻一瘸一拐地朝我走来，在我桌边坐下，好像事先和我约好了似的。

自助餐厅里所有的顾客都瞪大了眼睛，互相眨着眼，大笑着。我想问帕普科夫人为什么，既然她的丈夫已经不在人世，她为什么还要留胡子，但我又想起她的话来："喏，人不能啥都弄明白。"

# 跳舞*

我十二岁的时候，玛蒂尔达·布洛克已经三十多或者四十岁了。她是个民歌歌手。那时她已经凭天赋和美貌在华沙颇负盛名。她在哈扎米尔表演，我想她也会出现在爱乐乐团。她身材苗条，蓝色的眼睛，皮肤异常白皙，头发是我见过的最接近金子的颜色。她出身于富有的哈西德家族，能说流利的波兰语、俄语和意第绪语，还会一点儿希伯来语，甚至还会点儿法语，那是有钱人家的女孩在高级中学时要学的。她用钢琴为自己伴奏。玛蒂尔达嫁给了画家亚当·布洛克。他在华沙著名的扎其塔艺术馆办

* 本篇英语由艾萨克·巴什维斯·辛格与露丝·沙赫纳·芬克尔（Ruth Schachner Finkel）翻译。

展览，他的画都卖到国外的博物馆了。亚当·布洛克在马佐夫舍街上有间带天窗的工作室。他是兹米阿斯卡咖啡馆的常客，波兰语报上经常登载评论他作品的文章。评论者们歌颂他的画作，线条、色彩、主题。但是这位柔和的艺术家在婚礼过后就开始对妻子家暴。据玛蒂尔达后来描述，还在蜜月里他就敲掉了她一颗牙。有一次他用椅子腿打她，以至于叫了救护车。她和他一起生活了近两年，为他生了个儿子，取名伊兹，然后就离婚了。亚当离婚后很快再婚。但是玛蒂尔达一直孤身一人，带着儿子。亚当·布洛克的残暴是她经常谈及的话题。我哥哥跟亚当·布洛克很熟，他曾跟亚当学过绘画。亚当几乎从未提及玛蒂尔达。有一次，在喝了杯伏特加后，他说："我没杀了她就足以说明我是个圣徒。"

一个美丽的女人，而且还是个艺术家，一旦离了婚，自然成为男人们追逐的对象。但是，玛蒂尔达从不给人留下任何饶舌的话柄。她把全副精力都投入她的歌唱事业和她的儿子身上。通过哥哥的介绍，我第一次见到伊兹。伊兹那时在高级中学读书，比我大得多。他外表很像母亲，但脾气像他父亲。他对学习不感兴趣。他想画画、唱歌、在乐队拉小提琴，甚至想学表演。入学考试前几个星期，他辍学了。一九一四年伊兹二十一岁，他被征召到了沙皇的军队，但又因为风湿性心脏病被放了回来。哥哥有次回家跟我们说，伊兹打了他妈妈。玛蒂尔达哭着跟他说这事儿。

她说："我该怎么办？他就是我的一切。"

一九一七年，母亲带着我和弟弟回到毕尔格雷镇。当时小镇已经被奥地利人占领了。我哥哥则去了俄罗斯。有关玛蒂尔达的消息都是通过意第绪语报纸的广告了解的，每过一段时间，就有对她表演的评论。评论者用的都是同样的话："玛蒂尔达·布洛克歌声如夜莺般优美。"那时候，她肯定已经差不多五十岁了。

我开始写作并回到华沙后，经常去作家俱乐部和其他文化机构，在这些地方又遇到了玛蒂尔达·布洛克。亚当那时已经不在人世了，据说他在巴黎自杀了。他死后，玛蒂尔达穿上了丧服，而且穿了一年又一年。她身材依旧苗条，但金发开始变白，脸上长了很多皱纹，只有眼睛依旧未变，眼里是哀伤与善良。伊兹已经三十多了，没结婚，跟母亲住在一起。我向玛蒂尔达自我介绍，她叫了起来："你就是那个留着红色鬓发的小哈西德男孩！哎，我正在读《文学时代》上你的文章呢。"

她亲吻了我。我邀请她去咖啡馆。几句开场白后，她便开始哭泣、抽鼻子。伊兹不想结婚。他不跟女孩出门约会，也没有工作。最近他决定要当个舞者，可他要躺到中午才起床。他读德克布拉和玛格丽特的小说，抽了无数的雪茄，没完没了地听收音机里的谈话和唱歌。"他将来怎么办？我不能永远活下去。经理抱怨说我太老了，我的签约也越来越少。"

“您怎么一直都不结婚呢？您这么美。”

“结婚？跟谁呢？跟一个真正的艺术家生活过，再去找个普通男人，像商人、医生什么的，会受不了的。他们身上没有精神层面的东西。再说，我老了。”

“您跟亚当·布洛克究竟发生了什么呢？那时，我还很小。”

“发生了什么呢？我自己也不明白。我太爱他了。这就是我的不幸。我越是爱他，他就越发恶毒。他受不了说好话。我亲吻他，他就发抖。我说什么都让他神经质，而且他觉得我浑身都是毛病。但愿上帝宽恕他，而我早已经宽恕他了。”

玛蒂尔达沉默了一会儿，整理了一下刚才哭泣弄花的妆容。过了一会儿，她说：“伊兹也是一样。我永远也没办法知道什么东西会激怒他。我无意间说了句话，他就疯了似的尖叫。他拿拳头打我，不停地指责我，说我杀了他父亲。我对他做了什么？我就是他的受气包。我忍受着他的反复无常。他还没说要什么，我就已经给他了。我只是想服侍他。有一次我把他的拖鞋递给他，他拿起一只拖鞋就朝我脸上扇了过来。女仆还在场。都是我的错，不是他。是我的命不好。”

玛蒂尔达拿出一块蕾丝花边的手帕来。

她坚持让我跟她一起回家，希望我能跟伊兹认识。玛蒂尔达有间小公寓，华沙的妇女们把这种公寓比作一个雅舍。屋子里塞满了各种花瓶、小雕像、画作和小摆设。有个金鱼缸，还有个鸟笼，养了只金丝雀。玛蒂尔达敲了敲伊兹的房门，但是没有回应。他的收音机是开着的。玛蒂尔达说："他一天到晚就是这个样子。我的心都碎了。"

她给我端来了甜甜的利口酒、蛋糕、茶和果酱。我每样都尝了一点儿。她又端来更多的东西，巧克力、哈发糕、樱桃酒，我请她别拿这么多，但她还是不停地上点心。我说："您太善良了。这正是您的问题所在。"

"我想奉献我自己，可是没有让我为之奉献的人啦。"她打开衣橱：里面有晚礼服、衬裙、皮衣、短上衣，她把每件衣服都拿到身前比画一下。然后，她又拉开抽屉，取出珠宝，详详细细给我一件一件地介绍：她在哪儿得的，珠宝商的身份，等等。我告诉她，我得走了，可她恳求我留下来。她从华丽的床头柜里取出一本相册，里面有她自己的照片，也有她的女朋友们、亚当·布洛克的照片，和伊兹从出生到现在的照片。突然间，门一下打开了，伊兹穿着睡衣，趿着破旧的拖鞋走了出来。他一头金发蓬松着，黄色的胡碴子遮住了他的脸，看上去像是从病床上起来。他咆哮着："你找这个年轻男人来想干吗？"

"等等。他马上就要打我了。"玛蒂尔达说着，掰着指关节，眼里有闪光。她带着爱意和恐惧，看着伊兹。

"我不会打你，"伊兹尖叫着，"但是这个男人必须离开。我都听他说了十遍他要走了，可你还像水蛭一样粘着他。"

“他打我，就跟他父亲一样，愿他在天国安息。我亲爱的儿子有一次把我的眼睛都打青了。”玛蒂尔达用她的食指指着他。

“对不起，我必须走了。”我说道。“等等，你答应过的要把这些饼干带回家。”她开始把东西装进纸袋里，但是她的手指发抖，饼干撒在桌布上。她苍白的双下巴上下晃动，两行眼泪顺着搽了胭脂的脸颊滚落下来。她自说自话，半是对我，半是对伊兹：“亚当·布洛克又回来了。只要有什么不合他的意，就对我拳脚相加。我为他献出了我的一生，我的健康，我的整个生命，我就落得这个。他会杀了我的。我会死在他手上。”

“骗子，小偷，让人恶心的贞洁烈妇。”伊兹朝她吼叫。他抬起桌子，桌上的东西，食物、茶杯、瓶子、相册，全被掀到地板上。然后，他跑进自己房间，砰的一声把门关上。窗框震得叮叮当当响，屋顶的枝状吊灯摇摇晃晃。我冲到门外，玛蒂尔达追在我后面，叫着：“饼干，您忘了拿饼干！”

差不多过了十年。玛蒂尔达没再登台演唱了。她依然保持着少女般的身材，但是她的脸早已爬满了皱纹，蓝色的眼睛里还闪着孩童般的光。她的妆容画得很糟糕，眼妆顺着鼻翼往下掉，脸颊上涂的粉凹凸不平，脏兮兮的。她的服装都是早已过时的裙子、披风，穿破了的长围巾，帽子像倒扣的罐子。我听说她靠犹太社区的补贴过日子。每年会有一次意第绪语演员专为她举办的慈善表演，她要演唱。我参加过一次这样的慈善演出，她唱了一首歌，最后一句歌词是："这样的面条从来没有过，也永远不会有。"

一天，我在专供知识分子的施粥场见到她。她和伊兹坐在一起。我至今也没搞清楚究竟出于什么原因，他俩竟然共用一个饭碗。伊兹看上去老了。他变得异常瘦弱，眼袋很深，金色的头发已经开始花白了。他依旧没有工作。玛蒂尔达成了人尽皆知的乞丐。她在作家俱乐部吃饭赊账，收银员还得给她付账单。她从我这儿借了好多次钱，从未还过。玛蒂尔达成了乡下来的年轻诗人们的保护人。他们的面孔带着狂野，头发乱蓬蓬的，满怀革命的激情与怒火。他们带着暴民的愤怒和无产者的复仇欲望，威胁我们这些勉强糊口的作家。他们人人向我保证，当革命来临，他们就会把我吊死在第一个灯塔上，就因为我在《文学时代》这份杂志当校对，校一页可以挣三个兹罗提。玛蒂尔达为这些新手搜寻吃的，听他们朗诵诗歌，赞美他们的才华。我曾听见她对其中一人说："名声来得晚，但总会来的。"她还引用了一句乌克兰谚语："受苦吧，哥萨克，你就会成为首领。"

那时，希特勒已经在德国掌权，要求割让波兰走廊。波兰出现了一个叫娜拉的法西斯组织。犹太人在撒克逊花园被打。大学里，犹太学生们为了不坐到划定的犹太人区，只能站着上课。国家元首毕苏斯基接受采访时说脏话。在波兰东南部，农民们一到晚上只能坐在黑暗中，因为他们没钱买煤油，甚至一根火柴都得掰成四份。加利西亚的乌克兰人正在发动起义。在华沙的犹太街区，犹太复国主义者们与革命者们，共产主义者与崩得分子，斯大林支持者与托洛茨基支持者们，相互斗得不亦乐乎。《文学时代》已经停刊。出版商破产了，欠了我好几百兹罗提。也没人需要翻译了。

那年夏天，莱娜和我都在挨饿。我们在史韦德一个破败的别墅里租了一套夏季公寓，我提前预付了整个夏季的房租，可没留吃饭的钱。一天早晨，我把银制手表卖给了附近奥特沃茨克的一个钟表匠，支付了赊欠杂货店老板的钱，回到华沙，希望能卖出一篇文章或是一篇小说。但是，文学编辑们都度假去了。我挨个拜访朋友、熟人、同行，谁知没一个在家的。混乱中又弄丢了一张五兹罗提的钞票，这是我的晚饭钱和回史韦德的车票钱。好像恶魔在作弄我。我在作家俱乐部的图书馆坐了一整天，读着意第绪语报和波兰语报。诺瓦钦斯基再次发现，犹太人、共济会会员、希特勒、墨索里尼正在联合起来，密谋摧毁天主教世界，要带来锡安长老会的独裁统治。

黄昏降临了。图书馆空无一人，只有一盏孤灯。我从报纸上抬起头来，看见玛蒂尔达·布洛克。她向我问好，说："亲爱的，你怎么一人在这儿，什么东西让你这么着迷？”

我指着自己正在读的文章。

“哦，他是个疯子。”

“有时候，我在想，整个人类都已经失去理智了。”

我别无选择，只好把我的困境告诉她。她戳戳我的脸颊。“我的小鸽子啊，你干吗不早说呢？我还欠着你的钱哪。我自己都不知道欠了你多少。真对不起，我没多少钱，可是……”

玛蒂尔达提议我跟她一起回家。她会给我准备晚餐，我还可以在她那儿过夜。我结结巴巴地说，“您儿子……”

“瞧你说什么呢？他读你的小说。你是他最喜欢的作家。”

我们坐电车回到她家。还是那幢楼，只是更加破败了。楼梯也没点灯。玛蒂尔达那间公寓的厅里散发着煤气和肮脏的亚麻布味道。起居室的墙纸脱落了。那房间里也没有了金丝雀和金鱼。玛蒂尔达敲敲伊兹的房门，但是，跟十年前一样，他照样没回应。她从厨房里给我端来面包和瑞士奶酪。我们吃着东西，玛蒂尔达变得紧张起来，小心听着动静。伊兹在他屋子里，收音机本来是开着的，立刻又关上了。我们听见他弄出了声响，像是在自言自语。玛蒂尔达摇着头：“一个生命就这样过去了。做过什么？为了什么？女人到我这个年纪都有孙儿孙女了。我甚至连结束一切的勇气都没有。我要是不在了，他会怎么样？他连下一顿饭从哪儿来都不知道。”

那天我起得很早，又走了好多路，这会儿已经很累了。玛蒂尔达把她的卧室让给我，说她会睡沙发。我要求睡沙发，但是她解释说伊兹会从他房里出来，我会觉得难堪的。她的床上，枕头塞得鼓鼓囊囊的，被子是厚厚的羽绒被。她给我找了件睡袍，散发着浓浓的卫生球味道，我怀疑这是早年亚当·布洛克穿过的。我很快入睡，但一下子又惊醒了。我有种诡异的感觉，好像有人在朝我耳朵里吹气。我听见大厅另一边有刮擦声，慢慢移动的声音，和轻轻的脚步声。我坐起来，仔细聆听。这套公寓里难道闹鬼？不管怎么努力，还是无法辨别声音来源。这些声音太大，不可能是耗子。我要去卫生间，踟蹰半天，我走进了大厅。起居室的门半开着，红色的夜灯下，母子二人在跳舞。两人都赤着脚，他只穿着短裤，她穿着睡衣。我能辨认出伊兹细细的脖子，突出的喉结，弓着的背部。我感觉母子二人都是近视。没人说话，仿佛二人在梦中舞蹈。我至少站了十分钟，或许更久。我意识到自己无权刺探主人的隐私，但又无法抽身离开。我不清楚他们在跳什么舞，很有可能是华尔兹，没有音乐，全然沉默无言，这似乎就是午夜愤怒之舞。我屏住呼吸，困惑无言地站在那儿。这对母子是不是不伦之恋？他俩都失去理智了？也许这不是他们，而是他们的灵魂之躯。那时，我已经涉足神秘学。我一度觉得玛蒂尔达的喘气声，像神情恍惚的灵媒似的。我忘了自己起床的目的，又蹑手蹑脚地回到卧室。刮擦声、脚步声又持续了一会儿，然后归于宁静。过了一会儿，我睡着了，我本以为自己再难入眠。

次日清晨，玛蒂尔达邀我共进早餐。我们坐在厨房的餐桌旁。她给我倒了咖啡，递给我不新鲜的面包和果子酱。煤气灯下，她看上去很疲倦，昨夜的雪花膏让她的脸看上去黏糊糊的。她一边啜着咖啡，一边抱怨物价高昂、房东拒绝做必要的修缮。“他怎么能这样？”她问道，“如果我搬出去，他就会提高房租，还能拿到小费。”目睹了头天夜里的情形之后，这种平淡无奇的谈话听起来十分诡异。我问她：“您睡得好吗？”

玛蒂尔达摇摇头：“我已经没有什么是好的了。你睡得怎么样？”

“睡得像头猪。”

“哎，你还年轻啊。”

“你睡不着怎么办？”我问道，“读书吗？”

玛蒂尔达摇着头，唇上浮现淡淡的微笑：“我跳舞。”

“这是治疗失眠症的方法？”

“这是我的药方。我从伊兹那儿学来的。他饱受失眠的折磨。整天躺在床上胡思乱想，怎么可能睡得着？他有次梦见自己成了舞蹈家，这不过就是个梦而已。”

此后，我再也没见过玛蒂尔达。这件事情之后，我去了美国。玛蒂尔达和伊兹死在了华沙的犹太人区。不知道他们最后的日子具体怎样，但我时常想象着纳粹轰炸这座城市的那天夜里，大火蔓延，人们奔跑着四处寻求庇护，这对母子开始舞蹈，直到房子垮塌，他们被埋在瓦砾之下，从此寂然无声。

# 货运马车上*

瑞犹伊科是列车终点站。从这儿到扎莫兹，可以坐货运马车。奥泽·梅里赫斯提着两个行李箱从火车上下来，在站台上站了一会儿。夏夜温暖，没有月光。旅客们前脚下车，乘务员后脚就把车厢里的蜡烛灭了。空荡荡的车站里，煤油灯便是唯一的光源。没一会儿，火车头冒出滚滚浓烟，嘶嘶叫着，喷着水汽，朝后徐徐驶去。奥泽瞥了一眼站在窗前的驾驶员，锅炉里燃煤的火光让他的脸若隐若现，脸上沾了煤灰，像个扫烟囱的。看到他，奥泽就想起了《惩戒之地》里描述的地狱中的黑

---

* 本篇英语由艾萨克·巴什维斯·辛格与多萝西娅·施特劳斯（Dorothea Straus）翻译。

天使。车站离村子有几俄里远，从田野间传来的微风混杂着新割下的干草的清香，还有羊倌烤土豆的香味。青蛙呱呱叫，蟋蟀唧唧鸣。不知从哪冒出一辆马车，奥泽知道这马车能带他穿过黑夜一路回到扎莫兹。

站台上等着的，还有一位女乘客，也是从刚才那列火车下来的。借着车站的煤油灯光，奥泽看出她很年轻。她身穿长裙，外搭一件白衬衣，还戴着花朵镶边的宽檐草帽。她把行李放在站台上，似乎犹豫了一阵儿，朝奥泽走过来。

“您要去扎莫兹吗？”她问道。

“是的，去扎莫兹。”奥泽回道。

“您家在那儿吗？”

“我家在卢布林，但我岳父岳母家在扎莫兹。”

“冒昧问一下，请问您是谁家的女婿呢？”

“加布里埃尔·但泽格家。”

“妮莎的丈夫！”她叫了起来。

“是的，是妮莎的丈夫。”

“那我还参加过你们的婚礼，我当时还在想，‘他会不会是扎莫兹人啊！’这儿太黑了，就是我母亲在这儿，我都认不出她来。我和你小姨子米拉莱是闺蜜。所以，你是奥泽·梅赫里斯。”

“是的，请问您贵姓？”

“贝拉·菲尔亨德勒，我娘家姓巴杜林。我先生是菲沃·菲尔亨德勒，住在锯木厂那边。”

“我跟你丈夫和公公都很熟。”奥泽说道。

“有谁不认识他们呢？毕竟，扎莫兹可不像卢布林。不过，车夫还等着呢。”她大声喊道，“雷布·泽恩沃，准备好了吗？”

泽恩沃是个小个子，身高和身宽差不多一样。这么个夏季的夜晚，他还穿着棉袄，戴着羊皮帽，穿着厚厚的靴子，身上散发着车轴润滑油和汗液的气味。他挥了挥鞭子。“准备好了！”他回头喊道。“你们几个人啊？”

“就两个人。”

“两个人，哎，两个人的车费就不够我准备安息日晚餐了。嗨，你俩还站着干什么呢？快上来。”

“能麻烦你帮我把行李提上来吗？”贝拉问道。

“在哪儿呢？月亮不出来，这破地方黑得跟埃及一样。该死的俄罗斯猪，连半夸脱的煤油钱都舍不得付。上来，快上来。昨天我还装了满满一车人。今天却空得很。也就这样吧，只要不下雨就行。我这左腿一阵阵地痛，我们马上会遇上坏天气的。”

奥泽赶忙放好自己的行李，然后又扶着贝拉上马车。贝拉身上散发出香水、巧克力和饼干混合的香甜气味。贝拉靠着奥泽的肩找支撑，奥泽的手不小心碰到了贝拉的胸。他赶紧道歉，贝拉则笑了笑。马车上有四张长凳，用马鬃做装饰，马车车板上铺有干草。贝拉坐在后排有靠背的长凳上。她指着身旁的空位说道：

“坐我旁边。”

“好的，谢谢你。”奥泽心想，“还好天黑了。”他的脸红得厉害。尽管离开犹太经学院之前，他认为自己已经很开明了。毕竟阅读过不少现代书籍，而且在华沙的天文台和博物馆待过不少时日。可每次有女孩或年轻女性和他攀谈时，他还是会脸红。每次去华沙，他都感到自己很难适应世俗生活。他曾在大街上迷路，只好向人问路；住旅店时不清楚怎么找到房间；和别人通电话时，电话又没有声音。所有的不幸都降临到他身上。早上系好的鞋带总会松开；黑色哈西德式领带总是系得歪歪扭扭。岳父本想把他培养成纺织品商人，还派他去给商店进货，可奥泽不懂如何区分羊毛和毛毡。不仅如此，他很是厌恶华沙的批发商人，尤其是他们那些粗俗笑话和荒唐行为。背着岳父，他学习了代数、物理和哲学。他的一个行李箱里，装了本达尔文的《物种起源》和弗拉马里翁写的一本天文学书籍，都是波兰语译本。现在想要进大学成为医生、工程师或化学家为时已晚，他只是因为渴求知识才学的。不过就像车夫泽恩沃刚说的那样，仅为知识而学，他恐怕连安息日晚饭都负担不起。

泽恩沃消失了。昏暗朦胧中，马儿咀嚼着粗麻袋里的燕麦，连带撒出些谷粒。它时不时地跺两下脚，好像不耐烦似的。贝拉摘下帽子放在身前的凳子上，又理了理盘绕在后颈的黑发，随后换了个舒服的坐姿。奥泽试着移向一边，让出更多空间。然而狭窄的凳上，她却将身体舒展开来，奥泽都能感受到她的臀部了。贝拉打开包拿出哈发糕和饼干，自己吃了一些也分了一些给奥泽。她问道：“你挪开了？你会掉下马车的。”过了一会儿，她又补充道，“你也没那么圣洁嘛。”

泽恩沃回来了，还带回来一个麻布袋和一个饲料箱。通常他是不会运货的。但只载两个乘客，这一趟就只能挣一个盾。放好麻布袋和饲料箱后，他又扛了一包亚麻上车。这些货物差不多把马和车夫的座位全挡住了。贝拉轻轻笑了起来：“接下来，他要扛一桶鲱鱼过来。”

泽恩沃上了马车，马鞭一挥：快跑。

铺满鹅卵石的路面坑坑洼洼，满是水沟和小洞，马儿在路上缓缓走着。春秋两季，马车常常侧翻，乘客也跟着被甩到泥里。但五旬节后，泥地变干了。此时道路向前延伸，两边是成熟的麦田、马匹吃草的草场、麦秸垛和沉睡的小村庄。露珠悄然成形，一只夜莺婉转而鸣。地平线边缘闪电乍现，随后却没有雷声传来。奥泽默默地从右往左看了看。他活了近二十五年，读过许多科学书籍，可这世界对他而言，还和刚上犹太宗教小学时一样，依旧是个谜。马车驶过一座桥，星星倒映在水中。远处溪流蜿蜒向右，一缕薄雾升起，如牛奶般皎白。显然，贝拉故意把脚放在他的脚上。她柔软的膝盖与他的膝盖正独自相语，是一种肉体才懂得的语言。奥泽大为吃惊。她有位体面又富有的丈夫，拥有一家锯木厂，尽管这样说有些俗气。她想从他身上得到什么？或者，只是在挑逗他？

贝拉问道：“你从华沙来，嗯？”

“是的，从华沙来。”

“你在华沙是干什么的？在那儿替你岳父收购纺织品吗？”

奥泽没有立即回答。“我岳父想把我培养成商人，但我恐怕什么事也成不了。”

“你是不是更想当教授？”

“年龄太大了。”

“记住我的话，你会成为商人的。我舅舅比努什以前不谙世事，简直就像个孩子，连戈比和卢布都分不清楚，后来却成了精明的商人。他有次还被指控偷了乡绅的钱。再说了，加布里埃尔·丹泽格先生会留给你一大笔遗产的。”

“愿他活到一百二十岁。”

“为什么活那么久？我自己的话，活到四十五岁就可以了。”

“不想活得更久些？”

“女人四十五岁以后还能干吗呢？又老又多病，风烛残年。女儿、女婿、儿媳妇、孙子、孙女，各种麻烦等着你。我更愿意短暂但美好的人生。”

“据我所知，你的生活还不错。”

“是不错。但小镇子能有些什么呢？没有剧院，也没有马戏团。哎，单单一头熊来小镇表演，整个镇子的人都会为之疯狂。这儿甚至连一个能让人好好散步的地方都没有。而且又有谁能陪我散步呢？菲沃总在忙生意，你小姨子米拉莱又得照顾小孩。你的妮莎过去还算是个快乐的姑娘，但现在就不一样了。更何况她还比我小。”

“她之前是什么样的？”

“做丈夫的就不该追问这么多。”贝拉回答道，并浅浅一笑。

“我希望不会太糟。”

“没有，不过她过去喜欢享受。以前在扎莫兹，属她最会跳舞。我们女孩子以前常去扎尔曼·克罗斯家聚会。他家客厅和森林一样宽敞，所以我们常去那儿跳舞。他不允许男女一块儿跳舞。但是他九点就睡觉，我们会尽情玩到十一点左右。男孩子们会从后门偷偷溜进来。那段时光真的很开心，尤其是冬季。你的妮莎总是聚会的焦点。基本上扎莫兹一半的男孩子都喜欢她，但她却疯狂迷恋上了一个卑鄙的家伙。”

奥泽感觉衣领下开始热了起来。“是谁？”

“噢，你很清楚。这种事都传开了，别和我装单纯。”

“我发誓，我不知道。”

“哎，男人真是有趣！这会儿知道了又有什么用呢？过去的已经过去了。”

“拜托了，帮帮忙，告诉我是谁。”

“好奇吗，嗯？”贝拉喃喃低语，“好吧，那我悄悄和你说，我不想让泽恩沃听到。”她斜过身子，揽住他的脖子，让他偏过头来。她的手暖暖的，她的嘴唇贴到他的耳朵上，“门德尔·什梅瑟”。她的嘴唇碰到了奥泽的耳朵，从不曾有任何女性对奥泽做过这种事。

奥泽震惊了。既因为听到的人名，也因为贝拉的举动。他的耳朵发烧，嗡嗡作响。愤怒与陌生的羞耻感将他击溃。他认识门德尔·什梅瑟，那个乐师兼理发师。他长着一张圆脸，一头卷发，留着稀疏、卷曲的胡子，下巴裂成两瓣。虽然他从不骑马，但手里总是握根马鞭，穿着擦得锃亮的马靴。他在镇上以下流笑话出名。奥泽感觉恶心，嘴里发苦。他觉得自己要吐了，但还是用尽全力控制住自己。左腿开始颤抖，右腿因为被贝拉的腿压住了，一直僵硬着。他前额开始浸出汗水，尽管质疑上帝的存在，他还是喃喃祈祷：“上帝啊，保佑我别被羞辱。”

他听见贝拉在说话，但她的声音好像从远处传来。“不管怎么说，现在已经不是中世纪了。”她继续说道，“现在是二十世纪，人类已经相当文明了。扎莫兹既不是毕尔格雷，也不是托马兹沃。女性现在和男性一样有享乐的权利。我们抓住能抓住的一切。这有什么错吗？一旦结婚然后怀孕，一切就都结束了。跳舞时步子也不再轻盈。那个门德尔不是什么好人，但他清楚如何让女孩儿爱上他。他亲吻每个人，挺累的哈。你的妮莎十分妒忌！她想独占他，可怜的女孩儿。”

奥泽低垂着头，默默无言。

“我不该告诉你这些的。把你的手给我。向我发誓你不会责怪她。”

“不会。”奥泽的声音小到几乎听不见。

“签婚书前一阵子，她生病去了华沙。大家都议论纷纷。但那又意味着什么呢？不过是人们的闲聊而已。你发誓。”贝拉拿过奥泽的手放到自己胸上，自己的手也贴了上去。“这有什么呢？现在她是你的妻子。不过，她还没放下门德尔。前不久的一个下午，我们在西佩的糖果店闲站着，看见门德尔进店。妮莎看着他，脸色惨白。你猜他干了什么！他拿出马鞭，掀起了妮莎的裙子。对门德尔来说，女人一文不值，因为她们都会向他投怀送抱。尽管他长得帅气，但就是一个不知羞耻的无赖。”

“帅气……那——”

“满嘴跑火车，他就这么个人。一张臭嘴。但他说的话，总能吸引你。不过呢，哈西德学经堂出来的人，也有魅力。相比门德尔·什梅瑟，我就更喜欢你。你又安静又绅士。妮莎不欣赏你。这也是事实。我要是有你，我看都不会看一眼门德尔。”

“她跟他约会吗？”

“谁知道丈夫不在的时候，女人会做些什么！你可以爱慕自己的丈夫，同时又倾心于其他男人。有时你会想换换口味。女人不会一辈子只穿一条裙子。你也不会每晚都吃水煮牛肉面。我说得对不对？”

“或许你是对的。”奥泽·梅赫里斯咕哝道。他嘴里一直发苦。他悄悄将自己的手从贝拉胸口上抽出来。

夜色更加黑暗。田野、道路、天空，万物融为一体。马缓缓走着，偶尔会停下来，然后又继续前进。奥泽记得母亲曾说过，动物能看见恶魔，马儿会停下来给夜间生物让路。轮子碾过鹅卵石，空气依旧温热潮湿。奥泽心想，谁又知道，可能有一颗彗星在接近地球。天上的物体既没有目的也没有意识，所以，这样的偶遇是可能的。车夫泽恩沃坐在车板的另一端一声不吭，也许他在打瞌睡。

贝拉再次扯过奥泽的手放在胸前。“别那么顽固保守。”她说话带着奥泽从不了解的傲慢无礼。“上帝为什么会在乎年轻人是不是自得其乐？而且你怎么知道上帝真的存在？华沙来的代表说一切都是进化。他说地面曾是一片热土，后来冷却下来，就像一锅荞麦上的面包皮。真是这样吗？”

“谁知道呢。”

“我爱菲沃。但如果你爱吃奶油曲奇，就不能吃些蛋白杏仁饼干吗？为什么男人就可以拥有一切，随心所欲？他们可以追逐每一位异性。有一次我在火车上遇见了一位旅行商人。我们聊了聊。他有妻子和三个孩子，但这并不妨碍他追求别人的妻子。不管去哪儿，他都会找个女人，不管是不是犹太女人。他跟我调情，不过我并不喜欢他，他又矮又胖，大腹便便。想得我欢心，也要我同意才行，你明白吗？”

“是的，我明白。我们的父母……”

“父母！”贝拉近乎喊叫起来。“他们是谁，狂热分子！他们一辈子荒废在《塔木德》和祷告书上。我母亲从生活中得到了什么？三十四岁她成了寡妇，这就是结果。新月前一天，她总会去公墓，将身子俯卧在父亲的坟墓上。她和父亲说话，好像父亲还活着，和他讲孩子们的所有消息。愚蠢的迷信！整个世界都清醒了，但他们却不知道自己已经生活在二十世纪。怎么了？”贝拉改变了语调。“你不舒服吗？”

“是的，不舒服。”

“你怎么在发抖？你冷吗？”

“我想我发烧了。”

“真的？那……”贝拉做了一个手势，意思是“你可以把手拿回去了”。她甚至挪开了。她说：“华沙那些饭店会拿过期的肉给你吃，吃完你可能会闹肚子。回家后喝点蓖麻油，没什么比这更好的东西了。记住，我告诉你的事情是我俩的秘密。”

“好的，一定保密。”

“你在树林散过步吗？”

“什么树林？”

“像我们这样的小镇里，什么事都在树林里做。每星期中间那几天，树林里都空荡荡的。到星期六，村民都会聚集其中，树林就变得比市集还糟……”

奥泽·梅赫里斯没有回答。他想起自己曾在妮莎的相簿里看见过一张门德尔·什梅瑟的照片。妮莎一直把他当傻瓜。她爱上了一个理发师，一个不学无术的家伙，一个无赖。妮莎前不久告诉奥泽，她怀孕了。谁知道那是不是门德尔·什梅瑟的孩子。有什么能约束她？这些乡巴佬一旦进化，便没了约束。

奥泽开始审视自己的人生。是的，如果有人否认上帝、否认《托拉》、相信人类是由猿猴进化而来，那怎么就不能像猿猴那样行事？如果妮莎那么疯狂地迷恋门德尔·什梅瑟，那奥泽对妮莎又有什么价值呢？

奥泽·梅赫里斯和妮莎订婚那会儿，他认为妮莎是个体面的姑娘。在订婚宴上，妮莎坐在女性那边的餐桌上，他几乎都没法看到她一眼。他自己则让哈西德派教徒、学者和犹太学校里的男孩子团团围住了。婚礼上，在美德舞后，有人带他到昏暗的卧室去。他从《塔木德》中得知女孩应该是处子之身，但他不知道男人怎样能确认此事。黄昏时分，新娘的侍从取走床单，而他们夫妻二人则需在窗户外跳一支符合教规的舞蹈。后来他发现妮莎并不虔诚。她会在安息日梳头发，用肥皂洗澡。有几次他看见妮莎吃了肉以后喝牛奶，她还拿仪式沐浴开玩笑。她曾在教规禁止的那些夜晚让奥泽去她的床上。她去图书馆借阅波兰语和俄罗斯语的小说看。奥泽曾对此很高兴，他有一位开明的妻子。

的确，他觉得自己从未在精神层面与妮莎亲近过。奥泽渴望知识，可妮莎更关心金钱。她嫉妒自己的姐夫贝尼，因为他做生意很有名气。她结婚时收到了很多珠宝，但她一直抱怨姐姐的珠宝比她多。妮莎试图说服奥泽，让他去找岳父要自己的嫁妆，投资做生意。这样他们就可以搬出去住，而不是寄居在岳父家里。她总是在订购新裙子，而且会和妹妹米拉莱一聊聊上几个小时，说她们的鞋子、内衣、花边，姐妹俩一起烘焙的饼干、蛋糕什么的，还有各种从卢布林订购的面霜和香水，等等。她会在床头柜上放一盒巧克力，半夜起来小口偷吃。奥泽发现，妮莎借回家的书根本不会看。他曾数次尝试和妮莎谈论科学和哲学，但她总是会中途打断——有朋友约了她，她有事要和母亲商量，她得去厨房忙家务。奥泽困惑地发现，打记事以来就一直折磨着他的那些疑问，时间、空间、永恒、正义者遭受苦难等问题，根本不会困扰她。她甚至不担心自己会死，而这是奥泽刚进犹太宗教小学时就会苦思的问题。奥泽得出结论，这就是女人的天性——沉醉于琐屑小事。某种意义上，女人就像需要玩具的小孩。

但是，为门德尔·什梅瑟所迷惑，那就得成为门德尔·什梅瑟这样的人。而如果从启蒙运动中获得的就是成为门德尔·什梅瑟这样的人，那真是启蒙运动的悲哀。

奥泽听见一阵鼾声，贝拉已经睡着了。他抬头看向天空。他读过康德和拉普拉斯的理论，整个宇宙由一片星云演化而来。但是星云如何能孕育出人类、动物、树木、谷物、花朵、眼睛、耳朵和大脑呢？奥泽现在感到的痛苦和耻辱又是什么？既然一切事物都是原子的组合，那么以赛亚、莱辛、门德尔松、纳赫曼·克罗赫马尔等人的话有什么根据？奥泽·梅赫里斯好像出错了，但错在哪儿呢？他还能再变回虔诚的信徒吗？他还能相信每一代拉比写的每一条注释都送到了西奈山上的摩西那儿吗？他又能相信什么呢？

憎恨吗？门德尔的错是因为他的原子组合方式不对吗？那么，这又如何是妮莎的错呢？如果没有上帝，没有启示，又何谈善恶？

奥泽·梅赫里斯闭上眼，他没睡，但也不清醒。他的心很沉重，像是有什么重物压在上面。他感到冰冷，像是身处冬季。他觉得自己像是在哀悼：他得坐下来，为自己的幻觉哀悼。

马车停了下来，奥泽一下惊醒了。贝拉一言不发下了车。她的丈夫菲沃穿着睡袍和拖鞋就出来了，没有戴无檐便帽。此时已经破晓。奥泽看见夫妻二人相拥的剪影，默默地颤抖了一下。

很快马车就到了加布里埃尔·但泽格的房子前。奥泽取下行李，装书的那个箱子尤为沉重。岳父家里所有人都在睡觉。厨房里一小盏煤油灯还燃着，小鸡在火炉旁的鸡舍咯咯叫。奥泽静静听着。整个房子都在打鼾——岳父、岳母、妮莎。奥泽听见她在叹气。《箴言》的经文浮现在他的脑海里，“我测不透的奇事有三样，连我不知道的，共有四样：鹰在空中飞翔之道，蛇在磐石上爬行之道，船在海中航行之道，男与女交合之道。”“这女人对自己的丈夫不贞，忘记了自己神圣的誓约。”

奥泽把行李放在客厅，出了门。天空一半仍是黑夜，另一半露出深红色。露珠像是穿过筛子，均匀落下。鸟儿们叽叽喳喳。奥泽像梦游似的走着。他的腿不自觉地走向会堂的院子里。他走过礼拜者洗手的桶，水里映射出太阳散发的金色光芒。

奥泽走进学经堂，黑夜仍在此处流连。烛台里有一根纪念蜡烛哔哔剥剥响着，读经桌的桌腿投出跳跃的黑影。书桌、书架还有枝状大烛台在黑夜里寂静无声。奥泽停下来，试图在昏暗中阅读《十诫》，但那些字母隐匿不见。“完了，都结束了。”他嘀咕道，也不清楚指的什么事。一种从未出现的倦怠感席卷而来，他靠着桌子以防跌倒。他记得这是第一位礼拜者跨过门槛之前，尸者可以在圣地祈祷的时间。

忽然一道紫色的光线从窗外透进来，像是一盏圣灯，照亮了整个学经堂：小讲台、长椅、看台，还有用卷曲舌头撑着牌匾的约柜飞檐上的狮子，它们晶亮的眼珠栩栩如生。奥泽呆住了。显然，他从华沙借回的书和桌上《十诫》的内容相互否定。如果说造物不过是盲目的过程，人也是畜生，那就可以欺骗奥泽（或菲沃），从他那里偷东西，甚至杀死他。我之前怎么就没想明白呢？他想道。他浑身战栗，牙齿咯咯作响。多年以来，他第一次渴望以晨祷作为一天的开始，但他又如何能确定他的祷告会被上帝听到呢？

奥泽走出门外。天空中，一片云像一辆火红的战车似的向东飘去。会堂的窗户闪闪发亮，桶里的水已然发绿。奥泽看见自己的影子倒映在镜子似的水面，脸色苍白，两颊凹陷，两鬓杂乱，喉结凸显。他几乎认不出自己了。世俗气已然消失，他恢复到和妮莎成婚前的样子，一位来自卢布林的穷学者，一个由陌生人资助长大的孤儿。他弯下腰，将手指浸入水中。超凡的力量谋划在这个晚上夺走他的一切，妻子、财产和住所。启蒙运动欺骗了他，妮莎和门德尔·什梅瑟也骗了他。奥泽知道他必须再次打包行李，启程另寻一所经学院。他没有生气，只是惊讶。他必须做出选择，选择信仰也许并不存在的上帝，或是选择成为类似门德尔和他的女人们那般可憎之人。

# 邻居*

他俩都住在中央公园西边我住的那栋楼里。他在我下面两层楼，她在我楼上一层。再没有比他们俩反差更大的了。莫里斯·特克尔陶伯和我都给同一家意第绪语报纸撰稿。他是“真人真事”版的作者。而玛吉特曾是一位意大利伯爵的情人。他们俩有个共同点：我始终弄不清他们的事是真是假。莫里斯·特克尔陶伯跟我保证说，他的那些故事全都是杜撰的，可我读过之后觉得，这些故事也不全然都是凭空杜撰的。故事里有太多细节和奇闻，只有在现实生活中才会发生。除此以外，我还经常发现莫里

* 本篇英语由艾萨克·巴什维斯·辛格与赫伯特·洛特曼（Herbert R.Lottman）翻译。

斯身边有着和故事角色极为相似的老人。莫里斯·特克尔陶伯实在谈不上有什么写作技巧。他的文章充斥着陈词滥调。我在报上曾经读到过他的一份稿子。他完全没有句法概念，不加区别地使用逗号和连字符。每个句子都用三个破折号结尾。但是，莫里斯·特克尔陶伯试图让我相信他是个有创造力的作家，而非记者。

我跟他相识的这些年里，他跟我说了好多谎话。无数女人曾向他投怀送抱，有社会名流、大都会歌剧院的明星、著名女作家、芭蕾舞演员、女演员，等等。每次莫里斯·特克尔陶伯从欧洲度假回来，总有风流韵事同我讲。有一次，他给我看了一封手写的情书，我认出那是他自己的笔迹。他甚至毫不知耻地把世界文学里的东西塞进他的故事场景里。事实上，他就是个孤独的老单身汉，心脏不好，还只有一个肾。他自己好像还没意识到自己少了一个肾，我还是从他的一个亲戚那儿了解到的。

莫里斯·特克尔陶伯小个子，宽肩膀，仅剩的几根白发被他梳成了一座桥，搭建在光秃秃的头顶。一双水汪汪的大眼睛，鹰钩鼻，一张嘴感觉像缺了上下嘴唇似的，一条裂缝里漏出一排宽大的假牙。他说自己出身于拉比和商人世家。他年轻时定是读过《塔木德》的，谈吐中总会引用一些《塔木德》中的话。他说意第绪语，也能说几句磕磕巴巴的英语、错误百出的波兰语和一点儿犹太复国主义大会上经常说的那种夹杂着意第绪语和德语的话。从他的夸夸其谈中，我也慢慢了解到一些真相。在波兰，他曾跟一个拉比的女儿定过亲，但在婚礼前一个星期，她死于伤寒。他在柏林的伊尔德赛美拉比神学院学习过，但没能毕业。他在瑞士一所大学旁听过哲学。在一本意第绪语文集里发表过几首诗，在希伯来语报纸《晨星》上发表过几篇文章。至于他的情人们，我只认识一位，一个希伯来语教师的遗孀。我在一次新年晚会上见过她，几杯酒下肚，她告诉我，她和莫里斯熟识多年，还说莫里斯常受失眠之苦，有时还会阳痿。她笑莫里斯吹牛，莫里斯向她吹嘘舞蹈家伊莎多拉·邓肯和他有过一段不了情。

另一个邻居，玛吉特·莱维倒不像个爱撒谎的，但她的人生经历太过曲折离奇，我可能永远都弄不明白。玛吉特的父亲是犹太人，母亲是匈牙利贵族。他父亲据说是在知道她母亲出轨后自杀了。她母亲的情人是一位埃斯特哈齐贵族，是那个在“德雷福斯冤案”中扮演了重要角色的埃斯特哈齐家族的亲戚。

玛吉特母亲的情人丧失了在蒙特卡洛市的财产后自杀了。他死后，玛吉特的母亲变得疯疯癫癫的，后来被送去维也纳的一家诊所待了二十多年。玛吉特是姑姑抚养长大的，她姑姑是巴西某个咖啡种植园主的情人。玛吉特·莱维能说十来种语言。她的皮箱里装满了照片、信件、各种文件，它们都能证明那些故事的真实性。她常对我说：“我的故事才不止写一本书，可以是整部文学。跟我的经历相比，好莱坞电影简直就是儿童剧了。”

如今，玛吉特独自一人寄宿在一个老妇人的公寓里，靠社会救济金活着。她有风湿病，几乎走不动。她拄着双拐，走着碎步。她声称自己六十多岁，但我算了算她应该七十多了。玛吉特·莱维有些糊涂了。每次她来看我都丢三落四的，忘了钱包、手套、眼镜，甚至有时连双拐都忘了。有时她把头发染成红色，有时染成黑色。满是皱纹的脸上搽着胭脂，涂着厚厚的睫毛膏，黑眼睛下面是深深的眼袋。她弯曲的手指上，指甲涂得红红的。她的脖子让我感觉就像那拔了毛的鸡。我跟她说我语言能力很差，可她却一遍又一遍地跟我说法语、意大利语、匈牙利语。她取了个犹太人的名字，可我注意到她的上衣下挂着一个小小的十字架，我怀疑她已经变成基督徒了。玛吉特·莱维有一次从公共图书馆里借了一本我写的书。后来，我写的东西她都要读。她告诉我说，我小说里写的那些超能力，传心术、千里眼、与死者交流的预感，她都有。她有一块通灵板和一张没有钉子的小桌子。她虽然没钱，却订了好些神秘主义杂志。第一次来拜访我之后，她摇着我的手，用一种颤抖的声音说："我早就知道你会进入我的生活。这是我今生最后一段伟大的友谊。"

她给我带来一副袖扣做礼物，那是她从埃斯特哈齐伯爵那儿继承的。就是那个一夜之间失去了八千法郎，然后把自己一枪爆头的埃斯特哈齐。

我从未想过要把两位邻居撮合在一起。事实上，我并未邀请他们任何一位。他们经常来敲我的门，无论是哪一位，如果我不是太忙，我会请进来，端上咖啡、饼干。莫里斯·特克尔陶伯订了特拉维夫的希伯来语报纸。如果他在报上发现了有关我的书评或是广告，都会带来给我看。而玛吉特·莱维有时会在她寄宿的那个老太太的炉子上烤个蛋糕，她一定切下一块送给我。

但是，有一次，恰巧两人都来找我了。玛吉特在她那堆文件里发现了一封信，是她之前跟我提到过的。而莫里斯发现了南非某月刊杂志上转载了我的一篇随笔。我把两位客人互相作了个介绍。他俩在同一栋楼里住了好些年，居然从未照面。玛吉特最近有点儿耳背。不知道什么原因，她读不出“特克尔陶伯”这个词来。她扯着耳朵，皱着眉头，结果还是把名字读错了。同时，她还对着莫里斯·特克尔陶伯的耳朵叫，好像人家也跟她一样有听觉障碍。莫里斯对她说英语，但她听不懂他的口音。他转而用德语。玛吉特·莱维摇着头，要他一个字一个字地重复。她就像个严厉的教师，纠正他的语法和发音。莫里斯有说话吞吞吐吐的习惯，他一激动，嗓音就格外的尖利刺耳。喝完咖啡后，他起身走到门口。“那个疯癫的老女人是谁？”他问我。他砰的一声摔门而去，好像他自己没给玛吉特·莱维留下好印象是我的过错。

玛吉特·莱维向来对待每个人都是温柔礼貌得几乎夸张，甚至对邻居家的猫猫狗狗都不吝夸奖，可是在莫里斯·特克尔陶伯走后，却骂他是个没教养的白痴、无赖。

她也知道我是波兰移民过来的，但还是忍不住一腔怒火，骂他是“波兰傻子”。又立马道歉，说我是例外。她双颊的斑点红通通的，连厚厚的胭脂都遮不住。放在她面前的咖啡都没喝。她径直走到门前，抓住我的两个手腕，吻了吻我，恳求道：“亲爱的，求求你，下次别让我再见到那个东西了。”

我似乎听见她一边上楼梯一边在哭。玛吉特·莱维害怕电梯。她有一次独自一人被困在电梯里整整三个小时。还有一次电梯门把她的手给夹了，害她丢了一个钻石戒指，她把那栋大楼给告了。

这次遭遇后，我决定，如果屋里已经有一位访客，就不会放另一位进来。我已经对这两个人失去耐心了。莫里斯·特克尔陶伯要么吹嘘他怎么征服女人，要么吹嘘出版商、大学给他开出的丰厚条件，不然就是指责遇到的编辑、评审、记者工会的官员、作家协会俱乐部的秘书如何粗鲁无礼。他到哪儿都不受待见。人人都对他指手画脚。我们那份报纸的校对不仅不纠正他在自己稿子里标出的错误，还故意将他的文章弄得残缺不全。有一次，莫里斯逮着制作室里的一个男人把他的文章句子排颠倒了。莫里斯向印刷厂工会抗议，没人回复他。他称意第绪语文学就是一场骗局。他骂意第绪语剧院的剧作家们剽窃他的故事。他跟我说：“你可能觉得我一定有被迫害妄想症。你忘了，人们真的在互相迫害。”

“不，我没有。”

“我的亲爹就迫害我。”莫里斯用悲伤的语调，一个人说了很久，这段独白可以在他的“真人真事”版面变成十二章的连载了。我试图打断他，问他细节，但他语速极快，滔滔不绝地讲个不停，根本无法打断。他不耐烦地挥挥手，就把我的问题打发了。

我觉得玛吉特·莱维和莫里斯·特克尔陶伯两人虽说有很多不同，但也有不少共同点。玛吉特跟莫里斯一样，姓名、日期还有逸闻这些全都记不清。跟他一样，玛吉特也会骂那些死了很多年的人，说人家怎么冒犯了她。所有的邪恶势力都在密谋残害玛吉特·莱维。一个帮她投资的经纪人喜欢上了赛马，把她的资金给挥霍了。一个本来给她治疗风湿病的，给她打了一针，结果让她身上长了皮疹，得了一场病，差点儿没要了她的命。冬天里她经常滑倒在冰面上，在百货商店的滑动电梯上摔倒。钱包被人抢。有一次，大白天的，她在街上被来往的人堵在了路上。玛吉特·莱维发誓说，她外出度假的时候，她的房东，那个老处女拿她的裙子和内衣穿，还拆了她的信，甚至连她的药都拿来吃了。

“谁会吃别人的药呢？”我问道。

她答道：“如果可以，他们连别人的眼珠子都会偷的。”

那年夏天，我休了个长假。我去了瑞士、法国和以色列。我是八月中旬过敏性鼻炎开始犯病的时候走的，回来的时候已经是十二月初了。之前我预付了房租，离开前把公寓锁了，房里其实除了书和书稿，也没什么好偷的。

我回来的那天，纽约下起了雪。出租车到达我们那栋楼前，我下了车，被眼前的一幕惊到了。玛吉特·莱维拄着一根手杖和一根拐杖，莫里斯·特克尔陶伯从旁搀着她的手臂，另一只手推着一车从哥伦比亚大街的超市里买的食物。玛吉特的脸色冻得蜡黄，脸上的皱纹越发多了起来。她穿着脏兮兮的皮毛大衣，一顶黑色的帽子让我想起自己孩童时代在华沙时的样子。她像是生病了，憔悴消瘦。她的双眼靠得太近，带着猛禽的那种敏锐凌厉的表情。莫里斯·特克尔陶伯也变老了。他的鹰钩鼻红通通的，脸上冒出雪白的胡须。

不管这事儿有多么诡异，我的惊讶也只是一瞬间。我朝他们俩走过去，问候道：“你们还好吧，我的朋友？”

玛吉特摇摇头：“你都看见了。”

后来，邻居告诉我说，玛吉特寄宿的那间公寓的老女人卖了房子，搬到迈阿密去了。玛吉特就要被扔到大街上去。所以，她搬过去跟莫里斯·特克尔陶伯一起住。具体怎么回事，我的邻居也不清楚。我注意到玛吉特·莱维的名字已经添加到莫里斯·特克尔陶伯的信箱上了。

几天后，玛吉特过来拜访我。她夹杂着德语、英语向我哭诉那个自私自利的老处女，事先也不告诉她就直接搬走。周围的邻居全都对她漠不关心，袖手旁观，唯有莫里斯·特克尔陶伯还算有点良心。玛吉特表现得好像他只是把她当作一般的租客。但第二天，莫里斯来敲我的门。他欲言又止，手足无措，很明显他们俩的关系不只是房东和租客那么简单。

他说："人都会变老，不会越来越年轻。等你病了，你需要有人给你端杯热茶。"他点着头，眨着眼，微笑着，既羞涩又有点儿难为情。他邀我晚上过去看看他们。晚饭后，我下楼去看他们。玛吉特像个女主人似的接待我。这间公寓看着很干净，窗户都挂着窗帘，桌上铺着桌布，那些餐具一看就只能是玛吉特的。我给他们带了鲜花。她亲吻了我，抹掉眼角的泪花。玛吉特和莫里斯依然互相以"您"相称，而不是更为亲热的"你"。但是我觉得似乎听见玛吉特有一次忘了，用的是"你"。他俩交谈时，混杂着德语、英语、意第绪语。莫里斯·特克尔陶伯吃鲱鱼时，直接用手拿，然后用袖子擦手，玛吉特对他说："用你的餐巾。这是纽约，可不是克林蒙托。"

莫里斯·特克尔陶伯带着典型的波兰哈西德语气回道："哦，真是的，没办法。"

那年冬天，莫里斯·特克尔陶伯生了一场病，拖了很长一段时间。最初是流感，然后，医生发现他有糖尿病，给他开了胰岛素。他不再下楼取报纸，手稿也是邮寄到报社。玛吉特告诉我说，报上登载的莫里斯的文章，他自己都读不下去，印刷错误太多了，他每读一次，都会气得心悸。她请我帮他把校对稿送到城里去。我倒是有心帮忙，但是，我几乎没有时间去报社。我四处演讲，经常几个星期不在这个城市。有一次，我走进排版室，看见了玛吉特·莱维。她站在那儿等校对稿。如今她每周要坐地铁进城两次：一次来取校对稿，第二次是把稿子送回来。她对我说："愤怒对健康的损害任何药物都治不好。"她又说了一句只有莫里斯·特克尔陶伯才会说的话："作家不会死于医疗事故，只会死于印刷错误。"杰克，那个印刷厂恶魔，着急忙慌地把校对稿扔给她。玛吉特戴上眼镜，开始把稿子看一遍。杰克看稿子粗心得很，经常字母不见了，或者因为纸面太小，漏掉几行字。她虽然不懂意第绪语，但她似乎意识到校样稿里有些问题，于是，她在轰隆隆的印刷机器中间找杰克。那男孩儿朝她吼叫，骂她。她回来时抱怨说："在美国，他们就是这么对待文学的吗？"

春天快到了，莫里斯·特克尔陶伯又开始下楼取报纸了。但是，玛吉特得了胆结石，被送进了医院。莫里斯一天去看她两次。医生们发现了各种并发症。他们做了好多检测，抽了好多血。莫里斯抱怨说，美国的医生根本不尊重病人。他们对待病人就像对待尸体一样，想怎么切就怎么切。叫护士，护士也不来。病人也得不到可口的食物。莫里斯只好给玛吉特做汤，给她带橙汁。他问我说："医生哪一点就比作家、剧作家、导演强呢？不都是人嘛。"

我又离开纽约大概三个月的样子。等我秋天回来的时候，在几份报上读到，意第绪语作家联盟要在莫里斯·特克尔陶伯去世第三十天晚上为他举办追思会。他读校样稿的时候，突发心脏病去世了。他或许是死于一个印刷错误。晚上，我带着玛吉特回到公寓楼大厅。灯光很暗，大厅一半是空的，玛吉特全身黑色。她不懂意第绪语演讲者说的话，但是，每次有人提到莫里斯·特克尔陶伯的名字，她都会抽泣。

几天后，玛吉特来敲我的门。我第一次看见她没化妆的样子。她看上去就像个九十岁的老太太。我帮她在椅子上坐下来。她双手发抖，头不住地摇晃，说话也很困难。她说："我不想我死后他们把莫里斯的手稿扔进垃圾桶。"我只得向她庄严发誓，我会找一个机构接收他的手稿、书，还有他保存在行李箱、洗衣篮里的几千封信。

玛吉特又活了十三个月。那段时间，她经常来找我谈计划。她想把莫里斯·特克尔陶伯最好的作品结集出版，但是他的手稿那么多，要挑选也得花几年的时间。也不可能找到出版商。她总是不停地问同一个问题："莫里斯为什么不用一种可理解的文字写作呢？波兰语或者匈牙利语也好啊。"她让我帮她找一本意第绪语语法书，她想学习好这门语言。她根本就没有读过他写的任何东西，但她称莫里斯有天赋，很可能是个天才。又有一次，玛吉特发现了一部看上去像剧本的手稿，敦促我把它交给某个剧院导演，或者找个人把它译成英语。

玛吉特·莱维生命的最后几个月待在医院的时候比在家里的时间还多。我去看过她几次。她住在普通病房。她的脸色变化很大，每次去看她，我都要努力辨认才能认出她来。她的假牙不再契合她干瘪的嘴巴。她的鼻子变得弯曲，就像莫里斯的鼻子。她对我一会儿说德语，一会儿说法语、意大利语。有一次，我看见了另一个访客，她的律师，一个德国犹太人。我听见她说，她在克林蒙托协会的公墓买了一块墓地，紧挨着莫里斯的墓地。

她在一月份去世。那时正值严寒，北风呼啸。两个人去了小礼拜堂——那个律师和我。拉比飞快地背诵着“仁慈的上帝”，读了一段简短的悼词。我听见他说：“只有村镇里的人才有留下美名的特权。在纽约这样的城市，人的名字比这个人死得还早。”随后，棺材上了灵车，玛吉特·莱维随之驶入无人相伴的永恒。

我想履行承诺，为莫里斯·特克尔陶伯的几箱手稿找个保存的地方，但是我打电话联系的那些机构全都拒绝了我。我把塞满了他手稿的一只皮箱和两本玛吉特·莱维的影集拿回到我的公寓里。余下的东西，楼房管理员都给扔到了街上。那天，我没有离开那房子。

在莫里斯·特克尔陶伯的皮箱里，我意外地发现一大摞女人写给他的情书，都是用意第绪语写的，信件有些褪色。有个女人威胁说，如果他不回到她身边，她就自杀。不，莫里斯·特克尔陶伯并非我以为的那样，是个精神错乱的吹牛大王。女人们真的爱他。我记得斯宾诺莎说过，没有假话，只有扭曲的真相。我脑子里闪过一个奇特的念头：说不定在这些情书里，能找到一封伊莎多拉·邓肯的情书。我一时间竟然忘了，伊莎多拉·邓肯不懂意第绪语。

玛吉特·莱维去世一年后，我收到克林蒙托协会的一份邀请，去参加玛尔卡·莱维纪念碑的揭幕仪式——玛尔卡是协会给她取的希伯来语名字。但是周日下了一场大雪，我肯定揭幕仪式会推迟。再则，我起床后，感觉一阵严重的坐骨神经痛。我洗了个热水澡，但没必要刮胡子换衣服，反正也没人看。我也没什么想见的人。早饭后，我打开玛吉特的相册，还有莫里斯的一些信件，看着那些照片，读着那些书信。我打了个盹，陷入梦中，一下醒过来，梦境全忘了。我不时看着窗外。雪飘飘洒洒平和地飘着，很平静，仿佛一边飘落一边在沉思。冬日短暂，很快天黑了。荒凉的公园成了墓地。中央公园南侧的大楼就像一个个墓碑。太阳落到了河滨大道上，水库里的水反射出一根燃烧的蜡烛。我旁边的暖气片发出嘶嘶的哼唱声："尘土，尘土，尘土。"这声音带着暖气穿透了我的骨头，重复着一个真理，古老如尘世，永恒如沉睡。

# 外公与外孙*

贝伊·缇姆过世后，雷布·莫德凯·梅厄把店铺卖了，开始靠这笔钱过日子。有人用铅笔在纸上给他算了一笔账，如果他一周花八个卢布，这钱够他生活七年。他还有多少年头可活呢？父母在他这个年龄时早已去世，如今每多活一分钟都是老天的恩赐了。

莫德凯的独女几年前就患伤寒症去世了，在斯隆尼姆市的什么地方给他留了几个孙儿孙女。不过他们不靠他的遗产也能活下去。雷布·莫德凯·梅厄的女儿嫁了个立陶宛犹太人，是哈西德

* 本篇英语由伊芙琳·托腾·贝克（Evelyn Torton Beck）和露丝·沙赫纳·芬克尔（Ruth Schachner Finkel）翻译。

派的死对头，一个受到启蒙的犹太人。雷布·莫德凯·梅厄其实已经和女儿断绝了父女关系。

雷布·莫德凯·梅厄个子矮小，黄白的胡子，宽阔的前额，蓬乱的眉毛下隐约能看见一双小鸡似的黄眼睛。他的鼻尖上长了几撮毛，耳朵、鼻孔里也有毛发冒出来。随着年岁增长，他的背也渐渐驼了，看着总像是在低头找东西。他走路只能拖着脚一步步移动，一年到头都穿着一件有束带的棉布长袍，平底鞋，两顶软帽上再戴一顶带帽檐的帽子。他说话支离破碎，也只对那些新加入的哈西德教徒说话。

就是在哈西德派教徒内部，雷布·莫德凯·梅厄也是出了名的不务俗事的人。他在华沙已经住了很多年了，但对华沙的街道根本不熟悉。唯一认识的路便是从他家到哈西德祈祷室来回的那条街。一年里，他有时会去亚历山德罗夫拉比家拜访几次，但他总是很难找到去火车站的电车，换车、买票这些事也不会。而这些他都得靠认识路的年轻人帮忙。他既没有时间也没有耐心去操心这些俗事。

半夜里，他起来研习经文，做祷告。他每天清晨很早就要起来背诵《革马拉》和《托塞夫塔》评注，接下来背诵《诗篇》，继续祷告，再一头扎进哈西德书籍里，讨论哈西德事物。冬日很短，还没来得及吃口东西，打个盹，又该回学经堂做晚祷了。即便夏日时长，也没多少空闲时间。首先要过逾越节，接着就是奥默节，你还没缓过劲来，又到了五旬节；之后是塔姆兹月十七日（标志着哀悼日开始），接着就是三周哀悼日，哀悼耶路撒冷圣殿被毁；三周后是连着九天禁食荤腥；接下来是阿布月十五日、葡萄园节、安慰安息日；后面是厄路耳月，连水里的鱼儿都冷得发抖；接下来是新年、忏悔十日、赎罪日、住棚节、欢庆律法节，然后是创世安息日。

从孩提时代起，雷布·莫德凯·梅厄就已经意识到，要想做个真正的犹太人，只有心无旁骛。赞美上帝，他的妻子贝伊·缇姆理解这一点。她从不要求他到店里帮忙，不让他参与生意，承担养家糊口的重担。除了贝伊每周给他的几个盾用来做施舍金、进仪式浴室、买书、买鼻烟和烟草外，他身上几乎从不带钱。雷布·莫德凯·梅厄不确定自己商店的确切位置，也不知道店里经营的是什么。店主必须得跟女顾客们谈话。从谈话，到窥视，到产生欲念只有一步之遥，这一点他十分清楚。

雷布·莫德凯·梅厄住的那条街上还住满了不信上帝的人，放纵的女人们。男孩们沿街叫卖的意第绪语报上写的都是些胡言乱语和无神论思想。沙龙酒吧里挤满了流氓恶棍。雷布·莫德凯·梅厄书房里的窗户总是关着的，夏天也不开，一旦打开窗户的插销，立刻就能听见留声机里的靡靡之音和女人的笑声。院子里，头上什么也不戴的杂耍艺人经常要把戏，他觉得那些很可能就是黑魔法。雷布·莫德凯·梅厄听说犹太男孩、女孩们上意第绪语剧院，他们嘲笑犹太教。冒出了好多世俗作家，他们用希伯来语和意第绪语写作。他们引诱读者犯罪。每一个转角处，都有邪恶的精灵等在那儿。只有一条路能打败恶灵：用《托拉》、祈祷和哈西德教义。

这些年不知不觉间就过去了，雷布·莫德凯·梅厄也不知怎么回事，胡子似乎一夜之间就白了。因为他不想去理发店，跟一堆剃了胡子的违反教规者坐在一起，贝伊·缇姆过去经常帮他剪头发。她取下他的两顶软帽，他又很快戴上。她会说，“你两顶帽子戴在头上，我怎么给你剪头发？”

上了年纪之后，他的头秃了，只有耳边鬓发留了下来。贝伊·缇姆没再生孩子。他们的五个孩子夭折了，只留下一个女儿，塞尔达·雷泽尔。雷布·莫德凯·梅厄跟妻子分床睡。既然已经履行了“要生养众多”的戒律，他还需要什么呢？的确，根据律法，在妻子不再生养孩子之后，一个男人依然可以和妻子亲热。甚至有人说，人不能做遁世者。但是这种说法什么时候能成立呢？只有对肉体没有任何欲望时，才同房。如果同房的目的只为享乐，便会导致诱惑与贪欲。此外，贝伊近几年身体也不好，她从商店回家时总是精疲力竭，浑身散发着鲱鱼和缬草的味道。

塞尔达·雷泽尔死后，贝伊·缇姆变得抑郁了。她差不多每天夜里都哭泣，不停地重复着同样的话：“为什么让我遭遇这些？”雷布·莫德凯·梅厄提醒她，抱怨上帝是禁止的。“上帝所行的一切都是好的。”之所以有死亡这种事情，因为身体只是一件袍子。灵魂要被送到地狱清洗一段时间，之后才会上升到天国，了解《托拉》的秘密。难道吃喝拉撒、出汗流泪是这么便宜的事？

但是，贝伊·缇姆一天天的病重了。她在星期三过世了，周五下午下葬。因为刚好是在安息日前过世，也免去了在周日安葬的压力。雷布·莫德凯·梅厄为她的灵魂安息诵读了《卡迪什》，在会众前祈祷，并研习《密西拿》。三十天的哀悼过去后，一个亲戚用四千卢布买下了他家的店铺。雷布·莫德凯·梅厄有个寡妇邻居，叫蓓莎，每日去他家打扫卫生、做饭。安息日，她会为他准备炖汤和布丁。哈西德教徒们想撮合他俩，但雷布·莫德凯·梅厄拒绝了。

夏天的一个早上，他在读《雅各布·约瑟夫的世代》时眯了会儿，敲门声把他惊醒了。他打开门，看见一个没留胡子的年轻人，披着一头长发，戴了顶宽沿的黑帽子，宽松的黑上衣上系了条束带，穿着格子长裤。他一手提了个小包，另一只手里拿着本书。他的脸色苍白，鼻子比较短。

雷布·莫德凯·梅厄问道："你找谁？"

他眨着两只分得很开的眼睛，结结巴巴地说："我是傅列……您是我外公。"

雷布·莫德凯·梅厄站在那儿，惊讶得说不出话来。他从未听说过傅列这个名字。然后，他意识到这很有可能是拉斐尔这个古老的犹太名字的现代变异。他是塞尔达·雷泽尔的大儿子。雷布·莫德凯·梅厄感觉既痛苦又羞耻。他竟然有个要模仿外邦人的外孙。他说："那么，进来吧。"

男孩犹豫了一下，走进门来，放下了皮箱。雷布·莫德凯·梅厄指着那本书问道："那个——是什么？"

"经济学。"

"对你有什么用？"

"这个……"

"斯隆尼姆最近怎么样？"雷布·莫德凯·梅厄问道。他不想提那个前女婿的名字，那个反哈西德分子。傅列面露疑惑，似乎不太明白外公的问题。

"您是说斯隆尼姆吗？跟别的地方一样啊。富人变得更富，工人们连饭都吃不饱。我得走了，因为……"傅列停下不说了。

"你准备在这儿做什么呢？"

"在这儿，我想四处看看，我想，我想……"

唉，是个结巴，雷布·莫德凯·梅厄想。他喉咙发痒，胃也开始翻腾。这是他的女儿塞尔达·雷泽尔的儿子。但是，只要他剃了胡子，穿得像个外邦人，那他，雷布·莫德凯·梅厄，跟这孩子又扯得上什么关系？他点着头，凝视着他。这孩子似乎继承了他们家那一边的遗传基因：高高的颧骨，窄窄的前额，宽大的嘴唇。他又脏又破的衣服和面黄肌瘦的样子让雷布·莫德凯·梅厄想起那些为逃避征兵把自己饿成皮包骨的犹太教徒。

“洗洗手，吃点儿东西。别忘了你自己是个犹太人。”

“外公，他们才不会让你忘记呢。”

男孩在厨房的餐桌旁坐下，翻着他手里的书。雷布·莫德凯·梅厄打开橱柜，但没找到面包，只有洋葱、一串干蘑菇、一包菊苣和几头大蒜。

他对傅列说：“我给你钱，到店里买一块面包，或者别的你喜欢吃的东西。”

男孩回答说：“外公，我不饿。而且，我还是少出门比较好。”

“为什么？你又没生病，上帝不许，你病啦？”

“整个俄罗斯都得了同一种病。到处都是告密者和秘密警察。外公，我也并不完全‘干净’。”

“你被军队征兵了？”

“征过。”

“也许可以把你救出来？”

“全人类都需要被救，不只我一个人。”

雷布·莫德凯·梅厄下定决心，不管外孙说什么，做什么，都不要发怒。愤怒不会使人虔诚。有好几次雷布·莫德凯·梅厄直想朝这个无耻的东西啐几口，把他赶出家去，但是，他还是尽力克制住自己。傅列说的虽是意第绪语，雷布·莫德凯·梅厄并不完全理解他的话。他说的那些归结起来就是一句怨言：富人奢侈无度，穷人受苦受难。他不停地提到工厂的工人，地里劳作的农民。他批判沙皇。“他住宫殿，却让他人在阁楼里腐烂，成千上万人死于饥饿和肺痨。人民必须觉醒。革命势在必行……”

雷布·莫德凯·梅厄捻着胡子，问道，“你怎么知道新的沙皇就一定好？”

“若是照我们的方式，就不会有什么新的沙皇。”

“那谁来统治呢？”

“人民。”

“不可能所有人都坐那把龙椅。”雷布·莫德凯·梅厄回答道。

“从工人、农民中选出代表来。”

“等他们掌了权，他们也会变成恶棍。”雷布·莫德凯·梅厄争辩道。

“那他们就会被砍头的。”

“书上写着，‘因那地上的穷人永不断绝’，”雷布·莫德凯·梅厄说，“如果穷人都没有了，那筹集的善款该给谁呢？而且，一切都是上天决定的。在新年，上天就会裁定谁是富人，谁是穷人。”

“天上除了空气，什么都没有，”傅列说，“也没有任何人来规定。”

“什么？难道世界是自己创造的？”

“世界是进化来的。”

“什么意思？”

男孩开始解释，然后就卡壳了。他提到的人名，雷布·莫德凯·梅厄从未听说过。他的话里掺杂着波兰语、俄语和德语单词。他说的大意就是：一切都是偶然产生的。他胡言乱语说了一通，什么雾啊，引力啊，地球从太阳那儿脱离开，冷却啊，这些乱七八糟的东西。他不承认《出埃及记》的历史，不相信红海被劈开，不相信犹太人在西奈山接受了《托拉》。这些都不过是传说而已。傅列的话字字穿心，雷布·莫德凯·梅厄的五脏六腑被刺痛了，仿佛吞下了熔化的铅，古时候，这铅块是给那些受罚要被烧死的人吃的。他的喉咙里发出了喊叫声。他想要大叫：“你这个流氓恶棍，让以色列人陷入罪中的尼八之子耶罗波安，滚出我的房子，滚到魔鬼那边去！”可是，他想起来，这孩子是个孤儿，刚到这座城市，身无分文。他可能会——上帝不许——成为异教徒，也可能会犯自杀罪。

“愿上帝宽恕你，你被迷惑了。”他说道。

“外公，你先问我，我才说的。”

接下来，爷孙俩不再争论。事实上他俩不再说话了。雷布·莫德凯·梅厄坐在起居室，傅列则待在厨房，在简易床上睡觉。蓓莎做了吃的，也给他端来一盘。她给他买面包、黄油和奶酪，给他洗衬衫。傅列拿到了大门钥匙，他虽然没有登记，但守门人夜里给他开门，每次傅列都会给他十个格罗森。有时候，他根本就没有回家过夜。

雷布·莫德凯·梅厄睡眠很少。晚祷过后，困意袭来，他就上床睡觉，但一两个小时之后，就会醒来。早上，雷布·莫德凯·梅厄还没开始背诵《示麻篇》，傅列就已经不在家了。“人不能与世隔绝，”雷布·莫德凯·梅厄对自己说，“弥赛亚救世主降生的阵痛已经开始了。”

在厨房的一箱子书里，雷布·莫德凯·梅厄发现了一本书页已经磨损的意第绪语小册子。他试着读了读，但是理解不了书上写的是什么。作者似乎在跟另一个像他那样的作者论争，他提到奇怪的人名，热利亚博夫、基尔巴茨姆奇佩、罗夫斯卡亚，书上说，其中有一个是烈士。雷布·莫德凯·梅厄嘴里涌出苦涩。他都这把年纪了，还要和一个异端分子同处一室，而且这个异端分子还是他的亲外孙。在亚历山德罗夫的学经堂里，他问世上最近都发生了什么事，结果得到的信息令他大吃一惊。几年前那些谋杀沙皇的人，又开始重新煽动平民了。他们当中还有很多犹太人。在俄罗斯某个地方，有人扔了颗炸弹，一列火车出轨了，成袋的金子被抢劫。在某个遥远的城市，一个总督被枪杀。监狱里人满为患。很多造反者被送到了西伯利亚。学经堂里那个讲这些事的哈西德派教徒说：“他们杀人，然后被杀。人们自相残杀！”

“他们究竟想要什么呢？”雷布·莫德凯·梅厄问道。

“要求众生平等。”

"这怎么可能？"

"有钱人家的子弟也加入了他们一伙。"

那个哈西德派教徒说，一个卖酒的商人，他是追随格尔镇拉比的哈西德派教徒。这个商人的女儿跟那些煽动叛乱的人一起鬼混，被监禁在了城堡监狱里。在那里，她绝食了十八天，人们不得不强行给她灌食物。

雷布·莫德凯·梅厄震惊了。弥赛亚救赎一定要到了！他问道："如果他们不相信来世，为什么又要这样自我折磨？"

"他们要的是正义。"

那天夜里，雷布·莫德凯·梅厄晚祷后回到家里，看见傅列坐在厨房餐桌旁，黑色上衣没扣扣子，头发乱糟糟，正在一边嚼着面包，一边读书。

"你怎么啃干面包？那妇人也给你做吃的。"

"你是说蓓莎？她给送进医院了。"

"是吗？我们必须为她祷告。"

"她胆结石发作。你愿意的话，我也可以做点儿吃的。"

"你？"

"我可以保证按照教规做饭。"

"你信教吗？"

"我是为您做。"

"那就不用了。"

从那天起，祖孙二人就只吃干食。傅列从店里买了小圆面包、糖和奶酪。他煮了茶。雷布·莫德凯·梅厄不知道该不该信任这个人，就是他煮的茶也不知道是否符合教规。《塔木德》认为，异教徒厨子的饮食也是可以信任的，因为他们不会自毁生计。但是异教徒厨子做饭是一回事，叛教的犹太人做饭就完全是另一回事了。不过呢，面包和糖也不可能不合教规。傅列是从街对面牛奶店的大卫那儿买的奶酪。而如果傅列专门跑到另一条街上去一家异教徒的店里买这些食物，那就说明他是个心怀恶意的叛教者了。经上对这种叛教者是这么说的："他认识他的主人，却妄图挑战他。"傅列还没有堕落到这个地步。

安息日晚餐是另一个邻居帮着准备的。雷布·莫德凯·梅厄自己点燃了安息日蜡烛。他独自一人坐在桌边，身上穿着有些磨损的缎面外套，破旧的皮帽子，唱着安息日圣歌，拿一片哈拉面包在仪式酒杯里蘸了蘸。那孩子（雷布·莫德凯·梅厄这么叫傅列）安息日没出现。邻居的女儿端来了大米浓汤、肉、胡萝卜布丁。雷布·莫德凯·梅厄半是吟唱，半是悲叹。

老拉比若是还活着，雷布·莫德凯·梅厄一定会去跟他住一块儿。但是雷布·赫诺赫已经过世。新的拉比还是个年轻人，他对年轻哈西德教徒的关注远大于老年教徒。有谣传说他还学过世俗事务。老一辈的哈西德教徒过世了，新人没有加入进来。

安息日的白天，雷布·莫德凯·梅厄正坐在餐桌边喃喃自语，

“我要称颂……”他听见一声枪响和骇人的尖叫声。院子里一阵喧嚣。窗户打开了。警察的哨声刺破天空。一个邻居跑来告诉雷布·莫德凯·梅厄，那些“同志们”，那些罢工者，杀了一个他们自己人，那人是个鞋匠，据说到警察局把他们告发了。雷布·莫德凯·梅厄浑身发抖。

“谁干的，是犹太人吗？”

“是的，是犹太人。”

“世界末日到了。”雷布·莫德凯·梅厄说完立刻又后悔了。在安息日是不允许伤心和说绝望之语的。

雷布·莫德凯·梅厄半夜会醒来祷告，他早早就去睡觉了。九点钟的时候，他已经上床了，经常不脱衣服，只脱靴子。那天夜里，他听见厨房的门开了，听出是傅列的脚步声，又睡着了。十二点整，他又醒了，起了床，按照教规仪式洗了手，穿上一件室内便服，套上拖鞋，开始哀悼圣殿被毁。他在头上抹了一点儿灰，灰是他保存在一个小罐子里的。他吟诵着一首挽歌。雷布·莫德凯·梅厄刚刚唱到“拉结为她的孩子们哀悼”，门砰的一声开了，傅列走了进来，赤着脚，穿着脏兮兮的内裤，头上什么也没戴。雷布·莫德凯·梅厄扬起眉毛，示意傅列离开，让他把祷告做完，但男孩说：“外公，您在祈祷吗？”

雷布·莫德凯·梅厄不太确定自己是不是可以中断祷告。踌躇了一下，他说：“我在背诵午夜祈祷文。”

“什么祈祷文？”

“犹太人绝不能忘了圣殿被毁的历史。”

“那你这么做能有什么用呢？”

雷布·莫德凯·梅厄虽然听懂了他说的每个字，但没能理解这句话是什么意思。他想问傅列怎么没穿带穗子的内衣，但他马上意识到，这个问题毫无意义。他想了一会儿，说：“人必须得祈祷。有了上帝的帮助，弥赛亚就会降临，流放终会结束。”

“如果他从没来过，”傅列问道，“为什么现在会来呢？”

“弥赛亚想要来到犹太人身边，比犹太人盼望他来的心情还要急切。但是这一代犹太人必须值得他的降临。上天送给我们丰厚的祝福，我们却用罪恶阻塞了仁慈的通道。”

“外公，我必须对您说。”

“你想说什么？不许打断午夜的祈祷。”

“外公，这个世界不会因为这些祈祷有任何的改变。人们已经祷告了差不多两千年了，弥赛亚依然没有骑着他的白毛驴降临。这是战争，外公，这是剥削者与被剥削者之间的战争。是谁煽动农民去屠杀犹太人？就是黑色百人团，是那些反动派。如果工人们不抵抗，我们还会遭受更多的奴役。外公，明天会有大游行，我是演讲人。如果我有什么不测，我想请您把这个信封交给一个叫奈克哈玛·凯兹的姑娘。”

雷布·莫德凯·梅厄这才注意到男孩手里拿着一个鼓鼓的信封。

他说："我不认识什么姑娘。我是个老人。你怎么会跟那些反叛者混在一起了？你会被抓起来的，上帝不许，你会给我们都带来痛苦。沙皇有很多的哥萨克兵，他比你们强大得多。你既然不相信灵魂，不相信来世，为什么要让自己置于危险境地？"

"外公，我不想跟您从头开始讨论这些问题。整个欧洲都自由了，而这里，沙皇还是个暴君。我们没有议会。沙皇和他的总督们随心所欲，想干什么干什么。跟日本的战争花了几百万。成千上万的士兵失去了生命。在西方，他们会关心工人的卫生，而这里的工人连狗都不如。如果我们没有一部宪法，所有的俄罗斯人都会陷入血腥之中。"

雷布·莫德凯·梅厄放下祷告书。"你是工人吗？"

"我是不是工人不重要，外公。我们为理想而奋斗。给您信。把它放到抽屉里。也许我明天会回来。如果我回不来，一个叫奈克哈玛·凯兹的姑娘就会过来。您把信给她。"

"不要跑，不要冲。高天之上的他统治这个世界。他决定了地上要有穷人，有富人。若没有穷人，就没人想做普通的工作。有商人，就得有扫烟囱的工人。如果人人都是店主，那谁来打扫烟囱呢？"

"我们正在努力让扫烟囱的和做生意的拥有同等的权利和同样

的财富。不一定非要有商人。在一个社会主义世界里，人们按需分配。我们不需要中间商来揩油。”

“什么！我们犹太人绝不能掺和进去。不管是谁掌权，他们都一样迫害犹太人。”

“反犹主义是那些资本家造出来的，要转移大众对统治者的怒火。犹太复国主义者要去巴勒斯坦，去祖母拉结的葬身之地去，但是这些不过是幻想。我们犹太人必须战斗，必须团结其他被压迫的人民群众，争取美好的明天。”

“好了，好了，把信给我吧。让我安静会儿。‘若不是上帝建造房屋，建造的人就枉然劳力。’经上写着：‘人若受罚，必先警告。’《革马拉》说：‘进了香料铺，香气满身，进了皮革厂，臭味如影随形。’”

“外公，您所谓的臭味是什么，是人民争取权利的斗争吗？您要站在剥削者这边吗？”

“把信给我。”

“晚安，外公。我们永远也无法理解对方。”

傅列走了。雷布·莫德凯·梅厄拿起信封的一角，把它放进抽屉里。他重又开始背诵祈祷词：“拉玛听见一个声音，悲伤哀恸，是拉结为她的孩子们哀哭，无人能劝解。”煤气灯燃烧着，雷布·莫德凯·梅厄的身影在墙上投射下巨大的阴影。脑袋的影子爬上了椽子。雷布·莫德凯·梅厄苦着脸，前后摇晃着。他们怎么可能明白真相？他自问道。他们不过读了几本书，重复几句莫名其妙的话而已。什么宪法，鬼法！这是善恶之战，是上帝与撒旦的战争，是以色列人与亚玛力人之战。以扫和以实玛利拒绝了上帝赐予的《托拉》。奴隶们安于被遗弃。但是，当犹太人抛弃了律法，他们就跟异教徒没有什么分别了，说不定比异教徒还要坏。弥赛亚又怎么会降临？也许，上帝不许，这整个一代人都将成为罪人。他抹了把眉毛："哦，天上的父啊。水已经漫到我们的脖子了呀！"

祷告之后，雷布·莫德凯·梅厄上床睡觉。但这次他睡不着了。他听见那孩子在厨房里走动。他碰到了盘子，打开了水龙头。雷布·莫德凯·梅厄似乎听见了一声叹息。会是傅列吗？谁知道呢，也许他后悔了。毕竟，从他母亲这边，他到底还是正直人家出身。就是他的父亲，立陶宛犹太人那一脉，祖上可能也有虔诚的犹太人。雷布·莫德凯·梅厄在床上待不住。也许可以说服这孩子留在家里。晚上他说的那些像是遗言。雷布·莫德凯·梅厄颤抖着双腿从床上爬起来，又一次穿上拖鞋，披上袍子。他打开厨房的门，看见奇怪的情形，他简直不敢相信自己的眼睛。傅列一身正装，站在那儿，手里拿着一把左轮手枪。雷布·莫德凯·梅厄知道那是什么东西。奥默节上，有人送这样的枪给孩子们，不是真枪，是玩具。

看见外公，傅列把武器放到饭桌上。"外公，您想干什么？您是在监视我吗？”

“这是什么可恶的东西？”他问道。他浑身发抖，牙齿打战。

傅列笑了起来。“别害怕，外公。这不是对付你的。”

“那要对付谁呢？”

“对付那些阻碍进步的人，那些让这个世界处于黑暗之中的人。”

“什么？你，竟然要判处他们死刑？定一个人的死罪，犹太教公会需要七十个法官裁决。首先得警告他，至少还需要两个证人。《革马拉》说，一个拉比法庭处人死刑，就算七十年一次，也要被唤作杀人法庭。”

“外公，是他们自己给自己判了死刑。他们的时代已经过去了，可他们却拒绝和平放弃。所以，只能用武力让他们放手。”

“傅列，拉斐尔，你是个犹太人！”雷布·莫德凯·梅厄哽咽了，“以扫靠刀剑谋生，雅各不是。”

“无稽之谈。犹太人的构造跟外邦人没区别。这都是愚蠢的沙文主义思想。这种上帝选民的说法完全是一派胡言。外公，我走了。”

“别走！别走！他们若是抓住你，上帝不许，他们会……”

“我知道，我知道。我不是孩子了。”傅列把左轮手枪放进裤兜里。他拿起一个报纸裹着的包裹，也许是路上吃的面包。他砰的一声打开门，走了。雷布·莫德凯·梅厄站在那儿，腿脚不住地抖动。他靠着墙以免倒下去。“难道已经到了一发不可收拾的地步了吗？”他自言自语。睡觉是不可能的了，但是现在做晨祷还太早。晨星尚未出来。黑夜沉沉，笼罩在混沌中。

雷布·莫德凯·梅厄摇摇晃晃走到窗口。右手边，天空漆黑一团。但是左手边，东方已经开始变白。街上所有的商店都关门了。一个面包店的学徒走过来。他赤着脚，穿着白裤子，头上顶着一个放蛋糕还是小圆面包的盘子。“嗯，烘焙食品还是需要的。”雷布·莫德凯·梅厄喃喃道。

他期待着傅列在街边道上出现，但没有。大门怕是已经锁上了。雷布·莫德凯·梅厄觉得他在院子里一定还有朋友。哦，哦，我的族人都变成什么样了！他第一次妒忌起贝伊·缇姆来，她没有活到要亲眼看见这些灾祸。如今，她一定已经在天国了。直到今天，雷布·莫德凯·梅厄很少在祷告的时候想起妻子。犹太人应该直接向上帝祷告，而不是向任何圣徒祷告。但是，现在雷布·莫德凯·梅厄开始对着贝伊·缇姆的灵魂说话：“他是你的外孙。请为他说情吧。可别让他出什么事，让他，上帝不许，别伤害他人。”

右边，月亮依稀可见。雷布·莫德凯·梅厄抬头望着月亮，《塔木德》上说，嫉妒明亮的光，作为补偿，便让星星与之相伴。这就意味着，即使在那高天之上，也有妒忌。雷布·莫德凯·梅厄半是自问，半是回答。他没办法离开窗口，他很想再看一眼傅列。他心里闪过一个念头，亚伯拉罕也有个以扫那样的孙子，他有以实玛利这样的儿子，还有他与基土拉所生的儿子们。就是圣徒也不见得只生出好的子孙。突然间，街上红光涌照。太阳在维斯杜拉河畔冉冉升起。鹅卵石路上传来马蹄铁的嗒嗒声和鸟儿的啁啾声。雷布·莫德凯·梅厄看见了骑着高头大马的士兵，闪着寒光的刀剑。骑手们扫视着楼上。

傅列去发动战争就是要反抗他们吗？雷布·莫德凯·梅厄沉思着。他感觉寒冷颤抖。他从未想过要摆脱这个世界。但现在他倒准备好去死。他还得在这泪谷中流浪多久呢？与其看着这徒劳的动荡还不如忍受地狱的痛苦。

喧闹和混乱始于清晨。似乎就在这条街上，反叛者们正试图击败俄国沙皇的军队。年轻人从一扇扇大门冲了出来，呼喊着，挥舞着拳头，唱着歌。警察们拔剑追赶，朝他们开枪射击。一面红旗举了起来，歌声和呼喊声变得更大。店铺都还关着。大门紧闭。警察的哨声凄厉。急救车开了过来。街道上很快空无一人。那面高高举起的红旗，这会儿正躺在排水沟里，破碎、肮脏。大街上很快又挤满了人，另一面旗帜在风中飘扬。呐喊声重又响起，无数脚步声纷至沓来。

雷布·莫德凯·梅厄再也看不下去了。在自由意志、奖惩、救赎到来之前，上帝之光肯定会被遮蔽，上帝必须隐藏他的面孔。

但是，全能者就不能用另一种方式彰显他的能量吗？这些剃了胡子、穿着短大衣的年轻人像乡下农民似的吼叫着。时不时有女人的尖叫声响起。一个警察被打了，一匹马倒下，躺在人行道上，显然马腿断了。那匹可怜的马儿，它有什么罪？除非它是灵魂转世，来为某个前世罪人赎罪的。

雷布·莫德凯·梅厄开始祈祷。今天这个样子是不可能上会堂去祷告的了。他用祈祷披肩把自己包裹起来，亲吻着衣服上的穗子，将护经匣分别绑在额头和手臂上。他几乎连十八祝福词也背不完了。他祷告的时候，街上的喧嚣声愈发大了。他听见那些被击中的人和受伤者的哭喊声。鲜血飞溅到墙上。母亲们十月怀胎、生产、抚育、日日牵挂着的孩子们，如今躺在泥泞里，在死亡的痛苦中扭曲、挣扎。“哦，这么重的惩罚我如何承受！”

通常，晨祷后，雷布·莫德凯·梅厄会洗洗手，吃点东西：一片面包，一块奶酪，有时来点儿鲱鱼，一杯茶。但是，今天他吃不下。食物会卡在喉咙咽不下去。他努力回忆《米德拉什》中的段落：“当埃及人落入红海，天使想唱赞美歌，但全能者对他们说：‘我的造物落入海里，你们竟然唱歌！’”造物主甚至对埃及压迫者都给予怜悯。

雷布·莫德凯·梅厄感到头晕目眩，在沙发上躺下。他把宽沿帽子盖在眼睛上，以阻挡白天的光线。有那么一会儿处在半睡半醒间。最后，跟那些几天几夜不睡觉而筋疲力尽的人一样，他沉沉睡去。他做了梦，但事后又想不起梦见了什么。

外面的骚乱更大了。他一下子惊醒过来。尖叫声、射击声此起彼伏。雷布·莫德凯·梅厄像是听见女人们在哀嚎，狗在狂吠。在短暂的间歇里，雷布·莫德凯·梅厄听见了鸟儿的歌声，鸟儿在这一派疯狂景象中也不忘它们的使命。这些造物无视人类和他们的筹谋、野心，尽管它们就在人的屋檐下筑窝，吃着他们的残羹剩饭，在他们铺设的电话线上蹦蹦跳跳。人也受惠于他们无法理解的小动物。

雷布·莫德凯·梅厄站起身来，准备为自己煮一杯茶。他走进厨房，找了些火柴，在水管上接了一壶水。有四分之一块面包，多半是傅列昨晚买的，还有一块馊了的蛋糕。老人正准备划火柴，突然想起他已经决定禁食了。“今天对我而言就是阿布月九日悲哀日。我什么也不吃，什么也不喝。”他把火柴放下。

起居室里有个书柜，他开始在书柜里四处翻找。没有力气读《塔木德》了，但可以翻翻哈西德书籍。

读读《雅各布·约瑟夫的世代》？他取出一本薄薄的书，《夏依洛之水》，拉德津家族第一代拉比的著作。他吃了一惊，他甚至不知道自己还有这本书。雷布·莫德凯·梅厄从中间翻开一页。书上写着，把握造物主之伟大的方式就是认识到自己的渺小无知。人一旦自以为是，眼睛就会蒙蔽，看不见天国。雷布·莫德凯·梅厄捋着胡子。肉体凡胎忘乎所以了。邪恶之灵和遗忘之神联合起来了。说不定它们原本就是一家?

忽然间，他发现外面出奇地安静。是他们折腾累了吗？他走到窗口，街上空无一人，店铺依然关着。黄昏降临了。“他们已经得到了他们所说的那个宪法了吗？”他想知道。奇怪的是，这些店铺在普通的周日竟然关门闭户。街中心平日里挤满了男孩、女孩，各式各样的小贩、顽皮儿童，如今却空寂无人，如在半夜里。

接下来，他听见一阵沉重的脚步声上了楼梯，立刻意识到他们是来找他的，他们带来的是噩耗。他颤抖着，嘴上开始祷告，虽然他也意识到，想要避开已然发生的一切，已经太迟了。片刻间，没了声音，一个念头冒出来：是不是听错了。接着，砸门的声音和靴子踢门的声音使他双腿发软，他几乎觉得自己无法走到门边了。但他最后还是打开了门，看见了他意料之中的情景：四个男人用担架抬着一具躯体，一个死人，那是傅列。他们一言不发走进门来，带着送葬者的阴沉肃穆。

“那些刽子手杀了他。”他们当中一个人吼道。“我们把他放在哪儿？”第二个问道。雷布·莫德凯·梅厄指着地板。死者在流血。血水留在了地板上。被单下伸出一只手来，一只毫无生气的手，苍白无力，这只手抓不住任何东西，抓不住礼物，抓不住关爱，抓不住宪法……

雷布·莫德凯·梅厄的肚皮肿胀如鼓。“伟大的上帝啊，我不想再活下去了。活够了！”他恼怒上帝在他年老时将这惩罚降到他身上。他想吐，挣扎着朝厕所走去。一阵干呕，像是没有禁食，而是吃喝了一整天。火星在眼前跳跃。他的一生从未抱怨过上帝。他喃喃道："我不该遭受这痛苦！”他也知道自己这话是亵渎神灵。

那天深夜又响起了敲门声。“是谁呢，又一具尸体？”雷布·莫德凯·梅厄焦虑地自问。他坐在傅列尸体旁背诵《诗篇》。他开了门，先进来一个警察，后面跟了个平民，接着是另外两个警察和看门人。他们用俄语交谈着什么，但是，雷布·莫德凯·梅厄听不懂他们的话。他指着尸体，但他们转身走开了。

一番搜查开始了。抽屉被打开，纸张散落一地。那个穿平民便服的人拿起了傅列留给奈克哈玛·凯兹的那个厚信封。他打开信封，取出几张纸，一本笔记本，一只镀镍手表，还有其他东西。他给其他人读了那封信的部分内容，用俄语。他们当中有人笑了。另一个人瞪着眼睛沉默不语。那个穿便衣的转身对着雷布·莫德凯·梅厄用磕磕巴巴的意第绪语说："老人家，走吧。"

“什么？去哪儿？”

“走吧。”

“你们要拿尸体干什么？”

“走吧，走吧。”

门卫不知道从哪儿把雷布·莫德凯·梅厄的外衣找了出来。雷布·莫德凯·梅厄想问他们当中负责的那人，为什么要逮捕他，但是他既不会波兰语也不会俄语。算了，问了又有什么用呢？那个穿便衣的抓住他的一只胳膊，一个警察抓住另一只，领着他走下漆黑的楼梯。门卫擦亮火柴，开了大门。一辆小马车停在外面，车窗装着铁条。他们扶着雷布·莫德凯·梅厄进了车里，让他坐在一张长凳上。一个警察坐到他旁边。马车缓慢地移动起来。

“好吧，我就当这是我的葬礼了，”雷布·莫德凯·梅厄自言自语道，“不管怎么说，没人为我念《卡迪什》悼词了。”

他出奇地平静，伴随着这前所未有的巨大灾难的，是彻底放弃，俯首听命。之前他们带来傅列的尸体时，他还对上帝心怀抵触，但现在他深感悔恨。“天上的父啊，宽恕我吧。”他心里涌出《塔木德》中的一句话：“悲痛时的话应免受责罚。”

“现在几点了？”他问。突然，他想起还没有戴上祈祷披肩和护经匣。好吧，连去拿这些都来不及了。雷布·莫德凯·梅厄开始忏悔自己的罪过：“我们犯了罪，我们背叛，我们欺骗，我们隐瞒……”他抬起手来，想要握紧拳头捶打胸膛，但手指僵硬，握不成拳。好吧，他可能已经为他的错误赎罪了。雷布·莫德凯·梅厄想着傅列。他的愿望是好的。他想要帮助穷人。他怜悯饥饿者。也许这就是他的救赎。在天国，一切都会按照意图审判。也许他的灵魂已经得到净化了。

按照惯例，没有达到法定人数，或者死者尚未下葬时，是不能念《卡迪什》悼词的，但是，雷布·莫德凯·梅厄知道他已经没有多少时间了。他默默念着《卡迪什》。接着又背诵了《密西拿》里的一个章节。“夜里何时可以诵读《示麻篇》？从祭司走进圣殿，开始吃祭祀贡品的时候，艾列泽尔拉比这样说。而圣哲们则说：要等到半夜。”

“嘿，你，犹太人，老狗，你在跟谁说话呢，跟你的那个上帝？”警察问道。雷布·莫德凯·梅厄明白这些话。这家伙懂什么呢？他如何能懂？雷布·莫德凯·梅厄在心里默默地为自己辩护着。既然邪恶不可能出自上帝，那么，按照上帝的形象造出来的人也不可能完全十恶不赦。他对那个警察说道：“是的，我是个犹太人。我向我的上帝祷告。”

雷布·莫德凯·梅厄知道的异教徒的话，也就这几个字。

# 辛格年表*

1904 年　7 月 14 日，艾萨克·巴什维斯·辛格出生在波兰华沙附近的莱昂辛（Leoncin）小镇。父亲平查斯·迈纳切姆（Pinkhos Menakhem）是一位哈西德派拉比，母亲巴斯舍芭（Bathsheba）出生在一个犹太拉比世家，受过良好的教育，以博学聪慧闻名。辛格有一个姐姐、一个哥哥和一个弟弟，姐姐欣德·埃斯特（Hinde Esther）和哥哥伊斯雷尔·约书亚（Israel Joshua）后来都成为作家，弟弟摩西（Moishe）则继承父业。此外，家中还有两个孩子死于猩红热。

1907 年　随家人移居华沙附近的拉德兹明（Radzymin）小镇，父亲成为当地犹太学校的校长。辛格去犹太儿童宗教学校上学。

---

* 《辛格年表》非英文版原书所有，年表资料主要参考"美国文库"版《辛格短篇小说集》（*Collected Stories*）"年表"部分、珍妮·哈达（Janet Hadda）的《艾萨克·巴什维斯·辛格传》（*Isaac Bashevis Singer:A Life*）等。——编者注

1908 年　随家人移居华沙克鲁奇玛尔纳街（Krochmalna Street）10 号，该街道居民大多是生活贫苦的犹太人。父亲在那里主持一个拉比法庭，主要以解决街坊邻里的家庭和婚姻问题为生。童年的辛格除了阅读宗教书籍外，还喜欢阅读爱伦·坡和阿瑟·柯南·道尔的故事，以及一些流行的意第绪语小说。

1912 年　姐姐欣德·埃斯特与一名钻石切割工在柏林结婚，之后移居安特卫普。

1914 年　“一战”爆发后，哥哥约书亚为了逃避俄军的征兵，在一个雕刻家的工作室躲藏起来。姐姐一家逃难至伦敦。

1917 年　“一战”期间，辛格一家的生活每况愈下，在万般无奈之下，辛格和弟弟随母亲来到母亲的故乡毕尔格雷（Bilgoray）小镇。小镇的一草一木、历史风俗给正值青春期的辛格带来了巨大的冲击。他后来的很多作品都以这个小镇为背景。在毕尔格雷的四年里，辛格除了研读《塔木德》外，还广泛地阅读了斯宾诺莎、斯特林堡、托尔斯泰、陀思妥耶夫斯基、福楼拜和莫泊桑等人的著作。他也学习波兰语、德语、世界语和现代希伯来语等多门语言，并用这些语言创作一些幽默短剧和诗歌。

1921 年　辛格回到华沙，进入一所犹太拉比学院学习，但因感到乏味，又回到毕尔格雷，以教授希伯来语为生。其间，深入学习斯宾诺莎的《伦理学》，阅读康德《未来形而上学导论》、汉姆生《饥饿》等著作。

1922 年　因病离开毕尔格雷，去到家人在德兹克（Dzikow）小镇的住处。生活苦闷。虔诚的弟弟摩西把哈西德派宗教思想家纳赫曼（Nachman）的著作借给辛格阅读。

1923 年　辛格搬回华沙，哥哥约书亚为他在华沙一家意第绪语文学杂志《文学之页》（*Literary Pages*）找到一份校对的工作。其时，哥哥在华沙文学界颇有名望，游历过苏联，出版了小说集《珍珠》，为美国《犹太前进日报》（*The Jewish Daily Forward*）撰稿。在华沙期间，辛格经常出入犹太作家俱乐部，在那里，他与人自由地谈论文学、哲学和时事新闻，贪婪地阅读各类书籍。

1925 年　在《文学之页》发表第一篇小说《在晚年》，并获得该杂志的文学奖。用笔名“艾萨克·巴什维斯”在《今日》（*Ha-yom*）杂志上发表短篇小说《蜡烛》。

1926 年　认识左翼女青年卢尼娅，后来他们以夫妻相处，但从未按照犹太习俗办理结婚手续。

1928 年　辛格翻译的汉姆生小说《牧羊神》（*Pan*）、《漂泊的人》（*Wayfarers*）意第绪语版出版。

1929 年　父亲平查斯·迈纳切姆在德兹克去世。辛格和卢尼娅的儿子伊斯雷尔·扎米尔出生。辛格翻译的《罗曼·罗兰传》意第绪语版出版。

1930 年　辛格翻译的《西线无战事》《魔山》意第绪语版出版。

1932 年　与好友亚伦·蔡特林（Aaron Zeitlin）共同筹办意第绪语文学刊物《格劳巴斯》（*Globus*）。在针对卢尼娅的一次调查中，辛格被短暂拘押。开始撰写小说《撒旦在格雷》。

1933年　1月至9月，在《格劳巴斯》连载《撒旦在格雷》。

1934年　哥哥约书亚离开波兰移居美国，为《犹太前进日报》撰稿。

1935年　辛格和卢尼娅分道扬镳，卢尼娅带着儿子奔赴苏联，而辛格则在哥哥约书亚的帮助下移居美国，跟哥哥一起住在纽约布鲁克林。然而，辛格极度不适应纽约，感觉“自己被连根拔起”了，以至于很多年都“写不出一个有价值的句子”。在哥哥的帮助下，开始为《犹太前进日报》撰稿。长篇小说《撒旦在格雷》意第绪语版在波兰出版。

1936年　哥哥约书亚的长篇小说《阿什肯纳兹兄弟》(*The Brothers Ashkenazi*)在美国出版。姐姐欣德·埃斯特在华沙出版了首部小说《恶魔之舞》(*The Dance of the Demons*)。

1937年　旅游签证已无法续签，在朋友的建议下，偷渡到多伦多获得加拿大的居留证后，再返回纽约获得美国的长期居留权。夏天，在卡茨基尔的一个农场度假时，辛格与未来的妻子德裔犹太人阿尔玛·海曼·沃塞曼（Alma Haimann Wassermann）相识，彼时，阿尔玛是带着两个孩子的有夫之妇。这年夏天，卢尼娅和儿子被苏联政府驱逐出境，后辗转来到巴勒斯坦地区。

1939年　德国入侵波兰后，辛格与母亲、弟弟失去联系。哥哥约书亚成为美国公民。好友亚伦·蔡特林移民美国。阿尔玛与丈夫离婚。

1940年　2月14日，辛格与阿尔玛步入婚姻的殿堂。但是婚后，他们的生活非常拮据，阿尔玛不得不去百货公司做推销员。

1941 年　辛格一家搬到曼哈顿西 103 街的一套公寓中。

1943 年　获得美国公民身份。在度过了漫长的创作低谷后，辛格连续发表了五个短篇小说：《隐身人》《教皇泽伊德尔》《克雷谢夫的毁灭》《未出生者日记》和《两具跳舞的尸体》。

1944 年　2 月 10 日，哥哥约书亚因心脏病突发在纽约病逝。辛格悲痛不已，他说，约书亚的去世是“我一生中最为不幸的事。他是我的父亲，我的老师。我永远无法从这个打击中恢复过来”。发表短篇小说《市场街的斯宾诺莎》。

1945 年　在意第绪语杂志发表短篇小说《傻瓜吉姆佩尔》《小鞋匠》和《杀妻者》。“二战”后不久，有人告知辛格，母亲和弟弟被苏联政府放逐到哈萨克斯坦，并在建造木屋时冻死。11 月，长篇小说《莫斯凯家族》在《犹太前进日报》连载，同时在纽约广播电台以意第绪语连续播出。

1947 年　夏末，和阿尔玛乘船前往欧洲旅行。在英国与姐姐见面。在《犹太前进日报》发表旅行随笔。

1948 年　冬季，和阿尔玛前往迈阿密海滩，后来他们经常去那里。

1950 年　1 月，去迈阿密旅行。10 月，《莫斯凯家族》英文版由克诺夫出版社（Knopf）出版。这是辛格第一部被翻译成英文的长篇小说。出版前，英文版编辑要求大量删减，辛格颇为不快，但还是删掉了大量内容，并更换了结局。

1951 年　去佛罗里达和古巴旅行。

1952 年　长篇小说《庄园》开始在《犹太前进日报》连载。

1953 年　在欧文·豪的建议下，索尔·贝娄翻译并在《党派评论》发表了辛格的短篇小说《傻瓜吉姆佩尔》，引起美国批评界的热评。

1954 年　6 月 13 日，欣德·埃斯特在伦敦去世。姐姐是辛格家第一个写作的人。姐姐生前患有癫痫和抑郁症，加上辛格自身的抑郁状态和时不时出现的自杀念头，让辛格怀疑他们家有精神病史。

1955 年　2 月，儿子伊斯雷尔·扎米尔代表他所在的基布兹（kibbutz）访问纽约，二十年来首次见到辛格。2 月至 9 月，回忆录《在父亲的法庭上》在《犹太前进日报》连载。辛格首次去以色列旅行。《撒旦在格雷》英文版由正午出版社（Noonday）出版。

1956 年　《在父亲的法庭上》部分章节被改编成戏剧，在曼哈顿国家意第绪语人民剧院（National Yiddish Theatre Folksbiene）上演。

1957 年　长篇小说《哈德逊河上的阴影》在《犹太前进日报》连载。11 月，第一部短篇小说集《傻瓜吉姆佩尔》由正午出版社出版。

1959 年　长篇小说《卢布林的魔术师》在《犹太前进日报》连载。

1960 年　《卢布林的魔术师》英文版由正午出版社出版。辛格和阿尔玛搬到西 72 街的一套公寓中。法勒、斯特劳斯和卡达希出版社（Farrar, Straus and Cudahy, 1964 年更名为 Farrar, Straus and Giroux，以下简称 FSG，中文通常译为法勒、斯特劳斯和吉鲁出版社）收购了正午出版社，开启了这家出版社与辛格之间的长期合作关系。

1961 年　短篇小说开始刊登在《小姐》(*Mademoiselle*)《时尚先生》(*Esquire*)和《智族》(*GQ*)等时尚杂志上，因而读者越来越多。10 月，短篇小说集《市场街的斯宾诺莎》英文版由法勒、斯特劳斯和卡达希出版社出版。长篇小说《奴隶》在《犹太前进日报》连载。

1962 年　《奴隶》英文版由法勒、斯特劳斯和卡达希出版社出版。特德·休斯和苏珊·桑塔格对该书大加赞赏。辛格阅读布鲁诺·舒尔茨的作品。决定成为一名素食主义者。

1964 年　《卢布林的魔术师》荣获法国最佳外国小说奖。短篇小说集《短暂的礼拜五》英文版由 FSG 出版。同年，辛格当选为美国艺术暨文学学会（National Institute of Arts and Letters）会员。

1965 年　辛格一家搬到百老汇大道与西 86 街交叉的贝尔诺德公寓。

1966 年　2 月至 8 月，长篇小说《冤家，一个爱情故事》开始在《犹太前进日报》连载。由欧文·豪选编和导读的《艾萨克·巴什维斯·辛格短篇小说选》出版。5 月，回忆录《在父亲的法庭上》由 FSG 出版。插图版儿童故事集《山羊兹拉特和其他故事》英文版出版。辛格在欧柏林学院担任住校作家。

1967 年　《庄园》英文版由 FSG 出版。插图版儿童故事《恐怖客栈》《好运气与坏运气》英文版出版。《山羊兹拉特和其他故事》荣获纽伯瑞儿童文学奖（Newbery Honor Books）。

1968 年　《恐怖客栈》荣获纽伯瑞儿童文学奖。短篇小说集《降神会》英文版由 FSG 出版。插图版儿童故事集《当坏运气来到华沙和其他故事》英文版出版。《莫斯凯家族》荣获意大利班卡雷拉文学奖。

1969 年　长篇小说《地产》和回忆录《快活的一天：一个在华沙长大的孩子的故事》英文版由 FSG 出版。

1970 年　短篇小说集《卡夫卡的朋友》英文版，插图版儿童故事《奴隶以利亚：重述一个希伯来传说》《约瑟夫与科扎，或维斯瓦河献祭》英文版由 FSG 出版。《快活的一天：一个在华沙长大的孩子的故事》荣获美国国家图书奖儿童文学奖。《纽约时报》披露当时辛格的年收入已超过 10 万美元。

1971 年　《艾萨克·巴什维斯·辛格读本》由 FSG 出版。

1972 年　长篇小说《冤家，一个爱情故事》英文版由 FSG 出版。和辛格住在同一栋公寓楼里的玛格南摄影师布鲁斯·戴维森（Bruce Davidson）拍摄了一部 28 分钟的短片《辛格的噩梦和普普科夫人的胡子》。

1973 年　由辛格同名短篇小说改编的戏剧《镜子》在耶鲁保留剧目轮演剧团的专用剧场上演。短篇小说集《羽冠》英文版、插图版儿童故事集《切尔姆的傻瓜和他们的故事》英文版由 FSG 出版。

1974 年　长篇小说《肖莎》最初以《心灵旅程》为题在《犹太前进日报》连载，《忏悔者》也开始在《犹太前进日报》连载。插图版儿童故事集《诺亚为何选择鸽子》出版。《羽冠》与托马斯·品钦的《万有引力之虹》一同荣获美国国家图书奖小说奖。

1975 年　短篇小说集《激情》英文版由 FSG 出版。辛格在巴德学院担任住校作家。

1976年　回忆录《寻求上帝的小男孩：或个人灵光中的神秘主义》和插图版儿童故事集《讲故事的人纳夫塔利和他的马》英文版出版。9月，理查德·伯金（Richard Burgin）拜访了辛格，在接下来的两年中，他对辛格大约进行了五十次采访。11月，菲利普·罗斯拜访辛格，一同探讨布鲁诺·舒尔茨，并把对谈内容整理发表在次年的《纽约时报书评》。

1978年　7月，长篇小说《肖莎》英文版由FSG出版。回忆录《寻求爱情的年轻人》英文版出版。10月5日，辛格因"他充满激情的叙事艺术，既扎根于波兰犹太人的文化传统，又展现了普遍的人类境遇"，获得诺贝尔文学奖。与阿尔玛、伊斯雷尔·扎米尔等人前往斯德哥尔摩。12月8日，发表获奖感言。

1979年　短篇小说集《暮年之爱》英文版由FSG出版。《卢布林的魔术师》被改编成同名电影。伊斯雷尔·扎米尔翻译的《冤家，一个爱情故事》希伯来语版在特拉维夫出版。米纳罕·戈兰（Menahem Golan）导演的《卢布林的魔术师》在威尼斯电影节上映。

1980年　2月，长篇小说《原野王》开始10个月的连载。辛格拒绝波兰文学团体的邀请，坚持不回波兰。

1981年　回忆录《迷失在美国》英文版出版。

1983年　长篇小说《忏悔者》英文版由FSG出版。《书院男孩燕特尔》被改编成音乐电影《燕特尔》，导演芭芭拉·史翠珊（Barbra Streisand）凭借该片荣获金球奖最佳导演奖。

1984 年　由《寻求上帝的小男孩：或个人灵光中的神秘主义》《寻求爱情的年轻人》和《迷失在美国》三部合集而成的《爱与流放：一部回忆录》出版。《儿童故事集》由 FSG 出版。

1985 年　辛格在迈阿密大学教授创意写作课。

1986 年　理查德·伯金编辑的访谈录《与艾萨克·巴什维斯·辛格对话》由 FSG 出版。

1988 年　短篇小说集《玛士撒拉之死》和《原野王》英文版由 FSG 出版。

1989 年　12 月，电影《冤家，一个爱情故事》上映。

1991 年　7 月 24 日，辛格在佛罗里达州瑟夫赛德镇的公寓里去世。安葬在新泽西州帕拉默斯的一个犹太公墓。为了纪念辛格，迈阿密大学设有以辛格命名的面向本科学生的学术奖学金。佛罗里达州瑟夫赛德镇有一条以辛格命名的林荫大道。波兰的卢布林有一个“辛格广场”。